SF SOCIAL FANTASIES

Argument Verlag · Hamburg · Berlin

Warum machen wir die Reihe Social Fantasies?
Wir glauben, dass intelligente, zornige Ich-will-die-Welt-verändern-Lektüre gebraucht wird. Wir akzeptieren nicht, dass das Genre Zukunftsliteratur in der Schmuddel-Ecke versteckt wird. Viele grandiose Juwelen der utopischen und phantastischen Weltliteratur sind nie ins Deutsche gebracht worden, andere wurden lieblos übersetzt, zum Teil durch Kürzung entstellt, gingen im SF- und Fantasy-Kommerz unter, wurden mangels Rendite über Jahre oder gar Jahrzehnte nicht verlegt. Wir graben solche Juwelen wieder aus, machen Überarbeitungen oder Neufassungen bedeutender Romane und ergänzen sie durch Neuentdeckungen, die das gleiche Potenzial haben. Unsere Kriterien dabei sind: Romane mit überzeugenden Figuren und dichtem Suspense. Gesellschaftliche Fragen als gut erzählte Geschichten. Unterhaltung mit Selberdenkfaktor: subversiv, intelligent, undogmatisch. Literatur als Unruhestifter: Bücher, die Zweifel an kulturellen, moralischen, sozialen Selbstverständlichkeiten wecken, aufrührerische Bücher. Literatur als Widerstand: Bücher gegen Krieg, Faschismus, Diskriminierung, Missbrauch, blinde Ideologie. Romane mit ungewöhnlichen Identifikationsfiguren, die Rollenmuster sprengen oder unterlaufen und neue Wege zu gehen versuchen. Die SF-Literatur bietet galaktische Vielfalt: Kitzel für die Vorstellungskraft, halluzinogener Lese-Stoff, sinnliche und stachelige Lektüre für Kopf und Bauch – eben Social Fantasies.

Else Laudan, Programmleitung

Zu diesem Buch:
Europas Zukunft zwischen malerischen Mythen und Hightech: Eine Kolonialmacht hält die Leitkultur Südwesteuropas in den Händen – das nanotechnologisch aufgerüstete Maya-Imperium. Zentrum ihrer Herrschaft ist Nanotikal, umgeben von biotechnisch erzeugtem Urwald im Herzen Spaniens. Dort schaltet und waltet der Zensor, der oberste Sicherheitsbeamte des großen Ahau der Maya. Der Zensor ist an Macht gewöhnt – und an die Intrigen zu ihrer Stabilisierung. Doch es gibt Dinge in Nanotikal, die selbst er nicht wissen darf. Andernfalls wird er zum Risiko ...

Marcus Hammerschmitt, Jahrgang 1967, bereichert als Querdenker und großartiger Erzähler die deutschsprachige Sciencefiction um stilsichere, originelle Zukunftsromane. Er schreibt scharf sozialkritisch in einer packenden Balance aus kritischem Weitblick, prägnanten, realistischen, herrlich verrückten Figuren und straff gespannten Handlungsfäden. *Der Zensor*, sein dritter Roman, verbindet historische Mythologie mit wissenschaftlicher Fiktion zu einem fesselnden Abenteuer.

Marcus Hammerschmitt

Der Zensor

SF - Social Fantasies 2070
Argument Verlag

SF - Social Fantasies
Herausgegeben von Else Laudan und Hannes Riffel
www.socialfantasies.de

Deutsche Originalausgabe

Eppendorfer Weg 95a, 20259 Hamburg
Telefon 040/4018000 – Fax 040/40180020
www.argument.de
Lektorat: Hannes Riffel und Kirsten Gleinig
Umschlaggrafik: Marcus Hammerschmitt
Umschlaggestaltung: Hardy Kettlitz und Hannes Riffel
Satz: Martin Grundmann
Belichtung: Satzwerk, Göttingen
Druck: Alfa Druck, Göttingen
Gedruckt auf säure- und chlorfreiem Papier
ISBN 3-88619-970-3

Eine Kultur ist ein Irrtum, mit dem eine Anzahl Menschen zu leben gelernt hat.

12. Juni 2136

13.6.5.4.17 4 Kaban 0 Xul Nachtgott 7

Die beiden Männer sahen aus wie Inspekteure der Wartungsmannschaften. Die Uniformen, die Käppis, die Abzeichen: Alles stimmte genau. Der auf der Leiter schien am Bauch der Pipeline etwas zu befestigen. Er arbeitete präzise und konzentriert, jeder Handgriff saß. Sein Kollege am Fuß der Leiter beobachtete wachsam die Umgebung. Er war wie die Inspekteure der Wartungsmannschaften bewaffnet. Das Fahrzeug, mit dem sie gekommen waren – ein kleines elektrisches Lastendreirad –, war ebenfalls Teil der Ausrüstung.

Es war heiß und beide Männer schwitzten, aber wenigstens konnten sie sich im Schatten der Pipeline aufhalten. Stille ringsumher. Die unglaublichen Wassermengen, die Sekunde für Sekunde durch die Pipeline rasten, waren nicht zu hören. Das war schade, denn in einer Hitze wie dieser hätte der Klang von rauschendem Wasser sicher erfrischend gewirkt. Der Mann auf der Leiter beendete seine Arbeit und prüfte sie mit kritischen Blicken. Dabei hakte er mehrere Punkte auf seinem Klemmbrett ab. Dann stieg er hinunter, klappte die Leiter zusammen, trug sie zu dem Fahrzeug, verstaute sie und kletterte in die kleine Führerkanzel. Sein Kollege überwachte währenddessen die Gegend. Dann stieg auch er ein und die beiden fuhren weg.

Was der Mann auf der Leiter an der Pipeline befestigt hatte, wirkte wie ein Dreckklumpen. Man hätte schon sehr genau hinsehen müssen, um festzustellen, dass es keiner war.

Der Palast lag beinahe still. Die Luft wälzte sich durch seine Räume wie ein schwitzendes, stöhnendes Tier. Die Brüllaffen im Urwald rings um die Stadt waren unruhig. Wenn der Zensor sich sehr anstrengte, konnte er die trockenere Ebene um Stadt und Urwald herum mit all den raschelnden Maisfeldern fast spüren, wenn nicht sogar *hören*.

Die Hitze hätte ihm nichts ausmachen sollen. Er war von Kindesbeinen an daran gewöhnt. Auch legte er trotz seines Status keinen großen Wert auf prunkvolle Kleidung. Sein einfacher Wickelrock genügte ihm, sogar auf den Zeremonialgürtel mit dem Abbild Itzamnas auf der Schnalle hätte er verzichten können. Er hasste Formalitäten und war für seine Sparsamkeit bekannt. Aber wenn er schon statt seiner Federkrone nur das einfache rotweiße Stirnband trug, war der Zeremonialgürtel das minimale Statussymbol. Ohnehin galt der Zensor als Sonderling unter den Adligen: ein Sonderling in einer Gesellschaft, die Sonderlinge nicht mochte.

Der Zensor seufzte leise. Auch damit sollte er vielleicht vorsichtiger sein, das Seufzen entwickelte sich in letzter Zeit zu einer Gewohnheit. Trotz seiner leichten Kleidung drückte ihm die Hitze auf die Stirn. Er hätte sich die Haut ausziehen können und ihm wäre immer noch heiß gewesen.

Der Zensor sah einen langweiligen Tag voraus. Einen Tag voller stupider Repräsentationspflichten und ohne wirkliche Arbeit. Der Zensor sah einen Tag ohne Zensur voraus.

Unschlüssig stand er in einem der Hauptkorridore des Palastes. Der leere Komplex, der sich in der aufsteigenden Morgensonne immer weiter aufheizte, deprimierte ihn. Er beneidete den Harem, der sicher gut geschützt von Bäumen und Schirmen auf einer der Bade-Inseln im Fluss herumlag, während schwitzende Sklaven mit Fächern für Frischluft sorgten. Das Bild von kühlem, klarem Wasser wurde in der Phantasie des Zensors so mächtig, dass er Durst bekam, obwohl er genug getrunken hatte. Sollte er noch einmal in seine Residenz zurückkehren? Sollte er einige der Nachrichten bearbeiten, die von gestern übrig geblieben waren? Das hatte alles keinen Wert. Sein Stundenplan war vorgezeichnet, und es machte keinen Sinn, ihn durch Ausflüchte durcheinander zu bringen.

Der Zensor horchte auf. Ein flaches Stöhnen und Keuchen ging durch den Palast. Zuerst glaubte er, das Belüftungssystem spiele ihm einen Streich, aber dann war er sicher: Da stöhnte und keuchte jemand. An den leeren Gemächern der Favoritinnen und Nebenfrauen vorbei ging er dem Geräusch nach.

Das Stöhnen kam aus einem der größeren Gemächer, und nun war klar, er hörte zwei Liebenden zu. Als er den Raum betrat, dachte er nicht groß über Diskretion nach. Neugierig war der Zensor schon immer gewesen, und über den Begriff »Privatsphäre« konnte er nur lachen.

Das Paar lag auf einem niedrigen Podest und war sehr mit sich selbst beschäftigt. Beide waren noch recht jung, sicher noch kein Katun alt. Der Zensor dachte an seine drei verbitterten Frauen und wurde ein wenig neidisch, als er das Mädchen so hingegeben sah. Auch der Mann hielt die Augen geschlossen und konzentrierte sich auf seine Gefühle. Die Situation war eindeutig: Während der Hofstaat außer Haus war und badete, machten hier zwei Kinder ihre ersten Erfahrungen. Eine harmlose Episode. Verglichen mit dem, was er über die sexuellen Eigenarten der Adels-Oberhäupter wusste, waren das hier kleine Fische.

Er wandte sich zum Gehen, aber in diesem Augenblick entfaltete sich die kleine Seerose an seinem Handgelenk und gab das Grillenzirpen von sich, mit dem sie eine Nachricht ankündigte. Die beiden Liebenden schraken auf. Sie sahen den Zensor an, er sah sie an, und für eine Weile rührte sich nichts. Dann nahm die Frau einen Fächer vom Podest und bedeckte ihr Gesicht. Die Bewegung war träge und nicht sehr zielgerichtet. Auch der Blick des Mannes fokussierte nicht richtig, er wanderte im Gesicht des Zensors umher, als fände er kein Ziel.

Die beiden schienen berauscht. Das war interessant. Der Zensor schloss die Seerose, die noch immer zirpte, ging auf das Paar zu und packte den Mann am Kinn. Er wehrte sich kaum, seine Haut war von einem kalten Film bedeckt. Die Pupillen waren extrem geweitet, die Augen blutunterlaufen: Er war bis an die Schädeldecke voll mit *Götterschweiß*. Der Zensor schüttelte den Kopf, ließ das Kinn des Mannes los und ging zur Tür.

Kaum war er auf den Gang getreten, hörte er die beiden schon wieder stöhnen. Sie taten ihm Leid, denn er würde dem Ahau berichten müssen, dass in seinem Palast wieder einmal *Götterschweiß* konsumiert wurde. Wenn die beiden Glück hatten, wurden sie nur ausgepeitscht. Wenn sie Pech hatten, starben sie dabei.

In einer der zahllosen Altarnischen öffnete er die Seerose und fragte sie nach der Nachricht von eben. Die entfalteten Blätter schimmerten leicht gelblich und am Blütengrund erschien ein Gesicht.

»Edler Herr Yaqui, die Schüler erwarten Euch.«

»Ich komme.«

Der Zensor schloss die Seerose. Er würde kommen, ganz bestimmt, aber nicht zu bald. Während seiner Zeit als zweitmächtigster Geheimpolizist von Nanotikal hatte er gelernt, dass Macht sich vor allem im schlampigen Umgang mit der Zeit von Untergebenen ausdrückte. Ein mächtiger Mensch, der pünktlich war, erweckte sofort Misstrauen. Hatte er das nötig, pünktlich zu sein? Er war *wichtig*, deswegen konnten die Unwichtigen auf ihn warten, oder etwa nicht? Es hatte lange genug gedauert, bis der Zensor das begriffen hatte. Chan Balum selbst hatte es ihm beibringen müssen, während einer seiner kurzen Audienzen. Der Ahau hatte zu ihm gesagt: »Yaqui, wenn ich große Opfer abhalte, bin ich da je pünktlich?«

Der Zensor hatte überlegt. Eine halbe Stunde Verspätung war durchaus normal. Die Menge am Fuß des Tempels konnte schon vor Erregung sieden, doch der Ahau ließ sich noch nicht blicken.

»Nein.«

»Habe ich je ein Opfer oder einen anderen Staatstermin verpasst?«, hatte der Ahau gefragt.

Davon hatte Yaqui noch nie gehört.

»Nicht, dass ich wüsste.«

Der Ahau hatte gelächelt. »Ich bin, technisch gesprochen, ein Gott. Ich gehorche nur noch mächtigeren Göttern. Das Volk kann auf mich warten, wenn auch nicht allzu lange. Wäre ich pünktlich, würde es mich nicht mehr respektieren. Wäre ich zu unpünktlich, auch nicht. Götter wie ich müssen in dieser Sache sehr vorsichtig sein. Du bist einer meiner wichtigsten Diener. Ich muss dich ein wenig bestrafen, mein Zensor, damit du lernst unpünktlich zu sein. Nimm die drei Stockschläge auf deine Fußsohlen einfach als Gedächtnisstütze und verschwinde jetzt.«

Yaqui hatte sich zurückgezogen und war bestraft worden. Wenig später hatte ihn Chan Balum zum Entsetzen des Adels zu einem Sub-Ahau gemacht – theoretisch hätte er einen der kleineren Stadtstaaten wie Dos Pilas oder Caracol allein regieren können.

In Gedanken an diese alten Geschichten trat Yaqui aus dem Palast hinaus, auf die Ostterrasse. Wenn der Waldrand auch gute fünfhundert Meter entfernt war, wenn der Palast auch durch die massive Mauer geschützt wurde, die an dieser Stelle so deutlich wie nirgends sonst die Stadt und den Wald voneinander trennte, so lag doch die ganze schwüle Atmosphäre des Dschungels über der Terrasse. Die Luft war wie eine warme Flüssigkeit. Tiergeräusche über den Baumkronen: Brüllaffen, Vögel, Jaguare. Der ganze Wald summte vor Leben. Wie immer machte das dem Zensor ein wenig Angst und er war für die silbernen Kontrollstationen dankbar, die am Waldrand in regelmäßigen Abständen zwischen den Baumstämmen und dem Unterholz hervorblitzten.

Ein Urwald wie dieser wäre in Spanien nie von selbst entstanden. Er war ein Produkt der Biotechnologie, und ein feinmaschiges Netz von Sensoren, Diagnosestationen und Automaten pflegte es. Die Nano-Maya hatten den Wald erschaffen, damit ihnen dieses Land vertrauter wurde, und sie pflegten ihn mit großer Hingabe, damit es ihnen vertraut blieb. Yaquis eigene Gefühle gegenüber dem Urwald waren gemischt. Er mochte Angst vor ihm haben, aber er war auch stolz auf ihn. Dass die meisten Spanier nur Hass für die Stadt und den Urwald empfanden, konnte Yaqui verstehen, denn sie standen auf den geschliffenen Ruinen von Santiago de Compostela. Die Spanier hatten vor sechshundert Jahren die nachklassische Maya-Kultur vernichtet. Jetzt waren ihre Wallfahrtsorte von Urwald bedeckt.

Befriedigt wandte sich der Zensor ab. Es wurde Zeit.

Auf dem Weg zur Schule wurde er erneut aufgehalten. Während er den großen Platz überquerte, der den Palast vom Sonnentempel trennte, bemerkte er etwas Ungewöhnliches an der Stele Pacals, die dessen Sohn Chan Balum dort zum vierten Katunjubiläum Pacals hatte aufstellen lassen. Der Vater des jetzigen Ahaus stand dort reglos in Stein gehauen, verherrlicht von wunderbaren Glyphen und Ornamenten, die die besten Bildhauer und Programmierer Nanotikals geschaffen hatten. Um seinen Kopf herum bewegte sich etwas. Als der Zensor näher trat, erkannte er, dass sich ein Vogel auf dem steinernen Wickelturban des alten Königs sein Nest gebaut hatte. Der Zensor konnte es sehen, aber er konnte es nicht herunterreißen, dafür war die Stele zu hoch. Er war empört, dass die Tempeldiener es noch nicht bemerkt hatten. So ein Nest baute sich nicht in einem Tag, es hätte auffallen müssen.

Der Vogel, ein schöner gelber Kiskadee mit schwarz-weißer Kopfzeichnung, kümmerte sich nicht um den Zensor, und das ärgerte ihn. Er überlegte. Der Eingang des Sonnentempels wurde von zwei Elitesoldaten bewacht. Sie standen in vollem Kriegsornat in der brütenden Hitze und wirkten noch unbeweglicher als die Stele Pacals. Fast bedauerte der Zensor die Kerle. Sie trugen beide eine Art Napoleonhut, mit Tressen geschmückt, einen schweren Baumwollkragen, ein Baumwollpanzerhemd, an dem Kakaohülsen befestigt waren, einen ledernen Lendenschurz und federbesetzte Schilde. In der rechten Hand hielten sie einen Speer mit Obsidianspitze, der doppelt so lang war wie sie. Manchmal konnte der Zensor verstehen, dass die Spanier sich über den Traditionalismus der Nano-Maya lustig machten. Wenn diese beiden Tempelwächter allerdings vom Wachdienst abgezogen wurden und in ihren modernen Kampfanzügen durch die Straßen einer beliebigen spanischen Stadt patrouillierten, machte sich keiner über sie lustig, nicht einmal insgeheim.

»Gib mir deinen Speer«, sagte der Zensor zu einem der beiden, und der Mann antwortete: »Edler Herr, ich darf meinen Platz nicht verlassen und ich darf meine Waffe nicht aus der Hand geben.«

Der Zensor trat ganz nah an ihn heran, bis seine Nasenspitze fast die des Soldaten berührte.

»Gib mir deinen Speer.«

Nach kurzem Zögern sagte der Soldat: »Zu Befehl.«

Der Zensor trug das unhandliche Gerät mit Leichtigkeit. Er hatte selbst lange genug mit so einem Prügel vor Tempeleingängen herumgestanden. Bei der Stele Pacals angekommen stieß er das Nest herunter. Es waren schon Eier darin gewesen. Während das Kiskadeenpärchen ihn wütend umkreiste, schmierte er jedes einzelne Ei mit einer schnellen Drehung seiner rechten Sandale über den Steinboden. Als er dem Wachsoldaten den Speer zurückgab, sagte er: »Jemand soll den Dreck aufwischen.«

Er wartete nicht auf eine Antwort. Als er einige Schritte weit weg war, hörte er, wie der Soldat über Funk nach einem Reinigungsautomaten rief.

Der Zensor betrat den zentralen Schulraum mit einer unwilligen Eile, als sei er soeben von hochwichtigen Staatsaufgaben abgezogen worden und könne sich kaum dazu herablassen, einer so unwichtigen Veranstaltung seine Aufmerksamkeit zu widmen. Was war das schon, eine Schreibschule, auch wenn es die bekannteste und wichtigste in ganz Nanotikal war? Aber es war notwendig, den Schülern ab und zu in Erinnerung zu rufen, auf was sie sich eingelassen hatten, und ihnen das Gewicht der Fähigkeiten zu verdeutlichen, die sie hier erlernten. Er wusste nur zu gut, dass sein Besuch in dieser Schule Energie freisetzte, die Loyalität der Schüler stärkte und ihnen die Illusion gab, ihnen selbst gelte die Aufmerksamkeit des Ahaus und seiner wichtigsten Staatsbeamten.

Die Schüler sahen auf, als Yaqui den Raum betrat, und postierten sich an der Wand entlang. Yaqui nickte kurz dem Lehrer zu und inspizierte dann die Klasse. Er schritt langsam an den reglos stehenden Schülern vorbei: junge Männer kurz vor der Volljährigkeit, im gleichen Alter wie der Liebhaber, den er eben im Palast erwischt hatte. Die meisten waren Adelssöhne, ihre länglich verformten Köpfe und der dezente, aber teure Schmuck aus Jade und Spondylusmuscheln machten das deutlich, es waren jedoch auch ein paar Rundköpfe dabei. Im Gegensatz zu den klassischen Maya, die das Schreiben und Lesen dem Adel vorbehalten hatten, leisteten sich die Nano-Maya einen Hauch von Demokratie. Das hatte einmal den Vorteil, in einer modernen Welt nicht völlig rückwärts gewandt zu wirken. Außerdem gewann man bedingungslos ergebene Günstlinge in der Schreiberkaste, wenn man ausgewählten Plebejern einen sozialen Aufstieg ermöglichte, den sie aus eigener Kraft nie geschafft hätten. Schließlich hielt man den Adel in Schach, indem ihm täglich demonstriert wurde, dass es notfalls auch ohne ihn ging. Nur ein Bruchteil dieser Schüler hier stammte nicht aus dem Adel. Aber sie waren wichtiger als der ganze Rest.

Zunächst beschäftigte sich der Zensor jedoch mit den Adligen. Vor einem der jungen Männer blieb er stehen und sagte: »Fingernägel.«

Der junge Mann hob seine Hände; sie hatten tatsächlich Trauerränder.

»Wie heißt du?«

»Rauchschlange, edler Herr.«

Der Zensor öffnete seine Seerose und zeichnete zuerst das schwitzende Gesicht des jungen Mannes auf und dann seine Hände.

»Zehn schmutzige Fingernägel, zehn Tage keine Teilnahme am Unterricht. Geh nach Hause. Sofort.«

Ohne Widerspruch trat Rauchschlange aus der Reihe, packte seine Sachen zusammen und verließ den Raum. Eine Zwangspause von zehn Tagen war eine harte Strafe. Der junge Mann würde sich später anstrengen müssen, um den Anschluss zu schaffen.

Der Zensor ging zu den Rundköpfen weiter. Einem von ihnen legte er die Hand auf die Schulter. Er sah starr geradeaus wie die Wachsoldaten vorhin.

»Sieh mir in die Augen.«

Der Junge gehorchte.

»Du wirst ein guter Schreiber werden. Das weiß ich.«

Yaqui benutzte diesen Spruch zu oft. Aber ihm war auch heute nichts Besseres eingefallen. Es war wichtig, die persönlichen Mythen des Subalternen sorgfältig mitzugestalten, aber er konnte sich nicht immer etwas Neues ausdenken, um die Verknüpfung mit dem Größeren, mit der Stadt und dem Staat Nanotikal zu unterstreichen. Und das Sprüchlein tat seine Wirkung. Der Schüler strahlte. Der Zensor nickte ihm noch einmal zu, bevor er von ihm abließ. Zu seiner Überraschung gab es auch eine junge Frau in der Klasse, die einzige Schülerin unter zwanzig Männern. Theoretisch konnte jeder und jede Maya diese Schule besuchen. Praktisch aber gelang das den Mädchen so gut wie nie. Und obwohl das Gesicht dieser jungen Frau sehr fein geschnitten war und obwohl sie sehr grazil wirkte, war sie ihrer Kopfform zufolge nicht einmal eine Adlige.

»Wie heißt du?«, fragte der Zensor.

»Ixmucané«, sagte sie.

»Ixmucané! Ein bedeutender Name. Ich hoffe, du bist seiner würdig.«

Die Frau antwortete nicht. Der Zensor drückte mit beiden Händen ihre Schultern. Er ging zu dem kleinen Thron, der auf einem Podest in der Nähe des Lehrerpults aufgebaut war, ließ sich mit gebührender Umständlichkeit nieder und fragte: »Was wird heute gelehrt?«

Der Lehrer antwortete eifrig: »Die mystischen Grundlagen unserer Schrift in Verbindung mit einer praktischen Übung.«

»Was für eine praktische Übung?«

»Wir erstellen ein historisches Panorama zur Landnahme.«

Das hätte ich mir denken können, dachte Yaqui. Er schauderte innerlich.

Wie viele dieser stümperhaften historischen Panoramen hatte er nicht schon gesehen? Und er hatte auch schon unzählige Darstellungen der Schlüsselszenen aus dem Popol Vuh gesehen, eine endlose Reihe von Nachbildungen wichtiger historischer Großopfer mit lauter Pyramiden voller Blut, die ewig gleichen Variationen auf die Niederschlagung des Spanieraufstands von 2105.

»Weitermachen«, sagte er.

Die Schüler traten an ihre Schreibpulte. Dadurch wurden die wunderbaren Fresken an der Wand sichtbar, die sie vorher mit ihren Körpern verdeckt hatten: Hun Batz und Hun Chouen, die zwei Affengötter, saßen über Schriftstücke und Keramikgefäße gebeugt und malten mit feinen Pinseln Glyphen darauf. Itzamnà selbst beaufsichtigte sie. Diese Fresken hatte ein wirklicher Meister geplant und ausgeführt: der Zensor.

Die Schreibpulte wurden von Ständern getragen, die wie Zweige geformt waren, und die Blätter, die vorher noch eng an den Ast geschmiegt gewesen waren, entfalteten sich, als die Schüler ihre Hände auf die Pulte legten. An manchen der Ständer wanden sich Schlangen zwischen den Blättern hindurch. Jedes dieser Pulte war direkt mit Wacah Chan, dem Weltenbaum verbunden, dem zentralen Rechner Nanotikals. Alle nahmen Kontakt mit ihm auf, identifizierten die Benutzer, gingen in Bereitschaft. Die Schlangen symbolisierten Zugriffe höherer Priorität. Wacah Chan war ein Gott. Ihm wurden Gefangene geopfert.

»Unsere Welt«, begann der Lehrer, »ist ein Viereck. Eine von dreizehn viereckigen Ebenen, aus denen Ober- und Unterwelt bestehen, aber eine besondere: Wir leben in der Verbindungswelt zwischen Ober- und Unterwelt, zwischen dem Himmel und Xibalbà.«

Yaqui hätte sich am liebsten die Ohren zugehalten. Er hatte sich diesen Unsinn schon zu oft anhören müssen. Die Kluft zwischen den offiziellen Mythen und der selbstverständlichen Nutzung von Kommunikationssatelliten und Nano-Technologie war manchmal schwer zu ertragen, besonders, wenn offiziell gelehrt wurde, was inoffiziell bedeutungslos war, und alle das wussten.

»Betrachtet die Form unserer Schriftzeichen. Sie mögen gerundet sein, aber grundsätzlich bedecken sie die Fläche eines Vierecks. Wie unsere viereckige Ebene der Existenz haben sie einen Norden und einen Süden, einen Osten und einen Westen. Wie die Weltenebene, auf der sich unser Leben abspielt, haben sie einen weißen, einen roten, einen gelben und einen schwarzen Pol. Es mag nicht immer sofort deutlich werden, aber eine gut balancierte Glyphe beachtet diese Pole, diese Entsprechung. Und warum? Weil sie die Welt beschreibt. Jede einzelne Glyphe, so unbedeutend sie der aktuellen Bedeutung nach auch sein mag, strukturiert die Welt. Der Himmel lastet auf ihr, Xibalbà bedrängt sie von unten, sie verbindet beides. Unsere Schriftzeichen füllen viereckige Flächen aus, weil sie die Welt ordnen.«

Der übliche pseudomystische Quatsch, dachte Yaqui, wie aus dem Lehrbuch. Er musste ein wenig zu deutlich geseufzt haben, denn der Lehrer sah irritiert zu ihm hinüber. Yaqui lächelte ihn an und hoffte, dass dies hier bald vorüber sein würde.

»Und deswegen ist der Schreiber so wichtig. Der Schreiber ordnet die Welt. Er verleiht ihr überhaupt erst einen Sinn. Denkt immer daran, wenn ihr unsere heiligen Glyphen schreibt. Ihr benutzt die Macht von Wacah Chan, um der Welt Sinn zu verleihen. Ihr beschreibt die Welt. Unsere kleine praktische Übung, das historische Panorama zur Landnahme, ist an sich vielleicht unbedeutend, aber sie schult euer Geschick. Deshalb nehmt sie ernst. Macht eure Arbeit gut.«

Eine Wand des Klassenzimmers wurde milchig-transparent, und statt der Fresken waren plötzlich Boote auf einer bewegten See zu erkennen, die auf eine flache Küste zusteuerten. Das Bild wirkte unfertig, vorläufig. Die Auflösung war nicht sehr hoch und die Farben waren unrealistisch. Licht und Schatten standen in einem falschen Verhältnis zueinander, wie bei einer billigen Computersimulation. Aber die Schreibschüler arbeiteten eifrig an der Darstellung. Immerhin sah ihnen dabei der Zensor selbst über die Schulter. Noch während die Schiffe auf die Küste zufuhren, erhöhte sich die Auflösung. Natürliche Schattierungen ersetzten die Comic-Farben, und die Figuren in den Booten begannen sich wie Menschen zu verhalten, die geschickt die Schwankungen eines Kanus auf hoher See ausgleichen. Immer mehr Boote erschienen auf der Wasseroberfläche. Jedes bewegte sich unabhängig von den anderen, jedes hatte seine eigene individuelle Besatzung. Grimmig dreinblickende Krieger standen schweigend in den schwankenden Booten. Sie trugen Speerschleudern und Keulen, die mit Obsidianklingen gespickt waren, ihre Panzerhemden und Jaguarhelme hoben sich farbenfroh von der blauen See ab, die Quetzalfedern an den ballonförmigen Helmen der adligen Anführer leuchteten grün im Sonnenlicht.

Yaqui beobachtete die Schüler. Mit all ihren Fingern gleichzeitig woben sie auf ihren Schreibpulten die Glyphen, die die Darstellung an der Wand programmierten. Obwohl ihnen der Schweiß herunterrann und die Details auf den Bildern immer plastischer und lebensechter wurden, verbrauchten sie doch nur einen winzigen Bruchteil von Wacah Chans Rechenkapazität. Schreiben war Programmieren. Jede Glyphe konnte eine wörtliche und mehrere übertragene Bedeutungen innerhalb eines Textes haben und unzählige abstrakte Bedeutungen als Teil eines Programmcodes. Allein die

Gedächtnisleistung, um die wichtigsten Bedeutungsvarianten der geläufigsten Glyphen zu behalten, war enorm. Yaqui musste sich wieder einmal ins Bewusstsein rufen, dass diese Schüler noch am Anfang ihrer Ausbildung standen. Angesichts dieser Tatsache erbrachten sie hier eine große Leistung.

Und doch war alles Unsinn. Spanien war nicht von Tlaloc-Kriegern mit Speerschleudern und Keulen erobert worden, sondern von Rabengott-Pionier-Einheiten mit hochmodernen Körperpanzern und Impulswaffen, und sie hatten dazu keine Mahagoni-Kanus benutzt, sondern Raketen-Fregatten, ferngesteuerte strategische Bomber, getarnte Landungsboote, Lastensegler – das modernste Kriegsgerät, das sich überhaupt nur auftreiben ließ. Jeder hier wusste das. Nach der Diskrepanz zwischen der historischen Realität und der mythischen Darstellung wurde nur selten gefragt. Wenn doch, dann wurde darauf verwiesen, dass die Maya sich immer einer mythischen Weltsicht verpflichtet gesehen hatten und nicht den vordergründigen Fakten einer objektiven historischen Realität. In der Literatur, die sich überhaupt damit beschäftigte, nannte man dies das mythische Paradigma, und damit war die Diskussion beendet. Yaqui wusste, wie der Film weitergehen würde. Erst würde die Landnahme durch Sturmhimmel gezeigt, den damaligen höchsten Ahau (eine dramatische Szene, in der der König seinen Speer in spanische Erde stößt), dann die Errichtung des Brückenkopfes mit den ersten Opfern an die Venus zum Gelingen des Krieges (spanische Bauern, die gerade günstig zur Hand gewesen waren), anschließend die Vorstöße auf Madrid und Barcelona, die Befreiung des Codex Madrid, Sturz und Opferung der spanischen Königin und so weiter und so fort.

»Sehr schön«, sagte der Zensor, erhob sich und gab damit zu verstehen, dass sein Besuch beendet war. Der Lehrer verstand sofort und hob einen Arm. Das Bild an der Wand erstarrte, um dann langsam unter den Affenfresken zu verschwinden.

»Ich danke euch für die Vorführung«, sagte der Zensor. »Ihr werdet erfolgreich sein.« Er wandte sich dem Ausgang zu, aber der Lehrer hielt ihn noch einmal auf.

»Edler Herr, die Schüler möchten Euch etwas schenken.«

Er nahm eine kostbar geschnitzte Schatulle von seinem Pult, öffnete sie und zeigte sie dem Zensor. Darin lag eine einzelne Glyphe in Stein. Ein geschmückter Affe saß im Schneidersitz am Boden, auf seinen Unterschenkeln lag ein teilweise skelettierter Affenschädel, in der ausgestreckten Hand trug er einen weiteren Kopf: Das Zeichen bedeutete »sechzehn Tage«.

»Es ist echter Basalt aus Guatemala, kein Formstein, edler Herr.«

Yaqui klappte die Schatulle zu und sagte: »Ein ausgesucht schönes Stück.«

Er wandte sich an die Schüler, die in Habachtstellung vor ihren Pulten standen. »Ich danke euch.«

Und mit einer angedeuteten Verbeugung war er schon zur Tür hinaus.

Yaqui war froh. Er war der brütenden Hitze, die draußen und in den unklimatisierten Gebäuden herrschte, endlich entkommen. Eines der wenigen Privilegien, die der Zensor rücksichtslos ausnutzte, war das Vorrecht, seine Residenz kühlen zu lassen, vom Altarraum, in dem er sein Amt ausübte, bis zu seinem Schlafzimmer. Er machte sich keine Sorgen darüber, dass man ihn deswegen beneiden könnte. Er war ein Ahau. Auf Neid brauchte er keine Rücksicht zu nehmen. Aber es war nicht nur die angenehme Temperatur im Schrein, die seine Laune hob, sondern vor allem, dass er nach dem deprimierenden Morgen, den er mit Spannerei, dem Zertreten von Vogeleiern und Repräsentationspflichten verbracht hatte, nun endlich etwas Sinnvolles tun konnte. Sein Blick fiel auf den Altar. Die große Muschel, die dort stand, enthielt noch die Überreste seines letzten Blutopfers an Itzamnà. Er hatte vorhin noch einmal die staubigen, rostbraunen Flecken mit den Fingern berührt, um diesen Arbeitstag dem Gott zu widmen. Und es hatte geholfen! Itzamnà hatte ihm eine Aufgabe geschickt, denn gleich die zweite Botschaft des Tages, die Wacah Chan für ihn aus dem Meer der Nachrichten herausgefiltert hatte, war ein echter Treffer gewesen. Der Text der Botschaft war an der Wand zu lesen, um das Zehnfache vergrößert und von Wacah Chan mit einer blinkenden Randmarkierung umgeben. Yaqui ging vor den Glyphen hin und her, um sich zu konzentrieren. Er hatte Wacah Chan bereits befohlen, ihn mit nichts anderem zu belästigen. Diese eine, scheinbar so banale Nachricht hatte jetzt erste Priorität.

Yaqui las die Botschaft noch einmal. Sie war sehr einfach. Oberflächlich betrachtet stellte sie nichts weiter dar als die Einladung zu einem Opfer an Ah Kin Xooc, den Gott der Dichtkunst. In den Zeiten vor der Landnahme hätte man die Nachricht eine E-Mail genannt und das Götteropfer eine Party. Die Nano-Maya nannten E-Mails jedoch *Vogelrufe* und maskierten private Feiern als Gottesdienste – das mythische Paradigma wollte es so. Es gab *Vogelrufe* unterschiedlicher Klassen, von einfachen *Spatzen* bis hin zu *Quetzals*. Das hatte in der streng hierarchisch gegliederten Gesellschaft der Nano-Maya den Vorteil, dass jeder sofort wusste, mit wem er es zu tun hatte und wie schnell er antworten musste. Die vorliegende Einladung zum Götteropfer war ein *Quetzal*, stammte also von einem Mitglied der weitläufigen Königsfamilie und war an ein anderes Mitglied der Königsfamilie gerichtet.

Abgesendet hatte diesen *Vogelruf* ein gewisser Co Cavib, Adressat war Drei Hirsch. Yaqui kannte die beiden Männer flüchtig. Aber das war es nicht, worauf es ankam. Interessant war die Tatsache, dass der *Vogelruf* verschlüsselt war. Ihm ging eine Wasservogelglyphe voraus, um ihn als persönliche Mitteilung ohne ausführbaren Programmcode zu kennzeichnen. Das letzte Zeichen stellte einen maskierten Tänzer dar und stand für Ah Kin Xooc selbst. Glyphe und Zeichen waren nur sehr geringfügig verändert, ein Hinweis darauf, dass die Nachricht mehr sein musste als eine bloße Einladung.

An sich war es nicht unüblich Nachrichten zu verschlüsseln. Jeder Maya wusste, dass seine *Vogelrufe* abgehört werden konnten. Von den einfachen Administratoren bis hin zum königlichen Zensurdienst, dem Yaqui vorstand, konnten viele lauschen. Jeder Kommunikationstechniker gab unter der Hand zu, das schon einmal rein aus Neugier getan zu haben. Über den Zensurdienst wusste in der Öffentlichkeit niemand Genaues, denn er war bis hoch zu Yaqui konspirativ organisiert und unterstand aus nahe liegenden Gründen direkt dem Ahau. Aber allgemein wurde angenommen, dass es wenig sinnvoll war, den Zensurdienst kryptographisch überlisten zu wollen. Versucht wurde es trotzdem. Die Codes, die zur Verschlüsselung verwendet wurden, reichten vom Primitiven und Lächerlichen bis zu sehr subtilen Methoden, die eine genaue Kryptoanalyse erforderten. Sehr reiche Adlige leisteten sich eigene Spezialisten, konnten aber trotzdem nur hoffen, die Spione rivalisierender Adelsfamilien auszustechen. Alle möglichen kryptographischen Spielereien aus der Zeit vor der Landnahme kamen zum Einsatz – One-Time-Pads, große Primzahlen, Steganographie – all das und vieles aus der Zeit danach dazu. Früher oder später knackten Yaqui und seine Mitarbeiter mit Wacah Chans Unterstützung alle Codes, und nur sehr, sehr selten musste der militärische Geheimdienst aktiv werden, um den Absender und den Empfänger einer verschlüsselten Botschaft wirklich zu verhören.

Aber diese Nachricht war anders. Aufgrund der leichten Modifikationen an den Glyphen war sich Yaqui sicher, dass die Nachricht verschlüsselt war, aber der Code war mit einfachem Nachdenken nicht zu ermitteln. Der Zensor freute sich: eine Nachricht, die nicht nur verschlüsselt war, sondern die auch eine echte Herausforderung darstellte! So etwas hatte es länger nicht gegeben. Er trank ein wenig Kakao aus einem Gefäß, das auf seinem Schreibpult stand, und ging zur Wand, um seine Hände über die Glyphen der Nachricht gleiten zu lassen. Wie immer staunte er darüber, dass der Stein so fest und kühl wirkte, obwohl Wacah Chan ihn doch wie Knetmasse formen konnte.

»Größer«, sagte Yaqui und eine körperlose Stimme antwortete: »Faktor?«

»Handgröße.«

Der Stein verformte sich. Er stellte danach dieselbe Nachricht dar, nur passten jetzt die Glyphen genau in Yaquis Hände. Er streifte einmal von rechts nach links und von links nach rechts darüber hin. Manchmal half das seiner Phantasie auf die Sprünge. Aber jetzt fiel ihm nichts ein. Es waren nur zehn Glyphen und zwei davon waren verändert worden. Das war sehr wenig Material für ein Muster. Yaqui nahm die Hände von der Wand und ging zu seinem Schreibpult. Er musste sich jetzt ernsthaft mit Wacah Chan unterhalten und dazu brauchte er, wie immer, ein Gegenüber: seinen persönlichen Kommunikationsdämon. Kaum aufgerufen, schwebte eine große, über und über mit grünen Federn geschmückte Schlange im Raum und sah Yaqui mit ihren kalten Augen an. Sie schien zu lächeln.

»Die Nachricht ist verschlüsselt, oder?«

»Edler Herr«, sagte die Schlange, »ich …«

»Komm mir nicht mit ›edler Herr‹«, unterbrach Yaqui sie, »sag mir einfach deine Meinung.«

»Ich weiß es nicht.«

Yaqui horchte auf. Das war ein Satz, den er von der Schlange noch selten gehört hatte.

»Du weißt nicht, ob diese Nachricht verschlüsselt ist?«

»Ich bin mir nicht sicher, das ist alles.«

War da ein Hauch von gekränkter Eitelkeit? Wie verführerisch, einer denkenden Maschine zu unterstellen, sie habe auch Gefühle! Immerhin hatte Yaqui darauf verzichtet, seinem Kommunikationsdämon die Gestalt eines Menschen zu geben. Andere waren da weniger vorsichtig.

»Dann mach dich kundig«, sagte Yaqui. »Ich will keinen Klartext, ich will eine Aussage zu der Frage, ob wir es hier überhaupt mit einem verschlüsselten Text zu tun haben.«

Die Schlange zögerte.

»Ich … bin sehr beschäftigt.«

Yaqui begann sich zu ärgern.

»Das kann sein. Jetzt beschäftigst du dich mit meiner Frage. Sofort.«

Die Schlange rollte sich ein und schloss ihre Augen. Man konnte sie leicht atmen sehen. Zehn Sekunden später rollte sie sich wieder auf und sagte: »Du hast Recht. Die Nachricht ist verschlüsselt. Nach einem Musterabgleich mit ähnlichen Fällen liegt die Wahrscheinlichkeit für eine Verschlüsselung bei 89,6 %. Aufgrund meiner momentan … eingeschränkten Ressourcen habe ich sie nicht sofort entschlüsseln können, aber nach Gewichtung aller Faktoren gibt es gute Gründe dafür, dass es sich bei dem Text um einen verschlüsselten Liebesbrief handelt.«

»Einen Liebesbrief?«

»Die Jaguarjungen sagen mir, dass Co Cavib und Drei Hirsch seit einigen Monaten eine Liebesbeziehung unterhalten, die sie gerne geheim halten möchten, weil ihre Familien miteinander verfeindet sind. Die Jaguarjungen wissen noch mehr darüber, wollen es mir aber nicht sagen.«

»Romeo und Julia. Wie rührend.«

»Meine Zärtlichkeit ist so grenzenlos als die See, meine Liebe so tief; je mehr ich dir gebe, je mehr ich habe, denn beide sind unerschöpflich«, sagte die Schlange.

Interessant. All das war sehr interessant. Die Jaguarjungen standen in der Sprache Nanotikals für den militärischen Geheimdienst. Wenn sie bei ihrer Arbeit ein Abzeichen trugen, dann die Jaguarjungen-Glyphe, die in klassischen Zeiten auch das Namensabzeichen für ganz Tikal gewesen war. Yaqui wusste weder von einer Liebesbeziehung zwischen Co Cavib und Drei Hirsch noch von einer angeblichen Feindschaft zwischen ihren Familien. Selbst vor Wacah Chan hielten die Jaguarjungen also Informationen zurück. Er würde mit ihrem Oberhaupt Ahau Tepepul reden müssen, obwohl er das hasste.

»Bitte protestiere in aller Form bei Ahau Tepepul gegen seine Geheimniskrämerei und kündige ihm meinen Besuch an.«

»Erledigt«, sagte die Schlange. »Besuch für dich, Yaqui.«

Aus der Wand trat überlebensgroß das Gesicht von Chan Balum, dem König von Nanotikal.

»Yaqui«, sagte der König.

»Mein König«, antwortete Yaqui.

Wie immer suchte er im Gesicht des Herrschers nach Spuren von Emotionen, konnte aber nichts darin finden als die übliche Interesselosigkeit, ein vorgetäuschtes Phlegma, das schon viele zu der Annahme verleitet hatte, der König sei ein wenig langsam. Auch war der König kein schöner Mann, selbst nach dem Maßstab der Nano-Maya nicht. Wenn die Spanier die Maya verspotten wollten, konzentrierten sie sich zunächst einmal auf das Aussehen von Chan Balum. Bezeichnungen wie der »Trottel mit dem Gurkenschädel« waren dabei noch harmlos. Chan Balum litt an Hexadaktylie: Er hatte sechs Finger an jeder Hand und sechs Zehen an jedem Fuß, und das nutzten Spötter oft, um ihn als eine Art Monster darzustellen. Er selbst war mit seinem Aussehen offenbar zufrieden. Yaqui hatte in vieler Hinsicht Respekt vor dem König, aber dass er sich kein hübsches Gesicht zurechtschneidern ließ, um beim eigenen Volk und bei den Spaniern Eindruck zu schinden, rechnete Yaqui ihm am höchsten an. Was seine Fähigkeiten insgesamt anging, so hatte Yaqui in seinen zwanzig Jahren als oberster Zensor erfahren, dass es leicht war, Chan Balum zu unterschätzen, und sehr schwer, diesen Fehler wieder gutzumachen, hatte man ihn erst einmal begangen. Man beherrschte nicht vierzig Jahre lang ein Reich wie das der Nano-Maya, ohne über beträchtliche Ressourcen zu verfügen. Und langsam war Chan Balum bestimmt nicht. Weder im Denken noch im Handeln.

»Ich möchte mit dir allein sein, mein Zensor«, sagte der Ahau.

Die Schlange löste sich in Luft auf. Yaqui wartete ab.

»Der Papst will mich besuchen.«

Yaqui atmete leise aus, zu seufzen wagte er nicht.

»Was will der Nuntius diesmal?«

»Das Übliche, vermute ich. Es geht ihnen um die Ruinen unter unseren Füßen. Wie immer sagen sie das nicht direkt, sondern schwafeln in ihrer Bitte um eine Audienz von der Verbesserung der bilateralen Beziehungen, des Klimas zwischen den Kulturen etc. etc. Sie kommen extra aus Madrid, um mit uns zu plaudern. Ich brauche dich, Yaqui.«

Der Zensor schluckte seinen Widerwillen hinunter. Eine Diskussion mit Pfaffen, das hatte ihm gerade noch gefehlt.

»Selbstverständlich, mein König. Wann genau?«

»In einer Stunde.«

Großartig, dachte Yaqui. Wie sollte er eigentlich bei all diesen Repräsentationsterminen vernünftig arbeiten? Warum musste der Ahau ihn so spät von einem Termin unterrichten? War ihm gerade eben erst eingefallen, dass Yaqui dabei sein sollte? Möglich. Viel wahrscheinlicher aber war, dass Chan Balum ihm nur auf den Zahn fühlte, wie er das häufiger bei seinen höheren Beamten zu tun pflegte.

»Ich werde kommen«, sagte Yaqui.

»Gut«, antwortete Chan Balum, und sein Gesicht sank in die Mauer zurück, auf der sofort wieder der Brief von Co Cavib an Drei Hirsch sichtbar wurde. Der angebliche Liebesbrief, erinnerte sich Yaqui. Er würde zum Ahau gehen, besser gesagt, er würde sich von seinen persönlichen Trägern dorthin tragen lassen. Aber vorher würde er noch Ahau Tepepul einen Besuch abstatten. Später würde er an dem im Brief angekündigten Opfer zu Ehren von Ah Kin Xooc teilnehmen. Und wehe, das Opfer war nur eine Finte. Dann konnten sich Romeo und Julia auf etwas gefasst machen.

»Das ist geheim, geliebter Bruder.«

Yaqui versuchte, ruhig zu bleiben. Tepepul wusste genau, dass Yaqui diese Anrede hasste, und es war Teil seiner Strategie, ihn in Rage zu bringen. Seit zwanzig Jahren machte er das so; manchmal gelang es ihm, manchmal nicht. Alles an Tepepul war auf die Verunsicherung von Besuchern ausgerichtet. Er saß so selbstsicher und arrogant auf seinem Thron, als sei er Chan Balum selbst. Tepepul war, nach jedem nur denkbaren Maßstab, ein schöner Mann. Was Chan Balum an Modebewusstsein fehlte, hatte Tepepul im Übermaß.

Sein Ornat strotzte nur so vor Jade, kostbaren Muscheln und Federn. Der Raum war mit ausgesucht schönen Fresken bemalt: Ein ganzer Urwald umgab den Herrn des militärischen Geheimdienstes, und zwischen den stilisierten Bäumen schlichen stilisierte Raubkatzen umher, die den Betrachter anfunkelten, und stilisierte Paradiesvögel spreizten auf stilisierten Ästen ihre Flügel.

Yaqui wollte sich nicht ärgern lassen. Flöten konnte er auch. »Wie können wir, geliebter Bruder, Geheimnisse voreinander haben, wo wir doch gemeinsam ausschließlich dem Wohle des Ahaus und seines Volkes dienen?«

Tepepul lächelte.

»Hunahpu und Ixbalanque haben die Götter der Unterwelt im Ballspiel gemeinsam besiegt. Sie waren Zwillinge. Und trotzdem unterschieden sie sich voneinander. Zwillinge, die einander völlig gleichen, gibt es nicht, die Natur hätte auch gar keine Verwendung für sie. Sie waren einander nur ähnlich, nicht völlig gleich. Genau wie wir, geliebter Bruder.«

Elender Schwätzer, dachte Yaqui. Dass Tepepul ihm mit dieser lächerlichen Interpretation der alten Heldensage kam, grenzte an eine Beleidigung. Der Zensor zählte bis fünf, bevor er antwortete.

»Hätten die beiden die Unterweltgötter besiegt, wenn sie Geheimnisse voreinander gehabt hätten? Wenn sie einander nicht völlig vertraut hätten? Ich habe eine seltsame Nachricht von Co Cavib an Drei Hirsch abgefangen und ich brauche weitere Informationen über die beiden. Wir müssen einander vertrauen, um dem Frieden in Nanotikal dienen zu können.«

Tepepul hörte auf zu lächeln. Offenbar wurde ihm das Spiel zu lang.

»Von mangelndem Vertrauen kann gar keine Rede sein. Ich vertraue dir und erwarte von dir das Gleiche. Aber es gibt operative Vorgänge, über die nur möglichst wenige Menschen Bescheid wissen sollten, das weißt du. Oder muss ich dich in die grundlegenden Prinzipien eines Geheimdienstes einweihen, Zensor?«

Jetzt lächelte Yaqui. Ausnahmsweise war es ihm einmal gelungen, Tepepul wütend zu machen. Vielleicht konnte er ihn noch etwas mehr unter Druck setzen.

»Ich bin auf dem Weg zu unserem geliebten Herrscher. Selbstverständlich werde ich ihm in meinem Tagesbericht von dem seltsamen Brief erzählen.«

Tepepul hatte seine Selbstsicherheit wiedergewonnen.

»Tu das, Yaqui. Ich hoffe, Chan Balum leiht dir sein gnädiges Ohr.«

Der Zensor verstand, dass das Gespräch beendet war. Er verstand auch, dass Tepepul mit Chan Balum schon über Romeo und Julia gesprochen hatte und dass der Ahau die Geheimhaltung in dieser Frage guthieß.

Chan Balum stand gelassen am Fenster und sah hinab auf seine Stadt. Sein kräftiger Körper war nur unauffällig geschmückt. Als einziges wirkliches Insignium seiner Herrscherwürde trug er den Königsgürtel aus Jade, den er von seinem Vater erhalten hatte und der im Vergleich zur zeitgenössischen Kunst der Nano-Maya auffallend grob und unsubtil war. Es handelte sich um die Kopie eines Gürtels, der bei den klassischen Maya über Generationen hinweg weitergegeben worden war und der den archaischen Stil präklassischer Maya-Kunst nachahmte. Bereits im historischen Tikal um 900 n. Chr. hätte er wie ein Museumsstück gewirkt. Die schlichte Federkrone, die Chan Balum außerdem trug, wäre Tepepul bestimmt zu schäbig gewesen. Darüber hinaus gab der König sich nicht die geringste Mühe, sein Hexadaktylie zu verbergen. Er trug Sandalen, die auf den ersten Blick offenbarten, dass er an jedem Fuß sechs Zehen hatte. Einer der gezähmten Jaguare saß an Chan Balums Seite, der andere lag vor seinem Thron.

»Die Götter schwitzen wieder einmal«, sagte Yaqui, und der Ahau verstand die Anspielung sofort.

»Wer?«, fragte er gelassen.

»Chimalmat und Chocoh Nihaib, Hoheit.«

Yaqui musste nicht erläutern, wer das war. Er hatte mehr als ein Mal erfahren, dass der König großen Wert darauf legte, über die gesamte königliche Familie Bescheid zu wissen, einschließlich all ihrer komplizierten Seitenlinien. Chimalmat und Chocoh Nihaib waren nur sehr entfernte Verwandte des Königs, aber er kannte sie trotzdem mit Namen.

»Wie würdest du sie bestrafen?«, fragte er.

»Ich bin kein Richter, mein König.«

»Nein, aber du hast eine Meinung.«

»Sie lieben sich wirklich. Wenn man sie für immer voneinander trennt, zum Beispiel indem man Chimalmat nach Palenque und Chocoh Nihaib nach Toninà verbannt, könnte man ihnen eine Lehre erteilen. Sie würden sicher begreifen, dass es das Pulver war, das sie getrennt hat.«

»Das ist alles sehr romantisch«, sagte der König, »aber ich werde sie steinigen lassen.«

Yaqui dachte darüber nach. Die Steinigung war eine sehr erniedrigende Art der Hinrichtung. Wer den Göttern geopfert wurde, starb wenigstens für einen bestimmten Zweck. Gesteinigt zu werden aber war etwas für Hunde. Obwohl die Steinigung die vorgesehene Strafe für den Konsum von *Götterschweiß* war und obwohl jeder Maya das wusste, erschien Yaqui das Urteil etwas streng.

»Du findest das zu hart, nicht wahr?«, sagte der König.

»Ja«, antwortete der Zensor.

»Es macht mir keinen Spaß, die beiden jungen Leute umbringen zu lassen. Aber ich bin der Ahau von Nanotikal. Weil ich alt werde, glauben manche, ihre Zeit sei bald gekommen. An vielen kleinen Zeichen erkenne ich, dass meine Autorität abnimmt. Natürlich werde ich sie nicht dauerhaft aufrechterhalten können, indem ich Exempel statuiere. Aber wer einmal an der Macht war, weiß, dass es nie um die Ewigkeit geht. Es geht immer um konkrete Situationen. Um den nächsten Tag, die nächste Woche, das nächste Jahr. Im Moment brauche ich ein Exempel. Wie gut, dass die Götter schwitzen.«

Eigenartig, dachte Yaqui. Es klingt nicht einmal zynisch. Es sind schlicht die Tatsachen der Staatsführung. Er erinnerte sich an das berauschte Gesicht von Chocoh Nihaib und wie er sein Kinn in der Hand gehalten hatte. Er und seine Freundin saßen jetzt in ihren feuchten Zellen. Sie waren so gut wie tot.

»Es ist eigenartig, dass Ihr gerade davon sprecht, Euer Hoheit. Ich habe heute eine Nachricht abgefangen, die Euch in dieser Meinung bestätigt. Co Cavib und Drei Hirsch haben ein Techtelmechtel miteinander und schreiben sich verschlüsselte Liebesbriefe. Das meint jedenfalls Wacah Chan, der für eine Entschlüsselung keine Zeit hatte. Anscheinend wissen Tepepul und seine Jaguarjungen etwas darüber, was sie niemand sonst erzählen wollen.«

Der König sah den Zensor direkt an.

»Das ist eine andere Geschichte.«

Wie er es sich gedacht hatte: Tepepul und Chan Balum hatten sich bereits über Romeo und Julia verständigt. Es musste wohl mit dem Erhalt der Macht zu tun haben.

Der Zeremonienmeister des königlichen Staatspalastes trat in den Saal und sagte: »Der Nuntius, mein König.«

Eine Ehrenwache von vier Elitesoldaten führte drei Pfaffen in den Audienzsaal. Yaqui war milde überrascht. Don Rodriguez hatte dieses Mal zwei Gehilfen mitgebracht. Früher war er immer mit einem ausgekommen. Der Nuntius war seit dem letzten Treffen noch fetter geworden. Yaqui musste sich wieder einmal fragen, warum dieser Mann so hart daran arbeitete, wie die Karikatur eines katholischen Heuchlers zu wirken. Er sah aus wie ein Engelchen, dem man eine Fettleber anmästen wollte. Er lächelte ständig und redete in einem süßlichen Tonfall, der bei Yaqui Brechreiz hervorrief. Natürlich war er intelligent, sonst wäre er nicht päpstlicher Nuntius geworden, dazu noch in einem von Ungläubigen besetzten Gebiet. Sein Repertoire an diplomatischen Tricks war beachtlich, und selbst Yaqui und die Jaguarjungen hatten eine ganze Weile gebraucht, um herauszufinden, dass er der oberste Vertreter der Opus-Dei-Gesellschaft war, nicht nur in Spanien, sondern in ganz Europa; zwischen ihm und seinem Gott gab es nur noch den Papst. Wenn er wollte, verstand und sprach er fließend Yucatekisch, ebenso wie die drei wichtigsten anderen Maya-Sprachen. Ob er auch die Maya-Schrift beherrschte, hatte bisher niemand herausgefunden.

Chan Balum winkte die Ehrenwache und den Majordomus aus dem Audienzsaal hinaus.

»Mah Kina Chan Balum!«, sagte der Nuntius in seinem süßlichen Singsang und verneigte sich, was angesichts seiner Körperfülle nicht einfach war.

»Euer Exzellenz!« Chan Balum senkte seinen Kopf um einen Zentimeter.

Don Rodriguez, seine beiden Begleiter und der Ahau setzten sich auf die Kissen, die man auf den Sitzpodesten ausgebreitet hatte. Diener kamen herein und brachten frische Milch, heiße Mais-Tortillas und wilden Honig in kleinen Steingutnäpfen. Der Zensor blieb stehen, weil er bei dieser Begegnung Protokoll führen würde. Ein Schreibpult wuchs aus dem Boden wie eine Pflanze im Zeitraffer. Er legte seine Hände auf die Schreibfläche, die noch vom Wachstumsprozess pulsierte, und aktivierte seine Seerose, damit alles in Echtzeit zu seinen persönlichen Datenbanken übertragen wurde.

Die ersten Minuten waren dem Essen gewidmet. Wenn Yaqui hätte lachen dürfen, hätte er gar nicht mehr damit aufhören können: Während Don Rodriguez mit Begeisterung aß, kauten seine beiden Leibwächter auf den Tortillas herum, als gehorchten sie widerwillig einem Befehl. Dabei behielten sie nervös die beiden gezähmten Jaguare im Auge – ein Bild für die Götter. Der Zensor wob seine Glyphen, alles wurde aufgezeichnet. Es gab Kakao. Die Leibwächter rührten ihn nicht an, Don Rodriguez' Trinkschale hingegen war leer, bevor Chan Balum auch nur einen Schluck genommen hatte.

»Köstlich«, sagte der Nuntius. »Einfach köstlich. Wenn ich der heiligen Kirche nicht so verpflichtet wäre, würde ich ernsthaft daran denken, ein Maya zu werden, allein schon wegen des wunderbaren Essens. Einfachheit und Subtilität, Strenge und Geschmack.«

»Was führt Sie zu uns, Don Rodriguez?«, fragte der Ahau.

»Nun, mein König, ich bin gerade auf einer diplomatischen Rundreise durch alle indianischen Königreiche in Spanien, und da Nanotikal das bedeutendste dieser Reiche ist …«

»Der wahre Grund, Nuntius, nicht das Gewäsch«, fiel ihm Chan Balum ins Wort. Yaqui zuckte zusammen. Der Ahau hasste Schönfärberei, aber so hatte er ihn noch selten erlebt.

»Ah«, sagte Don Rodriguez, von der Attacke auf dem falschen Fuß erwischt, »der wahre Grund. Nun, es ist wahr, dass ich auf einer Tour durch Spanien bin, aber der Grund, aus dem ich zuerst nach Nanotikal komme, liegt in Ihrem … Bauvorhaben begründet.«

Er legte eine Pause ein. Einer der Jaguare erhob sich und schlenderte gelangweilt auf die drei Pfaffen zu.

»Es ist uns zugetragen worden, dass sie außerhalb der Stadt mit beträchtlichem Aufwand eine Art ... Berg erbauen wollen, zusammen mit einem Brunnen, der nach seiner Fertigstellung einen der von Ihnen so geschätzten Cenotes darstellen soll. Das Gerücht besagt, dass diese beiden Bauwerke über der verschütteten Kathedrale und damit auch über dem Grab des heiligen Jakobus errichtet werden sollen.«

Der Jaguar schnüffelte an dem schwarzen Rock des Nuntius und wandte sich dann ab. Den Nuntius schien das nicht zu stören. Es machte ihm offensichtlich auch nichts aus, dass er gerade eben Informationen offenbart hatte, die er gar nicht haben durfte. Diese Projekte wurden selbst innerhalb des Adels von Nanotikal geheim gehalten. Irgendjemand würde dafür büßen müssen, dass der Nuntius Wind davon bekommen hatte.

Chan Balum nahm es anscheinend gelassen.

»Die Bücher, Nuntius. Ich habe Ihnen und Pius XV. immer gesagt: Bringt mir die Bücher, die bei der Eroberung Mesoamerikas verschwunden sind. Bringt sie mir hierher und ich werde Nanotikal abreißen und Santiago de Compostela so wieder aufbauen, wie es vor der Landnahme war, bis auf das letzte öffentliche Pissoir. Wir wollen die Bücher zurückbekommen, Nuntius. Wenn Sie uns die Bücher wiederbringen, stehe ich zu meinem Versprechen.«

Der Nuntius lächelte das Lächeln eines fetten Engels.

»Ja, die Bücher. Ihre Codices. Übrigens habe ich neulich den Codex Grolier zum ersten Mal im Original gesehen. Ich muss sagen, er hat mich beeindruckt. Wie mich die Maya-Kunst noch immer beeindruckt hat. Aber leider sind, wie wir alle wissen, bei den bedauerlichen Exzessen der Conquista die unschätzbar wertvollen Bücher Ihrer Vorfahren verbrannt worden, von einigen wenigen Ausnahmen abgesehen. Ich persönlich halte beispielsweise Diego de Landa aus heutiger Sicht für eine sehr zwiespältige Persönlichkeit. Zwar hat er mit seinen Aufzeichnungen einen immensen Beitrag zur Rettung der Maya-Kultur geleistet, aber er war eben auch an der bedenkenlosen Vernichtung von einmaligem Kulturgut beteiligt. Man wünscht sich einen Gutenberg der Maya, nicht wahr?«

Der Nuntius nahm einen Schluck aus dem zweiten Kakaogefäß, das der Diener vorsorglich neben ihm abgestellt hatte.

»Aber ich habe Ihnen noch gar nicht gesagt, was wir wirklich wollen.«

Er legte seine aufgedunsenen Hände wie zum Beten aneinander und sah zur Decke, als suche er göttlichen Rat. Der Jaguar lag wieder an seinem Platz vor Chan Balums Thron.

»Wir ... wollen das Grab des Jakobus. Wir schicken einige Archäologen hierher, graben den Sarkophag aus, machen das Loch wieder zu und schaffen die Reliquien nach Rom. Geschätzte Dauer: eine Woche. Keine Politik, kein Tamtam.«

Chan Balum schien belustigt.

»Warum sollte ich das zulassen?«

Der Nuntius lachte jovial.

»Ja, warum? Ich sage es Ihnen: Wir könnten uns im Gegenzug dazu bereit finden, die Archive des Vatikan etwas genauer als bisher auf eventuell noch vorhandene gerettete Maya-Bücher zu durchsuchen. Es ist nicht ausgeschlossen, dass dabei gut erhaltene Schriftstücke aus der klassischen Periode zu Tage gefördert werden, möglicherweise sogar mit sensationell neuen Inhalten. Ich gebe zu, das ist unwahrscheinlich, aber es ist nicht völlig unmöglich ...«

Es war so still, man hätte eine Feder fallen hören können. Yaqui hielt unwillkürlich den Atem an. Alle fünf erhaltenen Maya-Codices, im Grunde nichts weiter als dürre, ausgefranste Überreste von gekalkter und bemalter Feigenrinde, lagerten in aufwendig klimatisierten Umweltkammern in Tikal. Über die Echtheit des fünften, des Codex Moskau, waren sich die Gelehrten weltweit immer noch nicht einig, weswegen er auch nicht dasselbe Ansehen genoss wie die anderen. Diese zerfledderten Blätter bildeten zusammen mit dem Popol Vuh und den verwässerten Chilam-Balam-Büchern nicht mehr und nicht weniger als das spirituelle Rückgrat der Maya-Kultur. Im Grunde waren sie, von den Ruinen in Mesoamerika und einigen Steingutscherben abgesehen, das einzige *echte* Überbleibsel der alten Maya. Und Don Rodriguez deutete durch die Blume an, dass der Vatikan im Besitz eines weiteren, ja vielleicht sogar mehrerer weiterer Codices sei.

Chan Balums Stimme war völlig ruhig, als er sprach, und Yaqui bewunderte ihn dafür. »Diese Schriftstücke, von denen sie sprechen: Sie werden hergebracht, und zwar so schnell wie möglich. In der Zwischenzeit sind Sie und Ihre beiden Begleiter meine ... Gäste. Falls sich herausstellen sollte, dass Sie und der Papst uns täuschen wollen, werden Sie geopfert, und wenn der Papst Ihren Tod zum Anlass für einen Krieg nehmen will, kann er ihn haben. War das verständlich?«

Der Nuntius nickte lächelnd.

»Das ist alles«, sagte Chan Balum. Der Nuntius und seine Leibwächter standen auf.

Während sie auf die Ehrenwache warteten, die sie in die Gästegemächer des Palastes bringen würde, sagte Don Rodriguez zu Yaqui: »Ihr Kursivstil ist formidabel. Wie Sie die kompliziertesten Glyphen einfach und doch klar zusammenfassen, das verrät den wahren Meister, doch, doch. Vor allem Ihre eleganten Silben-Logogramm-Kombinationen: wunderbar. Wir müssen uns unbedingt einmal darüber unterhalten. Vielleicht ergibt sich in den nächsten Tagen eine Gelegenheit dazu.«

Yaqui lächelte ihn an. Sie werden dir das Herz herausreißen, du Schwätzer, dachte er. Die Ehrenwache kam, und Chan Balum wies sie an, die Kirchenmänner zum Gästehaus zu bringen und ihnen allen nur möglichen Komfort angedeihen zu lassen. Yaqui wusste, dass sie de facto unter Hausarrest stehen würden, auch zu ihrer eigenen Sicherheit, denn es war keine Kleinigkeit, sich in Nanotikal im Aufzug eines katholischen Geistlichen sehen zu lassen.

»Was hältst du davon?«, fragte ihn Chan Balum, als die Pfaffen verschwunden waren und die Diener das Geschirr abgetragen hatten.

Yaqui betrachtete das Schreibpult, das wieder mit dem Boden verschmolz.

»Er schien sich seiner Sache sehr sicher zu sein.«

»Erstaunlich sicher«, sagte Chan Balum. »Don Rodriguez hat mir noch nie den Eindruck gemacht, als sei er lebensmüde. Wenn Sie uns eine Fälschung andrehen wollen, dann wird sie zumindest gut gemacht sein – möglicherweise so gut, dass sie nicht als eine solche erkennbar ist. Denk nur an den Codex Moskau, Yaqui. Bis heute weiß niemand genau, ob er nicht vielleicht doch gefälscht ist.«

Yaqui wunderte sich über die Redseligkeit des Ahau. Seine Augen glänzten. Er schien das Spiel, das der Nuntius eben eröffnet hatte, zu genießen.

»Mich beschäftigt etwas ganz anderes, mein König«, sagte der Zensor. »Wie hat Don Rodriguez von unserem Uitz-Kaan-Projekt erfahren? Die *Blattschneiderameisen* sind noch nicht einmal mit den Plänen fertig.«

Der Ahau sah ihn an.

»Ärgerlich, nicht wahr? Aber du wirst es herausfinden. Wir werden sehen, was zu tun ist.«

»Ich kümmere mich darum«, sagte der Zensor.

Auf dem Weg zur Maskenpyramide dachte er: Es gibt undichte Stellen. Der Vatikan hat Spione in Tikal. Und heute sind drei weitere hinzugekommen. Noch unterwegs gab er mit seiner Seerose dem technischen Corps der Zensoren genaue Anweisungen für die Überwachung der Gästegemächer, in denen sich der Nuntius und seine »Assistenten« aufhielten. Er wusste, dass die Jaguarjungen ebenfalls eine Sondergruppe mit dieser Aufgabe betreut hatten, aber er wollte seine eigenen Leute vor Ort haben, vor allem nach dem Gespräch mit Tepepul, das ihm noch im Magen lag.

Don Rodriguez' Bemerkungen zu seinem Schriftstil machten ihm ebenso Kummer. Bluffte er nur oder konnte er wirklich von weitem erkennen, was ein Glyphenschreiber auf einem Pult schrieb? Wie ein Lippenleser etwa? Wenn ja, dann kannte er sich weit besser mit der Maya-Schrift aus als vermutet. Was für Überraschungen hatten die Popen noch auf Lager? Yaqui hätte lieber in seiner Residenz über diese und andere Fragen nachgedacht, als zu dem Opfer zu gehen. Aber auch das gehörte zu seiner Arbeit.

Das Opfer an Ah Kin Xooc fand bei der Maskenpyramide statt, die diesem Gott geweiht war. Sie war von Ox Ha-Te erbaut worden, der nach dem Tod von Chan Balums Vater Pacal für vier kurze Jahre Ahau von Tikal gewesen war. Ox Ha-Te war ein kraftloser König gewesen. Weder hatte er das Reich militärisch oder ökonomisch gestärkt noch hatte er Bauvorhaben in Angriff genommen, die Tikal in spiritueller Hinsicht bereichert hätten. Die wenigen kleinen Tempel und Pyramiden, die auf ihn zurückgingen, konnte man an den Fingern einer Hand abzählen. Das Bedeutendste war noch die Maskenpyramide, ein kleines, fünfzehn Meter hohes Tempelchen, dessen einziges herausragendes Merkmal die Masken waren, mit denen man seine Basis geschmückt hatte. Ox Ha-Te war im fünften Jahr seiner Herrschaft unerwartet gestorben, an einer »Krankheit«, wie die offizielle Geschichtsschreibung Tikals vermerkte. Es ging das Gerücht, die Hauptursache dieser Krankheit sei Chan Balums Ehrgeiz gewesen, Ox Ha-Te als König zu beerben.

Gemessen an der Tatsache, dass es sich nur um ein kleines Opfer handelte, das keine besondere astronomische oder staatstragende Relevanz besaß, war erstaunlich viel Publikum anwesend. Einige Sänften des hohen Adels standen in der Nähe der Maskenpyramide. Die Trägersklaven hatten schon begonnen miteinander zu tratschen. Yaqui musste schmunzeln. Die Ansammlung von Sänften sah tatsächlich ein wenig wie ein Parkplatz aus. Es stellte sich schnell heraus, dass das Opfer keine ausgesprochen sakrale Angelegenheit war. Zwar wurden am Anfang einige Hähne geopfert und ihr Blut wurde in alle Himmelsrichtungen verspritzt, aber ansonsten hielt sich der religiöse Eifer in Grenzen. Nicht einer der anwesenden Adligen zapfte sich ein wenig von seinem eigenen Blut aus der Zunge oder dem Penis ab, wie das bei wirklich wichtigen Opfern erforderlich war. Es wurde viel Kopalharz verbrannt, und der Priester der Maskenpyramide, in der klerikalen Hierarchie Tikals ganz unten angesiedelt, erbat mit ein paar Formeln den Segen von Ah Kin Xooc für seine Verehrer – die Party konnte beginnen. Hunahpu und Ixbalanqué besiegten wieder einmal die Unterweltgötter und sie machten ihre Sache gut. Die Darstellung war außergewöhnlich farbenprächtig und kreativ. Die Flötisten- und Trommlergruppe, die das Theater musikalisch untermalte, war ebenfalls sehr gut. Yaqui applaudierte.

Nach diesem Programmpunkt, der noch zur Pflicht gehört hatte, gab es eine Maya-Adaption des »Don Quichote«: Weiß geschminkte Maya ritten auf den Schultern ihrer Freunde mit Holzlanzen gegen Windmühlen an. Diese sahen aber nicht mehr so aus wie zu Don Quichotes Zeiten, sondern eher wie die modernen Energie-Erzeugungssysteme, denen die Spanier nachsagten, sie verschandelten die Landschaft und man bekomme in ihrer Nähe vom Surren der Rotoren Kopfweh. In letzter Zeit waren einige Windparks von der spanischen Guerilla angegriffen worden. Auf diese spektakulären Aktionen bezog sich wahrscheinlich die kleine Burleske, mit der die Schauspieler die Opfergäste unterhielten. Es wurde viel gelacht und auch der Zensor war amüsiert. Es folgten Artisten, die mythische Motive darstellten oder einfach nur Kunststücke vorführten, Gesang, ein paar Zoten, in denen der Hochadel veralbert wurde, und anderes mehr. Nach der Aufführung lief Yaqui ein wenig auf dem Platz umher, grüßte den einen oder anderen und genoss ansonsten den schönen Abend, die Fackeln, die Musik. Man wusste, wer er war, und die Gespräche wurden etwas leiser, wenn er in die Nähe kam, aber das war er gewohnt. Er bemerkte Co Cavib und Drei Hirsch in der Menge. Sie plauderten entspannt miteinander, und wenn Liebe im Spiel war, fiel das nicht auf. Yaqui wusste, dass einige Agenten der Jaguarjungen unter den Gästen waren, aber er konnte sie nicht ausmachen, was ihn ein wenig beunruhigte. Eine junge Frau sprach ihn an und es dauerte eine Weile, bis er sie erkannte, weil sie noch ihre Theaterschminke trug. Es war Ixmucané, die Schülerin aus der Schreiberklasse, die er am Morgen inspiziert hatte.

»Edler Herr«, sagte sie und verbeugte sich tief, »was führt Euch hierher?«

»Die schöne Abendluft, Ixmucané.«

»Wie hat Euch das Opfer gefallen? Wir haben lange dafür geübt.«

»Das merkt man. Es war sehr gelungen. Ah Kin Xooc wird es annehmen.«

Ixmucané strahlte. Sie war von dem Fest, von sich selbst und von allem anderen begeistert, ganz ohne Ironie. Yaqui fand das erfrischend. Ihre Natürlichkeit stand in so klarem Kontrast zu all dem Machtzynismus, den er an diesem Tag schon erlebt hatte. Ixmucané ging so weit, ihm die anderen Mitglieder ihrer Theatergruppe vorzustellen, und obwohl ihre Freunde ein wenig steifer im Umgang waren als sie, wurde es nicht peinlich. Er spielte den hohen Staatsbeamten, der sich aus einer Laune heraus dazu herabgelassen hatte, ein paar Kleinkünstlern zuzusehen. Sie spielten die ungebührlich Beehrten.

Auf dem Weg zu seiner Residenz ließ Yaqui das Opfer noch einmal Revue passieren und alles wirkte auch im Nachhinein völlig harmlos. Es stinkt geradezu nach Harmlosigkeit, dachte Yaqui. Ich muss mir die Nase zuhalten, sonst kann ich nicht nachdenken.

Die Berittenen übersprangen die Hindernisse als könnten sie fliegen. Auch die Hunde, die sie an langen Leinen mitführten, sprangen unnatürlich weit und hoch, sie sprangen den Pferden fast davon. Die Reiter trugen silberne

Rüstungen; sie waren selbst aus Silber. Außer Hunden hatten sie auch viele andere Tiere dabei: Wildschweine, Gazellen, Dromedare, Hirsche und Rehe. Es waren so viele Tiere, dass die glänzenden, im Mondlicht schimmernden Rüstungen aussahen, als würden sie auf einem Fluss aus Leibern schwimmen. Es war eine Welle von Tieren, angeführt von Jägern in silbernen Rüstungen, eingehüllt in eine Wolke von Vögeln, Bienen, Fledermäusen. Sie sprangen über Gräben, über Baumstämme, über Felsen. Die Jäger und ihre Hunde jagten nicht die Tiere, die Tiere jagten mit ihnen dahin. Als sie der Stadt schon ganz nah waren, begannen die Jäger in ihre Hörner zu blasen und ihr Schall war ohrenbetäubend. Sie übersprangen die Mauer der Stadt. Wie ein Sturzbach ergoss sich die Masse aus Tieren und Menschen in die Straßen der Stadt, das Kreischen, Bellen, Zwitschern, Brüllen und die Fanfarenmusik der Jäger waren mörderisch, die Wände der Häuser zitterten wie bei einem Erdbeben. Vögel prallten gegen Wände und stürzten tot zu Boden, kleinere Tiere wurden von größeren zertrampelt, weil nicht für alle Platz war. Manche der größeren Tiere kämpften miteinander. Nur die silbernen Jäger sprangen auf ihren fliegenden Pferden ungehindert hin und her. Sie waren wie Funken über einer dunklen Flut aus Tieren, die durch die Straßen schwappte. Niemand wehrte sich gegen sie, denn die Stadt war völlig leer.

Yaqui schreckte hoch und sah die silbernen Reiter vor seinen Augen tanzen, so dass er noch eine Weile daran zweifelte, wirklich aufgewacht zu sein. Schließlich erkannte er aber, dass nur ein paar große Leuchtkäfer in sein Schlafzimmer gekommen waren, weil das Umweltkontrollsystem die Fensteröffnungen nicht verschlossen hatte. Sein Fehler: Er hatte unbedingt bei offenem Fenster schlafen wollen und darauf vertraut, dass die Moskitoabwehr ausreichte, um auch andere Insekten abzuhalten.

»Licht«, sagte er und es wurde hell. Er richtete sich in seinem Bett auf. »Töte die Biester«, sagte er mit belegter Stimme.

Die Leuchtkäfer prasselten zu Boden und ein Reinigungsautomat sammelte sie in Windeseile auf. Sein leises Getrappel und seine ruckhaften Bewegungen verursachten Yaqui Unbehagen, wie immer. Erst als er sich seine Decke wieder überzog, merkte er, dass er völlig verschwitzt war. In seinem Schlafzimmer war es nicht warm. Er stand auf, rieb sich mit einem Handtuch trocken und ging wieder ins Bett.

»Mach das Licht aus«, sagte er. Es wurde dunkel. »Fenster zu.«

Vor den Fensteröffnungen schloss sich ein unsichtbarer Schirm, dem nicht einmal eine Handgranate etwas anhaben konnte, geschweige denn ein Moskito oder ein Leuchtkäfer. Die anderen Träume dieser Nacht waren so verworren, dass Yaquis Gehirn sie nicht speicherte.

Die Explosion war nicht allzu stark, aber sie reichte aus, um ein Loch in die Wand der Pipeline zu schlagen. Der enorme Innendruck besorgte den Rest: Die Pipeline wurde zerrissen wie ein platzender Ballon. Nach den Berechnungen hatte das Maya-Dorf noch etwa zwei Minuten zu leben. Zwar hätte eine automatische Kontrolleinrichtung die Pipeline fünf Kilometer oberhalb der Bruchstelle verschließen sollen, aber eine zweite Bombe, die noch kleiner war und die die Pipeline selbst überhaupt nicht beschädigte, verhinderte das. Das Wasser schoss in fünfzig Meter hohen Fontänen auf und riss die Pipeline aus ihrer Verankerung. Eintausend Kubikmeter pro Sekunde ergossen sich aus der Bruchstelle und rollten auf die talabwärts gelegenen, strohgedeckten Hütten zu.

Enrique hatte Bilder von Staudammsprengungen im Zweiten Weltkrieg gesehen und er wusste, was die schlafenden Dorfbewohner erwartete. Er wusste auch, dass Feuerwehr, Armee und Militärpolizei bereits in diesem Moment alarmiert wurden, aber dass jede Hilfe zu spät kommen würde.

Enrique fand es seltsam, all dies zu wissen, denn er saß 340 Kilometer entfernt vom Ort des Geschehens auf einem Stuhl in einer fast leeren Wohnung in Salamanca. Neben seinem Stuhl stand ein zweiter, auf dem Pedro saß. Die Eingänge zu dem Haus, in dem die Wohnung lag, wurden von einer Kampfgruppe der erfahrensten Compañeros unauffällig bewacht. Sie sollten Enrique und Pedro im Ernstfall die entscheidenden Minuten zur Flucht erkaufen. Sie waren beide wertvoll. Wenn sie gefangen wurden, fehlten dem Widerstand ein Kopf und ein Arm, und erfahrungsgemäß dauerte es sehr lange, beides zu ersetzen. Enrique war in diesem Moment vergleichsweise sicher, und wäre alles nicht so furchtbar gewesen, hätte er gelacht. Auf einen Außenstehenden hätte das Ganze sowieso nur bizarr gewirkt. Sie saßen beide auf Stühlen in einer leeren Wohnung und hatten mitten in der Nacht schwarze Sonnenbrillen auf. Um das Haus herum wachten zehn Schwerbewaffnete voller Eifer darüber, dass niemand sie bei diesem etwas seltsamen Verhalten störte. In Wirklichkeit handelte es sich bei den Sonnenbrillen um Projektionssysteme für 3D-Fernübertragungen: Die beiden Guerilleros taten nichts anderes, als den Polizeifunk zu überwachen, auch wenn dieser nicht mehr wie früher aus gesprochenen Funkbotschaften bestand, sondern aus hochaufgelösten Videoaufnahmen in 3D und Farbe, die zudem ungleich schwieriger anzuzapfen waren als der primitive Funkverkehr früherer Zeiten. Aber die *Technik*, wie die Bastler im Widerstand liebevoll genannt wurden, hatte es geschafft, und das Netz aus Überwachungsdrohnen, das über der Pipeline und dem Dorf schwebte, lieferte Enrique und Pedro die Bilder von der Katastrophe live und frei Haus auf die Netzhaut.

Die ersten Ausläufer der Springflut erreichten das Dorf, und schnell wurde aus einem schmalen Rinnsal, das um die Mauern spülte, ein Bach, ein Fluss, ein Strom und schließlich eine Flutwelle. Die strohgedeckten Bauernhäuser waren nicht alle aus Stein, und die Lehmbauten gaben zuerst nach. Vereinzelt versuchten Menschen aus den Häusern zu fliehen. Wahrscheinlich hatte sie der Knall der Explosion und das anschließende Rauschen aus dem Schlaf geweckt, aber sobald sie aus der Tür kamen, wurden sie von den Wassermassen fortgeschwemmt. Enrique blinzelte, er konnte Pedro Kaugummi kauen hören. Das Wasser donnerte. Auch die steinernen Häuser gerieten nun ins Wanken. In manchen Fällen brachten die umherschießenden Holzbalken schon umgespülter Wände andere, noch stehende Mauern zum Einsturz. Immer mehr Menschen trieben in den Fluten. Ein kleiner Steintempel, das einzige Heiligtum des Ortes, gab nach, und Pedro rief: »Ja!« Die Statusmeldungen der Überwachungsdrohnen rasten über das untere Sichtfeld der Sonnenbrillen. Sie blinkten so schnell vorüber, dass Enrique keine der Glyphen entziffern konnte.

Das Dorf wurde vernichtet. Es blieb nichts von ihm übrig. Wenn die Pipeline endlich verstopft war, würden der Müll, die Leichen und vielleicht einige Überlebende Kilometer entfernt angespült werden, an Felsen und anderen Bodenerhebungen, in Gebüschen und Wäldern, mitten in überschwemmten Maisfeldern.

Enrique hatte genug gesehen, es wurde Zeit zu verschwinden. Er nahm sich und Pedro die Brillen ab.

Pedro grinste. »Das wird den Maisfressern eine Lehre sein.«

Er freute sich aufrichtig. Pedro war ohne Frage grausam *und* verrückt. Er war, ideologisch gesehen, ein Wirrkopf par excellence und außerdem war er Alkoholiker. Aber er konnte mit Sprengstoff und Waffen umgehen, als sei er zum Terroristen geboren. Zwar hatte er die Bomben nicht gelegt, die die Pipeline zerstört hatten, aber er hatte sie gebaut. Man nannte ihn den »Knipser«, wegen der Leichtigkeit, mit der er Menschenleben ausknipste, und er war stolz auf diesen Spitznamen.

Enrique zeigte auf die Tür und sie gingen auf das Flachdach des Hauses hinauf. Von dort aus auf das nächste Dach und über die Hinterhöfe davon.

Später, in den Nachrichten, war von zweihundert Toten die Rede, und Enrique wusste, dass das noch lange nicht das letzte Wort war.

13. Juni 2136

13.6.5.4.18 5 Etznab 1 Xul Nachtgott 8

Wenn Enrique so was sah, konnte er den Mut verlieren. Die drei Dutzend Galgenvögel, die sich in dem alten Weingut versammelt hatten, machten nicht den Eindruck, als würden sie demnächst die Welt aus den Angeln heben. Sie wirkten nicht wie die Soldaten einer Befreiungsarmee, sondern eher wie die letzten Marodeure. Einige der Compañeros hatten keine Schuhe, einige waren offensichtlich zu alt oder zu jung und einigen sah man an, dass sie nicht wussten, ob sie wirklich hier sein wollten. Viele der Kämpfer hatten ihre Gewehrkolben mit Kreuzen bemalt. Sie glaubten, dass ein so geschmücktes Gewehr genauer traf, weniger oft Ladehemmung hatte und von den Heiden gemieden wurde. Die Maya, so wusste Enrique, interessierten sich aber ohnehin nicht für die Waffen der Rebellen, weil sie veraltet waren, Kreuze an den Gewehrkolben hin oder her.

Der kleine Tisch, hinter dem die drei Offiziere der Brigade saßen, hätte sich auch auf einem Campingplatz gut gemacht. In der Lagerhalle roch es nach Staub, Taubenscheiße und den sauren Überresten ausgepresster Trauben. Die leeren Tanks, in denen der Fusel vor dem Bankrott des Weinguts gelagert worden war, standen seltsam blank und rostfrei im hinteren Teil der Halle. Überall waren Fliegen.

»Achtung!«, brüllte der ranghöchste Offizier, nachdem er von seinem Campingstuhl aufgestanden war.

Die Kämpfer ordneten sich ein wenig mühsam zu drei mehr oder weniger geraden Reihen und nahmen Haltung an.

»Die dritte Brigade der Division Valladolid der FPLE grüßt den Comandante Guerrero!«, schrie der Offizier.

»Adelante!«, schrien die Kämpfer beherzt zurück, und Enrique hoffte, dass niemand von dem Geschrei Notiz nahm. Er bemerkte, dass sein Drillichanzug an den Achseln durchgeschwitzt war. Die Pistole wog schwer an seiner Hüfte.

»Freunde«, sagte der Brigadier. »Wir sind heute hier zusammengekommen, um zu fragen ›Warum kämpfen wir?‹ Solche Versammlungen haben wir schon öfter abgehalten, aber heute ist ein besonderer Tag. Commandante Guerrero hat den weiten Weg und die Gefahr nicht gescheut, um bei unserem Treffen dabei zu sein. Auch er wird uns heute etwas zu der Frage ›Warum kämpfen wir?‹ sagen. Ein Gruß an den Commandante!«

»Wir grüßen Commandante Guerrero! Adelante!«, schrien die Kämpfer. Sie hatten nicht viel Zeit zum Üben gehabt und waren ihrem Kommandanten ins Wort gefallen. Über solche Feinheiten musste man hinwegsehen.

»Freiwilliger Raoul fängt an.«

Der Freiwillige war der niedrigste Grad in der Rebellenarmee, dasselbe was ein »Schütze« oder ein »private« in einer normalen Armee war. Raoul hatte ausgeblichenes Drillichzeug an, abgenutzte Schuhe und ein schmutziges Halstuch. Die antike M 16, die von seiner Schulter hing, war allerdings gut gepflegt. Er hatte kein Kreuz auf den Gewehrkolben gemalt.

»Commandante Guerrero! Freunde! Ich kämpfe für die Freiheit Spaniens. Viel zu lange schon ist unser Land von den Fremden besetzt, die unsere Kultur nicht achten, unsere Ressourcen ausbeuten und den normalen Spanier unterdrücken. Ich kämpfe für ein Spanien, in dem meine Kinder frei und ohne Angst vor der Militärpolizei auf der Straße spielen können. Für ein Spanien ohne arrogante Könige, die sich für Götter halten. Ich kämpfe für die Freiheit. Patria y Libertad! Nieder mit den Maya!«

Enrique horchte auf. Die Rede von Raoul war frei von christlichem Gedankengut gewesen. Damit hatte er nicht gerechnet.

»Danke, Freiwilliger Raoul! Freiwilliger Pablo!«

Pablos Uniform war ein wenig gepflegter und er hatte Reservemagazine für seine Maschinenpistole mitgebracht. Seine schwarzen Haare waren gekämmt.

»Commandante! Ich kämpfe für die heilige Kirche! Die Heiden sind die Pest der Erde. Sie verhöhnen Jesus und seine Kirche, sie wollen aus unseren Heiligen verabscheuungswürdige Maya-Gottheiten machen. Die Mutter Gottes soll sogar mit ihrer Mondgöttin identisch sein! Wir müssen uns gegen diesen stinkenden Aberglauben wehren! Nur mit einer starken Kirche ist Spanien stark. Nur ein christlicher König kann über ein christliches Spanien herrschen, denn nur er vertritt den Willen des Volkes. Eine wahre Demokratie in Spanien wird immer christlich sein. Das Volk ist christlich, aber die Herrscher sind es nicht. Darum bekämpfe ich sie. Für König, Gott, Vaterland!«

Aha. Pablo machte den fehlenden religiösen Eifer Raouls mehr als wett. Wenn Enrique sich nicht täuschte, versorgten Leute wie Pablo die Kirche mit Nachrichten über den inneren Zustand der Rebellenarmee und sie hätten gerne die ganze Truppe christianisiert. Den Schlenker zur »Demokratie« fand Enrique in diesem Zusammenhang geradezu komisch. Einflussreiche

Kreise der offiziellen wie der Untergrundkirche arbeiteten eifrig daran, im Falle eines militärischen Siegs der Rebellen die alleinige Führung zu übernehmen, um ein klerikal-faschistisches Regime zu errichten – ob mit oder ohne König. Ihr heimliches und manchmal offenes Vorbild war General Franco und sie dachten genauso wenig demokratisch wie er.

Der ideologische Unterschied zwischen Raoul und Pablo war mit Händen zu greifen. Im Spanischen Bürgerkrieg des 20. Jahrhunderts hätten sich die beiden bis aufs Messer bekämpft. Enrique würde am Ende der Schulung empfehlen, Pablo zu versetzen.

Manche Truppenteile waren noch viel reaktionärer als die dritte Brigade, und Enrique weigerte sich, vor ihnen aufzutreten. Das machten dann andere Commandantes, die sich mit diesen Leuten besser verstanden. Es reichte Enrique vollkommen, im Exekutivrat mit den rechten Klotzköpfen zusammenzusitzen.

»Freiwilliger Bartholomé. Warum kämpfst du?«

Bartholomé hatte Angst. Er kam ganz ohne Uniform aus, sein durchgeschwitztes weißes Hemd steckte in einer schwarzen Hose, die er wahrscheinlich auch am Sonntag in der Kirche trug. Die doppelläufige Schrotflinte und die orangefarbenen Handgranaten an seinem Gürtel sahen einfach absurd aus. Er hatte ein rundes Bauerngesicht. Seine Stimme war leise und die Spielregeln hatte er offensichtlich noch nicht ganz begriffen.

»Das wisst ihr doch. Die Maya machen uns fertig. Ich wollte von der Behörde nichts weiter als ein Stück Brachland, um ein bisschen Gemüse anzubauen. Ein bisschen Gemüse wollte ich haben und ein paar Kühe. Aber nicht so einen Steinacker, der nichts bringt, sondern guten Boden. Sie sagten, ich muss zuerst Maya werden, damit ich ein Stück gutes Land bekomme. Ohne das kein Land und vor allem kein Wasser. Das wollte ich nicht. Ich war so wütend, ich hab mich mit ein paar Freunden zusammengetan und ein Stück Land besetzt.«

Er lachte bitter.

»Das war eine ziemlich kurze Besetzung. Sie haben mich in den Knast geschleppt und so lange verprügelt, bis ich auf ihre Götter schwor. Dann warfen sie mich auf die Straße und ich bin heimgekrochen, durch das ganze Dorf. Alle haben es gesehen. Ich hab geblutet wie ein Schwein. Das nächste Mal bringen wir dich um, haben sie gesagt. Da habe ich mir gedacht, wenn das so ist, dann kann ich auch zu euch kommen. Das ist alles.«

Am Schluss weinte Bartholomé fast, und seine Stimme war nun kaum mehr zu hören. Man vernahm nur noch das Summen der Fliegen. Nach einer Pause, in der niemand etwas sagte, hörte man noch ein anderes Geräusch, ein schnell anschwellendes Brummen, das die Kämpfer wie ein paar aufgescheuchte Hühner auseinander stieben ließ. Sie versteckten sich so gut es ging hinter den alten Weintanks, hinter Bretterstapeln und den Flügeltüren des Lagerhauses: Das Geräusch konnte nur von Lastschraubern stammen, möglicherweise randvoll mit *Raben*, den Elitetruppen der Maya, die die Aufstandsbekämpfung anführten.

Das Brummen kam näher und näher, bis es direkt über dem Weingut zu hängen schien. Enrique kam es vor, als bebe der Boden, und für eine Sekunde oder zwei dachte er, die Lastschrauber würden Soldaten abseilen, um ihn und die anderen zur Stecke zu bringen. Sein Herz schlug so stark, dass er seinen eigenen Puls noch am Griff seiner Pistole spüren konnte, die er in erster Linie deswegen in der Hand hielt, um sich zu erschießen, wenn die Lage aussichtslos wurde. Würden Sie ihn lebend fangen, würde die Guerilla um Jahre zurückgeworfen. Aber das Geräusch der Turbinen ebbte ab, die Lastschrauber entfernten sich und die Compañeros atmeten auf. Als von dem Brummen nichts mehr zu hören war, krochen sie aus ihren Verstecken und stellten sich verlegen lächelnd wieder auf. Der Anführer nahm seine Uniformmütze ab und wischte sich mit dem Handrücken den Schweiß von der Stirn. Er war kreidebleich. Enrique übernahm die Initiative. Er wollte das hier zu Ende bringen.

»Wo waren wir stehen geblieben?«, sagte er, und alle lachten.

»Warum wir kämpfen. Genau. Seht mal, es ist eine Tatsache, dass ich jetzt hier vor euch stehe, aber es ist eine sehr erstaunliche Tatsache. Wie ihr wisst, bin ich ein Maya. Die meisten von euch kennen mich als »Guerrero«, aber ich habe noch einen anderen Namen und dann noch einen und noch einen. Ich habe unendlich viele Namen, aber mein erster und mein eigentlicher ist ein Maya-Name. Ich wurde in Uaxactún geboren, einem Maya-Stadtstaat, und ich genoss eine traditionelle Maya-Erziehung, auch wenn man mich ein bisschen schief ansah, weil ich aus der illegitimen Verbindung eines Maya-Adligen mit einer Spanierin stammte. Also gut, ich bin ein Halb-Maya. Die Schönheitsoperationen haben trotzdem einen Haufen Geld gekostet.«

Die Freiwilligen lachten.

»Ich wuchs also auf wie ein Maya, sprach ihre Sprache und aß eine Menge Mais.«

Ein zweiter Lacher. Er hatte sie.

»Ihr werdet zugeben, dass das unwahrscheinliche Voraussetzungen dafür sind, Kommandant einer spanischen Rebellenarmee zu werden. Aber hier bin ich. Ich bin zu euch übergelaufen, so wie Gonzalo Guerrero im 16. Jahrhundert zu den Maya übergelaufen ist, als die Spanier die Maya in Yucatán zu unterdrücken begannen. Das ist schon mal seltsam. Es gibt aber einen zweiten Grund dafür, dass meine Anwesenheit hier und heute sehr unwahrscheinlich ist. Ich bin nämlich ängstlich. Ich kämpfe nicht gern. Unter den Maya, bei meinen Brüdern in Uaxactún, galt ich als Feigling. Ich war kein guter Ballspieler und das bedeutet etwas bei uns Maya. Ich bin also ein bisschen feige und außerdem hänge ich am Leben. Natürlich ist das Leben Scheiße, das wissen wir alle, aber ob noch etwas hinterherkommt, wissen wir nicht. Der Freiwillige Pablo ist da nicht meiner Meinung, und das werden wir ausdiskutieren, wenn wir gegen die Maya gewonnen haben.«

Alle lachten, sogar Pablo.

»Aber ich halte es für recht wahrscheinlich, dass dieses Scheißleben das einzige ist, das wir haben. Und immerhin ist das hier eine Armee und der Hauptberuf eines Soldaten ist das Sterben. So ist das nun mal. Warum also dieses Risiko eingehen? Ich hätte in Uaxactún Karriere machen können. Ich war begabt im Schreiben und das gilt bei uns Maya auch etwas. Stattdessen stehe ich in dieser Scheune und halte Volksreden, während jeder Militärpolizist in ganz Spanien mich am liebsten über offenem Feuer rösten möchte. Warum tue ich das? Die Antwort ist ganz einfach. Es gibt für mich gar keine Alternative. So etwa mit siebzehn, achtzehn merkte ich, dass ich bei den Maya nichts verloren hatte. Meine eigenen Leute waren mir völlig fremd. Die Organisation der Gesellschaft, die Allgegenwart des Religiösen, die Machtspiele und die Intrigen innerhalb des Adels, die Menschenopfer, die eigentlich Todesstrafen für Verbrecher waren, aber wie Opfer an die Götter aussehen sollten – all das ging mir auf die Nerven, mehr und mehr. Ich versuchte es eine Zeit lang mit Zynismus, aber das ging auch nicht. Zynismus ist ein prima Betäubungsmittel für Menschen, die sehr wohl merken, dass ihr Leben hohl ist, die aber glauben, sie könnten nichts dagegen tun. Und das Leben der Maya *ist* hohl, und zwar aus einem ganz bestimmten Grund.«

Er legte eine kleine Pause ein, um die Spannung zu steigern.

»Die ganze Gesellschaft der Maya, ihre Anwesenheit hier in Spanien, vom Tag der Landnahme an, ist auf Unterdrückung begründet. Bartholomé ist ein gutes Beispiel dafür. Natürlich sagen sie, das sei nur eine angemessene Antwort auf die sechshundert Jahre Unterdrückung durch die Weißen. Das ist ein gutes Argument. Aber es ist falsch. Ein Unrecht wird nicht dadurch ausgeglichen, dass man es unter neuem Unrecht begräbt. Also bin ich gegen Rache, genau wie die Christen. Daran werden wir uns erinnern müssen, wenn wir gewonnen haben, und wenn ich dann noch lebe, werde ich euch daran erinnern. Aber ich bin absolut nicht dafür, auch noch die rechte Backe hinzuhalten, wenn man links schon eine gefangen hat. Wir sind vielleicht aus unterschiedlichen Gründen hier, aber aus demselben Anlass: Wir haben es einfach nicht mehr ausgehalten! Keiner von denen glaubt wirklich an die Götter, die sie euch aufzwingen wollen. Die eigenen Bauern verachten sie sogar noch mehr als alles andere. Das einzig interessante Spiel ist der Kampf um die Macht im Staat. Und sie fühlen sich so sicher mit ihrer Nano-Technologie und ihrem Militär, dass sie wie Schweine geworden sind, die sich wohlig im Schlamm wälzen. Ich habe das alles nicht mehr ausgehalten, weil ich nicht mehr in den Spiegel sehen konnte ohne zu kotzen. Ihr habt es nicht mehr ausgehalten, weil sie euch fertig machen. Also wehrt ihr euch. Und ich helfe euch. So gut ich kann. Es fällt mir nicht leicht, ehrlich. Als der Hubschrauber eben über uns war, hätte ich mir beinahe in die Hosen gemacht. Jeden Tag muss ich Sachen machen, die ich nicht will. Manchmal ist mir das alles zu viel. Aber es ist besser als auszuhalten, was einfach nicht auszuhalten ist. Das wisst ihr so gut wie ich. Und weil wir gar nicht anders können, als uns zu wehren, lautet die eigentliche Frage gar nicht: Warum kämpfen wir? Das ist die falsche Frage.«

Er machte noch einmal eine Pause. Es war totenstill.

»Die richtige Frage, die Frage, die mich wirklich interessiert, die wir uns und den anderen immer wieder stellen sollten, so unangenehm und peinlich die Antwort auch sein mag, lautet: ›Warum kämpfen die anderen nicht?‹«

Es dauerte eine Weile, aber dann merkten die Freiwilligen, dass Enrique fertig war, und für nur drei Dutzend Männer war der Jubel erstaunlich laut. Hätten sie sich unter freiem Himmel aufgehalten und wäre die Munition nicht knapp gewesen, es wäre wohl zu Salutschüssen gekommen. Enrique lächelte die Männer an, die ihm zujubelten wie einem Befreier. Er hoffte, dass sie alle noch leben würden, wenn er das nächste Mal in diese Gegend kam. Er hoffte, dass er lange genug leben würde, um noch einmal in diese Gegend zu kommen.

Später, als er auf einem strohbeladenen Ochsenkarren Richtung Medina del Campo rumpelte, fragte er sich, ob er eigentlich glaubte, was er der dritten Brigade erzählt hatte. Er gab sich die übliche Antwort: Er glaubte es mit dem Äffchen auf der Brust. Wenn er ruhig war, gefasst, wenn er eine rauchen konnte, am Fenster irgendeines Hauses stehend, in dem sie wieder einmal Unterschlupf gefunden hatten, wenn seine Rebellenwelt in Ordnung war – dann glaubte er es. Aber in schlaflosen Nächten, wenn die Zweifel kamen, saß ein Äffchen auf seiner Brust. Es nannte ihn einen Angeber, einen Hochstapler, wies ihn auf Unstimmigkeiten in seinen Reden hin und auf Widersprüche zu früheren Reden und kam ihm mit allen möglichen Spitzfindigkeiten. Wenn es wirklich schlimm wurde, wies dieses Äffchen auf all die Menschenleben hin, die sein Kampf kostete, und er wälzte sich in seinem Schlafsack, und wenn er doch einschlief, hatte er böse Träume. Eigentlich hätte ihm das Äffchen gar nichts erzählen müssen. Es brauchte nur auf seiner Brust zu sitzen, Nüsse zu futtern und ab und an mit seinen blanken Augen auf ihn hinunterzusehen – die Vorwürfe konnte er sich schon denken.

Auch jetzt auf dem Ochsenkarren saß das Äffchen auf seiner Brust, obwohl es heller Tag war, die Sonne auf ihn und sein Bauernkostüm herabschien und das Wetter dank eines frischen Winds erstaunlich angenehm war. Er hatte ein Diktiergerät in der Hand, mit dem er das Kommuniqué zu dem Anschlag auf die Wasserpipeline aufzeichnen wollte. Es wurde langsam Zeit für eine Erklärung, die offiziellen Medien hatten die Aktion schon genug für ihre Zwecke ausgeschlachtet.

Das Diktiergerät war ein Wunderwerk moderner Technik. Man brauchte nur ganz leise zu murmeln, während man es in der Hand hielt, und es zeichnete die Schwingungen auf, die durch die Knochen des Arms übertragen wurden, sogar bei größtem Lärm. Es verschlüsselte alles, was es aufzeichnete, und zwar so sicher, dass nicht einmal die Zensur in Tikal etwas damit anfangen konnte. Mit einem Handgriff konnte man es in eine Wolke von durchsichtigem Pulver verwandeln, die selbst dem misstrauischsten Militärpolizisten nicht verdächtig vorkommen würde, weil er sie nicht sah. Fingerabdrücke blieben auf ihm einfach nicht haften, genauso wenig wie andere biologische Spuren. Und wenn er mit seiner Stellungnahme fertig war, würde er es einfach in den Straßengraben werfen. Dort würde es anfangen ein bestimmtes Signal zu senden. Die illegalen automatischen Horch- und Sendestationen der *Technik* würden es aufgreifen, und das Kommuniqué würde auf ganz Spanien niederregnen, bis alle diese Stationen gefunden und zerstört waren.

Schön und gut. Aber ihm fiel nichts ein. Das Publikum hatte sich so sehr an seine flapsigen Kommentare gewöhnt, dass er sich verpflichtet fühlte, originell zu sein. Aber das Äffchen saß auf seiner Brust, während er hier auf dem Heu in dem rumpelnden Karren lag und in den Himmel starrte. Es zeigte ihm immer wieder die Bilder von den ertrinkenden Maya-Bauern. Schließlich hatte er genug. Er murmelte: »Wir haben 324 Menschen getötet. Es hat uns keinen Spaß gemacht.«

Das Diktiergerät zeichnete alles auf.

15. Juni 2136

13.6.5.5.0 7 Ahau 3 Xul Nachtgott 1

Bis der Zug abfuhr, war noch ein halber Tag Zeit. Man hatte für ihn eine konspirative Wohnung in der Calle del Cucadero aufgetan und er wartete jetzt auf seine Begleiter und die Kostüme. Er hätte sich ausruhen sollen nach der Reise durch halb Spanien. Es wäre auch bestimmt sicherer gewesen, einfach in der Wohnung abzuwarten, am Abend zum Bahnhof zu gehen und nach Madrid zu fahren. Aber wann immer es ging, mischte sich Enrique unter die Leute, schaute sich an, wie sie wirklich lebten, was sie wirklich wollten. Und er tat dies gern unangemeldet und ohne großen Bahnhof, damit nicht alles so verkrampft ablief wie sein Auftritt bei der dritten Brigade. Er dachte an den Freiwilligen Bartholomé. Der hatte ihm gefallen, weil er die Regeln noch nicht beherrschte. Er hatte einfach über das gesprochen, was ihm auf der Seele brannte, ohne die pompösen politischen Bekenntnisse der anderen. Manchmal traf man noch so jemanden. Sogar in einer politischen Untergrundarmee.

Enrique sah auf die Straße hinunter. Es war Markttag in Avila und viele der schmalen Gassen in der Altstadt waren von Marktständen gesäumt, spanischen wie indianischen. Natürlich wurden die Maya-Bauern bei der Standplatzvergabe bevorzugt. Ihre Produkte waren eindeutig von besserer Qualität und die Preise niedriger, aber das wurde durch die Tatsache wettgemacht, dass Spanier nur bei Spaniern kauften, und die waren immer noch in der Mehrzahl. Avila gehörte – anders als das nahe gelegene Madrid – zu einem der Gebiete, die unter »Selbstverwaltung« standen. Zwar hatten die Maya auch hier das Sagen, aber die Überwachung war nicht so streng. Bis zur Ebene der Vizebürgermeister gehörten Spanier zur Verwaltung. Die Polizei bestand, abgesehen von den Offiziersgraden, aus Spaniern. Natürlich wurden ab und zu Razzien durchgeführt und es wimmelte nur so von Spitzeln und überzeugten Kollaborateuren, aber in Zeiten relativer Ruhe war in den selbstverwalteten Gebieten alles ein wenig lockerer.

Brian stöhnte, als er hereinkam. Er trug auf seinen Armen die vier Priesterröcke, mit denen sie sich verkleiden würden. Er war Ire, hatte bis zuletzt, bis zu ihrer Auflösung 2084, zur IRA gehört und war dann nach Spanien gegangen, weil er weiterkämpfen wollte. Vielleicht, weil er ein Rebell von

Natur aus war, vielleicht, weil er nichts anderes gelernt hatte. Auf jeden Fall war er der Sicherheitschef der Frente patriótico para la Liberación de España in Avila und Umgebung.

»Guerrero, muss das wirklich sein? Ich weiß nicht, ob es Sinn macht, dieses Risiko einzugehen. Dein Zug geht heute Abend um sechs, du brauchst nur hier abzuwarten. Ich bringe dich sogar zum Bahnhof. Der reine Luxus. Diese Wohnung ist gut. Bleib hier.«

Xabier und Ricardo hatten auch keine große Lust zu dem Ausflug, das merkte Enrique gleich, als sie hereinkamen. Xabier war in vieler Hinsicht das baskische Gegenstück zu Brian. Die Basken hatten anfangs die Landnahme der Maya begrüßt, weil damit den verhassten spanischen Imperialisten die Zähne ausgeschlagen wurden, aber die erhoffte baskische Autonomie hatte sich nicht eingestellt und die Stimmung war schnell umgeschlagen. Die ETA hatte sich aus alter Eigenbrötelei nicht in der größeren spanischen Rebellenarmee vereinnahmen lassen, aber man verstand sich. Xabier war eine Art Verbindungsoffizier. Ricardo, der einzige echte Spanier unter ihnen, gehörte zur *Technik*.

»Du solltest dich auf die Sache in Madrid konzentrieren. Was wollen diese Leute von uns? Was wollen wir von ihnen? Es könnte eine Falle sein.«

Enrique fing an, sich auszuziehen. »Alles könnte eine Falle sein. Ich habe von diesem neuen Kult gehört und ich will ihn mir mit eigenen Augen ansehen. Ricardo hat die Kontakte geknüpft. Wir kommen nicht als Rebellen, sondern als Pfaffen, und ich will einfach wissen, was da vorgeht. Vielleicht finden wir neue Freunde und du weißt, dass wir neue Freunde dringend gebrauchen können.«

Auch Xabier und Ricardo zogen sich um. Brian machte keine Anstalten dazu. »Freunde«, schnaubte er. »Man hört die komischsten Sachen über die Synkretisten. Herrgott nochmal, das sind doch halbe Maya!«

Enrique drehte sich um und sah ihm in die Augen.

»Das bin ich auch«, sagte er. »Zieh dich an, Brian. Wir müssen los.«

Brian, der sich für seinen Ausbruch schämte, fing widerwillig mit dem Verkleiden an. Er vermied es, die anderen anzuschauen. Die Soutanen waren sehr unpraktisch; sie konnten kaum ihre Waffen unterbringen, ohne dass auffällige Beulen entstanden, also banden sie sich die Pistolen an die Unterschenkel. Das Birett fand Enrique am übelsten. In diesem Aufzug würden sie schwitzen wie die Schweine. Als sie fertig waren und sich die Falten an den Soutanen glatt gestrichen hatten, sahen sie sich gegenseitig an und brachen in schallendes Gelächter aus. Es dauerte eine Weile, bis sie sich wieder beruhigt hatten.

Im Raum nebenan saßen die beiden Compañeros, die in ihrer Abwesenheit die Wohnung bewachen sollten, die Gewehre quer über die Beine gelegt.

Sie grinsten breit über ihre bärtigen Gesichter, als Enrique sich von ihnen verabschiedete.

»Baut mir hier keinen Scheiß, ihr zwei.«

»Pax vobiscum, Padre«, sagte der eine der beiden.

Die vier Padres verließen das Haus über den Hinterhof.

Auf der Straße war der Trubel groß. Überall waren Maya-Bäuerinnen unterwegs in Huipils und farbigen Tüchern. Sie verkauften Kohl, Süßkartoffeln, Radieschen, Tomaten, Zwiebeln und alle nur denkbaren anderen Gemüsesorten, Hühner und sonstiges Kleinvieh, Plastikgeschirr und die typischen Maya-Luxusgüter: feinen Kakao, Vogelfedern, Jadeschmuck. An vielen Ständen hingen die Glyphe und eine Abbildung des Maya-Händler-Gottes Ek Chuah. Mit seiner langen Nase und seinem Fächer tanzte er auf manchen Bildern einem Publikum aus federgeschmückten Adligen etwas vor.

Zwischen den Ständen der Maya-Händler, etwas in den Hintergrund gerückt, standen die Spanier mit ihren Sachen. Sie stritten nicht mit den Maya, die Maya stritten nicht mit ihnen. Man übersah sich gegenseitig so gut es ging. Die vier falschen Padres wurden von einigen Spaniern respektvoll gegrüßt, die Maya sahen durch sie hindurch. Enrique dachte: So könnte es eigentlich immer sein.

Am Ende der Calle de Ramón Blázquez stand ein *Leguan*, einer der Truppentransporter, wie ihn die Guardia Civil in den selbstverwalteten Gebieten typischerweise einsetzte – wendige, dreirädrige Gefährte, die trotz ihrer geringen Größe bis zu zehn Gardisten aufnehmen konnten. Auf dem Dach des *Leguans* saß einer der Gardisten und streichelte sein Gewehr. Als er Enrique und seine Genossen vorbeikommen sah, nickte er ihnen zu; Enrique winkte ihm huldvoll. Das Gewehr war neuartig gewesen. Er würde bei der *Technik* nachfragen.

Wo früher der Convento de Santa Teresa gestanden hatte, eines der bedeutenderen Dominikaner-Klöster Spaniens, erhob sich jetzt ein Maya-Heiligtum: Fünfzig Meter hoch war die Pyramide, das kleine Tempelchen auf der Spitze mit eingerechnet. Traditionell gekleidete Maya stiegen die Fronttreppe des Tempels hoch, um sich mit vielen rituellen Pausen dem Allerheiligsten auf dem Gipfel dieses künstlichen Berges zu nähern. Die Padres gingen durch die Calle de los Telares und verließen Avilas Altstadt durch die Porta del Puente. Jenseits der Stadtmauer traten sie in den gleißenden Tag.

Es dauerte eine ganze Weile, bis sie das eigentliche Stadtgebiet hinter sich gelassen hatten. Außerhalb der Stadtmauern wohnten die ärmeren Spanier. Kleine Häuser, von denen die meisten in erbärmlichem Zustand waren, säumten eine Straße voller Schlaglöcher. Es gab viele aufgegebene Geschäfte, eine Menge Strommasten ohne Leitungen. An einer öffentlichen Telecomzelle fehlte die Tür. Das Wandgerät hatte jemand herausgerissen, nur noch ein paar Kabelenden ragten aus der Zellenwand. Kein Anschluss unter dieser Nummer. Obwohl die Siesta noch nicht begonnen hatte, sahen sie keine Menschen. Einmal lief ihnen ein streunender Hund über den Weg und in einer Nebenstraße heulte der Motor eines Mofas auf. Vielleicht war hier immer Siesta.

Ganz am Rande der Stadt lagen die Wellblechhütten der Ärmsten. Dahinter nur noch der Staub der Felder. In der Ferne die braunen Höhenzüge der Sierra de Avila. Enrique fragte sich unwillkürlich, wie hier überhaupt etwas wachsen konnte. Den Maya und den spanischen Konvertiten standen Gewächshäuser und raffiniert bewässerte Felder zur Verfügung, die mit Wasser aus den gigantischen Entsalzungsanlagen an der Küste versorgt wurden. Das Zehntausende von Kilometern lange Pipelinenetz überspannte ganz Spanien. Wo es nicht hingelangte, zapfte man das Grundwasser an. Wem dazu die Technik fehlte, wie den meisten nicht-mayanisierten Spaniern, konnte sehen wo er blieb.

Sie waren etwa zwanzig Minuten unterwegs und ihre Soutanen schon durchgeschwitzt, als sie an einem Bauern vorbeikamen, der auf seinem Feld arbeitete. Offensichtlich versuchte er, den Acker von Steinen zu befreien, wohl um eine Mauer daraus zu bauen. Er hatte einen Esel mit zwei Tragekörben dabei, der ihm half, sie zu der Baustelle am anderen Ende des Grundstücks zu bringen. Das Tier wirkte von der Last erschöpft. Es ließ den Kopf hängen, und manchmal zitterten seine Flanken. Die vier hatten den Bauern eine Weile beobachtet, da er in ihre Richtung zu gestikulieren und ihnen etwas zuzuschreien begann. Plötzlich kam er auf sie zugerannt, und nachdem er ein paar Meter zurückgelegt hatte, wurde klar, dass er nicht beichten wollte. Er warf mit Steinen nach ihnen, und schon die ersten davon kamen Enrique und den anderen bedrohlich nahe. Brian wollte sich nach seiner Pistole bücken, aber Enrique hielt ihn zurück und sagte:

»Lass das, Mensch. Wir hauen ab.«

Sie rannten los und konnten jetzt auch hören, was der Bauer ihnen in seinem Zorn nachrief.

»Ihr Faulenzer! Pfaffenpack! Verfluchte Schmarotzer! Ihr wollt mir helfen? Steine sammeln? Kommt nur her, ich geb euch Steine! In die Fresse, ihr Aasgeier! Ich pfeif auf eure Gebete! Verpisst euch!«

Sie waren schneller als der Bauer, aber es dauerte eine ganze Weile, bis er aufgab, und die falschen Padres waren ziemlich außer Atem, als sie stehen blieben.

»Das liebe ich an den Spaniern«, sagte Enrique, »kein Respekt vor der Obrigkeit.«

Und sie lachten, lachten, lachten, bis sie sich vor Schmerzen die Bäuche halten mussten.

Eine halbe Stunde später erreichten sie die alte Kirche, an der Ricardo mit den Synkretisten verabredet war. Sie hatte kein Dach mehr und keine Fensterscheiben und der Glockenturm war nur noch ein Stumpf. Überall waren Brandspuren zu sehen.

»Die Maya?«, fragte Enrique. »Bei der Landnahme?«

»Oder der Typ von eben«, antwortete Xabier grimmig. Im Schatten des ausgebrannten Gemäuers sitzend, rieb er sich die Wade, wo ihn ein Stein getroffen hatte.

Enrique sah sich ein wenig um und fand die unmittelbare Umgebung erstaunlich grün. Auch in der Kirche selbst wuchsen Bäume. An manchen Stellen konnte er in dem dichten Grasbewuchs noch Überreste des verrotteten und verkohlten Kirchendachs erahnen, das bei dem Brand in den Innenraum gesackt war. Enrique ging einmal ganz um die Kirche herum und entdeckte des Rätsels Lösung: Am Südende des Anwesens befand sich ein zugeschütteter Brunnen, dessen Steinumrandung unter den langen Grasbüscheln noch zu erkennen war. Eine Grundwasser führende Schicht kam hier der Oberfläche ziemlich nahe und ernährte die Pflanzen, deren Wurzeln tief genug hinabreichten.

»Was machen wir jetzt?«, fragte Brian missmutig.

»Warten«, antwortete Enrique. »Wenn sie nicht kommen, gehen wir wieder.«

Brians Tonfall hatte ihn hellhörig gemacht.

»Brian«, sagte er. »Bist du mir böse?«

Brian sah Enrique nicht an. Er knurrte nur. Wenn man wollte, konnte man das als Zustimmung interpretieren.

»Ich möchte mich bei dir wegen vorhin entschuldigen. Ich weiß, was du mit der Bemerkung gemeint hast, die Synkretisten seien doch halbe Maya. Schließlich bist du der Sicherheitsoffizier hier in Avila und es ist deine Pflicht, misstrauisch zu sein. Danke für deine Wachsamkeit.«

Er legte Brian die Hand auf die Schulter und Brian nickte. Sie setzten sich in den Schatten der Mauer wie vier Geistliche auf der Wanderschaft, die Rast halten. Xabier kaute an einem Grasstengel. Anscheinend tat ihm die getroffene Wade nicht mehr weh. Ricardo sah ab und zu auf ein schmales Comlink-Armband, das Signale von den Wachposten in der Wohnung empfangen konnte. Die vier wirkten völlig entspannt, aber sie waren es nicht. Sie waren wachsam wie Luchse. Trotzdem wusste später keiner von ihnen, wie sich der Mann hatte anschleichen können, der plötzlich neben ihnen stand. Sie sprangen auf, und er wich zwei Schritte zurück. Er trug Bluejeans, ein weißes Hemd und eine leichte Sommerjacke, nach der neuesten Mode ohne Bund und Kragen, an den Säumen mit Maya-Ornamenten verziert. Mit seinem glatt rasierten Gesicht und seiner Brille hätte er als Lehrer einer Provinzschule durchgehen können. Lehrer an höheren oder bedeutenderen Schulen verdienten genug, um sich die Korrektur eines Sehfehlers leisten zu können.

»Señores, bitte folgen Sie mir.«

Die anderen sahen Enrique an, und Enrique nickte. Sie folgten ihrem Gastgeber in die Kirche. Der Mann führte sie zu einem kleinen Steinhaufen in der Nähe des Orts, an dem früher der Altar gewesen sein musste. Nachdem er ein paar Steine weggeräumt hatte, kam eine Falltür zum Vorschein. Er klappte sie hoch und sagte: »Würde der Letzte von Ihnen bitte die Tür hinter sich schließen? Und leise, wenn es geht.«

Sie gingen die Treppe hinunter und kamen in eine Höhle, die von unzähligen Kerzen hell erleuchtet war. Es mussten hunderte sein. Trotzdem brauchten Enriques Augen erst eine Zeit, um sich an das Licht zu gewöhnen, bevor er erkannte, dass er mit den Compañeros und dem geheimnisvollen Gastgeber nicht allein war. Ein gutes Dutzend Gläubige hatten sich auf zwei krude behauenen Kirchenbänken versammelt. Die meisten hielten ihre Köpfe gesenkt oder hatten die Kapuzen so tief ins Gesicht gezogen, dass sie nicht zu erkennen waren: die Synkretisten.

Trotz der feuchten Wände war die Luft zum Schneiden dick – nicht nur wegen der Kerzen, sondern auch wegen des Weihrauchs, der in der Höhle verbrannt wurde. Die meisten Lichter standen um einen großen Stein herum, dem ein wenig geschickter Steinmetz ein großes Gesicht eingemeißelt hatte. Vor dem Steinkopf stand eine große Messingschale mit Wasser, auf dem Rosenblätter schwammen. Die Schale glänzte im Kerzenlicht wie Gold. An der Wand über dem Steinkopf hing ein großes Kreuz, das sich von einem christlichen in zwei Dingen unterschied: Erstens war es gleichschenklig und zweitens war jedes seiner vier Enden mit Maya-Glyphen geschmückt. Enrique entzifferte sie als die Zeichen für Kinich Ahau, den Sonnengott, für Itzamnà, Ix-Chel und Yum Cimih, einen der Götter von Xibalbà, der Maya-Unterwelt.

Ohne Begrüßung begann der Gastgeber, der offenbar der Priester dieser Gemeinde war, mit dem Gottesdienst, indem er einen hohen, leicht winselnden Singsang anstimmte. Erst als die Gemeinde in den Gesang einfiel, erkannte Enrique, dass sie das »Vaterunser« beteten. Anschließend nahm der Priester eine Flasche, die mit einer klaren Flüssigkeit gefüllt war, und gab dem Steinkopf zu trinken. Die Flüssigkeit rann dem Idol über den Mund und ergoss sich auf den Boden, während der Priester noch mehr Rosenblätter in die Schale warf. Es begann penetrant nach Mirabellenschnaps zu riechen. Der Priester hob eine verhüllte Statue vom Boden hoch. Unter dem bestickten Seidentuch zeichnete sich ein konventionelles christliches Kruzifix ab. Er trug das Gebilde an den Gläubigen vorbei. Sie küssten es und er verteilte Hostien, die allerdings sehr viel dunkler und etwas dicker waren als das Sakralgebäck der Katholiken. Eigentlich sahen sie haargenau wie die Haschischkekse aus, die Enrique damals in Uaxactún heimlich auf dem Herd der Palastküche hergestellt hatte. Er war überrascht: Er verspürte plötzlich Heimweh nach seiner Heimatstadt. Muss an der schlechten Luft hier liegen, dachte er.

Und weiter ging es im Programm. Der Priester sang und agierte. Die Liturgie war eine wilde Mischung aus katholischem Ritus, Maya-Versatzstücken und Voodoo für den Hausgebrauch. Enrique war sofort klar, warum die Synkretisten ihre Religion im Verborgenen betrieben: Was hier vorging, hätte weder den Maya noch den Katholiken gefallen. Verblüffend die Selbstsicherheit und Gewandheit des Priesters, der nicht wie ein Spinner wirkte, sondern eher wie der dynamische Diakon, der noch frischen Wind mitbringt, aber nicht mehr so naiv ist, sich und seine Gemeinde zu überschätzen. Einmal ganz abgesehen davon, dass der Mann ohne jeden Zweifel echte Führungsqualitäten besaß, fragte sich Enrique, wo er seine Selbstsicherheit hernahm. Wie viele von diesen Synkretisten gab es eigentlich in Spanien?

Ebenso abrupt wie die Zeremonie angefangen hatte, endete sie auch. Ehe sich die vier falschen Padres versahen, bat der Synkretistenpriester sie wieder nach oben. Er ließ die Falltür unverdeckt, als wolle er später noch einmal hinunter.

Es war gut, wieder an der frischen Luft zu sein. Enrique und seine Genossen standen ein wenig verlegen herum, nur der Synkretistenpriester wirkte gelassen. »Sie werden sich sicher fragen, warum wir Ihnen das gezeigt haben«, sagte er. »Die Antwort ist relativ simpel. Wir möchten, dass die katholische Kirche sich überlegt, ob sie mit uns zusammenarbeiten will. Ich bin sicher, dass die Maya Spanien nicht für immer beherrschen werden. Und es ist klar, dass die katholische Kirche dann politisch und gesellschaftlich wieder eine herausragende Rolle spielen wird. Wir Synkretisten werden in letzter Zeit immer mehr, aber wir brauchen Freunde. Wenn die Maya nicht mehr die Herren dieses Landes sind, möchten wir ungern eine neue Unterdrückung durch die katholische Kirche erleben. Bitte berichten Sie doch Ihren Vorgesetzten von uns. Ich denke, mit ein wenig gutem Willen könnten wir zu einer vernünftigen Übereinkunft kommen.«

Er sah sie mit einem leicht spöttischen Lächeln an. »Das wäre so weit alles.«

Er ging auf die Falltür zu und hob sie an. »Ach, und übrigens: Falls Sie nicht das sind, was Sie zu sein scheinen, sondern Maya-Spitzel oder irgendetwas dergleichen, steht es Ihnen natürlich frei, uns zu massakrieren oder das von ein paar *Raben* erledigen zu lassen. In diesem Fall würde ich vorschlagen, dass Sie die nächste halbe Stunde dazu nutzen. Das war unser letzter Gottesdienst hier, und wenn Sie morgen kommen, finden Sie nicht einmal mehr einen Kerzenstummel. Was immer Sie tun: Sie können uns nie ganz ausrotten. Dafür sind wir schon zu viele.«

Dann sah er Enrique an und sagte: »Wenn Sie mich einmal brauchen sollten, fragen Sie nach dem Lehrer.«

Er verschwand unter der Falltür und ließ die verdutzten Padres stehen.

»Na so was«, sagte Xabier. »Habt ihr das gehört?«

Niemand stellte sie, aber die Frage aller Fragen zeichnete sich auf den Gesichtern ab: Was waren das für Leute?

Und ob ich meinen »Vorgesetzten« von euch erzählen werde, dachte Enrique. Darauf könnt ihr einen lassen.

»Gehen wir«, sagte er zu den andern, und sie wühlten sich durch das Gestrüpp nach draußen.

Mit einiger Beunruhigung stellten sie fest, dass der Esel mit den Steinkörben immer noch auf dem Acker stand, aber von dem Bauern war nichts zu entdecken. Er schien wie vom Erdboden verschluckt. Vielleicht war er auch einfach nach Hause gegangen und hatte seinen Esel dagelassen. Plötzlich blieb Ricardo stehen. Die anderen merkten das erst einige Meter weiter.

»Ricardo, was ist?«, fragte Brian.

»Federico und Chaime sind tot«, antwortete er leichenblass.

Er zeigte ihnen sein Comlink-Armband, auf dem man zwei kleine rote Punkte erkennen konnte. Alle wussten, was das bedeutete. In der Wohnung, die Chaime und Federico hatten bewachen sollen, waren sehr sensible biometrische Sensoren versteckt, die spürten, ob Chaime und Federico anwesend waren. Die beiden mussten alle zehn Minuten eine Art Totmann-Schaltung betätigen, die den Sensoren sagte, dass alles in Ordnung war. Wenn sie das nicht taten, sandten die Sensoren ein verschlüsseltes Signal an das Armband und zwei winzige Dioden begannen daraufhin gelb zu leuchten. Nach einem weiteren Zehnminutenintervall wurden die Dioden rot. Es war unmöglich, dass Chaime und Federico einfach mal einkaufen waren. Sie hatten alles dabei, was sie brauchten, und ihr Befehl war klar: Sie hatten in der Wohnung zu bleiben. Die wahrscheinlichste Deutung der Ereignisse war, dass die Polizei die Wohnung umzingelt, gestürmt und trotzdem nur noch die Leichen von Chaime und Federico vorgefunden hatte. Enrique und die anderen wussten, dass sie sich eher die Köpfe abgeschossen hatten, als sich fangen zu lassen. Enrique hatte beim Abschied ein großkalibriges Schrotgewehr in dem Zimmer an der Wand stehen sehen. Und es hatte einzig für den Fall dort gestanden, der jetzt mit aller Wahrscheinlichkeit eingetreten war. Brian setzte sich mitten auf den Weg und begrub das Gesicht in seinen Händen.

Die Nacht war sternklar und ziemlich kalt. Tagsüber waren die Soutanen unangenehm warm und eng gewesen. Jetzt, in der Nacht, hätten sie gern auch noch die übrigen Kutten, Mäntel und Schals dabeigehabt, die ein katholischer Priester in seiner Garderobe führte. Alle vier waren sie hundemüde. La Cañada lag auf der Karte nur zwanzig Kilometer entfernt, aber weil es dunkel war und niemand von ihnen den Weg aus eigener Erfahrung kannte, waren eher dreißig Kilometer daraus geworden. Sie hatten einmal die Grenze zwischen einem selbstverwalteten Gebiet und reinem Maya-Land überschreiten müssen und bei jedem Schritt gezittert. Manchmal wurden diese Regionen scharf bewacht, manchmal nicht. Sie hatten Glück gehabt. Es war ihnen niemand auf die Schliche gekommen. La Cañada lag weit genug im Maya-Land, um nicht mehr als Grenzdorf zu gelten.

Natürlich hieß La Cañada offiziell nicht mehr so. Die Maya nannten es Abaj Takalik. Von mir aus können sie es Anus Mundi nennen, dachte Enrique, wenn es dort nur ein Bett für mich gibt.

Brian zog sich das Birett immer tiefer über die frierenden Ohren. Enrique konnte ihm seine Gefühle ansehen. Er war der Sicherheitsoffizier und hatte behauptet, das sei eine gute Wohnung. Wenn Enrique und die anderen auf seinen Rat gehört hätten, würden sie jetzt nicht durch die spanische Nacht auf dieses gottverlassene Nest zustolpern, sondern lägen auf Sezierliegen, entweder um *befragt* oder um obduziert zu werden.

Das Dorf lag still, es wirkte auf Enrique wie eine Falle. Die Straßen waren sauber, hell erleuchtet und breiter als nötig. Es war auf einen Blick klar, dass die Maya vor noch nicht allzu langer Zeit hier missioniert hatten, und zwar, wie üblich, mit ihrem verfluchten Geld und ihren verfluchten Nano-Konvertern. Innerhalb eines einzigen Tages hatten sie mit ihren Automaten einem spanischen Dreckloch eine Infrastruktur verpasst, und abends hatte einer ihrer Priester vor dem Heiligtum des Ortes, einer kleinen Pyramide mit Schlangenverzierungen, auf die Bekehrungswilligen gewartet. Es schien nicht viel gebracht zu haben: Es gab Mitglieder dieser Gemeinde, die bereit waren, FPLE-Kämpfer zu verstecken. Und wenn sie in Wirklichkeit nur bereit sind, uns zu verraten?, dachte Enrique zum x-ten Mal. Und zum x-ten Mal dachte er gleich darauf: Vergiss es. Du brauchst Essen und Trinken, einen Unterschlupf für die Nacht und neue Kleider für deine Weiterfahrt. Du kannst nicht nach Madrid laufen. Kontrolle wäre gut gewesen, aber Vertrauen war im Moment das einzig Sinnvolle.

Sie näherten sich dem Haus so selbstverständlich wie möglich. Alle hielten ihre Waffen in den weiten Ärmeln der Soutanen versteckt. Und alle wussten sie, dass das nichts nützen würde, wenn sie in einen professionellen Hinterhalt gerieten. Enrique klingelte – eine halbe Minute lang tat sich nichts. Bitte, dachte er, bitte. Wenn ich morgen unrasiert und in diesem Aufzug am Bahnhof auftauche, bin ich so gut wie verhaftet. Als die Tür sich öffnete, blickte er zuerst ins Leere: Ein kleines Mädchen hatte sie aufgemacht, sicher nicht älter als fünf. Enrique war verblüfft. Es war immerhin drei Uhr morgens.

»Mama«, rief das Kind gar nicht leise. »Da sind Priester.«

»Dann bitte sie doch herein«, sagte eine Frauenstimme aus dem Hintergrund.

»Komm«, sagte das Mädchen zu Enrique, als wolle sie ihn in ihr Spielzimmer locken. Aber sie brachte die vier in die Küche, wo eine Frau bereits auf sie wartete. Sie hatte graue Haare, war korpulent und trug eine altmodische Brille. Sie rauchte. Ein ebenfalls altmodischer Fernseher lief, ohne Ton.

»Geh jetzt ins Bett, Teresa. Sag den Padres gute Nacht.«

»Gute Nacht«, sagte die Kleine folgsam und verließ die Küche.

Enrique bekam wieder sein Schleudertrauma-Gefühl. Die Realität schien einem ganz eigenen Konzept von Entropie zu gehorchen: Suche immer die Ebene der größtmöglichen Absurdität auf und verharre dort so lange wie möglich. Bei dem Synkretistenpriester, der sich als der Vertreter einer im Entstehen begriffenen Kirche vorgestellt hatte, hatte Enrique sich noch in seiner Welt wohlgefühlt – möglicherweise deshalb, so ging ihm jetzt auf, weil er mit diesem Mann so viel gemeinsam hatte. In dieser Küche jedoch, in der die grauhaarige, korpulente Raucherin sie alle ansah wie rätselhafte, wenn auch drollige Tiere hinter Gittern, klappte das Vexierbild um und er fühlte sich fremder als auf dem Mars. An seiner Priestersoutane hinabzusehen half nicht.

»Ihr müsst müde sein«, sagte die Frau lächelnd. »Ich bin es nämlich auch.«

Die Betten waren gut und die Bettwäsche roch nach einem Waschmittel, das Enrique mochte.

16. Juni 2136

13.6.5.5.1 8 Imix 4 Xul Nachtgott 2

Der Zug verließ die kleine Bahnstation von La Cañada um 8.32 Uhr. Er sah jetzt aus wie ein Handelsreisender für Kurzwaren und benutzte das Fortbewegungsmittel, das zu einem solchen Beruf passte. Die Eisenbahn war das Verkehrsmittel der Armen und er war ausgestattet wie ein armer Schlucker: ein fadenscheiniger Anzug, deutlich benutzte Schuhe, ein abgestoßener Musterkoffer. Aber immer noch Unternehmer! Und deswegen war alles sauber. Armut schändet nicht, wenn man nur sauber bleibt, sagte seine Verkleidung. Hoffentlich sagt sie das laut genug, dachte er, damit niemand hört, dass ich ganz anderer Meinung bin.

Er setzte sich einer schwarz gekleideten Matrone gegenüber, die mit ihrer Katze unterwegs war. Das Tier lag apathisch in einer Ecke des Käfigs, und die Frau sagte zu Enrique: »Sie ist krank.« Sie musterte ihn streng, als sei er daran schuld.

»Das tut mir aber Leid«, antwortete er ölig.

Sie nickte: Das war ja wohl das Mindeste.

Während der Zug langsam seine Reisegeschwindigkeit erreichte – die ohnehin nicht sehr hoch war –, machte er sich Gedanken über die Frau. Wohin ging sie? War sie in Trauer? Um wen? Wollte sie nur mit der Katze zum Tierarzt? Wenn ja, was würde die Behandlung kosten? Würde die Katze gesund werden? Er betrachtete den Katzenkäfig und dachte an das ausgesparte, erschütterungsfreie Fach in seinem Koffer, mit dem er zurücktransportieren sollte, was er in Madrid in Empfang nehmen würde. Von diesen Gedanken lenkte ihn ein Detail an der Erscheinung der Frau ab. Ihre rechte Hand lag unter einem Tuch, das sie mit der Linken abdeckte, und ihr rechter Daumen bewegte sich langsam aber unablässig. Enrique konnte gerade noch den Blick abwenden, bevor sein Interesse auffallen musste, und sah zum Fenster hinaus. Er wusste genau, was unter dem Tuch vor sich ging. Die Frau betete einen so genannten Blutrosenkranz.

Das war das neueste Hobby katholischer Fanatiker: Man steckte sich einen speziellen Ring auf den Mittelfinger, der bei jeder Drehung ein wenig in die Haut einschnitt. Wenn man eine ganze Rosenkranzumdrehung vollendet hatte, blutete es auf jeden Fall. Manche trieben das so weit, dass sie sich bis auf den Fingerknochen quälten – dabei hielten sie sich dann für besonders fromm. Selbstverständlich verachteten und verlachten diese Leute die Blutopfer der Maya. Die Zahl der Infektionen und Blutvergiftungen, die durch ihre Art der Selbstverstümmelung hervorgerufen wurde, stieg allerdings ständig. Sie würde sicher bald die geheim gehaltene Zahl der Unglücksfälle übersteigen, die auf Maya-Opfer mit Rochenstacheln zurückzuführen waren.

Die Maya waren so klug gewesen, den Blutrosenkranz nicht gleich zu verbieten. Gern gesehen wurde er jedoch nicht. Dass die Schwarzgekleidete hier, mitten im Maya-Gebiet, ihr kleines Ritual abfeierte, sagte einiges über ihre Gesinnung. Immerhin schien ihr nicht ganz wohl bei der Sache zu sein. Enrique beobachtete aus den Augenwinkeln, wie sie das Tuch von der Hand wegzog, die rechte Hand zur Faust schloss, Tuch und Ring wie eine geschickte Taschenspielerin in ihrer Handtasche verschwinden ließ und ein neues, frisches Tuch daraus hervorholte, um ihre verletzte Hand damit wieder abzudecken. All das ging so schnell und unverdächtig, dass es einem unaufmerksamen Beobachter gar nicht aufgefallen wäre. Er hatte es hier mit einer wirklichen Expertin zu tun, einer Expertin in der Selbstverletzung durch Blutrosenkränze.

Die Maya glaubten, dass die Götter sie geschaffen hätten, damit sie sie durch Opfer ernährten und ihnen durch Gebete huldigten. Diese fanatische Katholikin opferte ihr Blut Jesus Christus. Was war der Unterschied? Enrique fragte sich, ob es irgendwann einmal weniger blutrünstige Götter gegeben hatte, Götter, die zufrieden waren, wenn ihre Schutzbefohlenen ihr Leben lebten. Dem folgte wieder einmal auf dem Fuß die Frage, für wen er eigentlich kämpfte. Für die dritte Brigade? Wohl kaum, die kämpfte eher für ihn. Für die Synkretisten? Für das Recht, einem Steinkopf unter einem halbchristlichen Kreuz Schnaps über die Lippen gießen zu dürfen? Für diese katholische Matrone mit ihrer Katze? Er kannte dieses nihilistische Gefühl gut, die demoralisierende Abwärtsspirale, an deren Ende immer stand: Sollen sie doch ihren Mist alleine machen. Dumm geboren, nichts dazugelernt und die Hälfte wieder vergessen. Sollen sie sich doch Rochenstachel in ihre Schwänze bohren oder Dornenkronen auf den Kopf setzen. Sollen sie doch alle verrecken.

Vielleicht würde das ohnehin bald passieren. Die Aussparung in seinem Koffer glich der Leere in seinem Hirn, die er in diesem Moment gerne mit Sinn gefüllt hätte. Was immer in dem Fach transportiert werden würde, es war für Menschen nicht gesund. Dass er, einer der Köpfe der Guerilla, höchstselbst geschickt wurde, um es zu holen, sprach für die Wichtigkeit der

Aktion. Er war sich sicher, dass ihm in Madrid eine kleine, aber sehr wirkungsvolle Waffe anvertraut werden würde, welcher Art auch immer sie sein mochte. Enrique seufzte ein wenig. Er tupfte sich mit seinem Taschentuch über die Stirn, um zu zeigen, dass die Hitze der Grund für seinen Seufzer gewesen war. In Wirklichkeit war diese Frau in Schwarz mit ihrem flinken Rosenkranztrick daran schuld: Er war deprimiert. Er war für Aktionen mitverantwortlich, die buchstäblich Hunderte von Menschenleben gekostet hatten, und in diesem Moment fehlte ihm ein ausreichender Grund dafür. In Zarzalejo stieg die Frau grußlos aus und Enrique atmete auf. Er sah ihr eine Zeit lang nach, wie sie über den schadhaften Bahnsteig lief, den Katzenkäfig in der Hand. Er stand unter Stress. Eindeutig.

Sie kamen an Villalba (Izapa) und Torrelodones (Chinkultic) vorbei, sie fuhren in weitem Bogen auf die ehemalige spanische Hauptstadt zu. Madrid war seit dem letzten Jahrhundert noch einmal kräftig gewachsen und hatte jetzt fast sechs Millionen Einwohner. Die Luft über der Stadt war trotzdem verhältnismäßig klar. Ein Reisender aus der Vergangenheit hätte sich aus der Ferne nicht mehr so leicht zurechtgefunden. Die Silhouette der Stadt wurde von den Maya-Pyramiden und -türmen bestimmt, die man zwischen den Gebäuden aus der Zeit vor der Landnahme errichtet hatte. Oder auf ihren Trümmern, denn davon hatte die »Schlacht um Madrid« eine Menge übrig gelassen. Natürlich hieß die Stadt auch nicht mehr Madrid. Die Maya hatten sie Nadz Caan getauft und der Volksmund hatte noch einen anderen Namen für die Stadt: Ciudad de las Gafas, oder einfach Las Gafas, die Stadt der Brillen. Enrique musste lächeln, als er an den Grund dafür dachte.

Der Zug kam quietschend zum Stehen und die Bahnhofslautsprecher verkündeten, die Fahrt sei zu Ende. Enrique sah sofort, dass etwas auf dem Bahnsteig nicht stimmte. Es lag eine gewisse Spannung in der Luft, die ihm sagte: Die Polizei ist da. Und richtig, am Ende des Bahnsteigs, dort, wo er in die Bahnhofshalle mündete, hatten die *Raben* einen Kontrollpunkt eingerichtet. Es konnte keine Vollsperrung sein, das hätte zu einem viel größeren Rückstau geführt. Nach Lage der Dinge standen sie wohl nur routinemäßig da und fischten den einen oder die andere aus der Menge heraus.

Enrique musste sich schnell entscheiden. Auf dem Bahnsteig zu verharren und darauf zu hoffen, dass ein Zug vom selben Gleis zurückfuhr, würde wahrscheinlich Argwohn erwecken. Er dachte daran, rasch über die Gleise auf einen anderen Bahnsteig zu wechseln, aber das war eine ziemlich dumme Idee. Genauso gut konnte er zu den *Raben* hingehen und sagen: Ich bin Guerrero, verhaftet mich. Nein, es blieb ihm nichts anderes übrig, als der Herde nachzulaufen. Schwitzen durfte er, bei diesem Wetter schwitzten alle.

Auffallen durfte er nicht. Wenn er nicht auffiel, war die Wahrscheinlichkeit, dass gerade er kontrolliert wurde, recht gering. Sie konnten einfach nicht alle kontrollieren, ohne den ganzen Bahnsteig dichtzumachen.

Enrique fühlte sich wie auf Rollschuhen. Er ließ sich von der Menge mitziehen, obwohl er sich innerlich dagegen wehrte. All seine Instinkte befahlen ihm zu fliehen. Er bedauerte, nicht einmal eine Waffe dabei zu haben, und er dachte an die Tablette, die aussah wie ein kleines Medaillon mit dem heiligen Christophorus und ihm an einer goldenen Kette um den Hals hing. Wenn er sie bei einer Verhaftung schnell genug in den Mund bekam, würde sie ihn nicht nur umbringen, sondern auch sofort und sehr effektiv sein Gedächtnis löschen. Und das war wichtig. Diese Tablette war das Äquivalent zu der Schrotflinte, mit der Chaime und Federico sich ihr Gehirn weggeblasen hatten, damit die Maya nichts mehr damit anfangen konnten.

Meine Legende ist gut, sagte er sich. Ich habe mich vorbereitet, kenne meinen angeblichen Beruf, meinen angeblichen Namen, meine Kontaktpersonen hier in Madrid – Verzeihung, Nadz Caan – ich weiß, was ich hier angeblich tun will. Es hat viel Zeit und Geld gekostet, diese falsche Identität aufzubauen, und es ist mit Sorgfalt geschehen. Ich vertraue darauf.

Einen Scheiß tat er. Vor lauter Aufregung hätte er weinen können. Wie viele Situationen dieser Art hatte er nicht schon überstanden! Es war immer das Gleiche: Ihm schlotterten die Knie.

Er konnte sie jetzt besser sehen: Vier gelangweilte Maya-Jungs in blauen Uniformen, das Abzeichen des Rabengotts auf der Brust, bewaffnet mit diesen widerlichen Mehrzweckgewehren, die man zu allem gebrauchen konnte, vom Nahkampf bis zum Abschuss leichterer Granaten. Enrique fand es selbst in dieser angespannten Situation höchst ironisch, dass der Rabengott, gewissermaßen das Truppenabzeichen, jenem Subcommandante Marcos nachgebildet war, der Anfang des letzten Jahrhunderts gegen die maya-feindliche mexikanische Oligarchie gekämpft hatte. Die militärischen Werkzeuge der Unterdrückung schmückten sich mit den Emblemen des Aufstands.

Zwei der Soldaten hielten ihre Waffen im Anschlag, die anderen fischten stichprobenartig Reisende heraus, um sie zu kontrollieren. Äußerlich ruhig schob er sich an dem Posten vorbei, der gerade jemand anderen barsch nach seinem Identifikationschip fragte. Sein Herzschlag begann sich fünf Meter weiter schon wieder zu normalisieren, da rief jemand in seinem Rücken: »Señor!«

Es ist aus, dachte er. Sie haben mich. Aber es gelang ihm doch, ein Lächeln aufzusetzen, als er sich umdrehte – das eingeübte Lächeln des Kurzwarenverkäufers.

»Sie haben etwas verloren«, sagte ein Mann und schwenkte ein Taschentuch vor seiner Nase.

Die anderen Reisenden strömten an ihnen vorbei. Einer der Raben sah kurz zu ihnen herüber, um sich dann wieder interessanteren Dingen zuzuwenden.

»Ah ja«, sagte Enrique wie unter Hypnose und steckte das Taschentuch ein. Der Mann musste ihn verwechselt haben. Enrique trug nie Stofftaschentücher bei sich, schon gar nicht welche in Rot-Weiß. »Ich danke Ihnen sehr!«, fügte er hinzu.

Mit einem knappen Nicken ging der andere weiter, während Enrique auf die Bahnhofshalle zusteuerte.

Der Bahnhof war sauber und aufgeräumt. Zwar war Madrid nicht mehr die Hauptstadt – wenn es denn überhaupt so etwas gab –, aber sie war die größte Stadt des Landes, und die hiesigen Maya wurden nicht müde, Madrid als ein gelungenes Beispiel für die Integration spanischer und indianischer Kultur darzustellen: »Nadz Caan – die Brücke zwischen einst und jetzt.«

Enrique versuchte, nicht in verdächtige Eile zu verfallen, und ließ sich Zeit. Soweit er sehen konnte, wurde er nicht verfolgt. Flinke kleine Automaten leckten mit ihren hochaktiven Reinigungsmitteln den Boden ab. Zigaretten- und Zigarrenstummel, von denen die Maya viele wegwarfen, blieben nicht länger als fünf Minuten liegen. Bettler gab es offiziell überhaupt nicht, und diejenigen, die es doch gab, mussten sich registrieren lassen, saubere Kleidung tragen, die von der Stadt gesponsert war, und so tun, als gehörten sie zum Bahnhofspersonal. Auch Enrique wurde freundlich gefragt, ob er Hilfe mit seiner Tasche benötigte, und er verneinte die Frage genauso freundlich.

»Ich wünsche Ihnen einen schönen Tag«, sagte der Bettler.

»Ebenso«, antwortete Enrique.

Nicht einmal Tauben gab es. Jede Oberfläche war so mit speziellen Giften imprägniert, dass keine Taube die erste halbe Stunde ihres Aufenthaltes auf dem Bahnhof überlebte. Die Kadaver wurden von den Automaten schneller eingesaugt und verdaut, als man hinsehen konnte. Man hätte vom Boden essen können. Es war die totale Sauberkeit. Auch was die Werbung anging, setzten die Maya auf Ordnung und Übersicht. Klar abgegrenzte und geordnete Anzeigetafeln warben in Maya-Schrift für Waren und Dienstleistungen. Zeitungsstände gab es an Bahnhöfen schon lange nicht mehr. Blumen und Obst wurden von malerisch gekleideten Maya-Frauen unter dem Vordach des Bahnhofs verkauft, nicht aber in der Halle selbst. Riesige Schlangen-Intarsien schmückten die Wände aus nano-technisch erzeugtem Marmor.

Unter der Hallendecke schwebte ein sich langsam drehendes Nano-Gramm, auf dem in Maya-Glyphen zu lesen stand: *Willkommen auf dem*

Bahnhof, Fürst Kan Xul! Dasselbe stand auf Spanisch darunter, mit dem Zusatz versehen: *früher Estación del Príncipe Pío.* Man brauchte schon sehr gute Augen oder eine Brille, um das lesen zu können. In der Stadt der Brillen war das für spanischsprachige Inschriften die Regel. Gerade als Enrique zu der Anzeige hochsah, gruppierten sich Millionen von kleinen, autonomen Maschinchen mit ihren Leuchtelementen neu und die Anzeige sprang um: Sie zeigte jetzt Tag und Uhrzeit. *13.6.5.5.1 8 Imix 4 Xul Nachtgott 2 11.15 Uhr.*

Zeit zu gehen. Als er auf dem Vorplatz stand, war der letzte Rest Aufregung von der Situation am Bahnsteig verflogen. Er hätte nicht sagen können, wie er sich jetzt fühlte. Vielleicht ein bisschen leer. Er wusste zu wenig über diesen Auftrag und seine Implikationen. Er wusste nicht, warum die Guerilla dieses Ding so unbedingt wollte. Aber es war offenbar wichtig genug, dass sie ihn als Kurier schickten. Das war er seit fast zehn Jahren nicht mehr gewesen.

»Denk nicht so viel darüber nach«, hatte man ihm gesagt, »oder meinst du, du musst alles infrage stellen, nur weil du in letzter Zeit so was wie ein Star bei uns bist? Vorsicht, Guerrero! Du bist ein cleveres Köpfchen, aber du bist immer noch ein Soldat. Du hast uns etwas versprochen, als du bei uns eingestiegen bist, denk daran. Erfüll einfach dein Versprechen.«

Es gefiel ihm nicht. Es gefiel ihm ganz und gar nicht. Viel lieber hätte er einen ausführlichen Bericht über die Synkretisten an den Exekutivrat verfasst. Viel lieber wäre er schwimmen gegangen. Wann hatte er eigentlich das letzte Mal mit einer Frau geschlafen? Lange her. Und wie hatte sie geheißen? Wie nochmal ausgesehen? Er erinnerte sich an etwas, aber nicht genau genug. Träumereien. Es ging im Moment einfach darum, seinen Auftrag auszuführen, der darin bestand, einen Gegenstand abzuholen und woandershin zu bringen. Nicht mehr und nicht weniger.

Er setzte sich in Bewegung. Er hätte eines der dreirädrigen Gefährte nehmen können, die hier wie in allen größeren Städten als Taxi dienten. Geld genug hätte er gehabt, aber er sah ein wenig zu arm für eine Taxifahrt aus und das hätte auffallen können. Er würde laufen. Die frühere Cuesta de San Vicente hinunter und an dem großen Mondtempel mit dem angeschlossenen Mondobservatorium vorbei. Wo der Tempel stand, war früher der Palacio Real o de Oriente gewesen und auf dem weiten Platz davor, den ehemaligen Jardines de Sabatini, stand ein Wald von skulptierten Steinstelen oder *Baumsteinen,* wie die Maya sie nannten.

Der größte dieser Baumsteine war der von Ah Chacaw, dem derzeitigen Herrscher von Nadz Caan. Es war allgemein bekannt, dass er mit Chan Balum von Nanotikal konkurrierte, und jeder wusste auch, dass sich Ah

Chacaw als der eigentliche Herrscher über die Maya und damit auch über ganz Spanien ansah. Er hielt in Nadz Caan mit geradezu unglaublichem Prunk Hof und trat ständig als Provokateur gegen die Azteken auf, die das ehemalige Portugal beherrschten. Ah Chacaw hatte sogar eine eigene Variante der Maya-Religion geschaffen, die die Mondgöttin Ix Chel favorisierte, und als gerissener Machtstratege erlaubte er es, dass die assimilierten Katholiken in seinem Machtbereich diesen Aspekt der feindlichen Religion auf ihre Weise missverstanden: Ix Chel wurde in dieser flexiblen Form der katholischen Theologie mit der Gottesmutter Maria gleichgesetzt. Bei jeder nur möglichen Gelegenheit versuchte Ah Chacaw, seine Form der Maya-Religion als die wahre und zukunftsweisende hinzustellen. Wenn es ihm Sympathien bei den Frauen einbrachte, war er sogar in der Lage, seine Auslegungen als besonders frauenfreundlich hinzustellen. Angesichts seiner unbestrittenen patriarchalen Macht war das natürlich ein Witz.

Dass der Kurierdienst Enrique hierhin, nach Nadz Caan führte, hatte auf jeden Fall etwas zu bedeuten. Er wusste nur noch nicht genau was. An einer Kreuzung staute sich der Verkehr. Fußgänger, Lastenträger, viele der dreirädrigen Autos, Kurierautomaten – alle musste anhalten, und der Grund dafür war ein Adliger in einer Sänfte, der mit seinem Tross zu seiner Sommerresidenz aufbrach, die außerhalb der Stadt lag. Zwanzig Träger und ihre Ersatzmannschaften, eine ziemlich starke Leibwache, einen ganzen Hofstaat von Frauen und Kindern, Verpflegung und Material zog der hochwohlgeborene Ahau hinter sich her. Es dauerte fast fünf Minuten, bis der Heereszug die Kreuzung wieder freigegeben hatte. Ah Pop, der oberste Ahau von Uaxactún, hatte in seiner ganzen Regierungszeit nicht einen solchen Auftrieb verursacht und er war schon dekadent genug gewesen. Hier kamen sich anscheinend selbst die Adligen aus der zweiten Reihe wie Nero und Caligula vor. Enrique fragte sich zum tausendsten Mal, wann dieses absurde System an sich selbst zerbrechen würde. Und gleichzeitig wusste er, dass es nicht zusammenbrechen würde, weil es über eine Technologie verfügte, die das verhindern würde.

Als er in die ärmeren Viertel kam, löste sich der Mythos von Nadz Caan auf, wie er es nicht anders erwartet hatte. Die Straßen wurden enger, schmutziger, dunkler. Hier wohnten nur noch Spanier. Die Pension, in der er sich einquartierte, war das Letzte. Die Betten waren durchgelegen, die Klos schmutzig, von der Decke des Aufenthaltsraumes hing ein Fliegenfänger, der sicher schon die Landnahme und die Schlacht um Madrid miterlebt hatte. Die Wirtin dieser Flohkiste sprach kein Wort Spanisch oder sie tat zumindest so. Nach den wenigen Sprachbrocken, die sie überhaupt an ihn richtete, vermutete Enrique, dass sie Katalanin war. Oder Portugiesin. Oder Baskin.

Oder taub. Enrique versuchte sich auf dem mehr als unkomfortablen Bett ein wenig auszuruhen. Der Morgen hatte ihn stärker angestrengt, als ihm lieb war. Aber nach ein paar Minuten begann jemand im Nebenzimmer auf eine so schauerliche und steinerweichende Art zu stöhnen und zu heulen, dass Enrique sofort wieder hellwach war. Es klang, als erlebe sein Nachbar alle Schmerzen der Welt und wolle zumindest seine allernächste Umgebung in voller Breite daran teilhaben lassen. Ein gepeinigter, schon zu Tode erschöpfter Säugling, ein Leprakranker im Endstadium, dem alles außer der Stimme verfault war, ein Irrer, dem die Zacken seines Wahns seit Jahrzehnten ins Gehirn stachen, Goya auf Absinth-Entzug – irgendetwas dergleichen musste es sein. Enrique nahm sich zusammen, aber was zu viel war, war zu viel. Man hatte ihm zwar aufgetragen, seine Legende unter keinen Umständen zu gefährden, und diese Pension gehörte zu dieser Legende, aber er war nicht verpflichtet, sich foltern zu lassen. Er griff nach seinem Musterkoffer und stolperte zur Tür, obwohl es noch zu früh für das Treffen war. Auf dem muffigen Gang vor seinem Zimmer hörte man das Geheule noch besser und er machte, dass er wegkam.

Den ehemaligen Prado hatten sie stehen lassen, aber er hieß jetzt *Museum der Mutterkulturen,* und das teils schöne, teils schaurige Gerümpel aus der Vergangenheit Europas war durch teils schönes, teils schauriges Gerümpel aus der Vergangenheit der indianischen Hochkulturen ersetzt worden. Velazquez und Bosch unterhielten sich jetzt in den Kellern des Archivs im Flüsterton über die Feinheiten der Zentralperspektive, während in den Ausstellungsräumen die bedeutendsten Arbeiten aller nur denkbaren Indianerkulturen miteinander wetteiferten. Es gab nicht eine Kreuzigung mehr zu sehen, aber viele, viele Abbildungen von blutigen Menschenopfern, Jainafiguren, Kopien der fünf Maya-Codices, aztekische Plastik und Keramik, mixtekische Jademasken, Steinstelen – komplett erhaltene und einzelne Bruchstücke –, Mumien, Waffen, Staub. Schulklassen, indianische wie spanische, wurden hierher geschleppt. Es war eine Parade der indianischen Sieger, wie es vorher eine Parade der christlichen Sieger gewesen war.

Enrique kannte das schon, aber er war trotzdem versucht, seine Langeweile mit einem kurzen Rundgang durch das Museum zu vertreiben. Andererseits war das keine gute Idee, denn die Sammlungen wurden gut bewacht und er wollte nicht gerne überprüft werden, bloß weil er Dinge tat, die einem Kurzwarenvertreter während eines Aufenthalts in Madrid nicht unbedingt als Erstes eingefallen wären. Es war schon nicht ganz ungefährlich, so lange vor dem Eingang des Museums herumzulungern. Aber sie hatten darauf bestanden sich hier zu treffen.

Kopien von einigen der schönsten Stücke, die drinnen gezeigt wurden, waren in Glaskästen beim Eingang zu sehen. Sie wurden von durchscheinenden Nano-Elementen in der Luft gehalten, die wie Millionen von mikroskopischen Federn und Schaumblasen wirkten – theoretisch zäh genug, um den ganzen Prado zu schultern. Die Exponate in den Kästen schwebten ebenfalls. Zum Beispiel zwei olmekische Plastiken: Ein junger Mann saß im Schneidersitz und hielt ein Bündel im Arm, auf den ersten Blick ein menschlicher Säugling, auf den zweiten ein Mischwesen aus Jaguarjungem und Menschenkind. Der Mann trug eine sauber gescheitelte Frisur, hatte stark geschlitzten Augen, und seine Lippen waren leicht geöffnet, so dass man die fein herausgemeißelten Zähne dahinter sehen konnte. Er sah aus, als wolle er gleich etwas sagen. Neben ihm ein gedrungener, wuchtiger Steinkopf, mit Augenbrauen aus stilisierten Flammen, einer extrem breiten Nase und einem Mund mit sehr dicken Lippen, die ebenfalls leicht geöffnet waren. Diese Skulptur war gröber gearbeitet, archaischer als die Erste, aber beide hätten auch aus dem zwanzigsten Jahrhundert stammen können, so modern wirkten sie. Sie waren fast dreitausend Jahre alt.

»Sie sind faszinierend, nicht wahr?«, sagte eine Männerstimme hinter ihm.

»Absolut«, antwortete Enrique, als er sich umdrehte.

Hinter ihm stand ein junger Mann und lächelte ihn an. Er wirkte fröhlich, beflissen, kunstbegeistert.

»Diego de Santillán«, sagte er und streckte seine Hand aus.

»Angenehm«, sagte Enrique.

»Die Olmeken waren in vieler Hinsicht erstaunlich. Es kommen immer wieder Dinge über sie ans Licht, die die Historiker völlig überraschen. Vor allem seit der Landnahme hat die Archäologie in Mesoamerika einen großen Aufschwung erlebt.«

Und eine ganz neue Richtung genommen, dachte Enrique beiläufig. Seit die Neo-Maya aus Spanien die unumstrittene Herrschaft über die gesamte Archäologie Mesoamerikas ausübten, waren a) die Maya das einzige wirkliche altamerikanische Kulturvolk und b) hatte die Geschichte dieses Kulturvolks, einschließlich der jahrhundertelangen Unterdrückung durch die Weißen schon immer nur ein Ziel gehabt: den Exodus und die Eroberung Spaniens. O Geschichte, du nützliche Obsidian-Axt.

»Tatsächlich?«, antwortete er erstaunt.

»Aber ja!«, sagte der junge Mann begeistert. »Letztes Jahr ist in La Venta eine Steintafel mit olmekischen Hieroglyphen entdeckt worden, die man noch nicht lesen kann, die aber scheinbar ähnlich komplexe Strukturen ausbilden wie die voll entwickelte Maya-Schrift. Ist das nicht erstaunlich? Ich wette, der Anfang der Schrift in Amerika wird umso mehr in die Vergangenheit rutschen, je weiter die Archäologie fortschreitet. Darf ich Ihnen«, unterbrach sich der Mann, »meinen Freund Alejandro Gilabert vorstellen?«

Mit einer ausladenden Geste wies er auf einen zweiten Mann, der bis dahin, von Enrique unbemerkt, hinter einem der Schaukästen gestanden hatte.

»Guten Tag«, sagte Enrique.

De Santillán plapperte munter weiter. »Herr Gilabert ist genauso wie ich vom ständigen Fortschritt der Archäologie begeistert. Wir sind schon ein paar Tage in Nadz Caan, um uns aus erster Hand davon zu überzeugen. Wir wollen auf dem aktuellen Stand der Forschung sein – eine Studienreise gewissermaßen. Und was führt Sie hierher?«

»Ich bin Handelsreisender. Ich habe gerade eine Pause und da dachte ich: Ich gehe einmal zum Prado und schaue mir an, was die so haben.«

»Sollen wir zusammen hineingehen? Wir würden Ihnen die Sammlungen gern zeigen«, sagte Gilabert genauso begeistert wie sein Freund.

»Nein danke«, antwortete Enrique, »so viel Zeit habe ich auch wieder nicht. Als Handelsreisender kommt man zu nichts.«

»Wie wahr, wie wahr« antwortete de Santillán, als habe er persönliche Erfahrungen in diesem Bereich. »Dürfen wir Sie wenigstens zu einem Kaffee einladen? Oder einem Kakao? Wir wohnen in einem Hotel ganz in der Nähe, und es gibt dort ein Café, in dem man gemütlich sitzen kann.«

»Gerne«, antwortete Enrique. »Wenn ich ehrlich bin, habe ich eben selbst an eine kleine Erfrischung gedacht. Und wenn wir schon nicht das Museum besuchen können, berichten Sie beide mir eben ein wenig von dem, was Sie schon gesehen haben. Es wäre doch ein bisschen peinlich, wenn ich nach Hause käme und meiner Frau nicht einmal etwas vom Prado erzählen könnte.«

De Santillán strahlte. »Das ist eine wunderbare Idee. Wir sind beide schon länger hier, und wenn man seine Begeisterung mit anderen teilen kann, prägt sich alles doppelt gut ein, finden Sie nicht auch?«

Sie nahmen Enrique in die Mitte, de Santillán links, Gilabert rechts. Enrique begann das Gewicht seines Koffers zu spüren, schließlich war er schon eine ganze Weile unterwegs. Alle Parolen hatten gestimmt. Der Spaß konnte beginnen.

In der Calle de las Huertas setzten sie sich tatsächlich unter die rot-weißen Markisen eines Hotel-Cafés und plauderten angeregt über die indianischen Sammlungen des *Museums der Mutterkulturen*. Man hätte meinen können, er hätte es wirklich mit Touristen zu tun, die sich für Kunst und Kultur begeisterten. Sie stellten beflissene und gebildete Assimilierte dar, die sich vor lauter Begeisterung über die Verhältnisse kaum beherrschen konnten, und taten das mit einer schauerlichen Konsequenz. Wenn Enrique bedachte, dass die FPLE solche Leute ansonsten als Kollaborateure bezeichnete und einige von ihnen schon getötet hatte, musste er beinahe lachen. Es war ihm aber nicht wirklich nach Lachen zu Mute. Normalerweise hatten die Mitglieder der Frente einen bestimmten Stallgeruch. Enrique bildete sich viel auf seine Fähigkeit ein, den ideologischen Hintergrund eines Freiwilligen sofort einschätzen zu können: linker Flügel, rechter Flügel, Christ, Kommunist, Anarchist usw. usf. Aber bei diesen beiden leidenschaftlichen Studenten der Archäologie musste er passen. Zwar benutzten sie die Namen zweier Anarchisten aus dem Spanischen Bürgerkrieg, doch wenn das Anarchisten waren, dann war er ein Hindu. Nein, dazu waren sie viel zu glatt. Er konnte nicht ausmachen, für wen sie arbeiteten, und das beunruhigte ihn. Er hätte gern die kleine Komödie beendet, die sie hier miteinander spielten, und er war erleichtert, als die beiden endlich zur Sache kamen.

»Jetzt haben wir Ihre Zeit aber lange genug in Anspruch genommen.«

»Ich bitte Sie, Sie haben mir so viele interessante Sachen erzählt, dass ich Monate davon zehren werde.«

»Alejandro«, sagte de Santillán zu seinem Freund, »da fällt mir ein: Sollen wir ihm nicht doch noch das Buch über das *Museum der Mutterkulturen* zeigen, das wir gestern gekauft haben?«

Alejandro lachte und sah Enrique an: »Na, was meinen Sie? Ich gehe es schnell von oben holen, es ist wirklich sehr schön.«

Enrique antwortete etwas zögerlich: »Ein bisschen blättern kann ja nicht schaden … aber dann muss ich wirklich los.«

Alejandro ging das Buch holen.

»Sie werden es nicht bereuen«, sagte de Santillán. »Es ist wirklich einzigartig.«

Alejandro kam zurück und Enrique war von dem Werk gebührend beeindruckt. Die Reproduktionen waren von ausgesuchter Schönheit, das Buch lag gut in der Hand, der weinrote Einband war sehr geschmackvoll.

»Phantastisch. Da würde meine Frau Augen machen.«

Er wollte de Santillán das Buch zurückgeben, aber der hob abwehrend die Hände. »Bitte behalten Sie es doch. Wir möchten es Ihnen schenken. Nicht wahr, Alejandro?«

Alejandro nickte.

»Nein«, sagte Enrique, »das kann ich unmöglich annehmen. Das ist viel zu wertvoll.« Und er hielt ihnen das Buch weiterhin unter die Nase, aber sie machten keine Anstalten, es zurückzunehmen.

»Wir meinen es ernst. Lesen Sie darin, noch heute Abend. Ein bisschen Entspannung, ein bisschen Bildung, wie gute Literatur sein soll. Und dann fahren Sie nach Hause und zeigen es Ihrer Frau.«

»Die wird staunen. Und wie die staunen wird!«

»Na dann umso besser. Grüßen Sie sie von uns!«

Enrique stand auf und schüttelte den beiden zum Abschied die Hände.

»Vielen Dank. Ich danke Ihnen sehr. Sie haben mir sehr interessante Sachen erzählt, mit Ihnen wäre ein Besuch im Museum doppelt lehrreich gewesen. Und das Buch ist wirklich wunderbar.«

Die beiden Kulturkenner strahlten wie die Weihnachtsmänner. Zum Würgen.

»Soll ich Ihnen zum Tausch ein paar von meinen Kurzwaren anbieten? Stickerei-Bordüren aus Salamanca? Oder etwas Seiden-Geschenkband? Kleiner Scherz meinerseits.«

Alle lachten, als sei die Welt heiter und schön. Sie trennten sich in bestem Einverständnis. Enrique verabschiedete sich mit einem Winken und ging heim, in seine Flohbude. Ihm war kalt, wenn er an die beiden nur dachte.

Das Geheul seines verrückten Nachbarn empfing ihn schon in der Eingangshalle. Hoffentlich dauerte das nicht die ganze Nacht. Schließlich war er auf dieses Zimmer und auf einen weiteren glatten Verlauf seines Aufenthalts in Nadz Caan angewiesen. Er ging hinauf und legte seine Tasche auf den abgeschabten Tisch. Das Geschrei aus dem Nebenzimmer ging durch die Wand, als sei sie aus Papier. Wahrscheinlich war sie das auch. Er überlegte kurz, ob er gegen die Wand klopfen sollte, aber er ließ es bleiben. Nur keinen Streit jetzt.

Er zog seine Jacke aus und hängte sie an den einzigen Haken. Erst jetzt bemerkte er, dass sein Hemd unter den Achseln durchgeschwitzt war. Er aß ein wenig Brot und Käse, beides im Vorbeigehen auf einem Markt erstanden, und dachte nach. Die beiden Typen, ihre Glätte, ihre perfekte Schauspielerei beschäftigten ihn immer noch. Mehr als das: Sie ängstigten ihn. Wenn die beiden in Wirklichkeit Maya-Agenten waren und die eigentlichen Emissäre ersetzt hatten? Die Parolen hatten alle gestimmt. Aber was sollte der Unsinn mit dem Buch? Es konnte ja wohl nicht wahr sein, dass er mit einem derartigen Risiko auf Reisen geschickt wurde, um ein simples *Buch* abzuholen. Er hatte erwartet, in einem hochkonspirativen Treffen eine Art Atombombe im Kartenspielformat ausgehändigt zu bekommen, eine revolutionär neue Waffe oder zumindest eine gefährliche Art von Hardware, die in das Geheimfach in seinem Koffer hineinpasste. Aber ein Buch über das *Museum der Mutterkulturen* und altamerikanische Kunst? Vielleicht überschätzte er seine eigene Wichtigkeit gewaltig. Die pubertäre Atombomben-Phantasie mochte ein deutlicher Hinweis darauf sein. Aber das Buch beleidigte ihn trotzdem, selbst wenn es einen hochwichtigen Code enthielt, den eine andere Abteilung der FPLE oder der Exekutivrat oder wer immer sonst unbedingt brauchte.

Nun denn, vielleicht waren seine Aktien innerhalb der Bewegung in letzter Zeit ein wenig gesunken. Er wusste, dass es Leute im Exekutivrat gab, die ihn, gelinde gesagt, nicht mochten. Das reichte von der Tatsache, dass er Halb-Maya war, bis zu seinen politischen Überzeugungen, die manchem in der Bewegung gewaltig auf die Nerven gingen. Aber das waren alles Spekulationen. Da lag es nun einmal, das Buch. Mitten auf dem Tisch. Er fühlte sich ein wenig wie ein Kind, das mit einer langen Liste zum Einkaufen losgeschickt worden war und mit einer leeren Tasche zurückkommt. Was hatten die beiden gesagt? Er solle noch ein wenig in dem Buch lesen? Noch heute Abend?

Er nahm es in die Hände und schlug es auf. Alle Seiten waren leer. Verblüfft schlug er es wieder zu und studierte den Einband. Vielleicht lag eine Verwechslung vor, immerhin hatten noch andere Bücher auf diesem Café-Tisch in der Calle de los Huertos gelegen. Aber nein, es war dasselbe Buch: *Illustrierter Führer durch die Schätze des Museums der Mutterkulturen,* von Ahau Nimá Camhá und Ahau Lolmet Ycoltux. Dasselbe Buch, aber die Seiten waren jetzt leer und vorhin waren sie es nicht gewesen. Halt – ganz am Anfang, auf dem Vorsatzblatt stand ein einziger Satz: *Gib das Buch ab und schluck den Anhänger.* Dann verschwand auch er, vor seinen Augen. Was soll das jetzt wieder?, dachte er. Da wurde das Buch in seinen Händen warm, geradezu heiß, und mit einem unterdrückten Fluch warf er es auf den Tisch.

Völlig verblüfft konnte er zusehen, wie das Buch seine Form veränderte. Es zog sich zusammen wie schmorendes Plastik und wurde gleichzeitig dicker, so dass es bald mehr einem Würfel glich als einem Buch. Enrique stand langsam auf und trat einen Schritt zurück, dann noch einen, bis er an der Tür stand. Unwillkürlich griff er nach dem Türknopf. Angst und Neugier kämpften in ihm und wie so oft gewann die Neugier die Oberhand. Der vordere Buchdeckel wellte sich und schlug eine Blase, aus der sich ein kleiner, bleicher Zapfen herausarbeitete. Jetzt war der Gegenstand nicht mehr als Buch zu erkennen. Er veränderte seine Farbe zu einem matten Schwarz, und schließlich begannen goldglänzende Ornamente dieses Schwarz zu überwachsen, als sei die Farbe eine lebende Pflanze und werde bei der Überwucherung eines schwarzen Steins in Zeitraffer gefilmt.

Enrique verstand gar nichts mehr. Das Ding, das jetzt auf seinem Tisch stand und vorhin noch ein Buch gewesen war, sah einem Nähkästchen verblüffend ähnlich: einem ganz gewöhnlichen Nähkästchen für Knöpfe, Nadeln und Garn. Er schüttelte den Kopf und rieb sich die Augen. Er wartete eine Weile, aber als das Ding nicht explodierte und kein Gas auszuströmen begann, näherte er sich dem Tisch wieder ganz langsam. Er setzte sich auf den Stuhl und wartete. Dann streckte er vorsichtig, vorsichtig, vorsichtig seine Hand aus. Als er die eindeutig metallische Oberfläche noch warm spürte, zuckte er wieder zurück. Er fasste noch einmal hin und fand die Oberfläche jetzt schon merklich kühler. Das Ding war überraschend schwer. Nun ja, viel Masse konnte es bei dem Umwandlungsprozess nicht verloren haben, wenn man nicht annahm, dass es Teile von sich selbst in unsichtbarer Form abgestoßen hatte. Er würde eine Menge an Nadeln und Knöpfen hineinfüllen müssen, um das Gewicht plausibel zu machen. Jetzt aber schien es noch leer zu sein: Als er es schüttelte, hörte er nur ein leises Geklapper. Enrique kam der kindliche Gedanke, das Buch könne in Miniaturform in dem Nähkästchen liegen. Offenbar wollte sich sein Gehirn mit dem kompletten Verschwinden des Buches nicht einfach so abfinden.

Aber als er das Kästchen öffnete, fand sich darin nur ein kleiner goldener Anhänger. Wieder ein Heiliger, diesmal der heilige Antonius. Der Wiederbeschaffer verlorener Gegenstände, dachte Enrique. Wenn das so weitergeht, werde ich noch ganz fromm. Er löste die Kette an seinem Hals, nahm das Amulett des heiligen Christophorus ab, spülte es den Rinnstein hinunter und ersetzte es durch das neue Schmuckstück. Er zweifelte nicht daran, dass es sich dabei um eine genau definierte Gedächtnisbombe handelte, die ihn nach Übergabe des Nähkästchens alles würde vergessen lassen, was damit zu tun hatte. Er öffnete seinen Koffer und packte das Nähkästchen mit so viel Nähzubehör voll, wie gerade hineinging. Noch immer wirkte das Gewicht wenig plausibel, aber nicht mehr so sehr wie vorher. Das Kästchen passte genau in das Geheimfach, auf den Millimeter. Als er es verstaut hatte und sich umdrehte, lag das Buch wieder auf dem Tisch. Er nahm es in die Hand, blätterte darin und stellte fest, dass alles da war: altamerikanische Kunst von der ersten bis zur letzten Seite. Das Buch wirkte viel leichter als zuvor das Original. Enrique lächelte. Dahin war also die Masse verschwunden, die dem Nähkästchen jetzt fehlte. Wenn Spitzel die Übergabe des ursprünglichen Buches gesehen hatten, konnte er es bei einer Kontrolle auch vorweisen. Jemand hatte offenbar enorme Fortschritte in der Nano-Technik gemacht.

Der Verrückte schrie die ganze Nacht.

Yaqui bestieg seine Sänfte mit einem gewissen Unbehagen. Dieses Unbehagen hatte sich wie eine Infektion in seinen Gedärmen eingenistet, seit ihm der Brief von Drei Hirsch an Co Cavib untergekommen war. Obwohl in dieser Hinsicht nichts Aufregendes mehr passiert war, ging ihm die Angelegenheit nach. Wacah Chan hatte den Brief entschlüsselt. Es war weiter nichts Schlimmes daran, ein wenig Bettgeflüster, ein paar Nettigkeiten, nichts von Bedeutung. Tepepul hatte seine Informationen über die Affäre für sich behalten. Sie gingen sich höflich aus dem Weg, und Yaqui hatte mit seiner üblichen Routinearbeit weitergemacht, die aus der Aufdeckung schmieriger kleiner Geheimnisse und dem Sammeln von Details bestand, die irgendwann einmal nützlich sein konnten. Er hatte einen nichtssagenden *Vogelruf* von Ixmucané erhalten, die ihm noch einmal im Namen aller Darsteller und Musiker für seine Anwesenheit während der Opferzeremonie gedankt hatte. Chimalmat und Chocoh Nihaib waren gesteinigt worden, auf einem Opferplatz nahe des Sonnentempels, und man hatte ihr Blut in der Sonne trocknen lassen. Ihr Tod hatte nur ein leichtes Rauschen im Blätterwald der Adligen hervorgerufen, sonst nichts.

Das große öffentliche Thema war die Anwesenheit der päpstlichen Gesandten, ihre Mission und der angebliche Codex, der aus Rom kommen sollte. Überall wurde darüber gesprochen, die *Vogelrufe* waren voll davon, und obwohl viele nicht verstehen konnten, warum Chan Balum den Pfaffen erlaubte, in Nanotikal zu wohnen, waren doch die meisten sehr neugierig auf diesen Codex. Yaqui nahm das als Zeichen für ein gesundes Interesse der Bevölkerung an den spirituellen Traditionen der Gemeinschaft und berichtete Chan Balum davon, der sich offensichtlich auch darüber freute.

Alles war in Ordnung, alles war geregelt. Und deswegen würde Yaqui heute, wie jede Woche ein Mal, seine spanische Freundin besuchen. Federica, die sanfte Frau. Er freute sich darauf. Alle Adligen hatten ihre kleinen Affären, mit denen sie ihren Alltag auflockerten. Das war allgemein bekannt, der Ahau und die Priesterschaft duldeten es, wenn sie es auch nicht guthießen, und wer nicht gerade damit hausieren ging, bekam keine Probleme. Yaqui insbesondere bekam keine Probleme, denn wer immer ihn hätte erpressen wollen, wäre von ihm mit Dutzenden seiner eigenen Abenteuer konfrontiert worden, und nicht alle davon waren so appetitlich wie Yaquis langjährige Beziehung zu Federica. Man hätte es fast als eine Ehe betrachten können, im strengen Maya-Sinne, und Yaqui hatte mehrfach daran gedacht, die Beziehung legalisieren zu lassen. Er war aber wieder davon abgekommen, weil ihm das in seiner herausgehobenen Position doch hätte schaden können.

Yaqui hätte also froh sein können. Aber er war es nicht. Das lag zum Teil an dem Traum, den er gehabt hatte und der ihm noch in aller Deutlichkeit vor Augen stand. Er wollte ihn auf eine Bedrohung aufmerksam machen, und Bedrohungen ertrug Yaqui nur, wenn er wusste, aus welcher Richtung sie kamen. Gedanken an den Traum machten ihn nervös, so auch jetzt, als seine Trägersklaven ihn in den heißen blauen Himmel hoben. Er drehte sich noch einmal um, um sich zu vergewissern, dass die Leibwache aus vier Palastgardisten hinter seiner Sänfte bereitstand. Als er die Männer in ihren modernen Uniformen, bis an die Zähne bewaffnet, stoisch auf den Aufbruch warten sah, fühlte er sich etwas ruhiger.

»Bewegt euch«, befahl er den Sklaven.

Sie liefen über die weiten, terrassierten Plätze zwischen den Tempeln. Yaqui konnte über der Stadt mehrere Raubvögel in der Thermik kreisen sehen, die von den großen Steingebäuden aufstieg. Die Treppen hinunter zur Stadtmauer, an den Wohnhäusern des mittleren und niederen Adels vorbei – eine nicht ganz leicht zu bewältigende Aufgabe für die Träger, aber Yaquis Männer waren geübt und kannten die Strecke mittlerweile auswendig. Die Wachsoldaten am Stadttor grüßten, indem sie sich verneigten, und Yaqui verließ mit seinen Gefolgsleuten das Herz Nanotikals.

Nachdem sie den schmalen Urwaldgürtel passiert hatten, der hier an die Mauer angrenzte, kamen sie in die Siedlungen der einfachen Landarbeiter, die die Agrarproduktion Tikals sicherten. Eigentlich waren diese Leute und ihre Arbeit überflüssig, denn die überlegene Technologie der Maya hätte es bei entsprechendem Energieverbrauch erlaubt, buchstäblich aus der Luft und dem Boden Nahrungsmittel für Millionen von Menschen zu synthetisieren. Das hatten Versuche mit entsprechend großen Nano-Konvertern gezeigt. Proteine, Fette und Kohlenhydrate waren schon lange keine Frage der Landwirtschaft mehr, sondern der richtigen Zusammensetzung der Moleküle, die die Konverter zusammenschraubten. Andererseits hatte sich gezeigt, dass menschliche Arbeit im Vergleich zu dem Energieverbrauch, den die Nano-Konverter erforderten, immer noch billiger war. Zudem war es nicht ganz einfach, aus den amorphen Rohmaterialien, die sich theoretisch in beliebiger Menge herstellen ließen, ein halbwegs schmackhaftes Essen herzustellen. Und drittens beruhte die ganze Kultur der Maya auf agrarischem Fühlen und Denken.

Daher wurden die kostbaren und sorgsam behüteten Nano-Konverter nur zur Herstellung von Dingen benutzt, die ohne sie nicht einmal denkbar waren – wie zum Beispiel der Formstein, aus dem die Tempel und Residenzen innerhalb der Stadtmauern bestanden und der den gigantischen dreidimensionalen Bildschirm Wacah Chans bildete. Man stellte Jade mit diesen Maschinen her, Opfermesser aus Nano-Obsidian, die niemals zerbrachen, und all die seltenen und kostbaren Dinge, für die spanische Rohmaterialien und menschliche Arbeitskraft nicht ausreichten. Dazu gehörten natürlich auch die extrem fortschrittlichen Waffen und Gerätschaften, mit denen die Maya ihre Herrschaft über Spanien sicherten: von Gewehrläufen, die sich nicht abnutzten, bis zu extrem zähen Bauelementen für Überwachungssatelliten. Die Nano-Maschinen waren Miniaturfabriken für die Kommunikations-, Sicherheits- und Luxusbedürfnisse der Maya-Oberschicht. Sie wurden von speziellen Priestern bedient, die man allgemein *Blattschneiderameisen* nannte und die dem Ahau direkt unterstanden. Tomaten, Obst und Süßkartoffeln hingegen wurden nach alter Tradition angebaut, wenn auch auf optimal bewässerten, gedüngten und gepflegten Feldern, die im Jahr vier Ernten abwarfen.

Die Bauern, durch deren Wohngebiete Yaqui zunächst getragen wurde, waren nicht wirklich arm. Ihre Lebenserwartung war hoch, die Säuglingssterblichkeit gering, und selbst wenn viele der Behausungen den rohen Stil yucatekischer Maya-Häuser mit ihren hohen Maisstrohdächern nachahmten, ließ es sich in den meisten davon gut leben. So lautete jedenfalls der offizielle Mythos. Natürlich gab es Unterprivilegierte. Aber was Yaqui auf den Straßen der Bauernsiedlungen sah, wich seiner Meinung nach nicht so stark von der Legende allgemeiner Prosperität ab, dass sie hätte korrigiert werden müssen. Frauen in farbigen Huipils aus aufwendig gewebten Stoffen gingen von Haus zu Haus und sammelten Mais für die Dorfmühle. Einige wenige Männer trieben Maulesel vor sich her oder bauten an den Häusern. Die anderen waren wohl auf den Feldern. Alles machte einen lebendigen Eindruck. Wenn die Bauern Yaqui sahen, verneigten sie sich, denn sie sahen einen edlen Herrn auf Reisen. Mehrere Frauen hielten ihm ihre kleinen Kinder entgegen, wie um sie segnen zu lassen, und Yaqui lächelte sie an. Nein, hier gab es weder echte Armut noch Unruhe, sondern einfach nur das normale Leben einer geregelten agrarischen Gemeinschaft.

Weiter draußen, wo die bewässerten Felder aufhörten, wo die Spanier lebten, war das anders. Die Straßen waren schlechter, die Häuser nicht nur einfach, sondern primitiv, und das Wellblech, der Standardbaustoff der Armut, war hier allgegenwärtig. Die Spanier, faul wie immer, hatten wieder einmal viel zu früh mit der Siesta angefangen. Jedenfalls drängte sich Yaqui dieser Eindruck auf, denn man sah auf der Straße fast nur herrenlose Hunde, niemand streckte ihm Kinder entgegen, niemand grüßte ihn. Das undankbare Pack suhlte sich wahrscheinlich schon am Vormittag im Alkohol und kratzte sich dabei am Hintern. Der Zustand der Straßen hier, ganz am Rande des Stadtrands, die Stimmung und der Gestank der Armut bestätigten Yaqui wieder einmal in seiner Sicht der Dinge, dass Spanier tückisch und aufsässig, vor allem aber faul waren.

Ein kleiner Junge rannte weg, als er den Tross des Zensors die Straße herunterkommen sah. Aus der Hütte, in die er verschwunden war, hörte man kurz unterdrücktes Gelächter, dann eine zornige Stimme, dann nichts mehr. Erst jetzt fiel Yaqui auf, dass sich seine Leibwächter nicht mehr zu viert hinter der Sänfte herbewegten. Jetzt gingen vorne zwei und hinten zwei. Die hinteren liefen rückwärts. Das wunderte Yaqui. Offenbar gab es ein neues Sicherheitsprotokoll, von dem er selbst bisher nichts erfahren hatte. In der Straße, in die sie nun einbogen, standen etwas bessere Häuser. Man hätte glauben können, wieder auf Maya-Gebiet gelangt zu sein oder dass sich hier eine etwas wohlhabendere Mittelschicht unter die Slumbewohner gemischt hatte. Das täuschte. Die Calle de los Flores, wie die Straße auch genannt wurde, war zu einem großen Teil von den Geliebten und anderen kleineren Günstlingen des Adels von Tikal bewohnt. Der bescheidene Wohlstand, den sie ihren mächtigen Freunden verdankten, hob sie aus der schmuddeligen Umgebung heraus wie Blumen, die auf einer Mülldeponie wuchsen.

Auch Federica wohnte in einem solchen Haus. Wortlos verteilten sich die Soldaten in dem kleinen Garten des Anwesens. Es war sehr still. Yaquis Herz klopfte wie immer, wenn er Federica besuchen ging. Er wollte ein paar schöne Stunden, ein wenig Urlaub von seinen Pflichten als Staatsbeamter – das hatte er sich verdient, und er würde mit gutem Geld dafür bezahlen. Zwei der Sklaven bewachten die Sänfte, die beiden anderen verstärkten die Soldaten im Garten. Yaqui ging die kurze Treppe zur Haustür hinauf und klopfte. Als Federica öffnete, mussten sie beide lachen, denn ihre weißen, losen Kleider mit den Maya-Stickereien darauf glichen einander so sehr, dass es für einen Moment schien, als blickten sie in einen Spiegel. Dann zog sie ihn ins Haus und sie küssten sich wie Liebende.

Sie spielten ihre üblichen Spiele. Es gab gutes Essen und sie scherzten miteinander wie ein Herr und eine Dame. Die Klima-Anlage, die Yaqui auf seine Kosten hatte einbauen lassen, hielt die Temperatur im Haus angenehm. Wie immer war Federica reizend. Yaqui mochte an ihr besonders die Unbefangenheit, durch die sich die anderen Spanierinnen, die er kannte, nicht ausgezeichnet hatten, und wenn er es recht bedachte, war das bei seinen eigenen Frauen und dem ganzen weiblichen Hofstaat nicht anders. Regeln, Formalien, Etikette – ein endloser Reigen von Beschränkungen und kleinlichen Wichtigkeiten durchzog den Alltag des Adels, von dem starren Verhaltenskorsett bei Hofe bis zu den religiösen Verpflichtungen, mit denen der Adel für seine Macht über das Volk bezahlte, die ständigen Blutopfer inbegriffen. Manchmal hatte er es so satt.

Federica war ganz anders. Sie schien ihm durchs Leben zu tanzen, frei von all diesen lästigen Verpflichtungen, denen er unterworfen war, frei unter anderem durch sein Geld und seine Gunst. Aber sie war auch verlässlich. Nicht explosiv und hinterhältig wie andere Spanierinnen.

Sie gingen ins Schlafzimmer. Federica zog sich aus. Ihr schöner schlanker

Körper und ihr freier Blick. Yaqui fühlte sich in ihrer Gegenwart immer ein wenig gehemmt, als sei er ein Mann ohne Erfahrung. Vielleicht lag es am Altersunterschied. Natürlich achtete er auf sich, im Gegensatz zu manchen seiner Standesgenossen, die sich einfach Fett anfraßen wie die Schweine und sogar zu faul waren, sich ab und zu den Speck von maßgeschneiderten Medikamenten wegputzen zu lassen. Aber selbst die fortschrittliche Medizin, die den Maya-Oberen zur Verfügung stand, konnte nichts daran ändern, dass er alterte. Seine Lebenserwartung betrug 120 Jahre. Und wenn die Hälfte dieser Zeit verbraucht war, dann war sie verbraucht, auch wenn er wie Anfang vierzig aussah.

Aber nicht nur sein Alter ließ ihn manchmal zögern. Er wusste, dass er in sexuellen Dingen viel unfreier war als seine Freundin. Er bezweifelte, ob er je lernen würde, sich so elegant auszuziehen wie Federica, und er wusste ganz genau, dass er ohne Kleider nie eine Partnerin auf diese sanft neckende Art hätte anschauen können, wie sie ihn jetzt anschaute. Nackt kam er sich in ihrer Gegenwart wie ein Junge vor, und dieser kleine masochistische Reiz erregte ihn umso mehr.

Federica streckte die Hand aus und sie warfen sich auf das riesige, weiche, spanische Bett. Sie brauchten nicht zu verhüten. Er hatte ihr eine Behandlung bezahlt, die es ihr erlaubte, ihre Fruchtbarkeit an- und abzuschalten.

Plötzlich richtete sich Federica ruckartig auf und starrte zur offenen Schlafzimmertür. Yaqui folgte ihrem Blick. Dort stand ein junger Mann in abgerissener Kleidung und mit einer altmodischen Pistole in der Hand.

Einen Moment lang herrschte Stille, als sei auf einer Theaterbühne etwas völlig Unerwartetes geschehen und die Schauspieler wüssten nicht weiter. Dann stand Federica langsam auf, ging auf den Mann zu und zischte: »Verschwinden Sie! Verlassen Sie mein Haus!«

Der Mann hob seinen rechten Arm und schoss sie nieder. Federica fiel mit einem dumpfen Geräusch auf den Holzboden ihres Schlafzimmers. Der Schuss brüllte in Yaquis Ohren. Er konnte nur hören und sehen, denken und handeln waren noch ewige Sekunden entfernt.

Der Mann richtete seine Waffe nun auf ihn. Yaqui spürte, wie sich sein Glied in seine Bauchhöhle zurückzog. Fast hätte er ins Bett geschissen.

»Wiedersehen, Maisfresser«, sagte der Mann, und dann blühten tausend Blumen auf seinem Körper auf. Sein Gesicht blieb ausdruckslos, auch als er in sich zusammensank wie ein nasser Sack. Er lag kaum auf dem Boden, als eine schwarze Gestalt durch das zerschossene Fenster sprang und sich wie ein Keil durch das Zimmer schob. Erst mit Verzögerung begriff Yaqui, dass das einer der Wachsoldaten war, von einem aktivierten Körperpanzer umgeben. Beiläufig richtete er seine Waffe auf den Kopf des Toten und fragte: »Seid Ihr verletzt, edler Herr?«

Yaqui konnte die Augen des Soldaten hinter dem quecksilbrig schimmernden Visier des Helms nicht sehen. Er schüttelte nur seinen Kopf. Der Soldat rief über die Seerose an seinem Handgelenk Sanitäter herbei und Verstärkung, für alle Fälle.

Yaqui kroch zu Federica. Sie lebte noch. Ihre Brust hob und senkte sich. Sie verlor entsetzlich viel Blut. Er rief leise ihren Namen, aber sie antwortete nicht. Als die Hubschrauber aus dem Himmel heruntersurrten, hielt er ihre erkaltende Hand. Er war noch immer nackt.

Die Sänfte wurde leer zurückgetragen. Yaqui flog mit dem Sanitätshubschrauber. Beide Leichen lagen an Bord des Hubschraubers in Stasiskammern, die grundlegende Gehirnfunktionen für die *Befragung* wenigstens rudimentär aufrechterhalten sollten. Unter den hautengen Plastikschalen der Kammern sahen die Leichen aus wie humanoide Insekten, die sich gerade verpuppt hatten. Yaqui konnte Federicas Hand nicht halten. Er wollte es jetzt auch nicht mehr, sie war zu kalt geworden. Seine Umgebung nahm er wahr wie einen zähen Pudding aus Zeit, in dem aufgrund eines eigenartigen akustischen Effekts die Stimmen der anderen wie in einer lang gezogenen Röhre widerhallten. Er zählte sich auf, wer alles mit ihm im Hubschrauber war: zwei Piloten, zwei Männer seiner Leibwache, ein Arzt, drei seiner Assistenten und natürlich die beiden Leichen. Neun Lebende und zwei Tote. Neun Lebende und zwei Tote. Neun Lebende – und zwei Tote. Ein Mann ging vor ihm in die Hocke. Er sah Yaqui mit intelligenten Augen an und sagte nichts. Auf seiner Uniform prangte die Namensglyphe von Oxlahun-Ti-Ku, dem Gott der Heilkunst.

»Ich stehe unter Schock, nicht wahr?«

Der Arzt streckte die Hand aus und zog eines seiner Augenlider hoch. Yaqui konnte spüren, wie sein Augapfel unwillkürlich zuckte.

»Das ist richtig, edler Herr.«

»Danke«, antwortete Yaqui blöde.

»Soll ich bei Euch bleiben, edler Herr?«

»Nein. Nein, danke. Hier sind neun Lebende und zwei Tote.«

Der Arzt runzelte die Stirn. Dann nickte er. »Ja. Ja, das stimmt.«

Er stand auf, kontrollierte die Überwachungseinheit der Stasiskammer, die in kurzen Glyphenkombinationen den Aktivitätszustand der beiden Gehirne anzeigte, und hangelte sich an den Griffstangen zu seinen Assistenten vor. Er sagte etwas zu ihnen, woraufhin sich einer in Yaquis Nähe setzte. Yaqui konnte spüren, wie seine Augen flimmerten und wie er zu zittern anfing, selbst unter der warmen Kunstfaserdecke, die ihm jemand über die Schultern gelegt hatte. Als der Hubschrauber in Turbulenzen geriet, musste er sich übergeben.

Sie hatten ihm die Entscheidung überlassen, ob er dabei sein wollte, und er hatte ja gesagt. Er wusste, was ihm bevorstand. Er hatte solche Zeremonien schon selbst geleitet.

Ein Priester verbrannte hastig ein wenig Kopalharz in einer Muschelschale und bat die Totengötter Hun Came und Vucub Came, die beiden Toten noch nicht nach Xibalbà einzulassen. Die Zeit drängte. Selbst für Maya-Mediziner war es nicht so einfach, das Gehirn eines Toten funktionsfähig zu halten.

Die Leichen ruhten auf schwebenden Liegen. Die Stasishauben wurden abgehoben und geübte Hände entkleideten sie, was bei dem Attentäter nicht leicht war, denn die Fasern seiner Kleider hatten sich mit der verbrannten, von Einschuss-Kratern übersäten Haut verklebt. Als ihm die Fetzen vom Leib gerissen wurden, blieb etwas übrig, das vom Hals abwärts wie ein schlecht gehäuteter Tierkadaver aussah. Das Loch in Federicas Brust war entsetzlich groß. Yaqui sah das alles mit toten Augen, als habe ihn der Attentäter doch erschossen.

Von der Decke fielen zwei Bündel langer schwarzer Schlangen herab wie Schnüre, ohne dass sich eine Klappe geöffnet hätte. Wacah Chan hatte sie einfach spontan gebildet. Kopfüber schmeckten die Schlangen mit ihren roten Zungen die Luft. Langsam, bedächtig suchten sie nach den Hälsen der Toten und bissen sich dort fest. Ihre Köpfe verschmolzen mit der erkalteten Haut, als wären sie aus Wachs. Es sah aus, als seien die Hälse der Toten durch schwarze Schläuche mit der Decke verbunden.

Von den Biss-Stellen breiteten sich nun bläuliche Adern wie ein Pilz über die Körper aus. Bei Federica fand diese Pilzinfektion unter der Haut statt, bei dem Attentäter sah man sie deutlicher, weil große Teile seiner Haut fehlten. Er wurde wie in einen eng anliegenden Käfig von Rhizomfäden eingesponnen und als die bläulichen Ausläufer unter seinen Rücken krochen, hob sich sein Körper ein wenig von der Liege. Die Köpfe der beiden Leichen wurden am dichtesten überwuchert – bald waren sie von blauen Adern so dicht umwickelt, dass sie völlig darunter verschwanden. Eine halbe Minute später hatten sich die verwickelten Adern in eine Masse verwandelt, die bemerkenswert einer blau gefärbten Hirnrinde glich. Yaqui war froh, das Gesicht Federicas nicht mehr sehen zu müssen. Er spürte, dass er ihren Tod zu akzeptieren begann, in diesem Moment.

Zwei große Bildschirme leuchteten an der Wand der Befragungskammer auf, und die Stimme Wacah Chans sagte: »Ich bin bereit.«

»Zuerst der Mann«, sagte der Befragungsleiter. Wie hieß er noch gleich? Tamazúl. Yaquis Gehirn begann wieder zu funktionieren.

Auf dem einen Bildschirm wurden verwischte Bilder sichtbar. Eine Pistole wurde geladen, Patronen rollten über einen schmutzigen Küchentisch. Ein

Spaziergang durch die staubigen Spanierviertel und die Calle de los Flores. Der Attentäter hatte am Abend zuvor *Pulque* getrunken, allein, zu Hause. Sie sahen seine Träume von dieser Nacht. Wirre Bilder von Affen, die in irreal großen Bäumen herumturnten. Sie sahen die Sterne am Himmel, als er auf Federicas Haus zuging. Sie hörten ihn atmen, wie er sich selbst atmen gehört hatte. Als er über den Zaun geklettert war, war ihm der Revolver aus der Hosentasche gefallen, und er hatte im vertrockneten Gras in Federicas kleinem Garten fünf Minuten nach ihm suchen müssen. Dann das mühelose Eindringen in den Keller. Ein erneuter kurzer Schlaf in dem fremden Haus, diesmal traumlos, fast so, als wäre er nur ein Obdachloser gewesen, der einen Unterschlupf für die Nacht gesucht hatte.

Er war so lange in seinem Versteck geblieben, bis er die Liebenden gehört hatte, war seelenruhig nach oben gegangen und ins Schlafzimmer eingedrungen. Yaqui zuckte ein wenig zurück, als er sah, wie Federica sich aufrichtete.

»Verschwinden Sie! Verlassen Sie mein Haus!«, zischte sie – nackt, wütend, schön. Der Attentäter erschoss sie, bedrohte Yaqui, der ein erbärmliches Bild von Hilflosigkeit abgab, übersah den schwarzen Schatten am Fenster und starb. Die Nahtod-Visionen, die sich sein Gehirn kurz vor dem Verlöschen vorgegaukelt hatte, waren interessant. Er wurde nicht von Maria oder Jesus im Himmel empfangen, wie das bei Spaniern üblich war, sondern von einem amorphen Lichtfleck, der ihn Stück für Stück einsaugte, bis die Schlangen Wacah Chans nur noch farbige Reflexe auf den Bildschirm übertrugen. Dann erlosch das Bild.

»Keine Hinweise auf Mittäter oder eine Verschwörung«, sagte Tamazúl.

»In den letzten 25 bis 30 Stunden, die ich am klarsten sehe, gibt es keine solchen Hinweise«, antwortete Wacah Chan.

»Ein erstaunlich fader und schwach ausgebildeter Charakter.«

»Ich würde vermuten, dass solche Leute in den Spaniervierteln nicht zu selten vorkommen. Das Ende ist interessant. Er kann kein Christ gewesen sein. Ungewöhnlich.«

»Selbstverständlich führst du noch einmal eine Feinanalyse durch.«

»Selbstverständlich.«

»Die Frau, bitte.«

Yaqui stellte sich vor, wie Wacah Chan im Hintergrund alles, was er jemals über den toten Mann gesammelt hatte, zu analysieren begann. Das hatte er mit seinem Anschlag immerhin erreicht: Eine Maschine, die sich zu Lebzeiten nie für ihn interessiert hatte, mobilisierte beträchtliche Ressourcen, um ihn nach seinem Tod bis in die verstecktesten Winkel zu durchleuchten. Sie würde ohnehin nichts Interessantes finden. Der Mann hatte die Maya gehasst und wollte ein Maya-Flittchen und ihren Freund umbringen – das war alles. Ein junger Säufer ohne Perspektive aus der spanischen Vorstadt, seit langem für eine Verzweiflungstat reif.

Der zweite Bildschirm leuchtete auf. Yaqui und die Befragungskommission sahen in das Gesicht von Ahau Iztayub. Er war der Anführer der *Fledermauspriesterschaft* von Nanotikal, die die Gefängnisse Tikals leitete. Sie waren für Geständnisse von Gefangenen verantwortlich und für die Vorbereitung der Todeskandidaten auf die Opferung. Ihr Zeichen war die Namensglyphe von Camazotz, der scharfzähnigen Fledermaus, die in der Sage Hunahpu den Kopf abreißt.

Iztayub war in Tikal unbeliebt, da er alle Gefangenen mit der gleichen angeborenen Brutalität behandelte – darin war er gerecht. Weil das auch für Adlige galt, die bei Chan Balum in Ungnade gefallen waren, forderten alle Fraktionen des Hochadels seit Jahren seine Absetzung, aber Chan Balum hielt an ihm fest.

Iztayub war klein, fett und grausam. Sein Verhalten hätte jedem Inquisitor zur Ehre gereicht. Yaqui hasste ihn seit dem Tag, an dem er ihn kennen gelernt hatte, und das war lange her. Ihm ausgerechnet hier, in Federicas Gehirn zu begegnen, war ein Schock.

Auf dem Bildschirm hatte Iztayub die Augen geschlossen. Er schwitzte, atmete stoßweise. Sein Kopf bewegte sich rhythmisch. Sein Atem ging in ein Klagen über, eine Art Miauen, und schließlich bellte und würgte er seinen Atem heraus wie ein Hund, der etwas Scharfkantiges verschluckt hat. Er fiel nach hinten weg, das Sichtfeld kippte. Man konnte sehen, wie sich der mächtige Folterknecht auf einem Bett in fötaler Haltung zusammenrollte. Eine Hand legte sich auf seine Stirn, aber er schlug sie weg.

Yaqui kannte dieses Bett. Iztayub war ein Kunde von Federica gewesen, und die Übertragung hatte in dem Moment eingesetzt, in dem er zum Orgasmus gekommen war. Federica hatte Yaqui nie von Iztayub erzählt, und obwohl er nicht so dumm gewesen war, sich für den einzigen Maya-Gönner Federicas zu halten, ekelte ihn die Vorstellung, sie mit Iztayub geteilt zu haben.

In ein paar Stunden würde es der ganze Hof wissen. Wie würden sie lachen über diese Geschichte. Kleine quecksilbrige Kugeln von Hass spritzten in ihm umher, aber wen sollten sie treffen? Federica? Iztayub? Die intriganten Höflinge, die sich über ihn amüsieren würden? Den Attentäter? Oder ihn selbst?

Im Moment hasste er alle. Das schützte ihn vor den Gefühlen, die er sonst kaum hätte beherrschen können. Federica ging nackt in ihr Badezimmer und wusch sich. Bei mir, dachte Yaqui, hat sie sich nicht gewaschen. Jedenfalls nicht sofort. Was für ein alberner Gedanke. Die Leiche Federicas lag kaum zwei Meter von ihm entfernt, ihr Gehirn wurde gerade von Wacah

Chan ausgesaugt, und er frönte seiner Eifersucht auf einen Nebenbuhler, der genau wie er nur ein Freier gewesen war. Er schämte sich.

Federica blickte in ihren Badezimmerspiegel und es war, als sähe sie ihn. Eine Täuschung. Yaqui machte sich klar, dass er die Wiedergabe einer Erinnerung betrachtete. Dennoch konnte er sich nicht von der Idee lösen, sie betrachte ihn, in diesem Moment, ihn ganz allein.

Szenenwechsel. Es wurde Nacht. Federica schlief. Interessanterweise träumte sie von Krieg. Es war ein unglaubliches Gemetzel und es dauerte in ihrem subjektiven Bewusstsein stundenlang an. Ihre Mutter brachte ihr Kuchen, der vom Teller verschwand, bevor sie ihn essen konnte. Sie öffnete ein Fenster, und die ganze Straße brannte, aber ihr Haus hielt stand, so sehr die Flammen auch wüteten. Am Morgen: Bad, Frühstück etc. Sie kochte. Sie machte sich schön. Yaqui traf ein und ihr Gehirn hatte alles aufbewahrt, vom ersten Kuss an der Tür bis zu ihrem Tod.

Tamazúl ließ Wacah Chan abschalten, als Federicas wirre Todesphantasien über den Bildschirm huschten wie farbiger Nebel.

»Es gibt keinen Hinweis darauf, dass sie sich mit dem Attentäter verschworen hätte, um Ahau Yaqui zu töten, nicht wahr?«

»Wie sollte es den auch geben?«, antwortete Wacah Chan. »Schließlich hat er *sie* umgebracht, nicht Ahau Yaqui.«

»Wäre er nicht aufgehalten worden, hätte er auch Ahau Yaqui erschossen«, meinte Tamazúl. »Es wäre denkbar, dass sie den Anschlag mit vorbereitet hat und dass der Mörder sie ebenfalls erschießen musste, um wie ein Einzeltäter zu wirken.«

Yaqui war immer noch teilnahmslos. Er verfolgte das Gespräch der Experten wie aus großer Entfernung. Der Arzt, der sich im Hubschrauber um ihn gekümmert hatte, sah ihn besorgt an.

»Eine sehr gewagte These«, antwortete Wacah Chan gelassen. »Nach dem, was ich hier sehe, hatte sie von dem Attentat keine Ahnung.«

Yaqui wusste: Auch Federica würde durchleuchtet werden, bis ins kleinste Detail. Das war so selbstverständlich, dass Tamazúl es gar nicht erwähnen musste. Und dabei würde nichts anderes herauskommen als das kleine Leben eines hübschen Vorstadtmädchens, das durch die Zuwendungen einiger Freunde aus Tikal ein wenig an Glanz und Bedeutung gewonnen hatte.

Wacah Chan resorbierte die Schlangen in die Decke des Befragungssaals. Die Bildschirme erloschen vollständig. Die Wand, die als Projektionsfläche für die Erinnerungen der beiden Leichen gedient hatte, wurde wieder zu glattem, unverputztem Stein. Und jetzt zerfielen die Leichen vor den Augen der Befragungskommission zu einer Art Humus, der durch ein Abflusssystem in den Bahren abgesaugt wurde. Die blauen Kokons, in die Wacah

Chan die beiden eingesponnen hatte, blieben noch eine Weile stehen, dann wurden sie weiß wie sterbende Korallen, fielen in sich zusammen, und der Staub verschwand wie die Überreste der Körper. Federica existierte nicht mehr.

Das Licht im Befragungssaal erlosch und die Männer verließen den unterkühlten Raum. Yaqui ließ sich in seine Residenz tragen, wo schon eine Botschaft des Ahau auf ihn wartete.

Der Codex war älter als alle anderen. Wenn er echt war. Die Glyphen auf dem mit Kalk bestrichenen Rindenpapier wirkten eindeutig archaischer als diejenigen, mit denen die fünf anderen Codices beschrieben waren – auch im Vergleich mit denen des Codex Grolier, von dem man glaubte, er sei um 1100 entstanden. Wenn dieser Codex echt war, stammte er wahrscheinlich aus der klassischen Periode. Außerdem enthielt er Abbildungen, die nirgendwo anders, auf keinem anderen Artefakt der historischen Maya gefunden worden waren.

Die zwölf kostbaren Seiten des Rindenfaltbuchs schwebten in der Luft, von Milliarden Nano-Elementen getragen und umhüllt, sicherer als hinter meterdickem Stahl. Yaqui ging um den Codex herum und betrachtete ihn von allen Seiten. Konnte das wirklich sein? Konnte der Vatikan eine solche Kostbarkeit, die der Maya-Mythologie vielleicht sogar ganz neue Aspekte hinzufügte, über Jahrhunderte aufbewahrt haben, um sie dann, wenn es etwas mit den Nachfahren der Maya auszuhandeln gab, »zufällig« zu entdecken? Hatte Diego de Landa vielleicht ein paar der Handschriften zur Seite geschafft, bevor sie in Rauch aufgegangen waren, zu Studienzwecken, oder aus reiner Habgier?

Yaqui löste sich von diesen Spekulationen und konzentrierte sich wieder auf den Codex selbst. Die Bilder waren verwirrend. Da gab es zum Beispiel Darstellungen der beiden Heldenzwillinge mit einem Krokodil, das Yaqui vorerst nur als Itzam Cab Ain, das Weltenkrokodil, interpretieren konnte. In einer anderen Szene, die ganz ohne Glyphen auskam, als verstehe sie sich von selbst, tanzten Hunahpuh und Ixbalanqué mit Jaguarfellen geschmückt auf den Köpfen der vier Bacabes, die den Himmel trugen, damit er nicht auf die Erde herabfiel. Die Zwillinge spielten mit der Sonne Ball, auf einem Platz über den Köpfen wüteten Todesgötter in der Unterwelt Xibalbà. Etwas Ähnliches hatte er noch nie gesehen. Auf dem nächsten Blatt schossen sie mit ihren Blasrohren nicht nur Vucub Caquix, den arroganten Papageienhalbgott und Möchtegern-Weltherrscher, aus seinem Lieblingsbaum, sondern auch einige Wesen, die wie Kreuzungen aus Fledermäusen und Vögeln aussahen.

Und die Glyphen! Manche wirkten seltsam verzerrt und verfremdet, wie durch den Einfluss anderer mittelamerikanischer Schriftsysteme. Manche konnte er nicht einmal lesen – er, der oberste Schreiber Tikals!

»Sie sind bemerkenswert, nicht wahr?«, sagte Don Rodriguez, doch Yaqui hob nur abwehrend die Hand. Er wollte jetzt nicht von dem fetten Engel gestört werden. Aber dieser Codex war in der Tat unglaublich: Er wies Querverbindungen zwischen den bekannten Fragmenten der Maya-Mythologie auf oder schmückte sie in einer Weise aus, die jahrelange Forschung notwendig machen würde. Vorausgesetzt, er war echt.

Yaqui begutachtete noch einmal zwei Blätter, die er bis dahin nur überflogen hatte. Auf dem einen waren die beiden Heldenzwillinge zu einem einzigen Wesen verschmolzen, das, wenn er die Namensglyphen richtig las, Xumuc hieß, ein Gott war und in unklarer Beziehung zu den zyklisch wiederkehrenden Weltenaltern der Maya-Mythologie stand. Entweder war Xumuc mit dem Maya-Kalender geschaffen worden oder er hatte ihn geschaffen. In keinem Bericht, keinem Artefakt der klassischen Maya war je die Rede von einer Verschmelzung oder Vereinigung der Zwillinge gewesen; es war schlichtweg eine neue Welt, die sich hier auftat.

Und dann kam das Blatt, das ihn überzeugte. Hun Hunahpu, der Vater von Hunahpu und Ixbalanqué und gleichzeitig der Maisgott der Maya, wurde von seinen beiden Söhnen mit Obsidianmessern zerteilt. Die Stücke seines Fleisches verwandelten sich unter ihren Händen in Maiskolben und wurden von ihnen zu kleinen Haufen aufgeschichtet; sein Blut tränkte den Boden. Als sich Yaqui diese Darstellung genauer ansah und sich ihren Symbolgehalt klar machte, wusste er, dass er es mit einem Meisterwerk zu tun hatte, einem Meisterwerk der Fälschung.

Die Christen hatten es nicht dabei belassen können, einen neuen Codex aus dem Hut zu zaubern, sie hatten auch versucht, eine Maya-Version der katholischen Transsubstantiationslehre hineinzuweben – als sei die Maisverehrung der Maya im Grunde dasselbe wie die Hostienschluckerei der Christen. Yaqui lief die Galle über.

Mit der Enttäuschung über den letztendlich doch billigen Betrug quollen die Erinnerungen an den Vormittag in ihm hoch. Federica war noch keine fünf Stunden tot. Es hätte nicht viel gefehlt, und Tränen wären ihm in die Augen gestiegen, ihm, dem obersten Zensor. Tränen der Wut und des Kummers zugleich.

Die ganze Runde sah ihn an. Don Rodriguez, Chan Balum und Ahau Tepepul, der alte Speichellecker, der bei der ersten Untersuchung des Codexes in Tikal natürlich auch dabei sein musste. Dass er, der eigentlich mit dem Codex überhaupt nichts zu tun hatte, hier anwesend war, war ein unangenehmes Zeichen für seine Nähe zum Ahau. Sie alle erwarteten eine Aussage von ihm. Yaqui rief sich in Erinnerung, dass sein Votum Bedeutung haben würde und dass er vorsichtig sein musste. Seit einiger Zeit konnte er das Machtgleichgewicht unter den Adligen nicht mehr so souverän einschätzen wie früher. Das katastrophale Ende seiner Beziehung zu Federica hatte Yaqui geschwächt, ganz zu schweigen davon, dass er sich in Iztayub möglicherweise einen weiteren Günstling des Königs zum Feind gemacht hatte. Der Streit um die Echtheit des Codex Moskau hatte damals seinen Vorgänger den Kopf gekostet. Chamalcán hatte bis zuletzt behauptet, dieser Codex sei nicht authentisch, und er hatte sich damit mächtige Feinde gemacht, denn die populärste Lesart betonte die Wichtigkeit des Adels für eine gute Staatsführung. Schließlich war Chan Balum gezwungen gewesen, Chamalcán abzusetzen und opfern zu lassen. In diesem Zusammenhang hatten die Adels-Clans sogar ihre Abneigung gegen die *Fledermaus*-Priester vergessen und gejubelt, als Chamalcán geopfert worden war.

Obwohl er sich sicher war, dass der Vatikan den Maya Nanotikals eine extrem sorgfältige Fälschung unterschieben wollte, musste er sich jetzt sehr diplomatisch verhalten. Wie immer lächelte Don Rodriguez, als Yaqui ihn ansah. Aber er blinzelte ein wenig zu oft mit den Augen.

»Er ist schön«, sagte Yaqui. »Sehr schön. Natürlich muss er noch einer viel eingehenderen Prüfung unterzogen werden. Ich bin vor allem auf die Meinung Wacah Chans gespannt.«

»Selbstverständlich«, sagte Don Rodriguez mit etwas bemühter Ruhe, »selbstverständlich. Andererseits hat der Heilige Stuhl seinen Wunsch zum Ausdruck gebracht, die Verhandlungen mögen zügig vorangehen. Der Papst weiß sehr gut, wie viel Ihnen das Uitz-Kaan-Projekt bedeutet, und möchte das christliche Interesse am Grab des heiligen Jakobus möglichst bald befriedigt sehen.«

Wacah Chan wird euren Schwindel innerhalb von Minuten in der Luft zerreißen, dachte Yaqui, und dann stirbst du, christliches Interesse hin oder her.

»Ist er echt?«, fragte Chan Balum direkt.

Wissenschaftlich bleiben, dachte Yaqui.

»Das kann ich nicht sagen. Wacah Chan muss ihn untersuchen. Das Papier und die Pigmente der Farben müssen analysiert werden. Ich gebe zu, dass ich einige der Glyphen noch nie gesehen habe, nicht einmal in ähnlicher oder variierter Form. Don Rodriguez«, sagte er leichthin, »weiß man eigentlich, wie der Codex in den Besitz des Vatikans gelangt ist?«

»Der Codex wurde in einem Bündel gefunden, das achtlos in einer wenig benutzten Ecke der Vatikanarchive verstaut war«, sagte Don Rodriguez.

Die Besenkammergeschichte also, dachte Yaqui. Die Archive des Vatikan waren sicher auf dem gleichen organisatorischen und technischen Stand wie die königlichen Archive Tikals. Es hätte Yaqui gewundert, wenn auch nur der Einkaufszettel eines Gegenpapstes *nicht* online verfügbar gewesen wäre.

»Sie wissen«, fuhr Don Rodriguez jovial fort, »dass sich in so großen Bibliotheken in manchen Ecken einfach Staub sammelt, da kann man machen, was man will. Es sieht tatsächlich so aus, als sei dieses Bündel seit dem sechzehnten Jahrhundert nicht mehr angerührt worden. Die Kordel, die darumgeschlungen war, löste sich auf, als man sie anfasste. Kurios! Eigentlich sollte der Archivbedienstete dafür bestraft werden, dass er ohne Anweisung an einem historischen Dokument herumhantiert hatte, aber als der Inhalt des Bündels untersucht wurde, fand man zur großen Überraschung aller den vorliegenden Codex. Aus den Dokumenten, die außerdem in dem Bündel eingeschnürt waren, kann man schließen, dass ein Begleiter Diego de Landas, der ihn damals im Auftrag des Papstes ... nun ja ... überwachen sollte, diesen einen Codex vor der Verbrennung durch de Landa und seine Männer gerettet hat. Dieser Mann mit Namen Juan Gomez scheint den Codex einem Bericht beigefügt zu haben, der den Papst persönlich über die Aktivitäten de Landas auf dem Laufenden halten sollte.«

Don Rodriguez machte eine Pause, aber sein Lächeln nicht.

»Zu meiner Bestürzung muss ich gestehen, dass Juan Gomez ein Eiferer gewesen ist. Er scheint de Landa in seiner Verbrennungs- und Verfolgungsaktion der Maya-Literatur für zu nachlässig gehalten und den schon angesengten Codex seinem Bericht nur beigelegt zu haben, um dem Papst ein Beispiel für das zu geben, was seiner Meinung nach härter verfolgt werden sollte.«

Ahau Tepepul wollte auch etwas sagen.

»Das Bündel, von dem Sie sprechen – kann es auch untersucht werden?«

Als ob dich das etwas anginge, du Schwätzer, dachte Yaqui. Du kannst doch nicht einmal Rindenpapier von einer Plastikfolie unterscheiden.

»Selbstverständlich. Das Material befindet sich noch in dem Stasiscontainer, in dem auch der Codex selbst hierher transportiert wurde. Jedenfalls hat er sechshundert Jahre in dem Bündel gesteckt. Alle anderen Dokumente darin stammen unzweifelhaft aus derselben Zeit, und nach einer gründlichen Überprüfung durch unseren archäologischen Dienst kamen wir zu dem Ergebnis, dass der Codex echt ist.« Don Rodriguez löste seine gefalteten Hände, wie um deutlich zu machen: Das ist eigentlich alles, was es von mir aus dazu zu sagen gibt. »Ich will den Ergebnissen Ihrer eigenen Untersuchungen nicht vorgreifen, aber es würde mich sehr wundern, wenn nach einer eingehenden Prüfung des Codex und seiner Begleitmaterialien ein Zweifel an seiner Echtheit zurückbliebe.«

Aber sicher, dachte Yaqui. »Wo, sagten Sie, hat dieser Juan Gomez den Codex aus dem Feuer gezogen?«

»Wenn man die Ungenauigkeit der damaligen Kartierungsmethoden und der Aufzeichnungen von Reisenden allgemein in Betracht zieht, ist es kein Wunder, dass sich das heute nicht mehr so genau sagen lässt. Gomez spricht von einem Ort einige Dutzend Kilometer westlich von einer größeren Stadt, die nach allen vernünftigen Erwägungen eigentlich nur Chiapa de Corzo sein kann.«

Schlau, dachte Yaqui. An einem solchen Ort wären kulturelle Einflüsse, wie sie in diesem Machwerk suggeriert wurden, am wahrscheinlichsten. In jener Gegend hatten sich über die Jahrhunderte hinweg alle möglichen Kulturen ein Stelldichein gegeben, und wenn der Codex echt gewesen wäre, hätte er auch glaubhaft ein Spiegel dieser unterschiedlichen Einflüsse sein können. Yaquis Intuition arbeitete auf Hochtouren. In diesem Augenblick wusste er mit absoluter Gewissheit, dass Don Rodriguez nicht nur der Überbringer der Fälschung war, sondern auch ihre Herstellung überwacht oder sogar direkt an ihr mitgearbeitet hatte. Dass sie für echt gehalten wurde, war ihm so wichtig, dass er sein Leben dafür aufs Spiel setzte.

Chan Balum hatte seinen Blick auf den Codex geheftet. Er ließ die sechs Finger seiner Hand in die Wolke aus Nano-Elementen eintauchen, die den Codex abschirmten, und fuhr über den Rindenpapierblättern hin und her, als wolle er sie aus der Entfernung streicheln.

»Ich danke euch für eure Bemühungen«, sagte er. »Wir werden den Codex eingehend prüfen und zu einem eindeutigen Schluss kommen. Ihr könnt euch zurückziehen.«

Die Tür glitt zur Seite und Don Rodriguez verließ mit Tepepul die Kammer.

»Du bleibst hier, Yaqui«, sagte der König und zog seine Hand aus der Nano-Wolke. »Ich möchte dir etwas erzählen.«

Folgsam setzte sich Yaqui auf die Steinbank, die den ganzen Raum wie ein Mauerabsatz umlief.

»Ich höre, mein König«, sagte er.

»Tohil pflegte mit seinen Gefährten Hacavitz und Avilix zu baden«, begann Chan Balum. »Sie nahmen dabei die Gestalt von drei Jünglingen an und badeten immer an derselben Stelle. Die Stämme, deren Söhne und Töchter von den Cavec-Quiché für Tohil, Hacavitz und Avilix geraubt und geopfert wurden, sannen auf Rache. Wie können wir Tohil und seine Gefährten umbringen, damit sie nicht mehr unsere Söhne und Töchter fressen?, fragten sie sich. Und schließlich schmiedeten sie einen Plan: Sie suchten drei schöne Mädchen aus, um die drei Götter zu verführen und in eine Falle zu locken. Um zu beweisen, dass die Götter ihnen beigelegen hatten, sollten sie von ihnen Geschenke fordern und nach Hause bringen. Und die drei Mädchen gingen zu der Stelle am Fluss, wo die drei Götter in Menschengestalt zu baden pflegten. Sofort wurden sie von ihnen streng befragt. ›Was wollt ihr hier? Warum stört ihr uns beim Bad?‹ Die drei Mädchen bekamen es mit der Angst und gestanden, dass sie die Götter verführen sollten. Tohil sagte: ›Ihr sollt uns verführen und euren Herren einen Beweis dafür bringen, dass ihr erfolgreich wart? Wir werden euch Beweise dafür geben, dass ihr uns verführt habt.‹«

Chan Balum machte ein Pause und sah Yaqui aus seinen undurchdringlichen Augen an. Yaqui hörte wie so oft im Gespräch mit seinem König einfach nur zu und wartete ab, worauf die Ausführungen schließlich hinausliefen.

»Und Tohil sagte zu Waldjaguar, Nachtjaguar und Nachtherr, sie sollten drei Mäntel machen mit ihren Wahrzeichen darauf und sie den Mädchen geben, auf dass sie sie nach Hause mitnähmen. Balam Quitzé, Balam Acab und Mahucutah machten sich an die Arbeit. Die drei Mäntel trugen die drei Wahrzeichen: den Adler, die Biene und den Jaguar. Der Mantel, den Balam Acab gemacht hatte, trug aber nicht nur eine Biene als Wahrzeichen, sondern war ganz mit Bienen und Wespen ausgefüllt. Die drei Mädchen nahmen die Mäntel mit und zeigten sie ihren Herren und dem Stammesfürsten. Sie waren so schön, dass der Stammesfürst nicht widerstehen konnte, sie umzutun. Er legte den Adlermantel um und er kleidete ihn wie einen König. Er legte den Jaguarmantel um und der Stolz des Jaguars erfüllte den Stammesfürsten. Er zeigte sein steifes Geschlecht vor aller Augen. Er legte den Bienenmantel an und die Bienen und Wespen fielen über ihn her und stachen ihn so lange, bis er tot war. Das war die endgültige Niederlage für ihn und seinen Stamm. Er hatte Tohil, Hacavitz und Avilix, die Götter seiner Feinde, täuschen wollen, aber die Geister waren mit Waldjaguar, Nachtjaguar und Nachtherr, und so wurde er von ihnen besiegt.«

Yaqui hatte sich eine Weile gefragt, warum ihm Chan Balum diesen alten Mythos auftischte, aber jetzt war ihm vollkommen klar, dass Chan Balum ihm seine Missbilligung über das fehlgeschlagene Abenteuer mit Federica ausdrückte. Yaqui spürte die Lust zum Widerspruch in sich aufkeimen. Mich trifft keine Schuld, wollte er sagen, viele Ahaus haben spanische Freundinnen. Ich konnte nicht ahnen, dass ein Irrer auf die Idee kommen würde, mich bei Federica anzugreifen. Aber er schluckte den Widerspruch hinunter.

»Du sollst keine Bienenmäntel umlegen«, sagte Chan Balum. »Du sollst sie anfertigen und verschenken.«

Yaqui nickte gehorsam.

»Jetzt kannst du gehen«, sagte Chan Balum, und Yaqui verneigte sich.

Das Zittern kam zwei Stunden später. Yaqui hatte geglaubt, sich durch Arbeit von den viel zu heftigen Erlebnissen dieses Tages ablenken zu können. Eine Zeit lang war ihm das auch gelungen. Wacah Chan hatte ihm noch weitere seltsame *Vogelrufe* vorgelegt. Oft glichen sie dem Brief von Co Cavib an Drei Hirsch, der ihn ein paar Tage zuvor so misstrauisch gemacht hatte, oft waren sie ganz anders.

Viele betrafen Einladungen zu Opferritualen für mindere Götter, etwa für Ah-Mucenzab, einen der weniger bekannten Bienengötter, oder den Mückengott, der seine Legitimation einzig und allein aus der Tatsache bezog, dass einst eine Mücke Ixbalanqué und Hunahpuh beim Sieg über die Totengötter unterstützt hatte. In anderen Mitteilungen waren lange Traktate über altbekannte Tatsachen und Theorien enthalten, ob sie nun von der Verschiebung des politisch-militärischen Gleichgewichts in Europa seit der Landnahme handelten oder von den Grundprinzipien der Nano-Technologie. Kalter Kakao.

All diesen *Vogelrufen* war gemeinsam, dass sie mit sehr subtil veränderten Glyphen arbeiteten, aber was Wacah Chan auch an Information aus diesen Texten herausfiltrieren konnte, war äußerst unspektakulär: Der schlief mit jener, diese hasste jenen, einer zahlte zu wenig Steuern, ein anderer nahm *Götterschweiß*, und so weiter und so fort. Wenn diese Nachrichten noch andere Bedeutungsebenen enthielten, dann konnte Wacah Chan sie offenbar nicht finden. Das war ein beunruhigender Gedanke. Möglicherweise stützten die Schreiber sich nicht auf einen mathematischen Code, sondern auf einen rein persönlichen, der ausschließlich mit privaten, kaum nachvollziehbaren Assoziationen arbeitete und von Sender und Empfänger immer im Vorhinein verabredet werden musste. Aber selbst dann hätte ein Computer wie Wacah Chan, der selbst Assoziationen blühen lassen konnte wie ein Psychotiker, der wahren Bedeutung wenigstens ein Stück näher kommen müssen. Das war nicht der Fall. Er brachte nur kleine, schmutzige Geheimnisse ans Tageslicht, wie sie jede soziale Elite besitzt – die unappetitliche Wäsche von Menschen, die sich nicht mehr zu waschen brauchen. Yaqui kam ein anderer unangenehmer Gedanke: Wenn seine Theorie von privaten Assoziations-Codes stimmte, dann deutete das auf ein starkes persönliches Beziehungsgeflecht innerhalb des Adels hin, das offensichtlich in der Lage war, die Fraktionsgrenzen und zum Teil jahrzehntealte Feindschaften zu überbrücken. Wenn das zutraf, war das ein neues und extrem gefährliches Phänomen. Chan Balum konnte sich seiner Macht nur so lange sicher sein, wie er verschiedene Adels-Cliquen gegeneinander ausspielen konnte. Wenn plötzlich jeder mit jedem redete, erfüllte das für sich genommen fast schon den Tatbestand der Verschwörung.

An diesem Punkt angelangt rief sich Yaqui zur Ordnung. Er kannte das zu gut. Wenn er von einer allgemeinen Verschwörung des Adels zu phantasieren anfing, war er in den meisten Fällen einfach überarbeitet. Jetzt stand er zu allem Überfluss auch noch unter Schock. Er hatte heute ein Attentat überlebt, Federica verloren, war mit den Betrügereien eines Don Rodriguez konfrontiert und von seinem König sehr deutlich getadelt worden. Und richtig: Als er sein Trinkgefäß an den Mund setzte, spürte er, wie der Kopfschmerz kam. Er bohrte sich in seinen Schädel wie Obsidianspitzen, tiefer als je zuvor. Er merkte sofort, dass dieser Anfall ungewöhnlich stark war. Das Zittern begann in seinen Händen und setzte sich durch den ganzen Körper fort.

Er lehnte sich an die Wand und glitt daran hinunter, weil der Schmerz so stark war. Migräne? Das war kein ausreichender Begriff mehr dafür. Seine gelbe, bestickte Tunika rutschte hoch. Seine Armreifen klirrten. Sein Atem ging stoßweise und er schwitzte, als würde er ausgewrungen. Die ganze Zeit hatte er das Gefühl, er müsse gleich vor Schmerzen in Ohnmacht fallen. Als er sich wieder einigermaßen im Griff hatte, tanzten grelle Lichtreflexe vor seinen Augen. Sein Mund war trocken wie Sandpapier.

Er war noch eine ganze Zeit lang zu schwach, um aufzustehen, und nur mit erheblicher Verzögerung begriff er, dass die Wand seines Zimmers mit ihm sprechen wollte. Das Gesicht Federicas war unterhalb der Nachricht, die er zuletzt bearbeitet hatte, aus der Mauer getreten. Federica, eine Untote in den Speichern Wacah Chans. Er wusste nicht, ob das ein grausamer Scherz des Rechners, eine Schocktherapie oder gar ein Versuch Wacah Chans sein sollte, ihn zu trösten. Darüber wollte er jetzt auch nicht nachdenken.

»Was ist?« krächzte er.

»Du musst zu den *Blattschneiderameisen* gehen. Etwas Schreckliches ist geschehen.«

Die *Blattschneiderameisen* hatten ihre Labore und Versorgungsgebäude am Ostrand von Tikal. Ihre Hauptlabore lagen in einem lang gestreckten Komplex, der von außen wie ein klassischer Maya-Palast aussah, etwa wie der in Uxmal. Dieser scheinbar altertümliche Bau beherbergte die größte Dichte an technischem Gerät, die man in Tikal überhaupt finden konnte. Das war nicht verwunderlich, denn die *Blattschneiderameisen* bildeten hier zusammen mit Wacah Chan das technologische Rückgrat der Maya-Macht. Sie und ihre Konkurrenten in Nadz Caan hielten mit ihren Erfindungen die Welt in Atem. Sie waren die Speerspitze des Fortschritts in der Nano-Technologie.

Jetzt glich der Tempelkomplex der *Blattschneiderameisen* allerdings weder einem Heiligtum noch einem Hochtechnologiepark. Umgeben von Elitetruppen in Ganzkörperpanzern und Schutzanzügen, umzingelt von Automaten, die darauf programmiert schienen, das Gelände hermetisch abzuriegeln, überwacht von den Schwebegleitern der *Raben* und Inspektionsdrohnen der *Blattschneiderameisen,* wirkte der Komplex eher wie ein Heerlager. Am Himmel über dem Haupttempel stand unübersehbar leuchtend die Kleeblatt-Glyphe, die einen Nano-Unfall anzeigte. Für die Menschen in Tikal war sie das Äquivalent des alten Radioaktivitäts-Kleeblatts aus dem vorletzten und letzten Jahrhundert.

Yaquis Sklaven liefen im Laufschritt auf den äußersten Kordon der Absperrungen zu, ihre Rücken waren schweißgebadet. Offenbar war niemand in der Lage gewesen, ihn von einem Schwebe-Gleiter abholen zu lassen; das wies auf ein gediegenes Chaos hin. Überall herrschte Hysterie, selbst unter den Maschinen. Als Yaqui sich den Absperrungen näherte, überprüften mehrere Automaten im Vorbeigehen mit langen Fühlern seine Identität. Seine Seerose strahlte die ganze Zeit seinen Erkennungs-Code aus, und Menschen wie Maschinen ließen ihn passieren.

Ein Unfall bei den *Blattschneiderameisen.* So etwas hatte es seit Jahrzehnten nicht gegeben. Ein Soldat in einem Ganzkörperpanzer, der wie ein Jaguarfell eingefärbt war, winkte die Sklaven zu sich heran. Yaqui war noch nicht aus der Sänfte ausgestiegen, da brüllte ihm der Mann schon ins Ohr. »Edler Herr, warum tragt Ihr keinen Druckanzug? Die Sklaven müssen sich entfernen, sofort! Folgt mir, edler Herr! Ich bringe Euch zu unserer Logistik!«

Yaqui winkte die Sklaven weg, zum Rand der Sicherheitszone, und stolperte dem groß gewachsenen Soldaten hinterher. Bei einer Ansammlung buckliger Strukturen, die wie lastwagengroße Boviste aussahen, machte der Mann Halt. Er legte seinen Handschuh an die Außenwand: Eine bis dahin unsichtbare Tür öffnete sich, und der Soldat sprang hinein. Zwei weitere Soldaten saßen an einer Kommunikations- und Überwachungskonsole. Einer von ihnen sprach hektisch in sein Helm-Mikrofon. Auf den Bildschirmen war vage das Innere eines Hochsicherheitslabors zu erkennen, aber die Umrisse waren seltsam verzerrt und die Bildqualität erschreckend schlecht.

»Ist es das?«, fragte Yaqui den Soldaten, der ihn hereingebracht hatte, aber der rüttelte nur einen der beiden Sitzenden am Arm und sagte: »Einen Druckanzug für Ahau Yaqui, schnell!«

Der Angesprochene drehte sich um, Schweiß stand auf seiner Stirn. Dann begriff er, sprang auf und verschwand in einem Nebenraum, der offenbar als Ausrüstungskammer diente. Yaqui betrachtete fasziniert die Bildschirme. Was ging da vor? Er hätte mit einem kristallklaren Bild gerechnet, aber hier sah man fast nur verzerrte Schlieren, die sich außerdem noch ständig bewegten. Einmal glaubte Yaqui so etwas wie ein Gesicht zu sehen, aber nur für einen Moment.

»Zieht Euch aus«, sagte der Jaguarmann.

»Was?«, fragte Yaqui.

»Ihr müsst nackt sein, damit Ihr den Anzug benutzen könnt.«

Yaqui zog seine Tunika aus, seine Armreifen, die Sandalen und zum Schluss das rot-weiße Stirnband. Nackt musste er einige Momente ausharren. Wenigstens war das Kopfweh verschwunden. Der Soldat kam mit einem schwarzen Druckanzug zurück, der auf der Brust ebenfalls das Kleeblatt trug. Er legte den Anzug neben Yaqui auf einen Tisch und tippte ihn dreimal an. Der Anzug füllte sich mit Luft, erhob sich von selbst vom Tisch und lief auf Yaqui zu. Yaqui wusste nicht, wie ihm geschah. Das Ding, das so verblüffend einem Enthaupteten glich, erschreckte ihn. In letzter Zeit muss ich einiges verpasst haben, dachte er. Oder Sachen wie dieser Anzug sind geheim.

»Ihr müsst Eure Arme nach oben strecken, edler Herr«, sagte der Jaguarsoldat ungeduldig. »Etwa so.«

Yaqui gehorchte. Der Anzug öffnete sich, legte sich um seinen ganzen Körper, schmiegte sich an ihn wie eine zweite Haut: Kleine Vorsprünge wölbten sich ihm in die Ohren und eine Art Helm wuchs ihm über Kopf und Gesicht. Die Helm-Maske verströmte einen schwachen technischen Geruch. Es schien, als habe der Anzug gar kein Gewicht. Yaqui fühlte sich fast unbekleidet.

»Fühlt Ihr Euch wohl, edler Herr?«, fragte der Jaguarmann.

Yaqui nickte.

»Dann kommt bitte mit«, sagte er und öffnete die Tür.

Sie passierten die äußeren Sicherheitsschleusen des Tempels ohne Zwischenfall. Kurz hinter dem Eingang war ein kleiner Altar mit Opfergaben aufgebaut. Dann begann die Welt der Hochtechnologie. Hier war es bemerkenswert still. Yaqui wurde von seinem Helmvisier mit einer Menge Daten versorgt, die er nicht brauchte; die Glyphen rutschten viel zu schnell an seinen Augen vorbei, als dass er sie hätte lesen können. Wieder einmal merkte er, warum er seine Dienstzeit als Wachsoldat nur mit Ach und Krach hinter sich gebracht hatte: Er war einfach kein Jäger. Ein echter *homme de lettres* eben, dachte er sarkastisch.

Der farblos neutrale Gang lag vor ihnen wie die beleuchtete Speiseröhre eines toten Tieres. Die überbetonte Harmlosigkeit und Sachlichkeit des Ambientes machte in Verbindung mit dem vorsichtigen, ja geradezu ängstlichen Verhalten des Jaguarmannes und seiner Männer einen überwältigend bedrohlichen Eindruck. Dabei trugen die Soldaten ihre Waffen auf dem Rücken. Der Feind, um den es hier ging, ließ sich nicht erschießen. Das verunsicherte diese hart gesottenen Leute, und die Unsicherheit übertrug sich auf Yaqui.

Sie bewegten sich fast auf Zehenspitzen. Noch ein Gang und noch einer. Dann hörte Yaqui ein Geräusch. Die Wände der Gänge knacksten, als stünden sie unter Druck oder als würde sich das Material unter großer Hitze ausdehnen. Schließlich kamen sie an einen vierfach besetzten Kontrollpunkt. Die Wächter trugen Uniformen, in denen sie wie dunkelgrün lackierte Kreuzungen aus Menschen, Maschinen und Insekten aussahen. Yaqui hatte immer mehr das Gefühl zu träumen. Dieser Eindruck verstärkte sich, als sie in einen Raum geführt wurden, in dem ehrfurchtsvolle Stille herrschte. Dort standen noch mehr Insektenmenschen herum, und auch alle anderen Anwesenden waren in militärische oder zivile Vollkörperpanzer gehüllt, so dass man niemanden erkennen konnte.

Auf zwei großen Wandschirmen spielten sich die gleichen Szenen ab, die er eben schon gesehen hatte: schlierig verschmierte Konturen, ineinander übergehende Gegenstände, manchmal ein klar zu erkennendes Detail, ein Stück Fußboden oder ein Stuhlbein, dann wieder nur amorphe Schemen. Dieser Raum – vorausgesetzt, es war überhaupt eine dreidimensionale Struktur, die ihm da gezeigt wurde – sah aus, als würde er *schmelzen.*

Ein Mann trat auf ihn zu. »Ahau Yaqui«, sagte er. »Ich bin Calel Ahau.«

Yaqui verbeugte sich. In seinem Anzug machte er dabei wahrscheinlich eine höchst lächerliche Figur, aber Calel Ahau war ganz sicher ein Mann, vor dem man sich verbeugen musste, auch unter außergewöhnlichen oder sogar lächerlichen Umständen. Er war der Herr der *Blattschneiderameisen.*

»Wir haben ein Problem«, sagte er. »Unser neuestes Spielzeug funktioniert. Aber leider nicht so, wie wir das wollen.«

Er ging zu einem der Bildschirme.

»Was Sie hier sehen, war bis vor drei Stunden noch ein Labor. Ein geheimes Labor, in dem eine neue Variante des Formsteins erforscht wurde. Sie wissen, dass der bisher verwendete Formstein relativ passiv ist, in gewisser Weise nur die Knetmasse in den Händen Wacah Chans darstellt. Wir wollten etwas anderes, etwas Neues. Etwas, das selbst denkt, sich möglicherweise auch selbst fortpflanzt und sich dabei auch selbst ernährt. Jeder Stein sozusagen ein Gehirn aus Milliarden kleiner, selbsttätiger und relativ autonomer Nano-Gehirne.«

»Autonomer Formstein? Wozu soll das gut sein?«, fragte Yaqui verblüfft.

»Wir könnten zum Beispiel das Uitz-Kaan-Projekt in einem Tausendstel der bislang nötigen Zeit durchführen. Um genauer zu sein, in etwas mehr als einem Tag. Wacah Chan würde sich in Zusammenarbeit mit dem neuen Formstein auf eine Art transformieren, die wir nicht genau vorhersagen können. Eine Maschine wäre er jedenfalls nicht mehr. Wir könnten über Nacht neue Stadtteile wachsen lassen. Wenn wir uns wirklich anstrengen würden, könnten wir neue Kontinente ins Meer hinausschieben. Wir müssten natürlich den Erdmantel ein wenig ankratzen und wären auf Leichtbauweise angewiesen, aber es würde gehen.«

Yaqui schwieg betroffen. Sie hatten hier an einer Technik gearbeitet, die einen Berg mittlerer Größe *an einem Tag* aufhäufen konnte. Dazu eine »natürliche« Zisterne, in die ein ausgewachsenes Maya-Dorf hineingepasst hätte. Zipacná und Cabracán – die beiden angeberischen Söhne von Vucub Caquix, die sich »Schöpfer« und »Zertrümmerer« genannt hatten. Und jetzt war etwas schief gelaufen. Das war schon vorgekommen, wenn auch selten. Man munkelte von Laboren bei den *Blattschneidern,* die seit Jahrzehnten versiegelt waren. Wenn er Calel Ahau nur hätte ins Gesicht schauen können. Aber ihre Visiere machten dies unmöglich.

»Vor ein paar Stunden ist hier ein Unfall passiert. Es ist zu einer unkontrollierten Aktivierung der experimentellen Nano-Elemente gekommen, aus denen der neue Formstein bestehen soll. Wir haben Glück. Dem Techniker, der die Katastrophe ausgelöst hat, ist es noch gelungen, die Notbremse zu ziehen. Es haben sich in ausreichender Weise Neutralisierer gebildet, gewissermaßen intelligente Nano-Bremsen, die verhindern, dass sich die Formsteinelemente völlig frei vermehren: Die beiden Arten von intelligenten Nano-Elementen ernähren sich wechselseitig voneinander. Was Sie hier sehen«, sagte er und zeigte auf den Bildschirm, »ist eine Art Krieg. Wenn Wacah Chan das Labor nicht isoliert hätte und es nicht in Stasis halten würde, hätten die beiden Kriegsgegner es schon längst zerrissen und ihren Kampf draußen fortgesetzt – wie betrunkene Spanier, die sich in einer Kneipe prügeln und draußen weiterkämpfen, wenn sie die Kneipe auseinander genommen haben. Das kann immer noch passieren. Wacah Chan muss sich sehr anstrengen, um es zu verhindern. Wenn es trotzdem passiert, ist Tikal erledigt.«

Was ist heute bloß los, dachte Yaqui. Wenn das so weitergeht, geht um Mitternacht die Welt unter.

»Und was soll ich hier? Ich bin kein Spezialist für Nano-Technologie. Jeder Lehrling bei euch weiß mehr darüber als ich.« Und ich bin furchtbar müde, dachte Yaqui. So müde, dass ich zwei Tage schlafen könnte. Überhaupt nicht mehr aufwachen wäre auch schön. Itzamnà, hilf!

»Wacah Chan wollte Sie hier haben. Sie können gleich mit ihm sprechen. Er ist nur noch damit beschäftigt ... einen neuen Zweig und ein paar Wurzeln wachsen zu lassen, wie er sagt.«

Oh oh. Wacah Chan geht die Puste aus, dachte Yaqui.

»Aber warum? Er weiß alles über den Unfall, ich so gut wie nichts.«

»Es geht nicht um den Unfall, sondern um die Bekämpfung der Formsteinelemente. Wacah Chan will Sie hier haben, weil Sie in Tikal die meiste Erfahrung mit Glyphen haben, von ihm selbst einmal abgesehen.«

Yaqui verstand nicht. »Was hat das mit diesem Chaos zu tun? Wo sind hier Glyphen? Ich kann in dieser Soße nichts entdecken, was auch nur annähernd wie eine Glyphe aussieht.«

Irisierende Reflexe glitten über sein Visier. Calel Ahau schwieg einen Moment. Yaqui nahm aus den Augenwinkeln heraus eine Bewegung wahr. Einer der Insektensoldaten wechselte seinen Platz und wirkte dabei nicht sehr menschlich.

»Yaqui«, sagte Calel Ahau. »Wir können die Neutralisatoren von außen beeinflussen. Wenn wir nur etwas mehr über die genaue Zusammensetzung, die Mutationszyklen, die Vermehrungsrate der Formstein-Nanos wissen, können wir den Neutralisierern helfen, sie zu besiegen.«

Yaqui hatte immer noch nichts begriffen. Er wollte darauf verzichten, weitere Fragen zu stellen. Wenn es eine Erklärung gab, dann würde Calel sie ihm früher oder später mitteilen.

»Wir haben beobachten können, dass die Formsteinelemente Inseln der Ruhe aufbauen, kleine befestigte Plätze mitten im Kampfesgetümmel. Sie schließen sich an wechselnden Orten im Labor zu Verbänden zusammen und machen im Grunde das, wozu sie geschaffen wurden: Sie bilden Formstein, wenn auch von uns unbeeinflusst. Im Moment tun sie das vor allem hier.«

Calel schnippte mit einem Finger, und der Bildschirm zeigte eine neue Kamera-Einstellung. Yaqui war in diesem Moment sehr dankbar für die Helm-Maske vor seinem Gesicht. Er hatte in seinem Leben schon viele bizarre Dinge gesehen, aber so etwas noch nie. Auf dem Blasen werfenden »Boden« des Labors, der sich in ständiger, langsamer Bewegung befand, schwammen zwei grotesk verdrehte Menschenkörper wie auf zähem Teig. Als die Kameras das Bild näher heranholten, konnte er erkennen, dass sich diese Körper, die vielleicht einmal menschlich gewesen sein mochten, in etwas anderes verwandelt hatten. Sie waren vollständig mit Formstein überwachsen, ganz ähnlich dem, der jetzt die Wände, Decken und alles andere in Tikal so angenehm interaktiv machte. Und dieser Formstein war über und über mit Glyphen bedeckt. Sie veränderten sich ständig, und aufgrund der trägen Hin- und Herbewegung der »Leichen« waren sie schwer zu lesen, aber es waren eindeutig Maya-Glyphen. Das Gesicht eines der Opfer kam ins Bild. Nase, Augen und Lippen, ja sogar die offen stehende Mundhöhle waren überzogen von Glyphen bildendem, sich verschiebendem, zäh fließendem Formstein. Ein geschriebenes Gesicht. Eine Maske aus Schrift.

Die Kamera-Einstellung wechselte: Um die Leichen herum tobte der Kampf der mikroskopischen Krieger mit besonderer Heftigkeit. Luftwurzeln gingen von den Körpern aus und versuchten in dem heißen Materiebrei um sie herum eine Verankerung zu finden. Das gelang ihnen jedoch immer nur sehr kurz, denn wo auch die Spitze einer dieser Luftwurzeln auf feindliches Gebiet geriet, wurde sie in Sekundenschnelle aufgelöst.

»Hallo Yaqui«, sagte eine Stimme, und nur mit Verzögerung erkannte Yaqui, dass es die von Wacah Chan war. »Gut, dass du hier bist. Wir müssen versuchen, das zu lesen.«

Sie sind sehr verzweifelt, dachte Yaqui. Wenn Wacah Chan mich um Mithilfe bei etwas bittet, das er eigentlich viel besser allein könnte, dann ist es kurz vor zwölf. Sicher, ihm waren hier und da Interpretationen der codierten Glyphen gelungen, auf die Wacah Chan nicht gekommen wäre – einfach deswegen, weil er kein Mensch war. Aber Yaqui war nicht der Haupt-Entzifferer, sondern er hatte zusammen mit Wacah Chan vor allem die gesellschaftliche Bedeutung der entzifferten Botschaften zu interpretieren. Darin war er Experte, das hatte ihm seine hohe Stellung und seine Wertschätzung bei Chan Balum eingebracht. Hier aber handelte es sich um etwas völlig anderes. Eine Amok laufende Maschinen-Intelligenz gab Zeichen von sich, die am ehesten von einer anderen Maschinen-Intelligenz gedeutet werden konnten. Er hatte hier schlicht nichts verloren.

»Ich kann dir nicht helfen. Du weißt mehr als ich und du bist viel schneller. Es sind deine kleinen Brüder, die da morsen. Das ist deine Sache.«

»Erstens, Yaqui, halten mich meine kleinen Brüder da drinnen ganz schön in Atem. Hast du eine Vorstellung davon, was für Umweltbedingungen da drin herrschen? Ich muss mich sehr anstrengen, dieses Theater zu isolieren. Ich bin ein wenig … erschöpft. Deswegen habe ich Reserven mobilisieren müssen, die normalerweise nicht angegriffen werden. Zweitens: Es geht hier möglicherweise um Dinge, die ein Menschen-Gehirn tun kann, ich aber noch nicht. Vielleicht hätte ich sie tun können, wenn der neue Formstein wie geplant funktioniert hätte. Aber jetzt noch nicht. Und drittens werden wir deiner Geschwindigkeit auf die Sprünge helfen.«

Yaqui hatte keine Zeit mehr nachzufragen, was das bedeuten sollte. Der Jaguarmann, der ihn hergebracht hatte, trat auf ihn zu und hielt ihn an beiden Schultern fest. Yaqui wollte ihn abschütteln, aber er musste feststellen, dass der Anzug um ihn herum die Konsistenz von Granit angenommen hatte. Yaqui hatte gerade noch genug Bewegungsspielraum, um zu atmen. Der Jaguarmann strich über Yaquis Hals, und der Anzug beugte seinen Nacken leicht nach vorn. Yaqui spürte und hörte, das von hinten jemand an ihn herantrat. Er brauchte nicht lange zu überlegen, wer das sein mochte. Er rechnete fest damit, dass es der Insektensoldat war, der sich vorhin, bei seinem Gespräch mit Calel, in Position begeben hatte. Insekten haben manchmal Stacheln, dachte Yaqui in einem Anfall komischer Verzweiflung. Und richtig. Er spürte an seinem Nacken unterhalb des Kopfansatzes einen kurzzeitig sehr schmerzhaften Einstich und dann eine Kälte, die sich wie Nebel in seinem Schädel ausbreitete. Oh, dachte er. Oh. Und alles veränderte sich.

Die Zeit um ihn herum hatte sich wie Sirup verdickt. Doch das war noch nicht alles. Er betrachtete seine Hand und stellte mit Vergnügen fest, dass er die Anzahl der Poren und Härchen auf dem Handrücken kannte, ohne sie erst zählen zu müssen. Das muss eine der Drogen sein, die sie während der Opferzeremonien verwenden, dachte er. Oder vielleicht doch nicht. Würde ich in diesem Zustand die Ahnen treffen, wäre ich wahrscheinlich viel zu schnell.

Er versuchte Calel eine Frage zu stellen, der wie eingefroren in dem Zeitsirup neben ihm stand, aber da er die Schallwellen sehen konnte, die aus seinem Mund austraten und auf Calel zuschwammen, rechnete er für die nächste Zeit nicht mit einer Antwort. Er hoffte, dass er sich nicht durch die Geschwindigkeit seiner eigenen Bewegungen in Stücke reißen würde. Aber schließlich gab es noch den fabelhaften Anzug, der das sicher verhindern würde.

Schön, dachte er. Es ist für alles gesorgt. Er fühlte sich wohl. Alles, was er an diesem Tag erlebt hatte, stand sehr klein und trotzdem wunderbar genau gezeichnet am äußersten Rand seines momentanen geistigen Horizonts. Federica war tot. So etwas kam vor. Jetzt war etwas ganz anderes wichtig. Er hatte Hunger. Er brauchte Nahrung für sein Gehirn, denn es war unterbeschäftigt.

»Die Glyphen, Yaqui, die Glyphen«, sagte jemand etwas träge.

»Wacah Chan!«, antwortete Yaqui. »Du auch hier!«

»Ja«, antwortete Wacah Chan. »Immer.«

»Ich habe Hunger«, sagte Yaqui und war sicher, dass Wacah Chan das richtig verstehen würde.

»Iss die Glyphen. Wir haben nicht viel Zeit. Du kannst nicht lange hier bleiben, sonst stirbst du. Siehst du den Countdown links unten in deinem Helmvisier?«

Er senkte den Blick. Rasende Zahlglyphen, die Bruchteile von Sekunden herunterzählten.

»Bei Null sagst du *Kakulja-Kox*. Das wird dein Gehirn auf Normal-Geschwindigkeit herunterbremsen. Iss die Glyphen!«

Kakulja-Kox. Der Blitzpilz. Der Fliegenpilz. Das Fleisch der Götter. Er betrachtete das Bild des glyphenübersäten Formsteinkopfs, der einst einem Menschen gehört hatte. Ob unter dieser Steinhaut noch etwas war, was irgendwie an seinen organischen Ursprung erinnerte? Nicht interessant, nicht interessant. Jede der Glyphen, die sich unglaublich langsam veränderten, wie Berge, die der Wind der Zeit abschleift, war ungleich interessanter. Sein Gehirn war nicht mehr nur ein Steuerungs- und Denkorgan, sondern diente hauptsächlich der Verdauung von Zeichen. Wenn er bisher gedacht hatte, die Droge mache ihn nur schneller, dann hatte er sich getäuscht. Er konnte auch tiefer denken. Es gab mehr Ebenen. Er sah die Hauptbedeutungen, Nebenbedeutungen, Varianten, Implikationen, den Subtext, den Kontext eines Zeichens wie an einer Perlenkette aufgereiht. Es war alles da, es war alles klar.

Sein ungeheuer hungriges Hirn verdaute und sein Mund sang. In vielen Stimmen gleichzeitig. Die Musik war farbig. Die Schallwellen, die seine unterschiedlichen Stimmen gleichzeitig erzeugten, machten im Raum um seinen Kopf hübsche Muster. Sie tanzten wie Vögel. Er aß und sang, aß und sang, aß und sang, aß und sang. Als er die mannigfaltige Beschriftung des ersten Körpers fast gelesen hatte, näherten sich die Zahlglyphen auf seinem Helmdisplay rasant der Null. Wie schade! Er hätte so gern auch noch den anderen Körper gelesen. Aber er ließ es bleiben. Wacah Chan, sein Freund, hatte ihn gewarnt. »Kakulja Kox«, sagte er im allerletzten Moment und fühlte sich, als treffe er mit rasender Geschwindigkeit auf eine Mauer aus stehender, steinharter Zeit.

Hätte der Anzug ihn nicht gehalten, er wäre gefallen. Er spürte, dass er starb. Lüftung und Entwässerung des Anzugs kamen offenbar nicht mehr nach. Er glaubte, bis zu den Kniekehlen in einem Schwimmbecken zu stehen, das mit seinem eigenen Schweiß gefüllt war. Oder was war dieses warme Wasser sonst, in dem er immer tiefer versank? Seine Augenlider wollten sich schließen, um Abschied zu nehmen. Er merkte, dass seine Atmung ausgesetzt hatte, dass der Anzug ihn wie eine Herz-Lungen-Maschine zu beatmen begann. Mehrere Stromstöße, die sein Herz stimulieren sollten, knisterten durch ihn hindurch wie elektrisches Stroh. Er hörte gedämpften Jubel. Irgendjemand freute sich. Das ist nicht gut, dachte er. Sie freuen sich, dass ich sterbe. Vorhin habe ich ihnen so schön vorgesungen, das Lied vom neuen Formstein, und jetzt freuen sie sich, dass ich sterbe! Er wurde hochgehoben, wurde fortgetragen. Die Insekten nehmen mich mit. Sie nehmen mich mit nach Xibalbà.

Hun Came, Vucub Came, Yum Cimih: Ich komme.

18. Juni 2136

13.6.5.5.3 10 Akbal 6 Xul Nachtgott 4

Barcelona! Das stinkende, lärmende Barcelona hatten auch die Maya nicht in den Griff bekommen können. Es hieß zwar jetzt Tulan Zuiva und war voller Pyramiden und Tempel, aber es war und blieb eine dreckige Hafenstadt. Hier war der Hauptumschlagplatz für Tabak, Kaffee und Kakao aus Mittel- und Südamerika, der dort unter den gleichen ausbeuterischen Bedingungen produziert wurde wie zu den Zeiten des Kolonialismus. Rhetorisch wurde dem »Mutterland« pausenlos gehuldigt, ökonomisch powerte man es aus wie einst die Konquistadoren, von kosmetischen Milderungen abgesehen. Für Tee aus Asien galt noch nicht einmal diese Kosmetik. Eine indische Teepflückerin, die für den Konsum in Spanien und dem indianisch beeinflussten Europa arbeitete, war mindestens genauso schlecht dran wie unter den Engländern und all den nachfolgenden Ausbeutern – wenn nicht schlechter.

Kaffee, Tee, Kakao und Tabak konnten zwar mit Hilfe der ultramodernen Agrartechnik in Spanien angebaut werden, aber es war einfach billiger, sie wie eh und je für Hungerlöhne produzieren und danach von automatischen, satellitengesteuerten Schiffen um die halbe Welt segeln zu lassen. Am Hafen gab es Sklavenmärkte, auf denen die Käufer den Angeketteten vor dem Kauf in den Mund schauten. Die besten Sklaven gingen regelmäßig nach Nadz Caan und Tikal, weil von dort die reichsten Käufer kamen. Wer früher am Moll de Contradic für ein paar Peseten die Öltanks großer Frachter ausgespült hatte, machte heute für ein paar Quetzal das Gleiche. Die Götter waren ausgetauscht worden, das Elend war geblieben.

Wenn Enrique einen einzigen Grund hätte nennen sollen, warum alles anders werden musste, hätte er »Barcelona!« gesagt. Aber im Augenblick interessierte ihn das alles nicht. Er suchte nach Perramon. Der wohnte im Carrer d'Aragó, und Enrique hatte sich in all den Gassen dieses Viertels verlaufen. Er war müde von der stundenlangen Bahnfahrt, und er wollte in Barcelona so wenig auffallen wie möglich. Er wollte keine Straßenkarte kaufen, er wollte nicht nach dem Weg fragen, er wollte einfach nur Perramon treffen, einpacken, was er brauchte, und wieder verschwinden.

Natürlich litt er unter Paranoia. Es war der Beruf eines Militanten, unter

Paranoia zu leiden. Sie als solche zu erkennen, hieß für Enrique noch lange nicht, ihr zu misstrauen. Schade nur, dass ihn dieses Mal nicht nur die Furcht vor der Polizei umtrieb, sondern vor den eigenen Leuten. Er war auf dem besten Weg, sich in das gefährliche Niemandsland zwischen den Fronten hineinzumanövrieren, und fühlte sich höchst unwohl dabei. Verdammt noch mal, er war schon dreimal im Auftrag der Frente hier gewesen; viermal, wenn man den kurzen Aufenthalt letztes Jahr dazurechnete. Es konnte doch nicht so schwer sein, Perramons Haus wiederzufinden!

Als er schließlich doch nach dem Haus Nr. 11 fragte, stand er direkt davor. Als Pfadfinder hätten sie dich schon längst gefeuert, dachte Enrique. Aber den Revolutionär spielen wollen, das passt. Er war sauer, als er die hölzerne Treppe zur vierten Etage hinaufging. Stinksauer. Wenn er das zu nutzen verstand, würde es ihm in der Auseinandersetzung mit Perramon helfen.

Perramon machte sofort die Tür auf, als habe er die ganze Zeit dahinter gestanden und auf die Geräusche aus dem Treppenhaus gelauscht. Er war ängstlich. Enrique hatte selten einen ängstlicheren Menschen gesehen als Perramon und es war ihm ein Rätsel, wie dieser Mann einer Untergrundbewegung angehören konnte. Fakt war aber, dass er seit Jahren in Barcelona die Abteilung der *Technik* leitete, die sich mit medizinischen Fragen beschäftigte. Enrique grüßte nicht, sondern schob sich an ihm vorbei ins Wohnzimmer. Seine schlechte Laune durfte ruhig sichtbar sein. Im Wohnzimmer saß eine Frau. Perramon komplimentierte sie hinaus. Enrique konnte mit halbem Ohr noch einen kurzen Wortwechsel an der Tür hören: »... aber ich hab dir doch gesagt, dass ich noch einen Termin habe.« Perramon kam zurück und sie setzten sich. Er schwitzte. Und er trank am frühen Morgen – wie er das schon immer getan hatte, seit Enrique ihn kannte.

»Auch was trinken?«, fragte Perramon und Enrique schüttelte den Kopf. »Ach, hab ich vergessen. Du trinkst ja nie.«

Er nahm einen Schluck aus dem halb vollen Glas, das auf einem Couchtisch gestanden hatte. Enrique sah Perramon an und fragte sich zum hundertsten Mal, ob er richtig handelte. Aber es musste sein. Er musste Perramon terrorisieren.

»Das Exekutivkomitee schickt mich.«

Enrique hatte sich diesen Satz gut überlegt. Innerhalb der FPLE konnte dieser Satz zwei Dinge bedeuten. Erstens: Du hast eine besondere Aufgabe, und das Exekutivkomitee traut dir zu, dass du sie löst. Zweitens: Das Exekutivkomitee hält dich für einen Verräter und du wirst bald tot sein.

Enrique hatte Leute gesehen, die sich bei diesem Satz in die Hosen geschissen hatten, buchstäblich. Manche hatten ihn missverstanden und waren so erst als Verräter entlarvt worden. Perramon setzte sein Glas ab und stellte es leicht zitternd auf den Couchtisch zurück. Er lehnte sich zurück, kreuzte die Arme vor der Brust und versuchte, Enrique fest in die Augen zu sehen. Eine erstaunliche Mischung aus Ängstlichkeit und Mut, das war es vielleicht, was Perramon auszeichnete.

Im Zimmer herrschte Stille. Was für ein grausames Spiel, dachte Enrique. Was für ein törichtes Leben. Nennt sich Befreiungsarmee und klingt doch manchmal wie die ganz gewöhnliche Mafia – und das auch noch aus meinem Mund. Aber er konnte sein Gewissen beruhigen. Er würde nicht mehr lange Mitglied dieser Bewegung sein. Er war dabei auszusteigen.

Perramon hielt dem Schweigen Enriques stand. Vielleicht stärkte ihm der Whiskey den Rücken.

»Ich brauche ein Amulett«, sagte Enrique endlich. »Einwöchige Leistung. Und etwas Serum.«

Eine Gedächtnisbombe, die eine Woche zurückreichte. Und ein Wahrheitsgift, von dem es hieß, dass es fast so effektiv war wie eine Befragung bei den Maya. Serum und Amulett. Perramon atmete aus. Er wirkte erleichtert. Noch wichtiger: Er glaubte Enrique.

»Selbstverständlich«, sagte er und verließ das Zimmer.

Eine halbe Minute später kam er zurück und legte einen kleinen Anhänger in Kreuzform auf den Tisch und ein Gerät, das wie ein verkleinerter und etwas seltsam geformter Tacker aussah.

»Das ist neu«, sagte er. »Es ist nicht nur ein Wahrheitsserum, sondern es macht den Gegner auch völlig kampfunfähig. Wer das verpasst bekommt, wird schlicht und ergreifend willenlos. Es wirkt schneller als das alte. Es bewegt sich auf den Kopf zu, von selbst, auch gegen den Blutstrom. Das heißt, es ist egal, wo du es injizierst. Selbst in die Fußsohlen. Nach drei Sekunden setzt die Wirkung ein, mit voller Stärke. Du kannst es sogar durch dünne Kleider hindurchschießen. Es gibt kaum Möglichkeiten zur Gegenwehr. Eigentlich gar keine.«

»Wunderbar«, sagte Enrique und packte die Sachen ein. Er wollte weg.

»Alles Gute«, wünschte ihm Perramon an der Tür.

Als Enrique aus dem Hauseingang trat, glaubte er für einen Moment, auf der gegenüberliegenden Straßenseite die Frau zu erkennen, die er oben in Perramons Wohnzimmer angetroffen hatte. Aber sie war es dann doch nicht. Von jetzt an konnte er ohnehin nur noch beten: Wenn die Polizei ihn mit dem Serum erwischte, war er reif für die *Befragung*. Wenn Perramon beim Exekutivkomitee nachfragte, was Enrique eigentlich mit Amulett und Serum vorhatte, war er reif für eine Kugel im Kopf.

Was für eine Scheiße, dachte er.

21. Juni 2136

13.6.5.5.6 13 Kimi 9 Xul Nachtgott 7

Hier oben, auf fast zweitausend Metern Höhe, inmitten des eintönigen Felsengraus der Pyrenäen, das nur hier und da von ein paar zarten Blümchen und Grasflecken unterbrochen wurde, war der Maya-Händler eine exorbitante Erscheinung. Er trug Jaguarschuhe, einen langen, mit bunten Bändern geschmückten Lendenschurz, ein Hemd und einen bestickten Schulterumhang aus Wolle, ein großes Jade-Amulett und dicke Armreifen. Sogar in seine Haare waren kleine Schmuckstücke aus Jade eingeflochten.

Das alles und sein fünfzig Kilo schwerer Rucksack hätte ihn eigentlich stark behindern sollen, aber der Mann war gut zu Fuß. Er hatte in einem Wanderheim in El Pueyo de Jaca übernachtet und war dort am frühen Morgen aufgebrochen, um noch am selben Tag sein Ziel zu erreichen: El Formigat an der spanisch-französischen Grenze. Escarilla und Sallent de Gallego lagen schon hinter ihm, aber jetzt musste er doch rasten. Sein mit Kakao, getrockneten Fliegenpilzen, Quetzalfedern, Jade und einem Schildkrötenpanzer beladener Rucksack lehnte neben ihm an einem Felsen. Er betrachtete seinen Hut, den er an den Rucksack gehängt hatte und der mit den Glöckchen an der Krempe und dem Federschmuck ebenfalls recht unhandlich aussah, in der Gebirgssonne aber sehr praktisch war – nichts anderes hätte ihn so wirkungsvoll vor Sonnenbrand schützen können. Ek Chuah, der Gott der Händler, tanzte in vielen verschiedenen Variationen über die bemalten Bänder, mit denen der Rucksack umwickelt war, wobei er seine lange Nase den Mittänzern fast ins Gesicht stieß.

Eigentlich war die ganze Händlerkaste der Maya in der Ära der Nano-Fabrikation, der Schwebegleiter und anderer moderner Transportmittel ein einziger Anachronismus. Aber unter den Maya gab es eine Menge extreme Traditionalisten. Diese Leute zahlten viel Geld für Waren, die wie zu den Zeiten der klassischen Maya bewegt worden waren – als würde der Schweiß der Träger ihren Wert steigern. Aus diesem Grund gab es an den Küsten Spaniens einen regen Verkehr seegängiger Teak-Einbäume, in denen Luxuswaren von Kleinhafen zu Kleinhafen transportiert wurden. Das war ökonomisch betrachtet gar nicht so sinnlos, weil die großen automatischen Lastensegler festen Fahrplänen gehorchten und Ladungen nur in großen Quantitäten aufnahmen. Deswegen konnten die Großhändler manchmal nicht so flexibel auf die Wünsche anspruchsvoller Kunden reagieren wie das Graswurzelnetz aus traditionalistischen Marketendern, die selbst in die kleinsten Dörfer vordrangen.

Trotzdem war es nicht üblich, dass ein Händler hier in den Pyrenäen allein unterwegs war, denn er und seinesgleichen neigten zur Übervorsicht, wenn nicht zur Paranoia. In den meisten Fällen reisten sie sogar in einer Art Karawane, und normalerweise trugen sie ihre Waffen gut sichtbar. Es musste schon einen besonderen Grund dafür geben, dass er allein wanderte. Vielleicht würde sich dieser Händler ja an der Grenze doch noch mit Kollegen treffen, um nach Frankreich einzureisen. Vielleicht hatte er hier oben aber auch etwas Besonderes vor.

Die Bergluft war klar und kühl. Der Himmel war sehr blau, einige Schönwetterwolken segelten darin ihrer Auflösung entgegen. An den Berghängen erkannte der Händler Flächen von altem Schnee. Wenn er jetzt, im Sommer, nicht schmolz, dann schmolz er nie. Der Händler setzte seinen Hut auf und schulterte seinen Rucksack. Er wankte ein wenig. Er nahm seinen Stock, trat auf den schmalen Kiesweg und trottete weiter bergan.

Als er endlich in El Formigat angekommen war (die Sonne berührte schon die Gipfel), hatte sich die Furcht in seinem Magen zu einem soliden Klumpen verhärtet. Wenn er sich verschätzt hatte, konnten das gut und gerne die letzten Stunden seines Lebens sein. Wie nutzte er sie? Als er die Dorfstraße heraufkam, liefen einige Hunde und ein paar spanische Kinder neben ihm her. Sie warfen mit kleinen Steinen nach ihm, und er blieb stehen, um ein wenig mit seinem Stock zu drohen. Die Rotzlöffel lachten und trollten sich.

Das Haus stieß ihn ab. Vor Anspannung kam ihm alles unsagbar bedrohlich, fremd und böse vor: sogar das Unkraut entlang der Stützmauern der grauen Bergdorfhütte, die ochsenblutrote Farbe der Tür und die niedrige Mauer hinter dem Haus, die unmittelbar in einen klaftertiefen Abhang überging. Auf dem Dach der Hütte lagen große Steine, die verhindern sollten, dass der Wind es wegwehte.

Es war ohnehin zu spät. Im Grunde war die Entscheidung längst gefallen. Der Händler schleppte seine ganze träge Masse auf die Tür des Häuschens zu und klopfte mit seinem Stock dagegen.

Es dauerte eine Weile, bis geöffnet wurde. Pedro war nie gut im Verkleiden gewesen, aber dieses Mal hatte er sich selbst übertroffen. Er stellte einen Geschäftsmann aus der spanischen Mittelschicht dar, der hier, in einem pyrenäischen Bergdorf, seinen Sommerurlaub verbrachte. Doch die Maske stand ihm denkbar schlecht. Auch wenn er in etwa die passenden Kleider trug, so trug er sie doch mit der Haltung eines Hafenarbeiters. Seine Schultern waren zu breit, seine Hände waren zu rau und sein Grinsen war zu dreckig. Er hätte auch genauso gut »FPLE« auf sein Hemd malen können. Aber vielleicht spielte das in El Formigat, wo die halbe Bevölkerung aus Sympathisanten bestand, keine große Rolle.

Pedro trat grußlos zur Seite und ließ den Händler ein. Kaum war die Tür wieder zu, kaum hatte der Händler seinen Rucksack abgesetzt, wurde er von Pedro umarmt.

»Hallo Enrique«, sagte er. »Du siehst aus wie ein beschissener Maisfresser.«

Sie lachten beide, wie über einen wirklich guten Witz.

»Hast du es dabei?«, fragte Pedro eifrig, nachdem sie sich an den klobigen Holztisch gesetzt hatten, um zu essen.

Die größte Stube des Hauses lag direkt hinter der ochsenblutroten Haustür und sie diente gleichzeitig als Wohn- und Esszimmer. Als Enrique nicht sofort antwortete, glaubte Pedro offenbar, er habe ihn nicht verstanden.

»Hast du es dabei?«, fragte er noch einmal, drängender.

»Ja doch«, sagte Enrique, ein wenig genervt.

Wenn der perverse Pedro so scharf darauf war, musste das Ding eine gigantische Schweinerei sein. So war Pedro schon immer gewesen: je lauter der Knall, desto besser. Vielleicht steckte in seinem Rucksack doch eine Art Atombombe.

»Es sieht im Moment aus wie ein Jade-Schminktopf. Ist aber nicht aus Jade. Vorher war es ein Nähkästchen aus Blech und davor ein ganz normales Buch aus Papier.«

Pedro strahlte. »Es kann sich verändern, nicht wahr? Das ist es! Das ist es!«

Ein Zwölfjähriger, der zu Weihnachten ein Modellflugzeug bekommt, dachte Enrique. Oder ein Süchtiger, der auf einen noch stärkeren Stoff hofft.

»Kann ich mal sehen?«

»Nein, es steckt zu tief in meinem Rucksack. Ich geb's dir morgen, bevor ich gehe.«

»Natürlich. Klar. Morgen.«

Enrique horchte auf. Geplant war eigentlich, dass er morgen allein wieder aufbrechen würde, so, wie er gekommen war: als reisender Maya-Händler. Dass ein Maya-Händler in diesem abgelegenen Pyrenäendorf einen spanischen Kaufmann im Urlaub traf, war ungewöhnlich, aber denkbar. Dass er gemeinsam mit ihm in einem Ferienhaus übernachtete, war ebenso ungewöhnlich, lag aber ebenfalls im Bereich des Möglichen. Aber dass sie gemeinsam reisten, hätte ihnen niemand abgekauft und zu massiven Zweifeln an ihrer Identität geführt. Deshalb lautete der Plan, dass Enrique zuerst losgehen und Pedro erst danach aufbrechen sollte. Aber Pedro hatte sich noch nie allzu gut verstellen können, und Enrique horchte aus seiner Unbestimmtheit gewisse Zweifel an diesem Plan heraus.

Oder war er schon völlig paranoid? Nein, hier stimmte etwas nicht. Seit er in Nadz Caan das seltsame Buch entgegengenommen hatte, stimmte an der Operation so gut wie nichts mehr. Sie aßen schweigend ein wenig Brot mit Ziegenkäse und Oliven, Enrique hatte nach der langen Wanderung furchtbaren Hunger.

»Was wollt ihr eigentlich damit machen?«, fragte Enrique leichthin.

Pedro zeigte sich betrübt. »Das weiß ich nicht genau. Sie haben mir nur ein paar technische Spezifikationen gegeben, Material und eine Anleitung, wie man damit umgeht. Einige der Komponenten waren wirklich sehr seltsam, ich habe so etwas noch nie gesehen. Sie konnten sich auch verändern. Erst eine Schraube, dann eine Art Diode. Erst ein Chip, dann ein einfaches Befestigungselement. Manche dieser Dinger sind über den Tisch *gelaufen.*« Er schüttelte den Kopf, als verstehe er die Welt nicht mehr. Dabei war er viel zu fasziniert, um wirklich besorgt zu sein. »Aber seitdem ich das Teil zusammengebaut habe, regt sich nichts mehr. Sieht aus, als wär's einsatzbereit.«

»Und was«, fragte Enrique, »hast du da deiner Meinung nach zusammengebaut?«

»Ich könnt's nicht beschwören«, sagte Pedro langsam, »aber diese Verwandlungsdinger hin oder her: Ich würd mich sehr wundern, wenn das kein Zünder wär, was ich da gebastelt habe.«

»Ein Zünder? Das Teil, das ich mitgebracht habe, sieht nicht unbedingt wie eine Bombe aus.«

Andererseits spielte das kaum eine Rolle bei einem Gegenstand, der sich anscheinend nach Belieben in andere Gegenstände verwandeln konnte, dachte Enrique. Er hatte die Maya-Verkleidung in Lleida von der dortigen Abteilung der *Technik* übernommen, und beim Packen des Rucksacks hatte sich das Nähkästchen, das einmal ein Buch gewesen war, in eine Jadedose verwandelt. Komplett mit Glyphenschnitzereien auf dem Deckel. Enrique schüttelte sich bei der Erinnerung daran.

»Es muss alles ganz neu sein«, sagte Pedro. »Brandneu, glaub mir. Soll ich dir den Zünder zeigen?«

Anscheinend konnte er kaum etwas essen, so aufgeregt war er. Zuerst wollte Enrique ablehnen, aber dann dachte er, es könne nicht schaden.

»Ja klar. Zeig mal«, sagte er.

Pedro zog eine Küchenschublade auf und nahm ein Bündel heraus. Er hatte seinen »Zünder« in gewachstes Käsepapier eingewickelt. Typisch Pedro. Einmal hatte er ein paar Stangen Gelatinex rot angemalt und als Würstchen getarnt. »Der schärfste Hotdog ganz Spaniens«, hatte er getönt, als der Anschlag geglückt war. Solche Sachen machten Pedro mächtig Spaß.

Er wickelte seinen Zünder aus und legte ihn auf den Tisch. Das Gerät sah nicht sehr spektakulär aus. Es war etwa so groß wie eine Hand, relativ flach und am hinteren Ende ein wenig aufgebogen.

»Sieht aus wie ein Stiefelknecht ohne Stiel.«

Pedro lachte. »Heb mal hoch.«

Enrique griff nach dem Zünder und war überrascht: Er hatte Schwierigkeiten, ihn auf Anhieb von der Tischplatte zu heben, so schwer war er. Natürlich, Pedro bewegte so etwas in seinen Pranken wie eine Spielkarte. Enrique schätzte, dass es etwa dreimal so schwer war wie sein Mitbringsel.

»Seltsam«, sagte er, »wirklich seltsam –« In dem Augenblick klopfte es an der Tür.

Pedro schob den Zünder mit einer Hand unter das Käsepapier. Dann lehnte er sich locker in seinem Stuhl zurück, als würde er beim Essen gerade eine Pause einlegen. Enrique war sich sicher, dass in seiner Hosentasche eine Waffe steckte – irgendetwas Kleines, Ultrafieses, das beim Gebrauch nicht viel Lärm machte, aber die entsetzlichsten Verwüstungen anrichtete.

»Tür ist offen«, rief Pedro mit einer gewissen grimmigen Fröhlichkeit, die nicht ganz zu dem Konzept passte, hier sei alles in bester Ordnung. Die Haustür wurde aufgeschoben, und eine Frau kam herein.

»Guten Abend, Señor Torrès«, sagte sie.

Als sie Enrique wahrnahm, der immer noch in seinem Maya-Aufzug am Tisch saß, zuckte sie zusammen, fasste sich aber schnell wieder.

»Guten Abend, edler Herr.«

Enrique nickte knapp und arrogant, wie das ein Maya-Händler dieser Frau gegenüber wahrscheinlich getan hätte. Was er angeblich verkaufte, hätte sie nicht bezahlen können, und sein kurzangebundenes Nicken sollte nur die Bestätigung dieser Tatsache sein.

»Señor Torrès, Sie reisen ja morgen ab. Ich wollte nur noch einmal hereinschauen und nachfragen, wie es Ihnen geht am letzten Tag. Hat es Ihnen auch gefallen in unserem kleinen Häuschen?«

»Aber ja, Señora Paz. Alles wunderbar. Wenn Sie heute Abend dazu kommen, merken Sie mir das Haus doch schon einmal für den nächsten Sommer vor, zur gleichen Zeit wie dieses Mal.«

Señora Paz stand ein wenig unschlüssig im Zimmer herum. Es schien noch ein Problem zu geben, mit dem sie nicht so recht herausrücken wollte. »Dann ist es ja gut«, sagte sie zögerlich und wandte sich zum Gehen.

Da verstand Pedro. »Ach ja, die Miete, natürlich. Hätte ich beinahe vergessen.«

Pedro ging zur Garderobe, fischte einen Geldbeutel aus seiner Jackentasche und zählte der Frau die grauen Vierecke in die Hände. Sie würde sie am andern Tag bei der nächsten Post-Station mit einem Finanzterminal einwechseln müssen. Während die Maya untereinander Geldwerte grundsätzlich nur noch elektronisch übermittelten, waren die Spanier in den bargeldlosen Zahlungsverkehr mit Schecks und Kreditkarten zurückgefallen.

Die Laune der Frau besserte sich zusehends. Es fehlte nicht viel, und sie hätte vor Pedro einen Knicks gemacht. Beim Abschied drückte sie ihm die Hand, und selbst vor dem angeblichen Maya-Händler verbeugte sie sich ein wenig tiefer und freundlicher. »Sie sind uns jederzeit willkommen, Señor Torrès«, rief sie noch einmal an der Tür.

»Nächstes Jahr zur gleichen Zeit«, antwortete Pedro. »Versprochen!«

Die Frau zog die Türe hinter sich zu. Ihre Schritte entfernten sich.

»Geldgieriges Bauernpack«, knurrte Pedro und setzte sich wieder zu Enrique an den Tisch. Sie aßen noch ein wenig, sie sprachen noch ein wenig, sie betrachteten den Zünder noch ein wenig. Der fühlte sich jetzt, wie Enrique bemerkte, leicht warm an. Er hoffte, dass Pedro keinen Mist gebaut hatte, ansonsten musste man das Dorf demnächst von der Landkarte streichen.

Es kam kein richtiges Gespräch mehr zustande. Das gegenseitige Misstrauen füllte den Raum so dick wie Watte. Schließlich verabschiedete sich Pedro relativ unvermittelt. Selbst das Gähnen, mit dem er seine angebliche Müdigkeit andeutete, wirkte gekünstelt. Er legte den Zünder zurück in die Küchenschublade. Das Essen und das Geschirr ließ er auf dem Tisch stehen.

»Der Kühlschrank funktioniert sowieso nicht richtig«, sagte er und gähnte noch einmal.

Schlechter Schauspieler, dachte Enrique. Du hättest Kurse nehmen sollen. Er räumte den Tisch auf. Wenn die Vermieterin sehen würde, wie ich, ein Maya-Händler, Geschirr aufräume, wäre sie wahrscheinlich sehr erstaunt.

Enrique stellte sich vor den abgeschabten Spiegel im Badezimmer und deaktivierte den kosmetischen Bräunungsfilm, mit dem seine ganze Haut überzogen war. Der Film bekam Risse und stäubte schließlich von seiner Haut ab. Er musste einmal niesen und ging dann in seine Schlafkammer, die direkt neben der von Pedro lag. »Gute Nacht«, rief Pedro aus seinem Kabuff herüber und Enrique antwortete: »Gute Nacht!« Die Dielen in Pedros Zimmer knarrten, dann quietschte das Bett, dann war Ruhe. So war das also. Man konnte akustisch alles verfolgen, was in dem kleinen Haus passierte.

Die Aussicht aus dem Fenster war phantastisch: Abend über den Bergen, der Mond ging auf. Die Mauer, die ihm schon vorhin aufgefallen war, verlief hinter dem Haus. Ihr Abstand zur Hauswand betrug etwa einen Meter. Als er das Fenster öffnete, konnte er erkennen, dass sie wie eine Stützmauer den ganzen hangabwärts gelegenen Teil des Dorfs trug. Sie führte also hinter einer ganzen Reihe von Häusern entlang, parallel zur einzigen wirklichen Dorfstraße.

Nebenan bei Pedro war schon kein Licht mehr. Enrique schloss das Fenster. Endlich konnte er seine Maya-Kleidung ausziehen. Sein nächstes Kostüm lag obenauf im Rucksack: die einfachen, graubraunen Kleider eines wandernden Landarbeiters, komplett mit Hut, Schal und Brottasche. Sie fühlten sich besser auf seiner Haut an als die Händlerverkleidung. Er nahm die Serumpistole und das Amulett aus dem Geheimfach im Boden des Rucksacks und vertauschte den Anhänger an seinem Hals mit dem Amulett. Den Rucksack legte er ins Bett und bedeckte ihn mit der Decke. Enrique löschte das Licht. Er stellte sich so in den Raum, dass die Tür ihn automatisch verdeckte, wenn jemand von außen hereinkam. Die Serumpistole lag locker in seiner Hand. Der Anhänger, den er in Nadz Caan zusammen mit dem Buch von den Kurieren bekommen hatte, steckte in seiner Hosentasche. Im silbrigen Mondlicht, das durchs Fenster schien, sah der Rucksack in seinem Bett wirklich genau wie ein Schläfer aus. Schlaf gut, Rucksack, dachte Enrique. Schlaf für mich mit.

Er musste länger warten, als ihm lieb war, aber kürzer, als er befürchtet hatte. Dass er in seiner ersten Karriere als Maya die gründliche Schulung eines Wachsoldaten durchlaufen hatte, kam ihm sehr zugute – die kleinen Tricks, die Muskelspiele in den Beinen, mit denen man stundenlanges Stehen durchhielt.

Natürlich erlahmten nicht nur seine Beine. Auch seine Gedanken wurden müde und kraftlos. Es dauerte nicht lange, und er war bereit, seine Verdächtigungen für reine Hirngespinste zu halten. Der Tag war lang gewesen, und er wünschte sich nichts sehnlicher, als in diese miefige Bettwäsche zu sinken und sich mit schönen Träumen zuzudecken. Er dachte daran, einfach in die Knie zu gehen und mit dem Rücken an die Wand gelehnt ein wenig zu schlafen, ein wenig nur, ein paar Minuten.

Das erste Knacken hielt er für Einbildung. Beim zweiten war er sofort hellwach. Draußen bewegte sich tatsächlich etwas über die Dielenbretter.

Enriques Herz klopfte so heftig, dass er glaubte, das ganze Dorf müsse es hören. Langsam, langsam öffnete sich die Türe, und ein massiges, gedrungenes, zum Sprung bereites Tier schob sich herein wie eine dunkle Wolke. Der Schatten bewegte sich zum Bett und hielt davor inne.

Jetzt, dachte Enrique, jetzt, jetzt, jetzt!

Er überbrückte die Distanz zu dem Schatten mit einem großen Schritt und setzte zwei Schüsse mit der Serumpistole: einen am Hals und einen an der Schulter. Das Tier drehte sich ihm zu. Es sagte in Pedros Stimme: »Schlau.« Einhundertfünfzig Kilo gut durchtrainiertes Muskelfleisch bewegten sich auf Enrique zu.

Es funktioniert nicht, dachte Enrique überraschend kühl und gelassen. Gleich bin ich tot. Pedro hob einen Arm. In der Dunkelheit konnte Enrique den Gegenstand nicht erkennen, den Pedro in der Hand hielt. An Verteidigung war nicht mehr zu denken; Enrique war eingefroren in der Vorwegnahme seines eigenen Todes.

Aber der Arm sauste nicht herab, sondern blieb an seinem höchsten Punkt stehen, die Faust mit dem Gegenstand darin knapp unter der niedrigen Decke. Einige Sekunden tat sich nichts. Enrique wagte den Gedanken, die Wirkung des Serums könne eingesetzt haben. Er schob sich vorsichtig an Pedro vorbei, wie an einem Mondsüchtigen, den man nicht erschrecken durfte, und schaltete das Licht ein. Da stand Pedro, den Arm in die Luft gereckt wie eine Statue, in der Hand ein Küchenmesser. Enrique hätte beinahe hysterisch losgelacht. Ein Küchenmesser. Die dumme Sau.

Er sah seinem alten Kampfgefährten in das grinsende Gesicht und hätte am liebsten hineingeschlagen. Enrique hatte Pedro öfter so grinsen gesehen. Es war das Grinsen, das er bei einem Mord aufsetzte, die Vorfreude auf ein Opfer, das unter seinen Händen in Todeszuckungen geriet.

»Lass das Messer fallen«, sagte Enrique zu ihm.

Pedro öffnete seine Hand und das Messer fiel mit einem dumpfen Plock zu Boden. Den Arm senkte er nicht, das hatte ihm Enrique nicht befohlen.

»Setz dich«, sagte Enrique zu ihm.

Pedro sah sich mit leeren Augen im Zimmer um und setzte sich auf einen Stuhl. Er grinste weiterhin sein Mördergrinsen.

»Ich möchte dir ein paar Fragen stellen.«

»Ja«, sagte Pedro, und es klang wie eine Klage.

Ein Zombie, dachte Enrique. Ein Untoter.

»Du wolltest mich umbringen, nicht wahr?«

»Ja.«

»Warum?«

»Die wollten dich weg.«

»Wer die?«

»Die mir die Sachen für den Zünder gegeben haben. Sie haben gesagt, du kommst mit der Spinne, ich bring dich um und nehm sie dir ab.«

Enrique sparte sich die Frage, was er mit »der Spinne« meinen mochte, für später auf. Er wollte ein paar konkrete Antworten und er wollte sie jetzt.

»Waren das Leute von der Frente?«

»Natürlich.«

»Von welcher Fraktion?«

»Keine Fraktion. Exekutivkomitee.«

Enrique sog die Luft ein. Bisher hatte er sich an die Hoffnung geklammert, dass das dreckige Spiel, das in Nadz Caan begonnen hatte, von einer bestimmten Fraktion innerhalb der FPLE ausging. Von den Royalisten vielleicht, die ihn wegen seiner Maya-Abstammung noch nie gemocht hatten, oder von einem anderen konservativen Lager. Aber jetzt war es amtlich: Das Exekutivkomitee selbst wollte ihm an die Gurgel. Oder glaubte das Pedro nur, wie Perramon Enrique die Lüge geglaubt hatte, er sei vom Exekutivkomitee beauftragt?

»Woher weißt du das?«

»Pastrana vom Exekutivkomitee war dabei.«

Das war ein wirklicher Schock. Pastrana war diese Aktion (und Enriques Tod!) so wichtig gewesen, dass er sich selbst als Kurier aufgemacht hatte, um Pedro den Zünder zu bringen. Pastrana, der Kommunist, mit dem Enrique immer einigermaßen gut klargekommen war, obwohl er seine Rechthaberei nicht hatte leiden können. Pastrana, der Karl Marx des spanischen Widerstandes.

»Die haben dir gesagt, dass du mich umbringen sollst?«

»Ja.«

Enrique war versucht, noch einmal nach dem Grund zu fragen, aber darauf hatte Pedro schon geantwortet: *Die wollten dich weg.*

»Was ist das für eine Aktion? Was soll die Geheimniskrämerei?«

Täuschte er sich, oder wurde Pedros Grinsen tatsächlich noch etwas breiter?

»Das ist das größte Ding, das es je gab. Wir nehmen den Zünder und die Spinne, schmuggeln sie nach Tikal, und es macht bumm. Die werden ihr blaues Wunder erleben.«

»Tikal also. Und was soll das mit dieser Spinne? Los, sag schon.«

Enrique war nahe am Schreien. Nicht nur, dass seine eigenen Genossen ihn hatten umbringen wollen – sie hatten ihn auch vorher noch als Kurier für eine Waffe benutzt, von deren Wirkungsweise und Technik er gar nichts wusste. Erst ausbeuten, dann abmurksen. Missbrauchen und wegwerfen. Eine schöne Befreiungsarmee war das. Und er hatte auch noch gehorcht. Nur seine Paranoia hatte ihn gerettet. Bis jetzt.

»Noxosceles reclusa«, sagte Pedro.

»Was?«, fragte Enrique völlig konsterniert.

»Noxosceles reclusa. Das ist eine Spinne in Nordamerika. Wenn sie einen beißt, kann es sein, dass die Wunde zu einem riesigen Loch wird. Richtige

Krater in der Haut. Heilt zwar, dauert aber ewig lang. Und man kann nicht viel dagegen machen. Die Maisfresser wollen einen Berg bauen bei Tikal, einen Berg und so eine unterirdische Felsengrotte, in die sie dann Menschen reinschmeißen, um sie zu opfern. Das nennen sie dann Religion. Mit ihrer Scheiß-Nano-Technologie wollen die das bauen. Das Exekutivkomitee will sie dort angreifen. Die Spinne und der Zünder sind selber Nano. Eine richtige N-Waffe! Sie werden kombiniert, es macht bumm, und das Gift wirkt wie bei einem Biss von dieser Spinne: Macht alles tot drum herum und kann kaum gestoppt werden. Der ganze Boden wird unbrauchbar. Und die Zone wächst von selbst. Nach zwei Tagen hat sie den Stadtrand von Tikal erreicht. Wenn die Maisfresser nicht sehr schlau sind und was dagegensetzen, geht ganz Tikal mit drauf. Totes Land. Nach zwanzig Tagen ist der Todesstreifen so groß wie die ganze Provinz. Das Gift ist so programmiert, dass er sich danach nicht mehr ausbreitet. Aber in der Zone ist nur verbrannte Erde. Da wächst nix mehr, nicht mal mehr Unkraut. Man kann kein Wasser von da nehmen und sich dort nicht aufhalten, weil allein der Staub schon gefährlich ist, wenn man ihn einatmet. Muss alles abgedeckt und immer kontrolliert werden. Ist schlimmer als Strahlung.«

Ich glaube das nicht, dachte Enrique. Das Exekutivkomitee will Tikal mit einer N-Waffe angreifen. Waren die völlig übergeschnappt? Wenn er das vorher gewusst hätte, hätte er diesen Plan bis zuletzt bekämpft. Das war glatter Wahnsinn. Selbst wenn der Anschlag gelungen wäre, hätten die Maya Spanien aus Rache rasiert. Da wäre kein Stein auf dem anderen geblieben. Vielleicht hatten die Leute im Exekutivkomitee, die diesen Schwachsinn durchsetzen wollten, mit seinem Widerstand gerechnet. Und ihr Kamikaze-Plan war ihnen so wichtig, dass sie ihn dafür aus dem Weg räumen wollten, ohne mit der Wimper zu zucken. Lass dich nicht aus dem Konzept bringen, dachte Enrique. Du hast nicht mehr viel Zeit.

»Wer hat den Zünder und die Spinne gebaut? Die *Technik* kann so was nicht. Woher kommt dieses Teufelszeug?«

»Weiß ich nicht. Ich glaube, die Spinne ist in Nadz Caan selber gebaut worden.«

Nadz Caan. Warum hatte er eigentlich immer angenommen, das seltsame Buch sei von weit her gekommen, wenn doch jeder wusste, dass die zweitbesten Nano-Labors der Welt in Nadz Caan zu finden waren? Das Exekutivkomitee hatte mit Ah Chacaw, dem Herrscher des einstigen Madrid, gemeinsame Sache gemacht, um Chan Balum anzugreifen? War das möglich? War die Maya-Gesellschaft schon so fraktioniert, dass der eine Ahau dem anderen N-Waffen unter den Thron legte?

Er schüttelte den Kopf. Das war alles viel zu irre, um wahr zu sein. Aber

Pedro hatte ihn mit einem Küchenmesser umbringen sollen. *Daran* zumindest bestand kein Zweifel. Und wenn das, was Pedro als den »Zünder« und die »Spinne« bezeichnete, keine N-Waffe war, dann war es trotzdem ein technologischer Durchbruch, von dem die Welt noch nichts erfahren hatte. Jedenfalls nicht die Welt, die Enrique gekannt hatte, bis ihm das Buch in Nadz Caan in die Hand gedrückt worden war.

Er kam zu der Überzeugung, dass er von Pedro alles erfahren hatte. Nur eins wollte er noch wissen: Er stand auf und zog das Amulett des heiligen Antonius aus seiner Hosentasche, das er zusammen mit dem Buch in Nadz Caan bekommen hatte.

»Mach den Mund auf«, sagte er zu Pedro, und Pedro gehorchte.

Enrique legte ihm den heiligen Antonius auf die Zunge.

»Runterschlucken«, befahl er, und Pedro schluckte.

Einige Sekunden später flatterten seine Augenlider schwach, und dann sackte er so schnell in sich zusammen, als habe man ihm einfach das Lebenslicht ausgeblasen. Und genauso war es. Kein Puls, keine Atmung.

Das Amulett, das für Enrique bestimmt gewesen war, hatte Pedro getötet.

Brot, Käse, zwei Flaschen Wasser. Einen Revolver, den er auch aus Lleida mitgebracht hatte, trug er in einem Holster an der Wade. Er hatte befürchtet, dass der Zünder und die Spinne seine Brottasche zu schwer machen würden, aber sie schien stabil. Er konnte bloß hoffen, dass sich die beiden Teile der N-Waffe bei zu großer Nähe nicht automatisch aktivierten. Bislang tat sich nichts und er baute darauf, dass das so bleiben würde. Die Taschenlampe. Die Taschenlampe war wichtig. Kompass, Uhr und Spanienkarte packte er zum Schluss ein.

Pedros Leiche saß zusammengesunken auf dem Stuhl. Eigentlich war dieser Platz für ihn reserviert gewesen. Oder er hätte mit einem Küchenmesser im Rücken in seinem Bett liegen sollen, anstelle des Rucksacks.

Enrique schüttelte noch einmal den Kopf über die Gründlichkeit, mit der alles geplant worden war. Die Typen in Nadz Caan, wer immer sie gewesen waren, hatten ihm eine Gedächtnisbombe mitgegeben, die ihn eigentlich hätte töten sollen. Weil er aber Verdacht geschöpft und Pedro die Spinne nicht sofort übergeben hatte, war Plan B in Aktion getreten: Pedro sollte ihn abmurksen und die Spinne in seinen Besitz bringen. *Die wollten dich weg,* in der Tat. Sollte er sich vielleicht geehrt fühlen durch den Aufwand, mit dem sie ihn *weggewollt* hatten? Er fühlte sich nicht geehrt. Er war stinksauer. In einem Ausmaß, das er bisher nicht gekannt hatte.

»Erstens kommt es anders, zweitens als man denkt«, sagte er in den stillen Raum hinein. Er setzte Pedro seinen Maya-Hut auf. Die Notiz legte er auf die Krempe.

»Ciao, amore«, sagte er und ging.

Als er den Knauf der Haustür schon in der Hand hatte, hielt er mit einem Mal inne. Moment mal, dachte er. Moment mal. Ich kann hier nicht einfach durch die Vordertür latschen. Pastrana hatte sich dieser Aktion persönlich angenommen. Das alles war ihm furchtbar wichtig gewesen, wie der ausgefeilte Mordplan bewies. Höchst unwahrscheinlich also, dass Pedro momentan der einzige FPLE-Mann in El Formigat war. Oder gewesen war. Etwas so Wichtiges wie die N-Waffe wurde mit Sicherheit strengstens bewacht.

Bataillonsweise waren sie natürlich auch nicht in das Dorf eingefallen, das hätte schlichtweg zu viel Wirbel verursacht. Enrique rechnete mit einer kleinen Gruppe von zwei bis drei Genossen, wahrscheinlich in einem der umliegenden Häuser, und er hätte sich sehr gewundert, wenn die Haustür, durch die er gerade hatte hinausgehen wollen, in diesem Moment unbeobachtet gewesen wäre. Wenn sie dazu Infrarot- oder Nachtsichtgerät benötigten, hatten sie es mitgebracht. Scheiße, Scheiße, Scheiße. Wenn er jetzt durch diese Tür ging, begrenzte er seine Lebenserwartung dramatisch. Er musste sich etwas anderes einfallen lassen.

Einen Hinterausgang gab es nicht. Einen romantischen Geheimgang, der durch den Keller in die Freiheit führte, ebenso wenig. Die einzige Alternative war so unangenehm, dass sie ihm sofort den Angstschweiß auf die Stirn trieb. Er ging wieder in das Zimmer, in dem der Tote saß, öffnete das Fenster und sah hinaus: der Mond, die Mauer, der Abgrund. Er hatte keine Wahl. Er ließ sich in den schmalen Zwischenraum hinab, der Haus und Mauer trennte. Von dort kletterte er auf die Mauer. Die Häuser des Dorfs waren sehr dicht aneinander gebaut, und mit ein bisschen Glück konnte er auf der Mauer hinter den Häusern vorbeihuschen, ohne dass den Beobachtern irgendetwas auffiel.

Auf der Mauer suchte er nach seiner Balance. Die Tasche zog ihn schwer nach rechts, auf den Abgrund zu, aber er konnte sie nicht auf die andere Seite tun, weil manche der Häuser fast direkt an der Mauer standen, und er wollte sie mit ihrem bizarren Inhalt nicht unbedingt an den Wänden aus grob behauenen Steinen entlangschleifen. Sein Atem war schwer und viel zu laut für seinen Geschmack. Noch dazu war er nicht völlig schwindelfrei, aber daran wollte er jetzt nicht erinnert werden, auch von sich selbst nicht. Los geht's, dachte er. Er wankte balancierend auf der Mauerkrone entlang, bis er genau hinter der Hausecke stand.

Sie können mich sehen, dachte er. Sie können mich sehen! Der Spalt bis zum Nachbarhaus war, realistisch gesehen, vielleicht so breit wie der Unterarm eines Erwachsenen. Wenn sie wirklich Infrarotgerät dabeihatten, kam jetzt alles darauf an, wie sehr ihre Aufmerksamkeit auf die Haustür gerichtet war und wie schnell er auf die andere Seite, hinter das Nachbarhaus kam.

Sein Herz klopfte zum Zerspringen. Dann machte er den großen Schritt und wollte sofort danach loslaufen, wegrennen, weg von seinen eigenen Leuten, schneller und immer schneller, an einen Ort, an dem er sicher war. Aber er beherrschte sich. Sein Herz klopfte, und er lauschte. Stille.

Er ging vorsichtig weiter und lief mit dem Kopf gegen eine Wand.

Wäre er schneller gewesen, hätte der Rückprall ihn von der Mauer in den Abgrund gestoßen. So sah er nur Sterne und konnte sein Taumeln gerade noch abfangen. Seine Nase blutete, sie fühlte sich gebrochen an. Wo kam diese Scheißmauer auf einmal her?

Seine Taschenlampe konnte er nicht benutzen, das wäre den Beobachtern sofort aufgefallen. Er kam zu dem Schluss, dass der Nachbar von Pedros Vermietern einen Anbau auf die Mauer gesetzt hatte, die hinter seinem Haus vorbeilief, und Enrique wurde klar, dass er diesen Anbau überklettern musste. Wenn er auch nur bis zum Dach reichte, würde er eine Turnübung auf dem Präsentierteller veranstalten: für jeden Schützen, der das Dach überblickte, eine Zielscheibe, wie sie idealer eigentlich gar nicht sein konnte.

Nach ein wenig Getaste und Gefingere konnte er sich hochziehen. Seine Brottasche knallte auf das Dach des Anbaus, dass er dachte, die Welt müsse zerspringen. Aber offenbar dachte nur er das. Es blieb auch alles ruhig, als er sich auf der Mauerkrone schon wieder auf das nächste Haus zuschob.

Er bewegte sich jetzt weitaus vorsichtiger, und das war gut so, denn so bemerkte er rechtzeitig die Wäscheleine, die jemand auf die Mauer gesetzt hatte, und drückte sich nicht den Kehlkopf daran ein. Und so ging es weiter. Ein paar Häuser die Straße abwärts hatte jemand eine Art Latrinenabfluss über die Mauer gelegt, und er wäre beinahe hineingestiegen. Den größten Schreck überhaupt hielt jedoch das vorletzte Haus für ihn bereit. Das weiße Kleidungsstück in einem der Fenster nahm er nur aus den Augenwinkeln war, weil er sich aufs Balancieren konzentrieren wollte. Aber dann gefror er auf der Stelle zu Eis: Über dem Kleidungsstück war ein Gesicht – das Gesicht einer Frau, die ihn ansah. Dann tat sie etwas sehr Erstaunliches: Sie grüßte ihn mit einem kleinen Winken, als sei es hier völlig normal, dass mitten in der Nacht Leute über diese Mauer spazierten. Ihm fiel nichts anderes ein als zurückzugrüßen.

Als er von der Mauer auf die Straße hinuntersprang, knickte er beinahe ein, so schwach war er in den Knien vor Angst. Er drehte sich kurz um, und als er niemanden sah, machte er, dass er davonkam.

22. Juni 2136

13.6.5.5.7 1 Manik 10 Xul Nachtgott 8

Die zwei Männer sahen vielleicht aus wie typisch spanische Urlauber, aber sie bewegten sich eher wie Elitesoldaten im Häuserkampf durch das Haus. Selbst auf den knarrenden Bodendielen machten sie erstaunlich wenig Lärm, und sie achteten sehr genau darauf, einander nicht die Schusswinkel zu verstellen.

Das kleine Haus war schnell durchsucht. In der Stube hinter der Haustür war niemand, das war gleich klar. Die Vorrats- und Abstellkammer war so gut wie leer, das erste Schlafzimmer ebenfalls, von ein paar persönlichen Habseligkeiten Pedros abgesehen. Als einer von ihnen die Tür zum zweiten Schlafzimmer aufstieß, geriet er kurz in Panik und schoss beinahe auf den Mann, der dort auf einem Stuhl saß. Aber er erkannte ihn gerade noch rechtzeitig.

Sie stürmten das Schlafzimmer vorschriftsmäßig. Selbst ein gewiefter Killer hätte mit ihnen seine liebe Not gehabt. Es waren eben Spitzenleute, wirkliche Profis, erfahren und abgebrüht. In genau abgemessenen Schritten tanzten sie lautlos um Pedros Stuhl herum, sahen unter das Bett, in den kleinen Schrank, in jede Nische, die in diesem Kabuff als Versteck hätte dienen können, immer den Finger am Abzug. Erst als sie sich restlos davon überzeugt hatten, dass außer Pedros Leiche niemand in dem Raum war, ließen sie ihre Arme sinken. Einer von ihnen fühlte nach Pedros Puls, hielt seine Hand vor Pedros Mund und schüttelte den Kopf. Sie sahen auf die Leiche hinab.

Sie trug einen seltsamen Hut und auf der breiten Krempe lag ein Zettel. Darauf stand zu lesen: »Ihr Schweine«.

Er war schon einen ganzen Tag unterwegs, als ihm auffiel, dass er kein Ziel hatte. Zu wem sollte er auch gehen? Seine eigenen Leute waren ihm genauso auf den Fersen wie die Maya. Es konnte gut sein, dass er im Moment einer der meistgesuchten Männer in ganz Spanien war.

Vielleicht sollte ich mich an den Meistbietenden verkaufen, dachte er. Das wäre wahrer Unternehmergeist. Im Moment blieb ihm nur Galgenhumor. Er konnte noch nicht einmal seine Rolle als wandernder Landarbeiter wirklich ausfüllen, denn unter denen waren viele FPLE-Sympathisanten, und was ihm bis vor kurzem nützlich gewesen wäre, musste er jetzt meiden wie die Pest. Wussten seine Verfolger von der Frente eigentlich, dass er in diesem Kostüm unterwegs war? Er hoffte nicht. Er konnte sich nicht erinnern, irgendjemand gesagt zu haben, wie seine Pläne nach der Übergabe der Spinne aussahen. Aber ganz sicher war er sich nicht. Vielleicht konnte man auch aus dem, was er zurückgelassen hatte, auf das schließen, was er mitgenommen hatte? Er wusste einfach nicht, wie schlau und wie gut seine Verfolger waren, noch nicht einmal, wie viele es waren! Keine guten Bedingungen für eine erfolgreiche Flucht.

Im Laufen betastete er seine Nase. Sie schmerzte zwar stark, aber gebrochen war sie nicht. Glaubte er jedenfalls. Seine Ressourcen waren begrenzt, und sie schmolzen rasch dahin. Schon am ersten Tag musste er einige seiner Quetzalvierecke gegen Brot, Käse, zwei Paprika und sauberes Wasser eintauschen. Sein komisches Geld wurde von den Händlern misstrauisch beäugt – oder bildete er sich das ein? Er fragte sich, wo Geld herkäme, wenn er keins mehr hätte. Wo würde er übernachten? Wie lange konnte er vor seinen Verfolgern davonlaufen? Und vor allem: Wo lief er eigentlich hin?

Das Naheliegendste wäre natürlich ein Fluchtversuch nach Frankreich gewesen. Aber die spanisch-französische Grenze wurde relativ gut bewacht, und die französische Regierung lieferte an die Maya aus, was sie nur konnte, um sich ihre Freundschaft zu erhalten. Das hatte sie in den unzähligen Fällen von entlaufenen Sklaven bewiesen, die sie pflichtschuldigst und frei Haus wieder in Spanien abgeliefert hatte – in vollem Bewusstsein, dass diese Sklaven so gut wie tot waren, wenn sie die Grenze nach Spanien überquerten.

Also bewegte er sich vorerst zielstrebig nach Westen, als habe er dort etwas verloren. Er hätte versuchen können, sich in einem der baskischen Häfen San Sebastián oder Bilbao auf ein Schiff zu stehlen, aber wenn die Maya im Baskenland auf etwas achteten, dann waren es die Häfen. Und in den baskischen Hafenstädten war wiederum die FPLE sehr stark, was auch zu einer hohen Präsenz der Maya-Truppen dort führte.

Es gab zu viele Hunde, die unbedingt des Hasen Tod sein wollten. Als ihm einfiel, dass er doch jemand hatte, zu dem er fliehen konnte, fragte er sich, ob die Sonne sein Gehirn vielleicht schon ausgetrocknet hatte. Anders ließ sich die Verspätung, mit der ihm dieser Ausweg in den Sinn kam, kaum erklären.

»Fragen Sie nach dem Lehrer«, hatte der Synkretistenpriester in der abgebrannten Kirche gesagt.

Also gut, dachte Enrique, werde ich tun. Als er zum ersten Mal ernsthaft seine Karte und seinen Kompass konsultierte, stellte er fest, dass er bisher geradewegs auf Tikal zugelaufen war. Warum nicht, dachte er. Vielleicht finde ich ja auf dem Weg dorthin meinen Lehrer.

24. Juni 2136

13.6.5.5.9 3 Muluk 12 Xul Nachtgott 1

Am Ende fand nicht er sie, sondern sie fanden ihn. Er kam an einer leer stehenden Ziegelei in Lapoblación in der Nähe von Logroño vorbei und wollte sie für eine Nacht zu seinem Hotel machen. Als er durch die Lagerhallen mit den eingestürzten Dächern und durch die engen Gänge mit den längst erkalteten Ziegelöfen schlich, bemerkt er niemand. Das ganze Gelände schien völlig verlassen, und wäre er nicht auf der Flucht gewesen, hätte er an dem maroden Charme der Ziegelei Gefallen finden können.

Im Hof waren ganze Paletten von zerbröselnden Ziegeln gestapelt. Sonne, Frost und Regen hatten ihre Arbeit getan, so dass manche dieser Stapel anscheinend nur noch von den Brennnesseln zusammengehalten wurden, die um sie herum wucherten. Andere sahen aus, als hätten gelangweilte Kinder einen ausgedehnten Polterabend ohne anschließende Hochzeit veranstaltet.

Die Lagerhallen in U-Form um den betonierten Hof wirkten, als sei ein Riese hineingetreten. Die Dächer lagen zertrümmert auf den Hallenböden, die untergehende Sonne warf die grotesken Schatten von gesplitterten Dachbalken, zerfetzter Dachpappe und gerissenen Kabeln an die verfallenen Wände. Enrique fragte sich, wie lange man ein Areal wohl sich selbst überlassen musste, um diesen Grad an Zerstörung zu erreichen. Zehn Jahre? Zwanzig Jahre? Er war sich nicht ganz sicher, ob hier nicht doch jemand nachgeholfen hatte. An einer Stelle hing ein Plastikfetzen so kunstvoll von den Resten eines Dachbalkens herab, dass sein Schatten wie der eines Gehenkten aussah.

Die Schornsteine der meisten Ziegelöfen waren eingestürzt, manche der Brennkammern ebenso. Der Ziegelstaub, der nach all der Zeit immer noch auf dem Fußboden lag, färbte seine Schuhe und seine Hosenaufschläge im Handumdrehen rot. Enrique beschloss, in einer der Brennkammern zu übernachten, fragte sich allerdings wie. Seinen Regenumhang konnte er als Decke gebrauchen, schließlich war er aus einem besonders leichten und gleichzeitig wärmenden Stoff. Aber worauf sollte er liegen? Er zerrte zwei der unbeladenen Holzpaletten in die Brennkammer und bedeckte sie so gut es ging mit vertrocknetem Unkraut. Beim Drauflegen gab das morsche Holz einer der Paletten prompt nach. In der hereinbrechenden Dunkelheit war es nicht leicht, eine andere Palette zu finden, die ihn wirklich trug. Sie in die völlig dunkle Kammer hineinzubugsieren und wieder mit dem spärlichen Polster zu bedecken war noch schwieriger. Schließlich erklärte er seine Bemühungen für ausreichend und legte sich zum Schlafen.

Das Bett war eher etwas für Fakire: Bei jeder Drehung konnte er sich die Haut an verrosteten Nägeln aufreißen, aber er schlief trotzdem sofort ein. Natürlich träumte er in dieser Nacht, dass er bei lebendigem Leibe verbrannte.

Als er aufwachte, saßen sie um ihn herum, wie Jäger, die sich fragen, was sie da gefangen hatten und ob es schon ganz tot war. Er schrak auf, sah mit klopfendem Herzen genauer hin und fand, dass sie nicht wirklich wild aussahen. Sie waren nicht allzu offensichtlich bewaffnet, und eine einfache Bande von Halsabschneidern hätte auch gar nicht gewartet, bis er aufgewacht war.

Die Spinne, dachte er. Der Zünder. Kaum hatte er sich halbwegs von dem Schrecken erholt, im Schlaf lautlos umstellt worden zu sein, musste er schon wieder an diesen Plunder denken!

Seine Tasche lag in Griffweite, und für den Moment sah es nicht so aus, als wollten sie ihn daran hindern, danach zu greifen. Er ließ es bleiben, um ihnen nicht zu zeigen, wie wichtig sie ihm war.

Er spürte das Gewicht seines Revolvers an seiner Wade. Ihn zu ziehen wagte er nicht.

»Was wollt ihr von mir? Ich habe kein Geld. Ich bin ein einfacher Arbeiter. Lasst mich gehen.«

Einer von ihnen sagte: »Irgendwie ist das die falsche Frage, oder? Die richtige lautet: Was willst du von uns? Und dass du ein einfacher Arbeiter bist, ist natürlich dummes Zeug. Du hast komische Sachen in deiner Tasche. Zum Beispiel zwei zerbrochene Ziegelsteine, die viel schwerer sind, als sie eigentlich sein dürften. Außerdem laufen einfache Arbeiter nicht mit so gefährlichen Schießeisen herum, wie du dir eines an die Wade gebunden hast. So was ist teuer und selten, und einfache Arbeiter geben sich meistens mit Klappmessern zufrieden. Du bist kein einfacher Arbeiter. Also würden wir gern zwei Dinge wissen: Wer bist du wirklich? Und: Was willst du von uns?«

Ich habe nichts gemerkt, dachte er, gleichermaßen verblüfft und wütend. Sie haben mich gefilzt und ich bin nicht aufgewacht. Das sind genauso wenig einfache Arbeiter wie ich.

Angesichts seiner Situation fiel ihm nichts anderes ein als die Wahrheit.

»Ich bin auf der Flucht. Ich wollte mich hier verstecken.«

»Vor wem?«, fragte ein anderer.

Enrique wurde jetzt klar, was ihn an dieser Gruppe von Anfang an beunruhigt hatte: Sie schienen keinen Anführer zu haben. Niemand, auf den man sich konzentrieren konnte.

»Ich bin auf der Flucht vor der Regierung.«

Das sagte alles und nichts. Es war lediglich eine Phrase, die er eingeworfen hatte, um Zeit zu schinden.

»Natürlich, du bist auf der Flucht, das sieht man gleich. Aber wir haben über dich nachgedacht«, sagte ein Dritter. »Wir glauben, dass du von der FPLE bist. Aber irgendetwas stimmt nicht. Diese Leute verreisen nicht gern allein. Wie kommt es, dass du ohne Begleitung unterwegs bist? Einige hier glauben, dass du eine sehr wichtige Aufgabe innerhalb der FPLE hast, die nur allein gelöst werden kann. Andere vermuten, dass du einmal dort *warst* und ein Abtrünniger bist. Ich persönlich kann mir beides vorstellen. Keiner von uns, mich eingeschlossen, kann sich allerdings vorstellen, dass du rein zufällig hier aufgetaucht bist. Also noch einmal: Wer bist du? Was willst du?«

Sie spielten mit ihm. Sie waren in der Überzahl, sie waren gut organisiert, und sie waren schlau. Unwillkürlich drängte sich ihm das Bild eines Rudels intelligenter und gesitteter Hunde auf, die eine gefangene Katze verhörten.

»Ich finde das unhöflich. Ihr verlangt von mir, dass ich mich zu erkennen gebe, aber selbst vorstellen wollt ihr euch nicht.«

»Sieh mal einer an«, sagte links von ihm einer, den er bis dahin noch nicht gehört hatte. »Er findet das unhöflich. Na gut. Sagen wir es ihm.«

Ein Fünfter: »Wir sind Synkretisten. So nennen uns jedenfalls die anderen. Diese Ziegelei hier ist eine Art Universität. Die Brennnessel- und Ziegelstaub-Universität.«

Seine Intuition sagte ihm, dass es stimmte. Also hatte er genau die Leute vor sich, nach denen er seit Tagen gesucht hatte.

»Ich bin von der FPLE. Ich würde gern den Lehrer sprechen.«

Eine Weile herrschte Stille.

Dann sagte der, der als Erster überhaupt gesprochen hatte: »Ach so.« Enrique spürte einen scharfen Schmerz an seinem Hinterkopf. Bevor er in Bewusstlosigkeit fiel, dachte er: Da war einer hinter mir.

Als er aufwachte, saß er in einem Karussell und fuhr im Kreis herum. Jedenfalls fühlte es sich so an. Sein ganzes Gesichtsfeld kreiste in einer gleichförmigen Bewegung um eine zersplitterte, sich ständig verändernde Mitte. Kaleidoskope. So hießen die Dinger, bei denen er so etwas schon gesehen hatte. Ein Kinderspielzeug. Xibalbà, die Unterwelt, hatte er sich anders vorgestellt. Irgendwie ruhiger. Und entschieden düsterer.

Das Karussell ließ sich nicht abstellen. Es war ja recht hübsch, farblich gesehen, aber auf Dauer ein wenig enervierend. Ah, jetzt hörte er auch etwas! Jemand sprach. Dieser Jemand klang wie ein Mensch. Ein weiblicher Mensch.

»Edler Herr!«, sagte die Stimme.

Das war schon einmal nicht ganz verkehrt. Er war ein Ahau und hatte ein verbrieftes Recht auf diese Anrede. Theoretisch konnte bei fortgesetzter Missachtung der korrekten Grußformeln gegenüber Ahaus die Todesstrafe verhängt werden.

»Edler Herr, seid Ihr wach? Könnt Ihr sprechen?«

Das Karussell entwickelte eine Unwucht und lief jetzt nicht mehr so glatt um seine Mitte. Das gefiel ihm nicht, ihm wurde übel. Und mit seiner Zunge hatte jemand Schindluder getrieben: Sie ließ sich nicht richtig bewegen, weder zum Sprechen noch zum Erbrechen.

»Ihr könnt auch Eure Arme heben. Hebt den rechten Arm für ›ja‹, den linken für ›nein‹. Einverstanden?«

Probeweise hob er den rechten Arm. Er fühlte sich an, als sei er aus mehreren Stücken morschen Holzes notdürftig zusammengeflickt worden. Er hoffte, die Stimme meinte den rechten Arm von ihm aus gesehen.

»Ihr habt es überlebt, wenn auch nur knapp. Ihr habt das Codewort zu spät ausgesprochen, Euer Gehirn war schon dabei zu sterben. Leider ist es zu Läsionen an den Stirnlappen gekommen, wir mussten ein wenig transplantieren. Keine Sorge, es ist alles Eigengewebe, aus Ihrem persönlichen Gewebearchiv. Könnt Ihr mir folgen?«

Schwer, dachte er, schwer. Aber er hatte keinen dritten Arm für eine Erweiterung der brutal binären Logik seiner momentanen Kommunikationsmöglichkeiten. Außerdem zuckten jetzt bläuliche Blitze durch das kreisende Karussell, aus dem er immer noch nicht aussteigen konnte. Es waren relativ langsame Blitze, die vom äußeren Rand des Kaleidoskop-Bildes bis in seine Mitte eine gewisse Zeit brauchten, und sie waren gleichzeitig so grell, dass er die Augen schloss. Erstaunlicherweise brachte das keine echte Linderung. Zwar wurde dann das Farbenkarussell durch eine Fläche dunklen, pulsierenden Samtes ersetzt, aber auch sie drehte sich. Noch schlimmer: Die Blitze blieben und zeichneten sich vor dem dunkleren Hintergrund deutlicher ab als zuvor. Daraus schloss er messerscharf, dass dieses Gewitter nicht außerhalb seines Kopfes stattfand. Es funkt in meinem Gehirn, dachte er. Wie in einem überlasteten Transformator. Er hob den linken Arm.

»Das macht nichts«, sagte die weibliche Stimme, jetzt irgendwie näher und ein wenig konkreter. Er bildete sich ein, der Mund der Frau befinde sich direkt an seinem Ohr. Er glaubte, ihren Atem an seiner Wange zu spüren, und bekam daraufhin eine Erektion. Die Natur und ihre Prioritäten, dachte er. Mein Gehirn brutzelt in lauter Kurzschlüssen vor sich hin, aber es muss mich nur ein Weibchen anhauchen, und ich werde rallig.

Er hätte gerne gelacht oder gesagt »Es macht doch etwas!«, aber beides ging nicht, weil sein Mund so eingesperrt war.

»Ihr werdet wieder gesund, edler Herr, das ist die Hauptsache. Sogar ein wenig gesünder als vorher, denn wir sind zufällig auf einen kleinen Tumor in Eurem Gehirn gestoßen, den wir entfernt haben. Wer weiß, was daraus geworden wäre, wenn Ihr nicht hierher gekommen wärt.«

Versuchshalber öffnete er seine Augen. Vielleicht konnte er die Besitzerin der Stimme ja sehen? Er fand es unwürdig, dass sie ihm eine Erektion beibringen konnte, ohne dass er sie auch nur gesehen hatte. Als er jedoch die Augen öffnete, brach das Gewitter in voller Stärke los, und statt der milden und hübschen Farbbündel von vorhin drehten sich vor seinen Augen jetzt nur noch Bündel langsamer, aber sehr greller Blitze im glühenden Blau mancher Gasflammen oder Bogenlampen.

»Schnell«, sagte eine zweite Stimme im Zimmer. »Augen zu!«

Eine Hand senkte sich auf seine Augen, und in dem Geblitze und Geflackere glaubte er die Knochen dieser Hand zu sehen, umgeben von rötlich durchleuchtetem Gewebe, als werde seine Netzhaut mit Röntgenstrahlen belichtet. Dann musste er wieder schlafen, weil er plötzlich sehr müde war.

Als er aufwachte, saß eine Eidechse auf seiner Brust, die ihn mit blinzelnden Augen ansah. Sie war ziemlich groß und von leuchtend grüner Farbe. Er konnte ihr Gewicht spüren.

Yaqui hätte sie gerne mit einer Hand von der Brust gewischt, aber seine Arme schienen fixiert zu sein. Als er an der Eidechse vorbeiblickte, stellte er fest, dass sein linker Arm bis hoch zum Ellenbogen mit kleinen Pflöcken verschiedener Farbe gespickt war, wie ein Braten, bevor er in den Ofen kam. Gerade als Yaqui hinsah, senkte sich in einem von ihnen ein Stempel. Diese kleinen Stifte schienen mit Flüssigkeiten gefüllt zu sein, denn sein Arm fühlte sich an dieser Stelle an, als sei ihm etwas injiziert worden.

Die Eidechse hatte ihn lange genug betrachtet und kroch zu seinem linken Ellenbogen. Er konnte nicht genau erkennen, was sie dort trieb, aber seinem Empfinden nach zu urteilen hatte sie sich wie ein Armreif um sein Handgelenk herumgelegt. Sein Arm wurde abgeklemmt. Dann löste sich der Druck wieder, die Eidechse kam auf seine Brust zurück und öffnete ihr Maul. Heraus schwebten einige Glyphen, gleichzeitig klar und deutlich lesbar und doch ein wenig transparent, und wenn er sie richtig las, dann handelte es sich um seine medizinischen Eckdaten. Unter anderem hatte die Eidechse seinen Blutdruck gemessen, und die Werte waren schlecht.

Das Fachchinesisch blieb ihm an vielen Stellen undurchdringlich, aber wenn er nicht völlig daneben lag, hatte es während seines Genesungsprozesses gewisse Komplikationen gegeben. Er erinnerte sich düster daran, dass ihm jemand versprochen hatte, er werde von diesem Bett gesünder als zuvor aufstehen, und er hätte diese Person gerne um die Einlösung des Versprechens gebeten. Gesünder als vor was eigentlich? Er erinnerte sich daran, dass er mit einigen Soldaten in den Tempel der *Blattschneiderameisen* eingedrungen war, und danach war der Film gerissen. Ach ja, richtig, es hatte einen Nano-Unfall gegeben, einen sehr schlimmen sogar! Und ihm, Yaqui, war auferlegt worden, diesen Unfall unter Kontrolle zu kriegen.

Er hätte gerne mit jemandem gesprochen, um den Rest zu erfahren. Vor allem, warum er hier war. Mit jemand sprechen. Sprechen überhaupt, eine interessante Idee. Er versuchte, seine Zunge in Bewegung zu setzen, und »Hallo!« zu sagen, aber das mangelhafte Ergebnis deprimierte ihn: Er kam über einige Grunz- und Stöhnlaute nicht hinaus. Außerdem hätte er gerne gewusst, welcher Tag und wie viel Uhr es war, ihm fehlte die Orientierung. Vielleicht würde ihm die Eidechse wenigstens Tag und Uhrzeit verraten? Die Eidechse dachte nicht daran. Sie hatte ihre Arbeit getan und kroch von ihm herunter. Er konnte sich daran erinnern, von der Entwicklung solcher Biomaten gelesen zu haben, aber dass man ihnen die Form von Eidechsen gegeben hatte, die sich von echten Tieren nicht unterscheiden ließen, war ihm neu.

Er versuchte sich aufzurichten, aber das ging nicht. Richtig, die Fixierung. Nicht nur seine Arme waren angebunden, auch sein ganzer Rücken ließ sich nicht einen Zentimeter von dem Bett hochheben. Er wirkte wie angeklebt. Möglicherweise war er das auch. Dann eben nicht, dachte er.

Er betrachtete noch einmal das System von Pflöcken auf seinen Unterarmen. Einer war rot und etwas größer als die anderen. In dem Moment, in dem er ihn ansah, senkte sich der Stempel, und Yaqui sank, wie in einem Fahrstuhl, in einen traumlosen, samtgefütterten Schlaf.

25. Juni 2136

13.6.5.5.10 4 Ok 13 Xul Nachtgott 2

Als er aufwachte, saß ein Mann an seinem Bett, den er nicht kannte. Gekleidet wie ein Krieger, mit einem Jaguarfell um die Schultern, einem grinsenden Tlaloc-Amulett um den Hals und den geschnürten Sandalen der normalen Infanterie. Er war an Armen und Beinen mit dreieckigen Mustern tätowiert. Sein Gesichtsausdruck war streng, die wenigen Falten um seine Augen herum kamen nicht vom Lachen. Selbst im Sitzen strahlte er Wachheit, Entschlossenheit und eine bestimmte Intelligenz aus, wie sie Yaqui bei vielen guten Soldaten gefunden hatte: die Intelligenz eines Jaguars.

»Wer sind Sie?«, fragte er.

Wie schön! Sein Sprachapparat funktionierte wieder.

»Uinalführer Hun Balum, königliche Leibwache, edler Herr. Erinnert Ihr Euch nicht an mich? Ich war derjenige, der mit Euch in den *Blattschneidertempel* gegangen ist. Ihr, ich und ein paar meiner Leute.«

Seine Erinnerungen fielen an ihren Platz. Der Jaguarmann. Vor ihm saß der Jaguarmann, der ihn am äußeren Perimeter abgeholt und ihm den schrecklichen Anzug gegeben hatte. Und der ihn festgehalten hatte, als er von diesem … Ding gestochen worden war. In den Hinterkopf.

»Was ist mit dem Unfall?«, fragte er.

»Es ist alles gut ausgegangen. Die Katastrophe konnte eingedämmt werden. Die Informationen über die antagonistischen Nano-Elemente, die Ihr während Eurer Trance gewonnen habt, waren bei der Neutralisierung sehr nützlich. Natürlich wird man das Labor für immer isolieren müssen und möglicherweise werden die *Blattschneider* einen neuen Tempel brauchen. Aber die Auseinandersetzung innerhalb des Labors ist auf einem akzeptablen Niveau eingefroren worden.«

»Trance«, »antagonistisch«, »Neutralisierung«, »eingefroren«: Wenn Militärs die Chance hatten, das absolute Grauen in eine neutrale Sprache zu kleiden, dann machten sie davon Gebrauch. Diese Sprache war vermutlich das Berufsrisiko eines Mannes der königlichen Leibwache, noch dazu wenn er eine Zwanzigschaft unter sich hatte, eine Art *déformation professionnelle,* die einfach dazugehörte.

»Das freut mich zu hören«, sagte Yaqui, und er hoffte, dass es nicht zu ironisch klang.

»Der edle Herr Wacah Chan hat mir mitgeteilt, dass er Euren Einsatz sehr zu schätzen weiß und dass er die Unannehmlichkeiten, die Ihr aufgrund des Einsatzes habt auf Euch nehmen müssen, sehr bedauert. Er wünscht Euch gute Genesung.«

Yaqui hatte solche Phrasen selbst schon zu häufig benutzt, um ihnen auf den Leim zu gehen – das war es nicht, was ihn störte. Aber er hatte zum ersten Mal in seinem Leben jemanden Wacah Chan einen »edlen Herrn« nennen hören.

Sicher, formal galt der Rechner als Ahau und hatte einen symbolischen Sitz im Adelsrat. Dass aber irgendjemand diesen Ahau-Status ernst genug nahm, um den Rechner in einem Gespräch – noch dazu mit einem anderen Ahau – mit seinem offiziellen Titel zu bezeichnen, verblüffte Yaqui ziemlich. Er wollte sich jedoch nichts anmerken lassen und sagte: »Uinalführer Hun Balum. Als wir in der Kommandozentrale waren, um den Nano-Unfall zu bekämpfen, waren auch … Soldaten anwesend, deren Uniformen ich noch nie gesehen habe. Wenn ich mich recht erinnere, haben Sie mich in meinem Schutzanzug fixiert, damit mich einer dieser Soldaten in den Hinterkopf stechen konnte. Was sind das für Wesen? Sie wirkten auf mich wie aus einer anderen Welt.«

Hun Balum schwieg. Yaqui wollte seine Frage schon wiederholen, da antwortete der Soldat: »Darüber darf ich Euch nichts sagen, Ahau Yaqui.«

Er sah jetzt ein wenig unglücklich aus, wie jemand, der genau wusste, dass gleich etwas Unangenehmes passieren würde.

»Ich befehle es Ihnen. Sie werden diesen Raum nicht verlassen, ohne meine Frage beantwortet zu haben.«

Hun Balum wurde nicht nervös. Er wusste offensichtlich gar nicht, was Nervosität war. Nur sein Gesicht verfinsterte sich zusehends.

»Ich darf Euch nichts darüber sagen. Die Existenz dieser Kreaturen ist geheim. Auch Ihr, Ahau Yaqui, seid darüber zu Stillschweigen verpflichtet.«

Yaqui überlegte, ob er bereits über genug Kraft verfügte, Hun Balum anzuschreien und ihm mit seinem generellen Befehlsprivileg als Ahau zu drohen, als eine Stimme aus dem Nirgendwo sagte: »Bitte, Uinalführer Hun Balum. Erzählen Sie Ahau Yaqui, was Sie über die *Insektoiden* wissen.«

»Wacah Chan«, sagte Yaqui. »Mein treuer Freund. Wie schön, von dir zu hören.« Mein großes Ohr, dachte Yaqui im Stillen. Dich würd ich gern einmal mit Wachs verschließen.

»Die Freude ist ganz meinerseits«, antwortete Wacah Chan.

Bestimmt, dachte Yaqui, ganz bestimmt. Dann versuchte er sich auf das gegenwärtige Thema des Gesprächs zu konzentrieren, was nicht ganz leicht war, denn er hatte Kopfschmerzen. »*Insektoiden?*«, »Kreaturen?« Worum ging es hier eigentlich? Er war gespannt, ob Hun Balum sich von Wacah Chan befehlen lassen würde, was er bei Yaqui abgelehnt hatte. Und siehe da: Nach kurzem Zögern gehorchte der Jaguarmann.

»Edler Herr, die *Insektoiden* sind ein geheimes Projekt der *Blattschneider.* Sie wurden geschaffen, um Nano-Unfälle zu bekämpfen. Ihre Panzerung kann sich selbst gegen die aggressivsten Antagonisten behaupten. Sie sind eine Art Feuerwehr.«

Hun Balum log, das sah Yaqui sofort. Er hatte dem König nicht zwanzig Jahre als oberster Zensor gedient, um einen Lügner nicht auf der Stelle als solchen erkennen zu können – selbst wenn dieser so gelassen und sicher wirken wollte wie Hun Balum. Und Wacah Chan steckte mit ihm unter einer Decke. Offensichtlich wurde hier Plan B abgewickelt für den ungünstigen Fall, dass Yaqui nach dem Aufwachen aus dem Koma unbequeme Fragen stellte.

Wacah Chan und Hun Balum tischten ihm hier Geschichten auf, die ihn beschwichtigen sollten. Er hatte mit seiner Frage nach den eigenartigen Soldaten einen Nerv getroffen. Ihm war klar, dass man ihm nur so viel erzählen würde, wie man für opportun hielt, aber Yaqui war jetzt sehr hellhörig geworden. Schließlich hatte er seinen wichtigsten Mitarbeiter beim Intrigieren erwischt.

»Warum wird die Existenz dieser Soldaten geheim gehalten? Es müsste für die Einwohner Tikals doch sehr beruhigend sein, von einer unverwundbaren Truppe zu erfahren, die sich um ihre Sicherheit kümmert. Warum wird ein so bedeutender technologischer Schritt nicht publik gemacht?«

Hun Balum versuchte etwas angestrengt, den Betroffenen zu spielen, aber es gelang ihm nur schlecht. Kein Mann der darstellenden Künste.

»Weil sehr unorthodoxe Techniken angewendet werden, um diese, wie Ihr sagt, Soldaten herzustellen.«

Yaqui spürte ein Prickeln in seinen Fingern, das ihm sagte, dass Hun Balum log, indem er nur die halbe Wahrheit sagte. Nichts von dem, was er erzählte, war wirklich falsch, nur sollte es eine größere Wahrheit verbergen. Das paranoide Gefühl, dass hinter seinem Rücken Dinge von höchster Wichtigkeit passiert waren, und das schon eine ganze Weile, verdichtete sich immer mehr.

»*Herzustellen?* Sagten Sie *herzustellen?*«

Hun Balum fing sich ein wenig.

»Das scheint mir der passende Begriff zu sein. Die *Insektoiden* sind nicht ganz menschlich. Sie sind mit ihren nano-resistenten Rüstungen verwachsen. Genau genommen werden sie damit bereits geboren. Oder vielleicht sollte man sagen, sie kommen damit zur Welt, weil sie in Brutkammern gezüchtet werden und keine natürlichen Eltern haben. Das ist geheim, weil das Volk nicht verunsichert werden soll.«

Yaqui schwieg eine Weile. Das wurde ja immer schöner.

»Sie wollen mir also sagen, Uinalführer, dass Tikal über eine Armee von Kreaturen verfügt, die ein Gemisch aus Insekten, Menschen und Biomaten darstellen und deren Aufgabe es ist, bei schweren Nano-Unfällen die Rolle der Feuerwehr zu übernehmen?«

»So ist es, Ahau Yaqui.«

»Und warum weiß ich davon nichts?«

»Weil«, antwortete Wacah Chan an Hun Balums Stelle, »der König es so wollte. Du bist der oberste Zensor, kein Nano-Ingenieur. Spezialisten müssen sich auf ihre Arbeit konzentrieren können. Du bist ein Spezialist für die Entzifferung codierter Nachrichten.«

Aber als die Nano-Ingenieure Fehler gemacht hatten, war ich gefordert, dachte er. Er bekam Kopfschmerzen.

»Nun, in Zukunft«, sagte er in scharfem Tonfall, »möchte ich von dir über derart wichtige Entwicklungen informiert werden, Wacah Chan. Hast du mich verstanden?«

»Sehr gut, Yaqui. Aber für den Augenblick würde ich vorschlagen, dass dieses Gespräch beendet wird. Deine Werte verschlechtern sich gerade rapide, und ich denke, du solltest jetzt noch ein wenig schlafen.«

»Eine Frage noch, Wacah Chan.«

Der Jaguarmann stand bereits auf.

»Wie lange liege ich hier schon?«

»Neun Tage«, sagte Wacah Chan.

Der Soldat nutzte die entstehende Pause, um sich zu verabschieden.

»Edler Herr, ich muss gehen. Ich wünsche Euch baldige Genesung.«

»Uinalführer!«

»Ja, Ahau Yaqui?« Der Jaguarmann drehte sich in der Tür noch einmal um.

»Passen Sie auf, dass Sie von der Feuerwehr nicht arbeitslos gemacht werden!«

Der Jaguarmann lächelte grimmig, verneigte sich steif und ging dann endgültig. Die Schmerzen schlugen jetzt in Yaquis Schädel umher wie Glockenklöppel. War das eine Folge des Unfalls oder sorgte Wacah Chan dafür? War er dazu in der Lage? Wenn ja, würde er es auch tatsächlich tun, nur um ihn vom Nachdenken abzuhalten? Ah, Paranoia, das wichtigste Werkzeug des Zensors. Wenn er es recht bedachte, konnte er froh sein, dass er noch am

Leben war. Vor zwei Tagen war er praktisch hirntot gewesen, jetzt konnte er sich schon wieder mit Wacah Chan auseinander setzen.

»Schlaf gut«, sagte der Rechner und löschte das Licht im Zimmer.

Seine Residenz war beinahe verlassen. Ixquic, eine seiner Frauen, und Ah Tzacól und Yaxcanúl, zwei seiner erwachsenen Söhne, begrüßten ihn. Die anderen beiden Frauen waren abwesend, wahrscheinlich mit irgendwelchen Liebhabern oder politischen Mikro-Intrigen beschäftigt.

Auch die drei Daheimgebliebenen konnten eine gewisse Enttäuschung über seine Rückkehr nicht verbergen. Wäre er gestorben, hätte es wenigstens etwas zu erben gegeben. Yaqui war im Vergleich zu anderen Ahaus nicht reich, aber zumindest die Staatsresidenz wäre nach altem Brauch an die Hinterbliebenen gefallen, die den glaubhaftesten Anspruch darauf erheben konnten, und der kleine Palast war ein schönes Anwesen. Yaqui konnte den Dreien ihre negativen Gefühle nicht verübeln, er hatte sich nie groß um sie gekümmert. Nach einer kurzen Phase sexuellen Interesses war in allen drei Ehen tiefgreifende Langeweile eingekehrt, und Kinder interessierten ihn schlicht und ergreifend nicht.

Die starke Entfremdung zwischen ihm und seinen Familienmitgliedern war so spürbar, dass die Zeremonie der Rückkehr noch in der Halle des Palastes abgebrochen wurde. Das Abendessen nahm Yaqui allein zu sich. Er war immer noch ein wenig schwach und hatte leichte Kopfschmerzen.

Nach dem Essen ging er baden. Er dachte kurz darüber nach, die beiden Sklavinnen, die ihm das Bad eingelassen hatten, mit in das Becken zu nehmen, ließ es dann aber bleiben. Er war wirklich noch zu schwach. Er wollte an nichts denken und nichts tun. In dem warmen Wasser des großen Beckens treibend, die Arme über den Rand gelegt, stellte er sich vor, wie es wäre, unter die Wasseroberfläche zu gleiten und einfach nicht wieder aufzutauchen. Ein schöne Idee, dachte er. Aber ich muss atmen. Ich bin ja kein Fisch.

26. Juni 2136

13.6.5.5.11 5 Chuwen 14 Xul Nachtgott 3

Nach einer bleiernen Nacht, die seinen Kopf voller missfarbenem und stinkendem Traumstrandgut zurückließ, wurde er zu seinem König gerufen – in der üblichen knappen Weise, die keine Rückschlüsse auf den Anlass des Treffens erlaubte.

Das Schwanken seiner Sänfte verursachte ihm leichte Übelkeit. Es erinnerte ihn an das Karussell, in dem er bei seinem ersten Auftauchen aus dem Koma herumgeschleudert worden war. Nach dem Kalender der Weißen war Mittwoch, der Tag, an dem er immer Federica besuchte, und erst in der Sänfte erinnerte er sich mit aller Macht daran, dass sie tot war. Und daran, wie sie gestorben war. Und an ihre *Befragung*. Und all das andere. Es war, als drehe sein Gedächtnis einen Looping und krache von hinten in seinen Kopf hinein. Was sollte er in so einer Verfassung mit dem Affentheater einer königlichen Audienz? Hätte der König ihm nicht eine längere Atempause lassen können, um sich zu erholen?

Früher hatte sich Yaqui wie ein Freund des Königs gefühlt – wie ein entfernter Freund zwar und durch den Rangunterschied im Zaum gehalten, aber ihm dennoch näher als die meisten anderen. Die Art und Weise, wie der Ahau neuerdings mit ihm umsprang, machte ihm unmissverständlich klar, dass diese Zeiten vorbei waren. Er war kein Freund des Königs mehr, nicht einmal ein entfernter. Er war sein Werkzeug.

Sein Widerwille steigerte sich zu einem Brechreiz, als er feststellen musste, wer außer ihm noch zu der Audienz geladen war: Don Rodriguez mit seinen beiden »Assistenten«, Ahau Tepepul, Ahau Calel und, ganz besonders schockierend, Ahau Iztayub; dazu noch einige mindere Chargen aus dem Maya-Klerus, deren Namen er nicht einmal kannte. Alle waren wie zu einem großen Staatsopfer herausgeputzt. Im Grunde fehlten nur Rochenstachel, Räucherschalen und die anderen Gerätschaften, die man zum Blutabzapfen brauchte.

Eine heitere Gelassenheit beherrschte die Szene, von der steinernen Undurchdringlichkeit Chan Balums abgesehen, der gleichwohl ungewöhnlich prächtig gekleidet auf seinem Thron saß. Er war über und über mit Quetzalfedern geschmückt und trug in der Hand ein selten benutztes Insignium: ein abgegriffenes, ehrwürdiges Stück Holz mit einer Spitze aus filigran bearbeitetem Feuerstein, das sein Vater Pacal in hohen Ehren gehalten und bei jedem größeren Staatsanlass zur Schau getragen hatte.

Was sollte das alles? Für einen kurzen Moment dachte Yaqui, dass man vielleicht *ihm* zuliebe diesen Auftrieb veranstaltet hatte, dass seine Rückkehr aus dem Reich der Toten wichtig genug für eine königliche Audienz und eine kleine halb offizielle Feier war. Doch er durchschaute diese idiotischen Gedanken, noch bevor Chan Balum ihn bemerkt und zu sich herangewinkt hatte.

»Mein König«, sagte er und verneigte sich tief.

»Yaqui«, antwortete Chan Balum, »ich bin froh, dass du dich nicht auf die heißen Steine gesetzt hast.« Hun Hunahpu und Vucub Hunahpu, die unglücklichen Vorgänger von Ixbalanqué und Hunahpu, hatten sich bei ihrer Unterweltreise an heißen Steinen verbrannt, die ihnen von den tückischen Unterweltgöttern als Sitzgelegenheit angeboten worden waren. Diese kleine Anspielung, Chan Balums Aufmachung und der ganze Kontext machten deutlich, dass es bei dieser Audienz um *Tradition* ging.

»Ich weiß, dass du von den Strapazen noch geschwächt sein musst. Aber ich wollte dich dabeihaben.«

»Selbstverständlich, mein König«, antwortete Yaqui, der nicht die geringste Ahnung hatte, worum es ging. Die beiden Jaguare lagen angekettet in der Nähe des Throns. Als Yaqui zu ihnen hinübersah, erwiderte einer von ihnen den Blick mit einem erstaunlich menschlichen und intelligenten Ausdruck in den Augen.

Der König erhob sich, und unwillkürlich wich Yaqui einen Schritt zurück. Chan Balum war eigentlich nicht sehr groß, aber wenn er wollte, konnte er eine beeindruckende körperliche Präsenz entfalten.

»Freunde«, sagte er mit lauter Stimme. »Heute ist ein besonderer Tag.«

Er legte eine Pause ein und wartete, bis die Aufmerksamkeit voll bei ihm war.

»Ich möchte nicht allzu viele Worte machen, und in vier Tagen wird es aus demselben Anlass, aus dem wir hier zusammengekommen sind, ein großes Staatsopfer geben, aber ihr sollt es zuerst erfahren. Wie ihr alle wisst, hat der päpstliche Nuntius uns eine Handschrift gebracht, von der er behauptete, sie sei eine alte Schrift unserer Vorfahren. Nach reiflicher Prüfung durch unsere Gelehrten und Ahau Wacah Chan sind wir zu dem Schluss gekommen, dass diese Behauptung der Wahrheit entspricht.«

Yaqui konnte nicht glauben, was er da hörte. Es konnte einfach nicht wahr sein. Er wollte genau zuhören, um keine Nuance zu verpassen, aber das war schwierig, denn im Grunde hätte er gegen jedes einzelne Wort protestieren können. Chan Balum selbst irritierte ihn zusätzlich. Bildete er sich das ein, oder sah der König wirklich unverhältnismäßig häufig zu ihm hinüber, wenn er seinen Blick über die Zuhörer schweifen ließ?

»Eine Schrift unserer Väter ist auf uns gekommen, ironischerweise aus der Hand derer, die einst unsere Kultur vernichten wollten. Als Zeichen unseres guten Willens gestatten wir Don Rodriguez und seinen Männern, das Grab des heiligen Jakob aus der verschütteten Kathedrale von Santiago de Compostela zu bergen, damit es vor einer vollkommenen Vernichtung durch unser Uitz-Kaan-Projekt bewahrt wird. Ich gestehe euch, dass mein Herz von großer Freude darüber erfüllt ist, einen Teil unserer Mutterkultur wieder in unserem Besitz zu haben. Esst mit mir, feiert mit mir und gebt allen bekannt, dass wir schon bald ein großes Staatsopfer abhalten werden, um den Göttern für ihre Gnade zu danken.«

Ahau Tepepul stieß einen Hochruf aus und die anderen stimmten mit ein. Die Jaguare, verstört von dem Geschrei, zerrten an ihren Ketten und fauchten die Menschen an, aber niemand kümmerte sich darum.

Yaqui war wie betäubt. Er wusste nicht, was er denken sollte. Nach dem Unfall hatte er das leidige Thema des gefälschten Codex offensichtlich erfolgreich verdrängt, aber sein Schock angesichts von Chan Balums Rede machte ihm deutlich, dass er nie ernsthaft in Betracht gezogen hatte, dieses Machwerk könnte tatsächlich als echt anerkannt werden. Chan Balum hatte in seiner kurzen Ansprache ausdrücklich darauf hingewiesen, dass Wacah Chan – Ahau Wacah Chan! – die Echtheit bestätigt hatte, was Yaqui nie im Leben für möglich gehalten hatte. Wacah Chan musste wissen, dass er es mit einer Fälschung zu tun hatte! Chan Balum ebenso! Und trotzdem warfen beide ihr ganzes Gewicht für die Echtheit des Codex in die Waagschale. Es war ihnen so eilig mit seiner Anerkennung, dass tatsächlich ein großes Staatsopfer dafür anberaumt wurde. Ströme von Blut aus den Zungen, Penissen und Ohrläppchen des Adels für eine Fälschung! Geopferte Gefangene, *Pulque*-Gelage, öffentliche Raserei für eine Fälschung! Ein Stoßtrupp von Katholiken, der eines ihrer Heiligtümer aus der Erde holen durfte, und das am Ort des wichtigsten Maya-Bauvorhabens seit Menschengedenken – im Austausch für eine Fälschung!

Yaqui hätte schreien mögen, aber er war unfähig dazu. Er, der ein Leben lang die Kontrolle über so viele Menschen, oder wenigstens über ihre Kommunikation gehabt hatte, spürte nun, wie ihm alles entglitt, wie ihm das meiste schon lange entglitten war. Er war nicht einmal nach seiner abschließenden Meinung zu dem Codex gefragt worden! Man konfrontierte ihn nur noch mit vollendeten Tatsachen.

Er musste sich beherrschen. Diese Feier war kein Ort für Opposition, es galt auf alle Fälle einen kühlen Kopf zu bewahren. Chan Balum hier aus diesem Anlass herauszufordern war reiner Selbstmord.

Yaqui atmete tief durch. Die Welle der Hochrufe brandete über ihn hinweg. Als man zum Essen überging, setzte er sich mit seinem Mate allein auf ein kleines Podest und lächelte die Umsitzenden unverbindlich an. Seine Weigerung, in den Jubel mit einzustimmen, war sicher bemerkt worden, aber er galt ohnehin als Sonderling, in mancher Hinsicht sogar als regelrechter Quertreiber, und da war ein solches Verhalten nicht ungewöhnlich. Es war Teil seiner Narrenfreiheit gewesen, den König nicht hochleben zu lassen, und er hoffte, diese Freiheit wurde noch immer respektiert. Außerdem hatte er gerade erst das Krankenbett verlassen.

Don Rodriguez ließ es sich natürlich nicht nehmen, seinen Triumph ein wenig auszukosten. Der verfettete Engel schlich sich an Yaqui heran. »Sie wirken ein wenig bedrückt, werter Zensor.«

»Das sind die Nachwirkungen, Don Rodriguez.«

»Die Nachwirkungen?«

»Von dem Nano-Unfall. Ich bin noch sehr müde.«

Selbst diesen Wink missachtete Don Rodriguez. Er hatte seinen Spaß noch nicht gehabt. Trotz seiner Distinguiertheit und christlichen Arroganz war er doch ein recht einfach gestrickter Mensch: Wo er Macht gefahrlos auskosten konnte, tat er es auch.

»Ach, der Nano-Unfall, gewiss, ich vergaß. Schreckliche Sache. Man sagt, Sie hätten eine entscheidende Rolle bei der Eindämmung des Unfalls gespielt? Stimmt das?«

Yaqui sah ihm in die Augen. »Gehen Sie Ihren Kakao trinken, Monsignore. Er wird sonst kalt.«

Don Rodriguez lächelte noch breiter als sonst, verneigte sich äußerst knapp und kehrte zu seiner eigenen Plattform und seinen Assistenten zurück. Als er dort angekommen war, grüßte er noch einmal mit seinem Kakaobecher zu Yaqui herüber.

Ahau Tepepul schien nur auf Don Rodriguez' Verschwinden gewartet zu haben. Er näherte sich Yaqui von der anderen Seite. »Ahau Yaqui, wenn es Ihnen nichts ausmacht, möchte ich Sie nachher noch sprechen. In zwei Stunden in Ihrer Residenz?«

»Es macht mir etwas aus«, entgegnete Yaqui.

»Es ist aber wichtig. Ich muss sogar darauf bestehen.«

»Das hatte ich befürchtet. Dann in zwei Stunden in meiner Residenz.«

Tepepul zog sich in seine Ecke zurück. Nachdem er noch ein oder zwei Schlucke Mate aus seinem Trinkgefäß genommen hatte, stand Yaqui auf und ging zu Chan Balum, der, von einigen Sklaven und Höflingen umgeben, ebenfalls auf einem der flachen Sitzpodeste Platz genommen hatte. Er verneigte sich zum Abschied.

»So früh schon, Yaqui?«

»Ja, mein König. Ich muss mich zurückziehen. Wenn ich mich heute ausruhe, wird mir das in den kommenden Tagen helfen, dringende Aufgaben zu lösen, die während meiner … Erkrankung liegen geblieben sind. Ich bitte Euch, mich zu entschuldigen.«

Chan Balum lächelte sein schmales Herrscherlächeln. »Fleiß und Hingabe haben dich immer ausgezeichnet, Yaqui. Ich hoffe, das bleibt so. Ruh dich gut aus, Zensor. Und löse deine Aufgaben.«

Yaqui verbeugte sich noch einmal und ging. Er war soeben von seinem König gewarnt worden. Als er an den Vertretern des mittleren Klerus vorbeikam, sahen ihm einige der Priester hinterher. Er konnte ihre Blicke in seinem Rücken spüren.

»Der Codex Rom ist echt.«

»Wenn du meinst«, sagte Yaqui beiläufig.

Er hätte Wacah Chan gern ins Gesicht gelacht, aber einer grün befederten Schlange ins Gesicht zu lachen war nicht so einfach.

Jetzt hieß das Machwerk also schon »Codex Rom«. Yaqui beherrschte sich, denn es war nicht an der Zeit, den Codex anzuzweifeln. Sowohl der König als auch Wacah Chan waren offenbar völlig von dessen Echtheit überzeugt.

»Du glaubst nicht daran, Yaqui?«

Da wollte einer unbedingt in Erfahrung bringen, was er wirklich dachte. Anscheinend konnte Wacah Chan noch immer keine Gedanken lesen.

»Es ist völlig unerheblich, was ich glaube. Ich habe bei meiner ersten Sichtung des Codex gesagt, dass ich eine weitere Prüfung für nötig halte. Ich habe keine Zeit dazu gehabt, du offenbar schon. Und du bist zu einem Ergebnis gekommen. Mein Ergebnis steht noch aus.«

»Bezweifelst du meine Kompetenz?« Der gekränkte Ton in Wacah Chans Stimme klang überzeugend. Diese Versuche, ihm die Würmer aus der Nase zu ziehen, machten Yaqui beinahe Spaß.

»Ich bezweifle gar nichts. Diese Diskussion ist sinnlos, solange ich den Codex nicht untersucht habe. Zuerst möchte ich jedoch einen Statusbericht über verschlüsselte private *Vogelrufe,* über Anomalien und andere Dinge, die dir während meiner Abwesenheit aufgefallen sind. Ich will eine Übersicht über die politische Lage in Tikal.«

»Sehr gut«, sagte Wacah Chan, und man merkte ihm an, dass er das Gegenteil meinte. Er legte Yaqui einen zusammenfassenden Kommunikationsbericht seit dem letzten normalen Arbeitstag vor. Der Nano-Unfall war das beherrschende Thema, und Yaqui vermerkte mit Belustigung, dass er über das Fehlen seines Namens in den Berichten und Gerüchten leicht gekränkt war. Offensichtlich brauchte die Gerüchteküche Tikals ihn nicht als Gewürz.

Während er die markierten *Vogelrufe* zu diesem Thema überflog, bat er Wacah Chan, diejenigen zu filtern, die sich mit dem Thema des kommenden Großopfers befassten. Wie zu erwarten war, verbreitete sich die Nachricht von der Anerkennung des Codex und den geplanten Feierlichkeiten wie ein Lauffeuer. Wacah Chan stellte ihm die Ausbreitung der Neuigkeit auch grafisch dar: In roter Farbe wurden die Netzwerkknoten und Eingabe/Ausgabe-Geräte dargestellt, die Nachrichten über den Codex und das Opfer übermittelten. Binnen einer Viertelstunde war die ganze Bildfläche rot. Yaqui nahm es zur Kenntnis. Rot wie Blut, dachte er kurz und tat dann weiter so, als interessiere ihn der Bericht Wacah Chans wirklich.

Yaqui fiel auf, dass die Theatergruppe um Ixmucané erstaunlich oft bei kleineren Opfern aufgetreten war. Offenbar wurde sie richtig populär. Ansonsten war der Bericht fad wie abgestandenes Mineralwasser, und Yaqui war klar: Dieser Bericht war frisiert, von vorne bis hinten. Er sollte hinters Licht geführt werden, wie er schon seit langer Zeit hinters Licht geführt wurde – und zwar nicht nur von Wacah Chan, sondern auch von Chan Balum selbst. Yaqui roch den Fäulnisgeruch der Verschwörung.

Aber es war eine seltsame Verschwörung, die er da roch, denn er konnte keine eigentlichen Parteien ausmachen. Fraktionen, die einander fürchteten oder sogar hassten, schienen auf einmal in nie da gewesener Eintracht miteinander zu kungeln: der Adel, Wacah Chan, Chan Balum, Tepepul und sogar der päpstliche Nuntius. Das war nicht gut möglich. Entweder erlag er gerade seinem Verfolgungswahn, oder diese Leute saßen tatsächlich in einem Boot, ruderten aber letztendlich in unterschiedliche Richtungen.

Gegen die These vom blanken Verfolgungswahn sprach der Codex selbst. Es war etwas faul daran, wenn so viele so einmütig die Tatsache übersahen, dass der Codex Schrott war – wenn auch gut gemachter Schrott. Gegen die These von der Generalverschwörung sprachen die unterschiedlichen Interessen der mutmaßlichen Verschwörer. Und da war noch etwas anderes beigemengt, eine Komponente, die er nicht recht erfassen konnte, ein falsches Gewürz. Ihm fehlten Informationen. Er sah noch nicht klar.

Während er über einigen *Vogelrufen* aus dem Bericht brütete, die genauso irrelevant wie alles andere waren, was Wacah Chan ihm präsentiert hatte, materialisierte sich plötzlich wieder die Schlange neben seinem Schreibpult und sagte: »Besuch für dich.«

»Wer ist es?«

»Tepepul.«

Yaqui seufzte. Ja richtig, der Termin mit Tepepul. Nun, vielleicht war eine Unterredung mit dem alten Schleimer immer noch besser als Auseinandersetzungen über den Codex mit Wacah Chan. Vorausgesetzt, der Herr der Jaguarjungen hatte nicht auch Lust, über das künstlich angekokelte Rindenpapier zu reden, das demnächst per Staatsakt in den Rang einer Magna Charta erhoben werden sollte.

»Soll ich öffnen?«

»Ja natürlich, warum nicht?«, fragte Yaqui erstaunt zurück.

»Es gibt da ein Problem«, sagte Wacah Chan, und statt ihm das Problem zu erklären, zeigte er es ihm: Tepepul stand am Portal zu Yaquis Residenz und wartete auf Einlass, aber er war nicht allein gekommen. Er hatte vier seiner Jaguarjungen mitgenommen, entschlossen aussehende junge Männer mit ebenmäßigen Gesichtern, die mit ihrer ganzen Körpersprache ausdrückten: Wir gehören zu einer handverlesenen Elite. Einen Assistenten, einen Kofferträger oder Schreiber hätte Tepepul zu einer Unterredung mitbringen können. Auch zwei wären tolerabel gewesen. Aber vier Begleiter, die offensichtlich weder Assistenten noch Kofferträger noch Schreiber waren, sondern Leibwachen, waren ein Affront. Das sah ja aus, als wolle er jemanden verhaften oder als müsse er in Yaquis Haus selbst Angst um sein Leben haben.

Yaqui bat Wacah Chan, ihn für die Besucher hörbar zu machen. »Sind die auf Klassenausflug?«, fragte er.

»Ach«, antwortete Tepepul lächelnd, »also doch zu Hause. Ich dachte schon, du hättest unseren Termin vergessen. Lässt du uns rein?«

»Hör zu, geliebter Bruder, hier beißt dich niemand. Ich weiß nicht, warum du deine Gorillas mitgebracht hast, aber sie sind auf jeden Fall komplett überflüssig.«

»Gorillas? Ich habe vier Begleiter mitgebracht, das ist alles. Wo bleibt deine berühmte Gelassenheit?«

Yaqui war das Gespräch mit Tepepul schon leid, bevor es richtig angefangen hatte. Wenn das so weiterging, würden sie sich demnächst eine halbe Stunde mit Protokollfragen befassen, bevor sie zum Wesentlichen kamen.

»Machen wir's kurz«, sagte er. »Du allein oder gar nicht.«

Tepepul nickte seinen Begleitern zu, als habe er diesen Ausgang des Gesprächs von Anfang an erwartet, und wurde von Wacah Chan eingelassen. Yaqui fragte sich, was all das eigentlich sollte. Tepepul fühlte sich definitiv auf dem aufsteigenden Ast, sonst wäre er nicht so dreist aufgetreten. Als er im Altarraum stand, verneigte er sich kurz vor dem Bildnis Itzamnàs, das an der Wand hing, und sagte: »Das war nicht sehr nett.«

Mit einer Handbewegungen winkte Yaqui die Grafiken und Nachrichten weg, an denen er gerade gearbeitet hatte, ließ das Schreibpult jedoch aktiv und trat auch nicht dahinter hervor. Tepepul war erstaunlich schlicht gekleidet: eine weiße Tunika mit Stickereien, einfache Schnürsandalen. Keine Kopfbedeckung außer dem rot-weißen Stirnband. Das sollte wohl Aktivität und Sachlichkeit demonstrieren.

»Worum geht es, Tepepul? Du siehst, ich bin beschäftigt. Ich habe keine Zeit für dumme Spielchen.«

Tepepul überlegte offenbar, ob er noch ein wenig meckern sollte, fing sich dann aber wieder. »Können wir uns setzen?«

Yaqui seufzte. »Wacah Chan?«, sagte er, und der Rechner bildete zwei niedrige Podeste aus, auf denen sich die beiden niederließen.

»Ich muss dir ein Geheimnis verraten und darauf bestehen, dass du es nicht weiterverrätst.«

»Ich will dein Geheimnis nicht hören. Und wie du sicher weißt, finde ich Geheimnisse selbst heraus, das ist geradezu mein Beruf. Ich komme schon dahinter. Danke, dass du mich darauf hingewiesen hast, dass es etwas herauszufinden gibt.«

Tepepul lächelte.

»Dieses Geheimnis, geliebter Bruder, würdest du nicht herausfinden, also muss ich dir davon erzählen: Der Nano-Unfall war kein Unfall.«

Tepepul ließ diese Aussage wirken. Yaqui versuchte so gleichmütig dreinzublicken wie möglich, aber es fiel ihm schwer. Die Erinnerung an den Kommando-Raum beschleunigte seinen Puls ganz von allein.

»Wir haben einen Saboteur aus Nadz Caan gefangen, der unter Calel Ahau an dem neuen Formstein gearbeitet hat. Er war nicht unmittelbar an der Auslösung des Unfalls beteiligt, aber er hat die experimentellen Nano-Elemente so manipuliert, dass es früher oder später zu der Katastrophe kommen musste. Natürlich wollen wir alles über die Hintergründe erfahren und über mögliche Komplizen.«

Yaqui lag die Frage auf der Zunge, was *er* damit zu tun habe, aber er unterdrückte sie.

»Du warst sozusagen im Zentrum des Geschehens. Ich erhoffe mir, dass du uns vielleicht etwas berichten kannst, was den Vorfall schneller aufklärt.«

»Besteht ein Verdacht gegen mich?«, fragte Yaqui mit der ganzen gekränkten Eitelkeit eines Maya-Adligen. Zeit gewinnen, Zeit gewinnen, um nachzudenken.

»So wenig wie gegen Calel Ahau. Der Saboteur ist sehr geschickt vorgegangen. Er gehörte seit über zehn Jahren zur *Blattschneider-Priesterschaft* und hatte sich durch Umsicht und Geschick das Vertrauen von Calel erworben. In den ganzen zehn Jahren hat er nicht ein Mal mit irgendjemand in Nadz Caan Kontakt aufgenommen – beachtlich, wenn man bedenkt, was das den

Blattschneidern in Nadz Caan hätte bringen können. Wir wollen herausfinden, ob noch andere Maulwürfe im Untergrund der *Blattschneider-Priesterschaft* herumwühlen.«

»Darüber weiß ich nichts. Ich wusste ja nicht einmal etwas von dem Formsteinprojekt oder den Insektensoldaten, die sie sich bei den *Blattschneidern* ausgedacht haben.«

Tepepul grinste schadenfroh. »Bedauerlich für jemanden, der berufsmäßig Geheimnisse herausfindet. Aber Spaß beiseite. Wir glauben auch nicht, dass du bewusst etwas darüber weißt. Aber während deiner Entschlüsselungsaktion mögen dir Sachen aufgefallen sein, die dein Gehirn wer weiß wo gespeichert hat.«

Yaquis Gehirn raste. Nein, dachte er. Sie würden es nicht wagen.

»Wir würden dich gerne *befragen.*«

Da war es, das hässliche, scheußliche Wort, zusammen mit den Erinnerungen an Federica, die von Wacah Chan nach der *Befragung* abgesaugt worden war. Sie wollten ihn *befragen* – ihn, einen Ahau! Er glaubte keine Sekunde daran, dass es wirklich um den Nano-Unfall ging. Sie wollten seine wahre Haltung zu dem Codex feststellen, nichts weiter. Und wenn sie herausfanden, was sie ahnten – dass er nämlich den Schwindel von vorne bis hinten durchschaut hatte und nur noch nicht wusste, warum dieses ganze Theater gespielt wurde –, dann konnte Wacah Chan ihn ebenso absaugen, wie er das mit Federica und ihrem Mörder getan hatte. Proteinstaub. So ähnlich wie Trockenmilchpulver. Ein bedauerlicher Unfall.

Er musste sich etwas einfallen lassen. Schnell.

»Eine *Befragung* könnte sinnvoll sein«, antwortete er zögerlich. »Aber ich mache mir Sorgen um meine Gesundheit. Ich bin noch nicht wieder bei Kräften und will nicht destabilisiert werden. Außerdem würde ich mich gern darauf vorbereiten. Wie du weißt, erhöht eine Vorbereitung auf eine *Befragung* die Präzision der Ergebnisse. Lasst mir einen Tag Zeit, und wir werden herausholen, was möglich ist.«

Hinter Tepepuls Stirn arbeitete es sichtlich.

»Deine Gesundheit hat bei uns erste Priorität«, sagte er und lächelte sein falsches, geheimdienstliches Lächeln. »Ich denke, morgen Nachmittag wäre ein ausgezeichneter Zeitpunkt für eine *Befragung.* Ich werde persönlich anwesend sein. Bring deine erfahrensten Leute mit.«

Er stand auf, um zu gehen. An der Tür drehte er sich noch einmal um und sagte: »Wir stehen das durch. Gemeinsam.«

»Sicher, Tepepul. Sicher.«

Nachdem Tepepul gegangen war, sagte Yaqui: »Der Bericht«, und die Grafiken und Nachrichten erschienen wieder. »Kakao, bitte.« Auf einem kleinen

Mauervorsprung ließ Wacah Chan ein schwarz-rot gemustertes Kakaogefäß entstehen und der würzig-schokoladige Duft des Getränks erfüllte bald den ganzen Altarraum. Er nahm das Gefäß, das beinah zu heiß war, um mit bloßer Hand getragen zu werden, und stellte es aufs Schreibpult.

Während er an dem nichtsnutzigen Bericht arbeitete, versuchte er in seinem Kopf zu ordnen, was er aus dieser Unterredung gelernt hatte – und das Ergebnis war niederschmetternd: Es gab eine Verschwörung, und sie war massiver, als er geglaubt hatte. Er, Yaqui, war den mächtigsten Leuten in diesem Staat lästig, vom König an abwärts, weil er ihnen den gefälschten Codex nicht abnahm. Sie würden ihn töten, wenn das in aller Heimlichkeit zu arrangieren war. Warum war der Codex so wichtig? Weil er im Konkurrenzkampf mit allen anderen Maya-Rivalen in Spanien ein unschätzbares ideologisches Unterpfand war: ein Zeichen der Götter, dass Tikals unbestrittene Vorherrschaft in Spanien dem Willen des Himmels entsprach.

Die Geschichte über den Saboteur aus Nadz Caan war ein weiteres Stück in diesem Puzzle der Niedertracht. Er wusste nicht, was sich die anderen Verschwörer von ihren Manövern versprachen, aber was der König wollte, wusste er jetzt genau: Krieg gegen Nadz Caan. Chan Balum würde den Codex öffentlich für echt erklären und damit »beweisen«, dass die Götter es mit Tikal gut meinten. Er würde einen Saboteur aus Nadz Caan vorführen, der ausgerechnet im Umfeld des Uitz-Kaan-Projekts sein Unwesen getrieben hatte. Er würde die Insektenkrieger präsentieren und sagen: »Wir sind unschlagbar.« Im selben Atemzug würde er Nadz Caan und Ah Chacaw, der ihm zu mächtig geworden war, den Krieg erklären. Und Yaqui stand dem König mit seinem Misstrauen im Weg. Einem König, der auf wundersame Weise alle seine Gegenspieler, ja sogar echte Feinde wie Don Rodriguez, hinter sich gelassen hatte. Yaqui sah mit aller Klarheit, dass sein Leben keinen Pfifferling mehr wert war.

Er fühlte sich so einsam wie noch nie zuvor.

In dieser Nacht träumte er noch einmal von den Berittenen. Es war alles wie beim ersten Mal: die Pferde, die Hunde, das federleichte Überspringen aller Hindernisse, die sich der wilden Jagd in den Weg stellen mochten. Wie eine Welle brachen sie über die Stadt herein, wie dunkles Wasser füllten sie ihre Straßen. Es gab keinen Winkel der Stadt, der nicht von Tierleibern erfüllt war, ein summendes, grunzendes, stöhnendes, fauchendes Leben überall. Wie beim ersten Mal, als er diesen Traum geträumt hatte, wehrte sich die Stadt nicht, ja, er fühlte träumend, dass gerade die Abwesenheit ihrer einstigen Bewohner, ihre vakuumartige Leere die Jagd angelockt, um nicht zu sagen angesaugt hatte, und dass andererseits der unglaubliche Lärm, den die Tiere mit ihren Stimmen und die Jäger mit ihren Jagdhörnern veranstalteten, notwendig war, um die Leere aus der Stadt zu vertreiben. Das Gedränge war so entsetzlich, der Lärm war so stark, dass die Mauern der Stadt, obgleich aus massiven Steinblöcken gefügt, Risse bekamen – als sei ein lebendiges, tierisches Erdbeben über die Stadt hereingebrochen und als berste die Stadt unter seiner Gewalt. Die Pferde wagten bald nicht mehr ihre Hufe irgendwo hinzusetzen. Jeden Augenblick mochte der Boden unter den Reitern wegsinken, aber sie bliesen weiter in ihre Hörner, und Yaqui wusste im Traum, dass es nichts genützt hätte, wenn sie sofort damit aufgehört hätten: Allein das Echo in den Straßen der steinernen Stadt hätte den Erdbebenklang der Hörner bis in den letzten Winkel getragen. Selbst die einstürzenden, zerbröckelnden Mauern hätten den Ton weitergetragen – am Ende hätten noch die Steine geschrien!

Mit einem Schlag erkannte Yaqui – noch immer träumend – den Unterschied zum ersten Traum: Er *selbst* war einer der Reiter. Seine Rüstung schimmerte silbern. Auf seinem Brustpanzer prangte sogar ein Abzeichen, das ihn als Anführer der Jagd auswies.

Ruckartig wachte er auf. Er lag schwer atmend auf seinem Bett, als sei er durch einen Anfall dort hingeschleudert worden. Die wilden, steinzertrümmernden Jagdhörner klangen noch in seinen Ohren. Sein Mund war trocken. Für einen Moment dachte er darüber nach, ob er Wacah Chan um eine kurze Überprüfung seiner medizinischen Daten bitten sollte, unter dem Vorwand, er habe von seinem Koma geträumt und wolle nun wissen, ob durch die anstehende *Befragung* nicht doch seine Gesundheit bedroht sei. Dann betrachtete er sich selbst durch die Augen von Wacah Chan und stellte fest, dass dieser Mummenschanz ganz einfach nicht nötig war. Wenn seine Theorie über die Verschwörung und Wacah Chans Teilnahme daran zutraf, dann war er für den Rechner eine Leiche auf Abruf. Nur durch seine vorgetäuschte Kooperationsbereitschaft hatte er bisher verhindert, dass er sofort *befragt* wurde, und wenn die Verschwörer das wollten, würde man ihn auch mitten in der Nacht abholen.

Yaqui wusste, was zu tun war. In seinem eigenen Schweiß auf dem Bett liegend, musste er sich eingestehen, dass er es bereits gewusst hatte, als ihm der Codex zum ersten Mal vorgelegt worden war. Mit dem Wissen um seine Pflicht so wehrlos und inaktiv dazuliegen war schwer – er wollte handeln, jetzt sofort. Aber das war das Dümmste, was er hätte tun können. Er musste sich jetzt vorsichtig verhalten, bis er seine Chance bekam. Sein Wissen würde sonst unter der *Befragung* mit ihm sterben. Er zwang sich, wieder einzuschlafen, und träumte den Traum noch einmal.

27. Juni 2136

13.6.5.5.12 6 Eb 15 Xul Nachtgott 4

Yaqui hätte auch die Sänfte nehmen können, aber das hätte zu lange gedauert. Stattdessen machte er ein Experiment: Er orderte eine Leibgarde von vier *Raben* und ließ sich mit einem Gleiter zur Baustelle fliegen. Erstaunlicherweise klappte das reibungslos – die Verschwörer rechneten anscheinend nicht mit einem Fluchtversuch oder wollten ihn für den Moment ein bisschen an der langen Leine lassen. Vielleicht kam es ihnen auch gelegen, dass er seine Bewacher gleich mitnahm und sie dabei auch noch für Beschützer hielt.

Am Ort des Uitz-Kaan-Projekts war der Urwald im Umkreis von einem Kilometer gerodet worden. Die Lichtung wurde von den *Blattschneiderameisen* im Zustand eines englischen Rasens gehalten. Ein zweites Luftfahrzeug parkte auf der kreisrunden Fläche: ein schwarzer Lastschrauber mit dem päpstlichen Wappen an der Flanke. Kleinere Bohrtürme und Zusatzgerät, das wohl der Durchleuchtung des Erdbodens dienen sollte, standen überall herum. Die Katholiken hatten keine Zeit vergeudet. Ihre Aktion zur Rettung des Jakobsgrabs schien mit der Präzision eines Uhrwerks abzulaufen. Sie wollten tatsächlich ein großes Loch buddeln. Jedenfalls trieben sie einen gewaltigen Aufwand, um es so erscheinen zu lassen.

Yaqui landete mit seinen Begleitern, und sofort setzte sich ein vierköpfiger Trupp von dem päpstlichen Lastschrauber aus in Bewegung, der auf ihn und seine Leute zuhielt. Die Männer waren in schwarze Uniformen gekleidet und trugen zu seinem Erstaunen Waffen. Er musste sich über die Blauäugigkeit Chan Balums wundern, der nicht nur katholischen Geistlichen, sondern auch einer bewaffneten Schutzmacht für ebendiese den Aufenthalt in Tikal gestattete. Oder dehnten die Christen hier nur ein bisschen den Spielraum aus, der ihnen gewährt worden war?

Auf jeden Fall zeigten sie sich reichlich selbstbewusst. Der Trupp blieb mit militärischer Präzision vor Yaquis Leuten stehen. Die Kerle trugen alle Schnauzbärte und sahen aus, als stammten sie aus ein und demselben Reagenzglas. Außerdem machten sie den Eindruck von echten Profis. Wenn das Söldner waren, mussten sie den Vatikan täglich ein Vermögen kosten.

»Hauptmann d'Agostini, edler Herr«, sagte der Anführer knapp. »Wie können wir Euch helfen?«

»Ahau Yaqui. Ist Don Rodriguez zu sprechen? Ich würde mich gern aus erster Hand über die Fortschritte seines Projekts informieren.«

»Seid Ihr angemeldet, edler Herr?«

Das war frech. Der Kerl behandelte Yaqui wie einen diplomatischen Emissär, der ohne Termin bei den Vertretern eines souveränen Staats aufgetaucht war.

»Nein«, antwortete Yaqui. »Das übernehmen Sie für mich. Bitte melden Sie mich an. Jetzt.«

Der Hauptmann lächelte zurück. Er war offenbar nicht gewillt, von einem diplomatischen Emissär auf eigenem Boden Befehle entgegenzunehmen. »Bedaure, aber der Monsignore ist im Moment sehr beschäftigt. Ich überbringe gerne Terminanfragen, damit Ihr ein anderes Mal wiederkommen könnt.«

Diese Bemerkung war so unerhört, dass eine unmittelbare gewalttätige Auseinandersetzung drohte. Die Luft um Yaqui und den Hauptmann herum war sofort wie elektrisiert. Ob Beschützer oder Bewacher, die *Rabensoldaten*, die Yaqui dabeihatte, waren Maya und sie würden ihn nicht im Stich lassen. Hoffte er wenigstens.

»Hauptmann«, sagte Yaqui leise, »Ihre Männer sehen durchtrainiert aus, das muss ich zugeben. Aber sie hätten keine Chance.«

»Darauf würde ich nicht wetten«, antwortete der Hauptmann, ebenso leise. Dann neigte er den Kopf leicht zur Seite und schien auf etwas zu lauschen, was nur er hören konnte. Kommunikations-Implantat, dachte Yaqui. Sehr teuer, wenn es wirklich etwas taugt. Und im Allgemeinen kein Spielzeug für Hauptmänner, in welcher Armee auch immer.

»Ahau Yaqui, der Monsignore lässt mich wissen, dass er seine Arbeit unterbrechen wird, um Euch zu empfangen. Er bittet für den rauen Empfang um Verständnis und Verzeihung.« Der Hauptmann neigte in einer rein mechanischen Geste seinen Kopf, drehte sich dann auf dem Absatz um und eskortierte Yaqui und seine Leute zu Don Rodriguez.

Der Nuntius saß an einem Tisch und studierte mit zwei Technikern Pläne auf einem interaktiven Display, das in die Tischplatte integriert war. Ein Sonnenschirm spendete ihm Schatten. Yaqui sah nirgendwo ein Comgerät, das Don Rodriguez eigentlich gebraucht hätte, um mit dem Hauptmann zu sprechen. Daraus schloss er, dass der Nuntius ebenfalls ein Kommunikations-Implantat trug. Bemerkenswert, wenn man bedachte, dass solche Implantate in Tikal – und seines Wissens auch in Rom – strikt verboten waren.

»Ahau Yaqui«, sagte der Kirchenmann gut gelaunt, »wie schön, dass Sie vorbeischauen. Setzen Sie sich doch.«

Yaqui setzte sich, während sich seine Männer unmittelbar hinter ihm postierten. »Verehrter Don Rodriguez!«, sagte er. »Haben Sie die Knochen des Buddha schon gefunden?«

Der Monsignore lachte laut auf. »Köstlicher kleiner Scherz! Ahau Yaqui, Sie sind ja ein richtiger Witzbold!«

Nicht so einer wie du, dachte Yaqui.

»Nein, die Knochen natürlich noch nicht, aber heute Morgen haben wir uns den Untergrund ein wenig angesehen und die Kathedrale gefunden.« Er ließ einen Zeigefinger auf die orange glühenden Umrisse einer zerstörten Gebäudestruktur fallen, und das dreidimensionale Gitternetz füllte sich sofort mit Details und Texturen. Auf den ersten Blick war ersichtlich, dass die verschüttete Kirche beinah völlig zerstört war.

»Wir sitzen gewissermaßen direkt auf dem Kirchturm. Schwere Schäden, muss ich schon sagen. Sehr schwere.«

Er rieb sich das Kinn wie ein Anwalt, der auf eine Schadensersatzforderung hinauswill. »Aber es kommt uns ja nicht auf die Kathedrale an. Das, worauf es uns ankommt, ist hier.« Er tippte die Tischplatte noch einmal an, und ein quaderförmiges Gebilde, das durchaus ein Sarkophag sein konnte, blinkte rot auf. Er lächelte zufrieden.

»Morgen kommen die Exkavatoren, und dann holen wir die Knochen des Buddha.« Er lachte noch einmal und berührte Yaqui dabei sogar an der Schulter – eine Geste falscher Vertrautheit, die Yaqui fast den Atem raubte.

»Ihre Ausrüstung ist noch nicht vollständig hier?«, sagte Yaqui. »Ich muss schon sagen, Ihre Logistik macht nur Punktlandungen. Auch Ihre Beschützer sind sehr beeindruckend. Alle Achtung!«

»Fachkräfte«, sagte Don Rodriguez, »ich verlasse mich nur auf Fachkräfte. Und auf den lieben Gott.«

Jetzt lachten sie beide, und alles schien heiter und klar. Nach einem kurzen Geplänkel über die baldige Wiederaufnahme des Uitz-Kaan-Projekts stand Yaqui auf und empfahl sich. Er war jetzt völlig überzeugt, dass dieser ganze Hokuspokus mit dem Jakobsgrab eine Show war. Genau wie das Jakobsgrab selbst, das vielleicht Knochen enthielt, aber mit Sicherheit nicht die Knochen des heiligen Jakob, für den es ohnehin kaum historische Belege gab.

Chan Balum hatte bis vor kurzem immer dann auf diese Tatsachen hingewiesen, wenn Kritik an der seinerzeitigen Verschüttung von Santiago de Compostela und der Kathedrale geübt worden war. Aber seit er sich an dem gefälschten Codex berauschte, wollte er davon nichts mehr wissen. Was für eine Ironie: Die gefälschten Knochen eines falschen Heiligen wurden mit einem gefälschten Codex vergolten.

Eigentlich hätten alle zufrieden sein können, aber Yaqui war sich sicher, dass die Christen es auf eine andere Beute abgesehen hatten als offiziell behauptet. Ein Loch wollten sie graben, das war sicher. Das Jakobsgrab aber interessierte sie nicht im Geringsten.

Wie gern würde ich Don Rodriguez noch töten, dachte Yaqui, als er den Gleiter bestieg. Aber dafür war jetzt keine Zeit mehr.

Eine eigenartige Leichtigkeit hatte von ihm Besitz ergriffen, und er ließ seinen Blick öfter zu den trapezförmigen Fenstern hinauswandern, als es seiner Stellung angemessen war. Aber was interessierte ihn auch das Geschwätz hier? Die Generalkonferenz, etwa alle zwanzig Tage abgehalten, hatte ihn schon früher maßlos gelangweilt. Sie war schon immer nur ein sinnloses Büro-Ritual gewesen, bei dem seine wichtigsten Mitarbeiter ihre Profilneurosen ausleben konnten. Als neuer Chef der Zensur hatte er damals versucht, die Konferenz abzuschaffen, aber weil die wichtigsten Mitarbeiter sich dann nicht wenigstens einmal im Monat austoben konnten, sank ihr Arbeitseifer beträchtlich. Am Ende wurde Yaqui sogar von Chan Balum gerügt: Die Generalkonferenz sei ein Mittel der Macht, an dem er unbedingt festzuhalten habe. Und mit der Zeit hatte er wirklich gelernt, den Geruch der Intrige aus den Äußerungen seiner Untergebenen herauszuriechen; die törichten kleinen Bündnisse und Abteilungskriege an Seitenblicken, Redepausen und der Körpersprache bei Begrüßungen und Abschieden zu erkennen. Aber gelangweilt hatte es ihn doch immer.

Und diese Generalkonferenz, wahrscheinlich seine letzte, machte da keine Ausnahme. Wie von ferne hörte er, dass Patán redete. Patán redete eigentlich immer, selbst wenn er stumm war, denn dann begleitete er die Beiträge seiner Kollegen mit heftigem Nicken, Kopfschütteln und anderen eindeutigen Gesten, die ihn immer zu einem Gesprächspartner machten, auch wenn er gar nicht gemeint war. Ein sehr begabter Dechiffrierer, Yaquis rechte Hand neben Wacah Chan, wenn es um schwierige Fälle ging, mit einer tiefen Intuition für die Arbeit der Zensur begabt. Aber leider auch ein unverbesserlicher Schwätzer.

Worüber redete er? Es war nicht wichtig. Yaqui interessierte viel mehr, dass ein auffallend kühler Wind durch die Fenster hereinkam. Der Herbst konnte sich jetzt, im Juni, noch nicht ankündigen. Ihm gefiel der Gedanke, dieser kühle Wind käme direkt vom Nordpol – aufgeladen mit all der Kälte, die er über blauem und grünem Packeis aufgenommen hatte, kam er über den Atlantik und wurde über dem in der Sonne bratenden Spanien so weit aufgewärmt, dass er Yaquis Haut gerade noch angenehm kühlen konnte. Yaqui träumte von Eisbergen, die sich von Grönland aus mit den Meeresströmungen über die See treiben ließen, bis vor die Küsten Spaniens. Grünlich und bläulich weiß segelten sie über die Meere, kalbten, schmolzen, brachen auseinander und erreichten doch in Gestalt dieses kühlen Winds das sonnenverdorrte Spanien, um es zu erfrischen.

»Ahau Yaqui?«

Er drehte den Kopf. Patán sah ihn fragend an, Xpurpuék, Puhayú und der Rest der Bande genauso. Offenbar erwartete man von ihm eine Stellungnahme zu dem, was Patán soeben wortreich ausgeführt hatte.

»Entschuldigt«, sagte Yaqui. »Ich war gerade unaufmerksam.«

Patán setzte ein säuerliches Lächeln auf. Es sollte wohl verständnisvoll wirken, verfehlte dieses Ziel aber völlig. Wenn er lächelte, glich sein Gesicht bemerkenswert dem von Don Rodriguez.

»Ich hatte gefragt, ob es Euch nicht auch seltsam erscheint, dass die Berichte Wacah Chans in letzter Zeit so erstaunlich ereignislos und blutarm daherkommen. An manchen Tagen fühlt es sich geradezu an, als ginge uns die Arbeit aus.«

Yaqui lächelte nun seinerseits. Jetzt fiel es sogar schon dem Mittelbau auf. »Mich erstaunt das überhaupt nicht, Patán. Ich beobachte solche Schwankungen, seit ich Zensor bin, und kann in der gegenwärtigen Lage keinen Grund zur Besorgnis erkennen. Was habe ich während meiner kleinen Tagträumerei noch verpasst? Haben wir heute keine wichtigeren Themen?«

Jetzt war die Meute offensichtlich bestürzt. So brüsk hatte Yaqui noch selten jemanden abgebügelt, und dass er es scheinbar so grundlos tat, verstärkte die Wirkung seiner Worte noch.

»Nein«, sagte Patán schließlich. »Im Grunde war das der einzige Tagesordungspunkt. Das ist es ja gerade.«

»Fabelhaft«, antwortete Yaqui. »Dann erkläre ich die heutige Generalkonferenz hiermit für beendet. Aufgrund meiner zwanzigjährigen Erfahrung in diesem Geschäft kann ich euch versichern, dass diese Flaute, diese Phase der relativen Ruhe bald in hektische Aktivität umschlagen wird. Ihr werdet euch diese ferienartigen Zustände noch zurückwünschen. Geht jetzt an eure Arbeit. Wenn ihr sie für heute getan habt, geht nach Hause. Itzamnà sei Dank.«

»Itzamnà sei Dank«, sagte die Truppe völlig verblüfft und zerstreute sich.

Yaqui blieb allein im Konferenzsaal zurück. Wacah Chan war bei dieser Besprechung außen vor geblieben. Jedenfalls sah das Protokoll der Generalkonferenzen keine Überwachung durch den Rechner vor, weil die menschlichen Zensoren unter sich sein wollten. Yaqui musste einfach daran glauben, dass Wacah Chan keinen Weg gefunden hatte, ihm und seinen Mitarbeitern in die Karten zu schauen.

Als er diesen Konferenzraum hatte einrichten lassen, hatte er darauf bestanden, die Überwachung weder durch Wacah Chan noch durch die Jaguarjungen Tepepuls regeln zu lassen, sondern durch ein Team der Zensur selbst. In der Rückschau eine weise Entscheidung.

Yaqui machte sich kurz Gedanken darüber, wer wohl sein Nachfolger werden würde, vorausgesetzt Wacah Chan und Tikal würden den kommenden Krieg überstehen. Patán machte sich sicher seit langem Hoffnungen, Yaqui eines Tages zu beerben, aber seine negativen Charaktereigenschaften würden das verhindern. Xpurpuék war ein schlechterer Dechiffrierer, aber ein besserer Politiker; Yaqui war sich sicher, dass er von Chan Balum zum Chef der Zensur gemacht werden würde, wenn Yaqui weg war. Yaqui selbst jedenfalls hätte so gehandelt. Er bemerkte die Müßigkeit dieser Gedanken und rief mit einem Codesatz Wacah Chan auf den Plan.

»Seid ihr fertig?«, fragte der Rechner, und Yaqui hörte eine gewisse Ironie aus der Frage heraus.

»Aber ja. Bitte ruf Tamazúl für mich an. Ich muss mit ihm sprechen.«

»Gerne«, sagte Wacah Chan, und fünf Sekunden später erschien Tamazúls freundliches Gesicht überlebensgroß auf einer der Querwände. Yaqui hatte sich immer gefragt, wie ein Mensch mit einem solchen Gesicht die Laufbahn eines Folterknechts hatte einschlagen können. Aber auch das war jetzt unwichtig. Er musste eine Bestellung aufgeben.

»Tamazúl. Ich werde mich heute einer *Befragung* unterziehen, die von Ahau Tepepul und Ahau Wacah Chan geleitet werden wird. Bitte halte dich und deine Leute für 1600 bereit.«

»Eine *Befragung*, edler Herr?« Tamazúls Gelassenheit angesichts dieser Nachricht war bemerkenswert. Immerhin kündigte ihm ein hochrangiger Ahau an, dass er sich ihm für eine Prozedur ausliefern würde, der ansonsten meistens Kriminelle und Hochverräter unterworfen wurden. Und um genau das, dachte Yaqui, geht es auch bei mir.

»Ja, Tamazúl, eine *Befragung.*«

Tamazúl dachte nach. »Wir haben da ein ... Terminproblem. Ahau Iztayub möchte heute eine *Befragung* durchführen, die frühestens um 1615 beendet sein wird.«

»Warum weiß ich davon nichts?«

»Mein Bericht zur Tagesplanung ist eben an Euch abgegangen, edler Herr.«

Wacah Chan öffnete unaufgefordert ein Fenster neben dem Gesicht Tamazúls, in dem der Tagesplan der Befragungsabteilung dargestellt war. Tatsächlich, für 1530 war Iztayub eingetragen.

»1630 dann. Pünktlich.«

»Selbstverständlich, edler Herr«, sagte Tamazúl, und sein Bild verblasste zusammen mit dem Tagesplan.

Yaqui verließ sofort den Konferenzsaal und betrat den Fahrstuhl, der standardmäßig immer zu dieser Ebene zurückkehrte, solange sich noch ein Mitglied der Konferenz dort aufhielt. Yaqui, der diesen Fahrstuhl normalerweise nie benutzte, benötigte ihn jetzt dringend zur Durchführung seines Plans. Er machte sich die Tatsache zunutze, dass dieser Fahrstuhl wie die meisten anderen in Tikal nicht der direkten Kontrolle von Wacah Chan unterstand, sondern vom Umwelt-Kontrollsystem seiner Residenz gesteuert wurde. Vielleicht verschaffte ihm das den notwendigen Vorsprung. Vielleicht.

»Keller«, sagte er, als sich die Tür des Fahrstuhls geschlossen hatte. Er hatte jetzt noch höchstens fünf Minuten.

Die massive Stahltür öffnete sich für Yaquis Geschmack viel zu langsam. Als er den verborgenen Raum endlich betreten konnte, gab er dem System den Befehl, sie fest zu verschließen, was ihm letztendlich nichts bringen würde, außer vielleicht ein paar Sekunden mehr Zeit. Die kleine Kammer war leer bis auf drei mannshohe Schränke, an deren oberen Kanten schmale Leisten von Kontrolldioden grünlich glühten. Die Schränke summten leise, sie mussten gekühlt werden.

Das Arrangement machte auf Yaqui denselben Eindruck, den eine fauchende Dampfmaschine auf einen Menschen des späten zwanzigsten Jahrhunderts gemacht hätte: Es wirkte hoffnungslos veraltet und sehr befremdlich, wenn nicht gar ein wenig bedrohlich. Ein technologischer Saurier. Und dennoch war diese Gruft voller tadellos gepflegtem Elektronikschrott seine einzige Chance. Das System war alt, älter als Wacah Chan. Aus einem gewissen Restmisstrauen gegenüber der Maschinenintelligenz, der man ansonsten das Schicksal Tikals überantwortet hatte, war dieses System über die Jahrzehnte hinweg betriebsbereit gehalten worden – gegen den ständigen Widerspruch Wacah Chans selbst, der hier kein Stück Formstein kontrollierte, nicht einmal eine einzige Kamera oder ein einziges Mikrofon.

Andererseits musste Yaqui davon ausgehen, dass der Rechner wusste, was er plante, seitdem er den Fahrstuhl betreten hatte. Er strich mit der Hand seitlich an einem der hohen Metallschränke entlang, die an der Längswand der Kammer standen. Eine Tür öffnete sich, und ein kompletter Arbeitsplatz mit aktiviertem holographischem Bildschirm wurde ausgefahren. Für Benutzer, die sich mit der interaktiven Natur dieses Bildschirms nicht auskannten, standen sogar eine Tastatur und ein kabelloses Zeigegerät zur Verfügung! Yaqui erinnerte sich flüchtig, dass man dieses Gerät in der Frühzeit der Computertechnologie eine *Maus* genannt hatte. Obwohl er einige

Übungsstunden mit dem System verbracht hatte, fühlte er sich unsicher und er entschied sich für die Tastatur, da er mit ihr schon damals am besten zurechtgekommen war. Sie stellte natürlich nicht alle 800 Zeichen der Maya-Schrift zur Verfügung, sondern nur die wenigen Silbenkombinationen, aus denen man alle Maya-Wörter zusammensetzen konnte. Das bedeutete, dass sein Text, wie kurz er sich auch fassen mochte, länger werden würde, als wenn ihm zusätzlich die Bilderzeichen zur Verfügung gestanden hätten, die ganze Begriffe in einer einzigen Glyphe zusammenfassten.

Das Manövrieren mit der dreidimensionalen *Maus* war schwierig. Nach zwei gescheiterten Versuchen klickte er auf dem holographischen Bildschirm ungelenk die Glyphe an, die das *Vogelruf*-Programm startete. Sie verwandelte sich in einen Quetzal, der davonflatterte und mit den Schwanzfedern ein freischwebendes Fenster aufzog, das zum Verfassen der Botschaft diente.

Yaqui vertippte sich dauernd. Selbst bei dem gewaltigen Stress, unter dem er stand, entging ihm aber die Ironie der Situation nicht: Er war der beste Schreiber Tikals, doch an dieser Tastatur fühlte er sich wie ein blutiger Anfänger. Als er mit der Botschaft fertig war, las er sie sich noch einmal durch:

LASST EUCH NICHT TÄUSCHEN: DER CODEX ROM IST GEFÄLSCHT. SEINE ANERKENNUNG DIENT DAZU, EINEN KRIEG GEGEN NADZ CAAN ZU RECHTFERTIGEN. DER CODEX ROM IST GEFÄLSCHT! GLAUBT NICHT AN SEINE ECHTHEIT!
AHAU YAQUI

Die Botschaft wirkte so schülerhaft wie seine Schreibtechnik auf der Tastatur. Er hätte gern noch eine Erklärung hinzugefügt, Beweise, irgendetwas, was seine Behauptung belegen konnte, aber er wusste, dass das nicht möglich war. Ihm fehlte die Zeit, ein ausführliches Dossier über den Codex zusammenzustellen und es in aller Ruhe abzuschicken. Wenn er sich beeilte, konnte er vielleicht noch aus der Stadt fliehen.

Er drückte auf ein gelb-rot gestreiftes Tastfeld in dem geöffneten Schrank, und ein Teleskoparm mit einem Handgriff fuhr aus. Darauf saß eine rote Kapsel, die sich öffnete und einen ebenfalls roten Druckknopf freigab. Auf dem Bildschirm flammte eine Warnmeldung auf: »Achtung! Sie sind im Begriff, einen *Vogelruf* mit höchster Prioritätsstufe an alle Einwohner Tikals zu verschicken! Dieses System ist für Notfälle gedacht. Missbrauch wird schwer bestraft! Achtung! Dieser *Vogelruf* geht mit höchster Priorität an alle Einwohner Tikals!«

»Genau das will ich ja auch«, sagte Yaqui und drückte auf den Knopf.

Nichts geschah. Eine Welle von Wärme lief durch den Raum, als stünde in seinem Rücken plötzlich ein sehr heißer Ofen. Als er sich umdrehte, konnte er sehen, wie ein glühender Punkt über die Innenseite der Stahltür wanderte. Er beschrieb einen Kreis.

Yaqui wandte sich wieder dem Bildschirm zu und konnte dort keinen Grund dafür entdecken, warum die Botschaft nicht abgeschickt wurde. Als er den Griff fester packte, bemerkte er jedoch, dass er drehbar war. Nach einer Vierteldrehung rastete er ein und der Druckknopf begann unter seinem Daumen zu leuchten. Auf dem Bildschirm tauchte die Glyphe für die Zahl *10* auf und sprang auf *9* um. Verfluchte Sicherheitsfanatiker, dachte Yaqui. Ich will diese Botschaft abschicken. Jetzt!

Bei einem hastigen Blick nach hinten stellte er fest, dass das ausgesägte Stück aus der Stahltür herausgezogen wurde wie ein widerspenstiger Korken. Es knirschte und quietschte nervenzerfetzend.

5, 4.

Ein scharfer Schlag, und der massive Stahlblock stürzte polternd zu Boden.

3, 2.

»Yaqui«, rief jemand durch das Loch. Tepepul ließ es sich anscheinend nicht nehmen, persönlich dabei zu sein.

1, 0.

Yaqui drückte den Knopf und eine Statusmeldung erschien: »Nachricht übermittelt!« Der Teleskoparm fuhr selbständig in den Schrank zurück.

Er drehte sich im selben Moment um, als einer der Insektenkrieger durch das Loch in die Kammer eindrang. Ein bemerkenswertes Schauspiel. In bestimmten Grenzen schienen diese Wesen ihren Körperquerschnitt verändern zu können: Es sah aus, als würde der *Insektoide* durch das Loch fließen.

Das Wesen richtete sich zu seiner vollen Körpergröße auf und sah ihn direkt an. Im grellen Neonlicht wirkten diese Biester noch scheußlicher als in der dämmerigen Umgebung der Kommandozentrale, wo er zuerst auf sie gestoßen war. Oder war das hier ein anderes Modell?

Das Vieh bildete eine organische Einheit aus Mensch, Maschine und Insekt. Es hatte vier sehr lange und muskulöse Extremitäten. Die Beine setzten seitlich an einem Unterleib an, der von einer Gottesanbeterin entliehen zu sein schien. Die Hände waren erstaunlich normal geformt, aber die Haut sah aus wie die harte Schale eines Krebses. Das Gesicht hatte keinen Mund, und die großen Facettenaugen glänzten wie dunkler Obsidian. Truppen- und Rangabzeichen waren direkt in die Schultern eingelassen und leuchteten in bösem Gelb aus dem Körperpanzer hervor. Es war nicht ersichtlich, womit dieses Ding die Tür aufgeschweißt hatte, es hielt jedenfalls nichts Entsprechendes in Händen. Vielleicht gehörte ein Schweißgerät zur Serienausstattung.

Yaquis beschleunigte Sinne nahmen das alles in der Sekunde wahr, in der sich niemand bewegte. Dann stemmte der *Insektoide* die Tür auf. Yaqui wusste nicht, wie viel Kraft dazu nötig war, aber sie musste enorm sein. Tepepul und ein zweiter *Insektoide* kamen herein.

Yaqui wollte eine trockene Bemerkung machen, etwa: »Seid ihr hässlich!« Aber er brachte kein Wort heraus. Tepepul hatte mit einem Blick gesehen, dass sie zu spät gekommen waren. Er war extrem aufgebracht und Yaqui fürchtete, er würde ihn von den *Insektoiden* an Ort und Stelle zu Brei zerstampfen lassen. Aber er sagte nur: »Das war ein Fehler, Yaqui. Das hättest du nicht tun sollen.«

Yaqui fiel keine passende Antwort ein.

»Festnehmen«, befahl Tepepul.

Und obwohl ihm der Mund dazu fehlte, sagte der erste *Insektoide* mit einer wohlklingenden männlichen Stimme: »Zu Befehl, Ahau Tepepul«, und schob sich auf Yaqui zu.

Seine Augen waren die ganze Zeit verbunden. Zuerst hatte er geglaubt, er würde zu seiner Hinrichtung gefahren, aber das hatte ihm seine Angst eingeflüstert. Wenn die Synkretisten ihn hätten umbringen wollen, hätten sie das ohne jedes Aufsehen in der alten Ziegelei tun können; ihn auf diese Weise durch die Gegend zu kutschieren wäre völlig überflüssig gewesen.

Als er nach zwei Tagen immer noch gefesselt und mit einem Tuch vor den Augen herumtransportiert wurde, auf Pferdekarren, in Kofferräumen, sogar auf Booten, machte er sich keine Sorgen mehr um seine Exekution, sondern um sein Augenlicht und die Kraft seiner Muskeln. Zwar waren seine Bewacher, die mehrfach gewechselt hatten, Experten im Fesseln. Die Stricke taten selten weh, er wurde nie gestoßen oder geschlagen, Essen und Trinken gab es fast im Überfluss. Aber wenn das noch sehr lange so weiterging, würde er seine Augen an Licht und seine Muskeln an Bewegung erst wieder gewöhnen müssen. Alle Versuche, mit seinen Bewachern zu sprechen, waren zwecklos. Sie schwiegen mit einer eisernen Disziplin.

Am vierten Tag begegneten sie einer Maya-Patrouille. Dass bei diesem Stopp auf offenem Feld etwas anders war, bemerkte Enrique gleich – sogar unter dem Stroh, mit dem er so gründlich bedeckt war, dass er kaum atmen konnte. Bisher hatten sie nur gehalten, um zu essen, um die Bewacher oder den Gaul zu wechseln. Jetzt geschah nichts dergleichen. Er hörte die rauen Stimmen der Soldaten. Sie sprachen Yucatekisch.

»Was willst du denn mit dem beschissenen Kartoffelfresser, Zutuhá? Wir verplempern unsere Zeit mit dem.«

»Mir ist langweilig. Ich will ein bisschen Spaß haben.«

Schritte kamen näher und einer der Soldaten stocherte in dem Stroh herum, ließ es aber nach ein paar Versuchen sein und die Schritte entfernten sich wieder. Dann wurde es laut. Die Soldaten begannen den Kutscher auf Spanisch zu provozieren und zu beschimpfen: »Mistschwein, spanisches«, »dämlicher Kartoffelfresser«, »Scheißkerl«. Enrique nahm an, dass es sich bei den Burschen um zwei junge Patrouillengänger handelte, die sich um den Schmuggel an der Grenze zwischen einem selbstverwalteten Gebiet und einer Maya-Enklave kümmern sollten. Sie hatten offensichtlich vor, den Kutscher so lange zu provozieren, bis er sich wehrte, damit sie ihn zusammenschlagen konnten.

Der Kutscher rief immer wieder: »Ich bin nur ein einfacher Bauer, edle Herren. Ich bringe Heu nach Hause. Lasst mich gehen.«

Als die Soldaten erkannten, dass ihre Triezerei keinen Erfolg hatte, beschlossen sie, ihn trotzdem zusammenzuschlagen, rein prophylaktisch. Was war er auch so blöd gewesen, ihnen über den Weg zu laufen? Enrique hörte den Kutscher wimmern: »Lasst mich gehen! Ich habe nichts getan!«

Er hörte die Schläge und das dreckige Gelächter der Soldaten und er konnte nichts tun. Er war gefesselt und kam nicht an seine Waffe, die offenbar immer noch in seinem Wadenholster steckte. Mit den zwei Schlägern, die sicher nicht zu einer Maya-Eliteeinheit gehörten, wäre er fertig geworden. Aber für den Augenblick konnte er nicht das Geringste machen. Schon aus reinem Eigennutz konnte er nur hoffen, dass sie den armen Kerl nicht totschlugen und dass nicht doch noch einer von ihnen aus reiner Bosheit auf die Idee kam, das Heu vom Wagen zu zerren.

Schließlich hatten sie genug und ließen von dem röchelnden und weinenden Kutscher ab. Er hörte ihre Schritte, als sie am Wagen vorbeigingen.

»So eine Flasche«, sagte einer von ihnen noch. Es war derjenige, den sein Kollege Zutuhá genannt hatte. »Wehrt sich nicht mal.«

Enrique konnte hören, wie sich der Kutscher aufrappelte und den Kutschbock bestieg. Sie setzten sich in Bewegung. Eine halbe Stunde später ruckelten sie plötzlich über Kopfsteinpflaster, dann hielten sie an. Der Kutscher pfiff, und sofort trappelten viele Schritte eine nahe gelegene Treppe herab. Enrique hörte: »Garcia, wie oft habe ich dir gesagt, dass du nicht pfeifen sollst? Das kann uns verraten!« Und: »Oh Gott, bist du verletzt?« Und: »Wer waren die Scheißkerle?« Dann wurde er aus dem Stroh ausgegraben. Sie nahmen ihm die Binde von den Augen und es war tiefe Nacht.

Sie standen in einem dunklen Geviert. Über den schwarzen Umrissen der Gebäude leuchteten die Sterne mit einer Helligkeit, wie er es schon lange nicht gesehen hatte. Es war gut, dass seine Augen nicht sofort dem glühenden Licht eines spanischen Sommertages ausgesetzt wurden. Den Verletzten und seine Freunde konnte er nur als Schemen im gespenstischen Licht der Taschenlampen ausmachen.

Garcia musste gestützt werden. Enriques Hände waren ihm immer noch auf den Rücken gefesselt und seine Fußfesseln erlaubten nur kleine Schritte. Zwei Männer begleiteten ihn zu der Treppe. Als sie an Garcia vorbeikamen, sagte Enrique: »Sie haben dich ganz schön vermöbelt. Ich hätte dir gern geholfen, aber ich konnte nicht.«

»Du?«, antwortete Garcia mühsam. »Was weißt du schon?« Sein Husten begleitete Enrique die ganze Treppe hinauf.

Das Anwesen war größer als ein normaler Bauernhof, viel größer. Die Gänge waren spärlich beleuchtet. Nur hier und da hing ein Leuchtelement, das sein krankes, orange-rotes Licht über die Wand und ein paar Meter des Ganges ergoss. Sie kamen an vielen Türen vorbei, die zu kleinen Zimmern zu gehören schienen. Die Wände waren offensichtlich einmal weiß gekalkt gewesen, jetzt sahen sie aus wie eine Landkarte aus Schimmelflecken. Enrique wunderte sich über den Schimmelbefall. Dann sah er, dass an einigen Stellen das Dach eingebrochen war. Im Herbst und Winter regnete es sicher herein.

»Wo sind wir hier?«, fragte er seine beiden Begleiter, ohne mit einer Antwort zu rechnen.

»In einem alten Kloster«, sagte einer von ihnen.

Bald darauf blieben sie vor einer der Türen stehen. Sie öffneten mit einem Schlüssel und schoben ihn hinein. Drinnen brannte ein Leuchtelement. Eine Mönchszelle: Tisch, Stuhl, Bett, handtellergroßes Fenster. Wie geschaffen, um von der Welt Abschied zu nehmen.

»Was wird jetzt mit mir?«

»Das entscheidet der Lehrer. Morgen«, antwortete einer der Bewacher. »Mach heute Nacht keine Dummheiten. Am besten du schläfst jetzt.«

Sie verließen die Zelle, schlugen die Tür zu und sperrten ab. Die Aufforderung zum Schlafen hätte Enrique nicht gebraucht.

28. Juni 2136

13.6.5.5.13 7 Ben 17 Xul Nachtgott 5

Die Patronen prasselten auf den Tisch und rollten darüber hin, zwei oder drei fielen zu Boden. Enrique saß fessellos, ohne Augenbinde, und im Moment auch ziemlich fassungslos an einem schweren, dunkelbraunen Tisch, vor dem der Lehrer hin- und herlief. Das waren seine Patronen, so viel war klar. Aber was sollte er tun? Den Revolver laden, der definitiv noch in seinem Wadenholster steckte? Das war wohl kaum das, was der Lehrer jetzt von ihm erwartete. Der Mann machte den Eindruck, als sei er wirklich schlecht gelaunt. Er sah müder und älter aus als bei ihrer ersten Begegnung und er war sichtlich gereizt. Enrique fühlte sich unwohl. Er stank vor Schweiß.

»Nimm deine Patronen«, sagte der Lehrer auf Spanisch. »Ich schenk sie dir.«

Enrique stand auf und sammelte die Geschosse vom Tisch ein.

»Warum habt ihr sie mir überhaupt weggenommen?«

»Warum?«, sagte der Lehrer. »Warum, du Blödmann? Wir wollten sehen, ob du uns außer Problemen auch noch etwas anderes mitbringst. Etwas Nützliches. Typ C-Munition hast du geladen, na wunderbar. Wie lange hältst du damit ein Bataillon *Raben* auf? Oder zwei bis drei Elite-Kampfgruppen der FPLE?«

»Keine zehn Sekunden.«

»Dann bist du eigentlich keine zehn Sekunden meiner Zeit wert. Ich wusste es. Du bringst nur Probleme. Sonst nichts.«

»Dann lasst mich doch gehen.«

Enrique schob die Patronen in seine Hosentasche. Um diejenigen, die auf dem Boden lagen, kümmerte er sich nicht. Um sich vor den Augen des Lehrers zu bücken, war er zu stolz.

»Aber sicher doch. Geh durch die Tür da unten und schau, wie weit du kommst. Mein Gott, vielleicht bist du noch blöder, als ich dachte. Zum Mitschreiben, Guerrero: Du bist im Moment der meistgesuchte Mann Spaniens. Überall heißt es: Wo ist er? Wo ist er? Die Medien, die Spitzel, die Plakate an den Wänden, alle wollen dich haben. Und der Untergrund auch. Deine eigenen Leute. Sie wollen dir das Fell über die Ohren ziehen! Und natürlich wollen sie das hier zurückhaben.«

Der Lehrer blieb stehen, bückte sich zu einem Stuhl herunter, hob etwas von der Sitzfläche hoch und knallte es dann mit Schwung auf den Tisch. Enrique erschrak zu Tode, als er die beiden Ziegelbruchstücke erkannte, in die sich die Spinne und der Zünder verwandelt hatten. Wenn die N-Waffe losging!

»Tot oder lebendig ist ihnen egal, aber dein Gepäck wollen sie vollzählig, und damit meinen sie vor allem das hier. Weißt du eigentlich, was das ist?«

»Eine N-Waffe«, sagte Enrique so trocken wie möglich.

Das aufbrausende Gehabe des Lehrers nervte ihn.

»Schwachsinn! Das ist ein wahr gewordener Alptraum. Soll ich dich vielleicht mit diesem Ding in der freien Wildbahn herumlaufen lassen? Soll ich dich ohne es fortschicken? Soll ich es wegwerfen oder doch lieber behalten? Soll ich es vielleicht sogar selbst anwenden? Du meinst, du weißt, was das ist, ja?«

Er schlug mit der Faust auf den Tisch.

»Einen Scheiß weißt du! Noch nicht einmal, wo dieses Ding herkommt! Soll ich es dir sagen?«

»Ich kann dich kaum daran hindern.«

»Ja, eine große Klappe, die wird dir allgemein nachgesagt. Praktisch dein Markenzeichen. Jetzt will ich dir mal was erzählen. Wahrscheinlich denkst du wie die meisten Halbinformierten, dass die Maya in Tikal oder Nadz Caan die besten Nano-Labors der Welt haben. Bis vor einigen Jahren war das auch richtig. Aber was du hier siehst, kommt nicht aus Tikal oder Nadz Caan, die könnten das noch gar nicht. Das hier kommt aus Rom. Besser gesagt aus einem Vorort von Rom, wo sich in einem unauffälligen Wohnblock ein relativ kleines, aber unglaublich gut ausgestattetes geheimes Nano-Labor befindet, mit einer ebenso geheimen und ebenso unglaublich gut ausgestatteten Fabrikationsstraße für Kleinserien. Und wer betreibt dieses Labor einschließlich der Fabrikationsstraße? Die katholische Kirche. Wie du vielleicht weißt, hat sie über Jahrhunderte Kapitalsummen angehäuft, von denen andere nicht einmal träumen. Und sie hat einen ganz erheblichen Teil davon investiert, um dieses Ding hier möglich zu machen. Kannst du dir vorstellen, wie verärgert der Vatikan über die Maya ist? Und das seit über hundert Jahren? Erst wird das Christentum in Nord- und Südamerika aufgrund der indianischen Renaissance marginalisiert und dann kommen diese Maisfresser auch noch hierher, nach Europa selbst, schnappen sich die Iberische Halbinsel und schalten und walten im Rest von Europa, wie es ihnen gefällt. Sie bringen ihre heidnische Religion mit, stutzen den Katholizismus zu einer Nischenreligion zusammen, bauen überall ihre Pyramiden und haben technologisch, ökonomisch und militärisch das große Sagen. Die letzte wirkliche Machtbasis der katholischen Kirche ist Afrika. Aber Afrika, das müde und angeschissene Afrika, der Malaria-Kontinent, genügt dem Papst nicht. Was will er mit Afrika? Er will Europa zurückhaben und Nordamerika. Südamerika nimmt er mit, wenn er es kriegen kann, aber das ist nicht so wichtig. In erster Linie geht es um Europa, und Europa bekommt er nur, wenn er die Maya vertreibt. Oder platt macht. Und was du hier auf diesem Tisch in Form zweier unscheinbarer Ziegelbruchstücke siehst, ist der große Maya-Plattmacher. Unwahrscheinlich? Glaub's mir nur: Das hier ist der *Small Boy* für die Maya, die N-Waffe Nr. 1, und wenn sie wie geplant funktioniert, wird der Papst auch noch den *Fat Man* aus der Tasche ziehen, das N-Waffen-Gegenstück zur Wasserstoffbombe, zur Neutronenbombe und dem ganzen Rest. Es kann sein, dass Spanien dann eine sterile Wüste ist, die von einem Ende zum anderen mit einer Plastikplane abgedeckt werden muss, aber das ist egal. Ein biologisch totes, aber katholisches Spanien ist dem Papst lieber als ein lebendiges heidnisches. Das hier, mein lieber Guerrero, ist keine N-Waffe, wie du meinst. Das ist die Reconquista!«

Enrique fing an zu verstehen. Was erzählte ihm der Lehrer da? Die *Spinne* kam aus dem Vatikan? Die FPLE hatte mit dem Papst gemeinsame Sache gemacht, im Kampf gegen die Maya? Das Exekutivkomitee – alles Handlanger der Katholiken? Und er, ausgerechnet er hatte die Waffe von Nadz Caan zu Pedro bringen sollen?

Er versuchte ein Indiz dafür zu finden, dass das alles nur ein Märchen war, ein schlimmes Märchen, mit dem man Kinder einschüchterte. Aber es passte alles so furchtbar gut zusammen. Der fehlende Stallgeruch der beiden Typen in Nadz Caan. Der komplizierte Plan, mit dem das Exekutivkomitee ihn, den heftigsten Kritiker des katholischen Einflusses in der FPLE, hatte aus dem Weg räumen wollen. Die Beschaffenheit der Waffe selbst, die von einem Technologie-Sprung zeugte, der den Maya noch nicht gelungen war.

Es konnte tatsächlich sein. Es fühlte sich wie ein böser Traum an, der vor seinen Augen Wirklichkeit wurde. Ihm fiel überhaupt nur ein Einwand gegen die Erzählung des Lehrers ein. Sein Mund war trocken, und seine Stimme kratzte. »Woher weißt du das alles?«

Der Lehrer setzte sich und verbarg für ein paar Sekunden das Gesicht in seinen Händen. Dann legte er sie vor sich auf die Tischplatte und starrte ins Leere.

»Weil ich daran mitgearbeitet habe.«

Es war für einen Augenblick still. Das wird ja immer schöner, dachte

Enrique. Demnächst erzählte er ihm noch, dass der Mond aus grünem Käse sei. Er nahm sich zusammen. Einen Moment lang hatte er dem Lehrer wirklich geglaubt. »Wenn das Projekt, von dem du erzählst, so supergeheim ist, wie bist du dann eigentlich rausgekommen? Ich meine, der Vatikan würde doch Leute wie dich nicht einfach überall herumspazieren lassen, damit sie dem nächstbesten Journalisten ihre Geschichte erzählen?«

Der Lehrer sah ihn an. Sein Blick war starr. Er sprach leise und langsam. »Keiner hat davon gesprochen, dass es leicht gewesen ist. Ich hab jemanden umbringen müssen. Meinen Zwillingsbruder.«

Enrique wurde mulmig.

»Du hast deinen Zwillingsbruder umgebracht und dadurch erreicht, dass sie dich für tot gehalten haben?«

»Ja. Und dann bin ich abgehauen. Ich bin jetzt ungefähr zehn Zentimeter größer als früher. Damals war ich auch ziemlich korpulent. Mein Gesicht habe ich völlig umkrempeln lassen. Niemand hat behauptet, dass es einfach war.«

»Und dann bist du nach Spanien gegangen, wo der Einfluss der katholischen Kirche minimal ist, und hast eine Religion aufgezogen, die dir ein soziales Umfeld verschafft und einen Lebensunterhalt und eine Art Untergrund, in dem du dich bewegen kannst, einmal ganz abgesehen von einer Aufgabe, die ein Mann wie du einfach braucht. So in etwa?«

»Ja. Nein. Mit dem Synkretismus ist es mir schon ein wenig ernster. Wie ernst, weiß ich manchmal selbst nicht genau. Aber wenn du meinst, dass es besser ist, der Führer einer halb geheimen Sekte zu sein als bloß ein gehetzter Flüchtling, dann hast du Recht. Irgendwie kam das gerade zum richtigen Zeitpunkt, mein Gemisch aus Christentum und Maya-Religion. Aber du machst dir kein Bild davon, wie schwierig es ist, immer verehrt zu werden. Macht ziemlich einsam.«

»Ich glaub dir kein Wort.«

»Dann lass es doch. Ist mir egal. Wenn du …«, wollte der Lehrer sagen, aber sein Satz wurde von dem unvermittelten Auftauchen einer dritten Person unterbrochen, die aus dem Boden gewachsen zu sein schien. Die Tür hatte sich zumindest nicht geöffnet, da war Enrique sich sicher. Er war völlig perplex. Wo kam der Kerl her? Er trug einen grauen Overall, hatte kurz geschnittene Haare, ebenmäßige Züge und männlich breite Schultern. Er wirkte wie eine Mischung aus einem Soldaten und einem Techniker. Enrique schaute den Lehrer an, aber der schien weniger erstaunt als angeödet.

»Was willst du?«, fragte er die Gestalt, die ihn aber ignorierte.

Stattdessen wandte der Fremde sich an Enrique.

»Domenico übertreibt manchmal ein bisschen. Aber grundsätzlich hat er

Recht. Ich war immer dafür, seine Spur nicht weiterzuverfolgen. Die Zwillingstheorie hat mir immer eingeleuchtet, auch wenn er es raffiniert angestellt hat. Aber als dann nichts kam, als keine überraschenden Neuigkeiten aus den Labors von Tikal und Nadz Caan zu hören waren, beruhigten sich alle wieder. Sie vertrauten einfach darauf, dass niemand ihm glauben würde, selbst wenn er wirklich überlebt haben sollte. Als das Projekt das Stadium des ersten Prototyps erreicht hatte, war er uns gleichgültig geworden.«

Entschlossen ging Enrique auf den Fremden zu und schlug nach ihm. Seine Hand ging ohne Widerstand durch das grinsende Gesicht hindurch. »Darf ich fragen wer, oder vielmehr, was das hier ist?«

»Ich bin der Avatar.«

»Der *Avatar?*«

»Ja. Ich bin der Avatar der Waffe.«

Der Lehrer strich nicht vorhandene Unebenheiten im Tischtuch glatt.

»Er ist eine künstliche Intelligenz, die den Status und die Einsatzbereitschaft der Waffe überwacht. Er ist auch für die Verwandlungen der Waffe in kontextkompatible Morphen zuständig. Ach, das weißt du ja nicht: Wir nannten die Gegenstände, in die diese Waffen sich verwandeln können, Morphen. Der Avatar hat noch eine andere Funktion. Er kann theoretisch umgangen werden, aber im Normalfall bestimmt er bei der Zündung der Waffe mit. Entnervend autonom, wenn du mich fragst. Ich kann nur froh sein, dass sie die alten Codewörter zu seiner Deaktivierung nicht geändert haben, sonst wäre er eine wirkliche Qual. Ich schicke ihn weg, wenn du willst.«

»Nicht so schnell. Kann er die Waffe allein zünden?«

»Nein. Er braucht mindestens einen menschlichen Administrator, um den Zünder scharf zu machen.«

»Jemand wie dich.«

»Jemand wie mich.«

»Noch eine Frage. Kann er Statusdaten und Ähnliches mit anderen Administratoren austauschen?«

»Nein«, sagte der Avatar. »Wenn ich das könnte, wäre ich durch simple Funkpeilung auffindbar. Irgendwie nicht der Sinn der Sache, oder?«

Enrique sah den Lehrer an, und der nickte. »Korrekt. Die Schweizergarde kann er uns nicht auf den Hals hetzen. Aber das spielt kaum noch eine Rolle bei dem, was du in dieser Hinsicht geleistet hast.«

Enrique beschloss, nicht auf die Provokation zu reagieren. Er wollte gerade etwas sagen, als er sich plötzlich in die Pyrenäen zurückversetzt fand. Das Rauschen des Windes in der Nacht, die Stimmen der Nachtvögel, die knackenden Geräusche des Holzes: Alles war da. Enrique blinzelte mit den

Augen, aber er befand sich immer noch hier im Kloster, zusammen mit dem Lehrer und dem grinsenden Avatar.

Die akustische Illusion war jedoch so perfekt, dass sich Enriques Nackenhaare sträubten, als er das Knarren der Bretter hörte, über die Pedro lautlos hinwegzuschleichen versucht hatte. Leise, sehr, sehr leise und langsam öffnete sich die Tür. Enriques Herz raste. Der akustische Schatten Pedros schlich zu dem Bett, in das Enrique den Rucksack hineingelegt hatte, und auch der schnelle Schritt, mit dem Enrique aus seinem Versteck hervorgekommen war, um Pedro zu betäuben, war zu hören. »Schlau«, sagte Pedro.

»Schalt es ab«, sagte Enrique zum Lehrer. Sein Gaumen war trocken.

»Dschinn«, sagte der Lehrer. Der Avatar hörte auf zu grinsen und ging in Habachtstellung. Die Wiedergabe der akustischen Aufzeichnung brach abrupt ab, und Enrique fand sich in der unverfälschten Gegenwart wieder. Er war total erschöpft.

»Ende.«

Der Avatar verschwand, und es war, als hätte der Spuk nie stattgefunden.

»Das habe ich vergessen dir zu sagen. Der Avatar kann alles um sich herum aufzeichnen, für die Analyse nach Trainingsläufen und falls mal etwas schief laufen sollte. Ich möchte in aller Bescheidenheit anmerken, dass diese Funktion aufgrund meiner Anregung implementiert worden ist.«

Enrique fühlte sich, als brauche er zum Sprechen seine letzte Kraft. »Wenn er das jetzt auch aufzeichnet, möchte ich fürs Protokoll vermerken, dass du ein Riesenarschloch bist.«

»Das mag sein.«

Der Lehrer beugte sich vor. »Aber von den dummen Sprüchen einmal abgesehen, die du anscheinend am laufenden Meter produzierst: Hast du etwas an der Hand, um dieses Ding vor der Welt oder die Welt vor diesem Ding zu schützen?« Er zeigte auf die beiden Ziegelbruchstücke, die unschuldig auf dem Tisch lagen.

Enrique schwieg.

»Vielleicht deine Spielzeugpistole mit ihrer fabelhaften Typ C-Munition? Nein? Dacht ich's mir doch.«

Der Lehrer stand auf.

»Vielleicht hat's mein Zwillingsbruder besser. Du kannst runtergehen zu den anderen. Essen ist sicher schon fertig.«

Enrique war es nicht gewohnt, dass so mit ihm umgegangen wurde. Trotzdem rappelte er sich auf und verließ das Zimmer.

In der Nacht kam der Avatar in sein Zimmer und stellte sich neben sein Bett. Er leuchtete von innen heraus. Enrique wusste schon, was die Erscheinung sagen würde, bevor sie den Mund aufmachte. Er versuchte, sie durch eine Zwischenfrage aufzuhalten.

»Wie heißt du?«, fragte er die Gestalt im grauen Overall.

Er sah dem Avatar ins Gesicht. Erstaunlicherweise glich er Pastrana sehr.

»Das spielt keine Rolle«, sagte der Avatar.

»Ganz im Gegenteil«, antwortete Enrique mit der komischen Bestimmtheit eines Verteidigers beim Schlussplädoyer. »Es spielt eine große Rolle. Ich habe dich nämlich im Verdacht, dass du José Pastrana bist, ein Mitglied des geheimen Exekutivkomitees der FPLE. Gib es zu. Ich erkenne dich, José.«

Enrique sagte das, obwohl er genau das Gegenteil glaubte. Er wollte ein wenig Zeit gewinnen, indem er den Avatar verwirrte. Vielleicht fiel ihm doch etwas ein, was den Avatar daran hindern würde, seinen verhängnisvollen Zauberspruch aufzusagen.

»Was redest du für einen Unsinn. Ich zünde jetzt die Waffe.«

Zu spät, dachte Enrique noch, als er schon aufgewacht war, und die harte Pritsche unter seinen verspannten Rückenmuskeln spürte. Wieder versagt.

30. Juni 2136

13.6.5.5.15 9 Men 18 Xul Nachtgott 7

In den nächsten beiden Tagen erzählte er einem Beauftragten der Synkretisten alles, was er über die FPLE und die Maya wusste – oder jedenfalls alles, was in irgendeiner Weise für das Überleben der in ganz Spanien verstreuten Synkretistengruppen relevant sein mochte. Der Mann, der ihn befragte, war sehr eifrig. Er trug ein großes Synkretistenkreuz um den Hals: gleichschenklig, mit Maya-Göttern an allen vier Enden. Von der Organisation des FPLE-internen Geheimdienstes berichtete er ihm auch.

Enrique kam die Galle hoch, wenn er daran dachte, dass er diesen Geheimdienst einst mitorganisiert hatte. Sicher, er hatte sich nicht besonders gut für diese Arbeit geeignet und war deshalb bald durch fähigere Verschwörer ersetzt worden. Aber er hatte sein Bestes gegeben, und jetzt verrieten diese Scheißkerle ihn so gründlich, wie er sich das nie hätte vorstellen können.

Vielleicht machten es die Synkretisten ja besser. Wenn er sich aber den eifrigen Gläubigen ansah, der seine Aussagen auf eine Memory-Platte aufnahm, kamen ihm da gewisse Zweifel. Und er dachte: Wenn der wüsste, was sein Guru von seiner eigenen Religion hält. Eine andere Stimme in seinem Kopf sagte: Na und? Er würde es nicht glauben und genau so weitermachen wie bisher. Wenn er gar nicht mehr anders könnte, würde er sich vielleicht von dem Lehrer lösen, aber auch nur, um sich sofort einen Ersatz zu suchen.

Die Sitzungen fanden immer morgens und abends statt und dauerten jeweils vier Stunden. Enrique versuchte, so viele Informationen wie möglich in seine Sätze hineinzupacken, obwohl ihn das sehr anstrengte. Es war ihm egal, von welcher Geschichtsschreibung er für diese Bemühungen als »Überläufer« oder »Verräter« angesehen werden würde. Er wollte sich schlicht dafür bedanken, dass die Synkretisten ihn beherbergten.

In den Pausen zwischen den Vernehmungen konnte er tun und lassen, was er wollte. Bei einem seiner Rundgänge fiel ihm unter den Arkaden des Klosterhofs eine Frau auf, die ihr altmodisches Gewehr auseinander nahm, reinigte und wieder zusammenbaute. Die Frau selbst erweckte gar nicht so sehr sein Interesse, faszinierend fand Enrique vielmehr die Selbstverständlichkeit und Bestimmtheit, mit der sie ihre Arbeit machte. Wie sehr sie ihn an Leute erinnerte, die er bei der FPLE gekannt hatte! Sie zweifelten nicht, sie dachten nicht groß nach, sie taten einfach, was zu tun war.

Er erforschte das Kloster. Er fand vertrocknete und verschimmelte Vorräte, Säcke mit Mais, auf denen fingerdick der Staub lag, völlig mit Schimmel bedeckte Regalbretter, unter denen wer weiß was vor sich hin faulte (der Gestank war atemberaubend). In einer der Zellen meterhoch altes, verfaultes Stroh. Geborstene Weinfässer im Keller, die in der leicht feuchten Luft immer noch muffig nach Wein rochen. Vor dem Weinkeller etliche Paar Holzschuhe, wie für die Geister der Mönche in Reih und Glied aufgestellt.

Eine Tür, die sich ihm widersetzte, brach er auf. Dahinter befanden sich offenbar die Überreste der ehemaligen Klosterbibliothek: eine amorphe Halde aus Tausenden von Bänden, die wie der Abraum eines Bücherbergwerks aussah. Wasser war bis hierhin noch nicht vorgedrungen, aber einige der Bücher hatten die Ratten angenagt, andere waren mit Mäusekot besprenkelt. Er zog eines aus dem Haufen. Es war in Latein geschrieben. Er konnte nur die Jahreszahl lesen: 1734. Wenn er sich nicht irrte. Er dachte kurz daran, es mitzunehmen, doch dann steckte er es vorsichtig wieder an seinen Platz zurück.

Beim Abendessen setzte sich die Frau, die er beim Gewehrreinigen beobachtet hatte, zu ihm an den Tisch. Sie grüßte nicht, aber nachdem sie angefangen hatte zu essen, fragte sie ihn: »Machst du das eigentlich öfter, Frauen beim Arbeiten zusehen? Ist das ein Hobby von dir?«

Er sah sie erstaunt an. Ihre langen Haare waren streng nach hinten gebunden. Aus dem runden Gesicht blickten ihn zwei braune Augen an, Lachfältchen um die Lider. Der harte Mund mit zwei tiefen Affenfalten widersprach den übrigen Gesichtszügen deutlich. Sie war nicht hübsch, aber Enrique fand diese Widersprüche interessant.

»Ein Hobby? Nein. Nein. Bei uns in der FPLE war das so üblich. Wir haben die Frauen bei der Arbeit beobachtet und wussten dann, wie man es macht. Kein Hobby, eher Didaktik.«

Sie lachte und widmete sich wieder ihrem Essen. Gesprochen hatte sie anscheinend genug. Er brachte seinen Teller zum Waschtrog. Als er auf dem Rückweg noch einmal an ihr vorbeikam, sagte sie: »Guerrero. Ich will mit dir reden.«

»Reden wir«, sagte er so leichthin wie möglich, obwohl sie ihn nervös machte.

»Nein. Bei dir.«

»Auch gut«, sagte Enrique und verließ ohne weiteren Kommentar den Speisesaal. Sie folgte ihm.

Sie gingen in sein Zimmer, und als er sagte: »Setz dich«, zog sie ihr Oberteil aus. Dann auch ihre anderen Kleider. Enrique beobachtete sie erst erschreckt, dann fasziniert: Sie zog sich mit derselben Routine aus, mit der sie ihr Gewehr gereinigt hatte. Er mochte ihren Körper gleich und nicht nur, weil er so lange ohne eine Frau gewesen war. Im Gegensatz zu ihrem leicht angespannten Gesicht wirkte ihr Körper frisch, jung, schön. Plötzlich lag ein leichter Blumengeruch in der Luft, sie schien sich auf dem Weg zu seiner Zelle parfümiert zu haben.

»Was ist?«, fragte sie ihn spöttisch und verschränkte die Arme vor der Brust. »Willst du auf deinem Bett sitzen bleiben und mich anstarren?«

Er stand auf, und zog sich das Hemd über den Kopf.

»Nein«, sagte er, »ganz bestimmt nicht.«

Im Bett war sie sehr zärtlich. Er hatte ein wenig befürchtet, sie würde auch mit ihm umgehen wie mit ihrem Gewehr, aber seine Bedenken verflogen schnell. Es störte nichts – nicht, dass sie viel kleiner war als er, dass sie sich in einer angeschimmelten ehemaligen Mönchszelle befanden, dass sie sich überhaupt nicht kannten: All das spielte keine Rolle.

Als er sie schließlich nach ihrem Namen fragte, antwortete sie: »Musst du das denn wissen?«

»Na hör mal. Du kannst doch nicht mit mir schlafen und mir dann nicht sagen wollen, wie du heißt?«

Sie gab ihm einen Kuss. »Männer«, sagte sie lachend. »Wenn man einmal mit ihnen im Bett war, glauben sie sofort, man wolle eine Beziehung mit ihnen.«

Enrique fühlte sich von der Offenherzigkeit dieser Frau ein wenig gekränkt. Gegen eine echte Affäre mit ihr hätte er nichts einzuwenden gehabt. Möglicherweise war er schon in sie verliebt.

»Warum gehst du dann mit mir ins Bett?«

Sie stieg gerade in ihre Hose.

»Weil wir alle vielleicht bald tot sind, du Blitzmerker. Du warst vielleicht der letzte Mann in meinem Leben. Ich werd's jedenfalls nicht bereuen.«

Sie warf ihr Hemd über und zog ihre langen Haare unter dem Kragen hervor. Enrique gefielen ihre Bewegungen sehr.

»Machst du das noch mal?«

»Was?«

»Das mit deinen Haaren.«

Sie zögerte.

»Du bist ja ein richtiger Romantiker«, sagte sie. Dann verließ sie grußlos das Zimmer.

1. Juli 2136

13.6.5.5.16 10 Kib 19 Xul Nachtgott 8

Am nächsten Tag brachen sie auf. Das Kloster, obwohl sehr abgelegen, war nicht mehr sicher. Wer wusste schon, was die Maya alles über ihre Satelliten in Erfahrung brachten, auch wenn die Disziplin in der Gruppe allgemein hoch gewesen war.

Sie mussten sich also eine neue Unterkunft suchen, und anscheinend wussten alle, wo es hin ging, denn sie packten ihre Sachen mit der Selbstverständlichkeit, mit der ein Bienenschwarm auf Reisen geht. Sie würden als eine Markt-Karawane von Bauern unterwegs sein. Die vergammelten Lebensmittel aus dem Kloster halfen bei der Tarnung. Die wenigen Waffen, über die die Synkretisten verfügten, waren geschickt auf die mitgeführten Wagen verteilt.

Auch Enrique packte seinen Brotbeutel. Er lud seinen Revolver, wie eh und je mit dem Hintergedanken, dass er zumindest seine Leiden abkürzen würde, wenn er in eine aussichtslose Lage geriet. Eigentlich war alles wie früher, mit dem Unterschied, dass nicht er, sondern der Lehrer der Anführer dieser Leute war.

Er vergewisserte sich, dass die Gedächtnisbombe um seinen Hals hing. Die beiden Ziegelsteine hatten sich mittlerweile in eine Taschenbibel und ein Gebetbuch verwandelt und steckten ebenso in seinem Brotbeutel wie der Rest seiner Habseligkeiten. Die beiden Bücher sahen so harmlos aus, dass Enrique sich immer noch schwer tat, an ihre wahre Natur zu glauben. Aber so gefährlich wie die Bibel ist die N-Waffe vielleicht doch nicht, dachte er. Sieht man ja daran, wer diese Höllenmaschine zusammengebaut hat.

Kurz bevor sie losfuhren, ging Enrique zum Lehrer und fragte ihn nach der Frau. Wenigstens ihren Namen wollte er herausfinden. Der Lehrer grinste und sagte: »Du bist wirklich ein Romantiker. Recht hatte sie.«

Enrique war enttäuscht. Erst bläst sie mir einen, dann erzählt sie alles brühwarm ihrem Guru.

Der Lehrer sah ihm seine bitteren Gedanken an und sagte: »Nicht was du denkst, Guerrero. Sie ist heute Morgen zu mir gekommen, weil sie einen Auftrag entgegennahm, und ich habe sie gefragt, was zwischen ihr und dir ist.

Die Szene im Speisesaal haben ungefähr einhundert Leute mitbekommen, weißt du. Sie hat mir alles erzählt. Kein schlechtes Wort über dich.«

Enrique glaubte ihm nur halb, aber etwas anderes hatte ihn hellhörig gemacht. »Auftrag? Was für ein Auftrag?«

»Wenn du es genau wissen willst: Sie bringt die Aufzeichnungen von deinen Verhören an einen sicheren Ort. Sie ist ein Kurier. Einer der besten, die wir haben.«

3. Juli 2136

13.6.5.5.18 12 Etznab 1 Yaxkin Nachtgott 1

Das Bergwerk war mindestens genauso abgelegen wie das Kloster und sicher auch ähnlich lange ungenutzt gewesen. Während sie darauf warteten, dass der Himmel sich bewölkte – die Meteorologen hatten für die Nacht Regen vorausgesagt –, lagerten sie in der Nähe, wie es eine Bauern-Karawane während eines Biwaks auch getan hätte. Dann marschierten sie das letzte Stück zu den Fördertürmen durch Dunkelheit und Nieselregen. Der Vorausabteilung war es gelungen, einen der Türme wieder funktionsfähig zu machen. Wie sie das geschafft hatten, war Enrique ein Rätsel. Es regnete die ganze Zeit, und abgesehen von den seltenen Gelegenheiten, bei denen die Taschenlampen voll aufgeblendet wurden, war so gut wie nichts zu sehen. Auch wenn sie alle leise und extrem vorsichtig waren: Es konnte nicht verhindern, dass ab und zu ein Stück Eisenschrott wegrollte oder dass Leute wegen Löchern im Asphalt strauchelten.

Die Pioniere, die den Förderturm provisorisch repariert hatten, dirigierten die ganze Truppe mit Pfiffen und Zurufen. Die Synkretisten waren offensichtlich sehr geschickt darin, die Anweisungen zu deuten. Für derartige Gelegenheiten musste es ein ganzes akustisches Alphabet geben, und das war sinnvoll: Funk hätte abgehört werden können und Licht musste selbst unter der Wolkendecke sparsam verwendet werden, denn wer wusste schon, ob die Satelliten nicht auch durch die Wolken hindurchsahen?

Enrique hoffte, dass das Drahtseil nicht reißen würde, als er den schwankenden Förderkorb betrat, noch fast in völliger Dunkelheit. Er hoffte, dass man aus diesem »Fahrstuhl« nicht einfach herausfallen konnte. Er hoffte, dass sich die Fledermauspopulation in diesen Stollen auf ein Minimum beschränkte. Er hoffte, dass er hier wieder lebend herauskommen würde. Die meisten dieser Hoffnungen gab er auf, als der Förderkorb nach kurzer Fahrt angehalten wurde. Was konnte das anderes bedeuten, als dass sie in Schwierigkeiten waren? Einer der Mitinsassen, die er in dieser absoluten Dunkelheit nicht sehen konnte, kramte herum; Enrique wusste nicht, nach was er suchte. Dann leuchtete eine blendend helle Lampe auf, vor der er seine Augen schützen musste. Erst nach einigen Sekunden wurde ihm bewusst, dass sie sich immer noch nicht in freiem Fall befanden. Ihm wurde ein Gegenstand in die

Hand gedrückt, und jemand, der wie der Lehrer klang, sagte: »Setzt sie auf! Na los, macht schon, wir wollen die anderen nicht unnötig warten lassen!«

Enrique setzte seine Helmlampe auf – einen Helm trug er schon – und schaltete sie ein, wie die anderen auch. Sie waren so klein, dass sie nur das erschreckend dünne Gestänge des Förderkorbs und seine engste Umgebung ausleuchteten.

Als sie kurze Zeit später im Eingang des Stollens saßen, in dem sie sich häuslich niederlassen wollten, fragte Enrique: »Wie tief geht's denn eigentlich runter?«

»Um die tausend Meter.«

»Und wie tief sind wir jetzt?«

»120. Eigentlich sollten wir ganz nach unten, weil dort die jüngsten und am modernsten ausgebauten Stollen sind, aber das halte ich nicht aus.«

Enrique tat es gut, dass der Lehrer seine Angst eingestand. Er hätte die Vorstellung von einem Kilometer Stein über seinem Kopf genauso wenig ertragen. So irrational das auch war: Dass der Steinhimmel jetzt tatsächlich nur 120 Meter dick war, machte es leichter.

Ihre Gesichter waren bereits mit Kohlenstaub beschmiert.

Dann wurde es fast richtig gemütlich. Als die Schlafsäcke ausgerollt waren und die Leuchtelemente an den Wänden hingen, als der Wasser- und Proviant-Nachschub von oben reibungslos funktionierte, begann sich Enrique an den Schacht zu gewöhnen. Schwierig war es mit der Hygiene. Man hockte sich in einen Nebenstollen, aber der stank schon nach kurzer Zeit so erbärmlich, dass es lästig zu werden begann. Deshalb kamen sie auf die Idee, Plastiktüten zu benutzen und in den Hauptschacht hinabzuwerfen. So eine Plastiktüte reichte für einen ganzen Tag. Wenn sie dicht war. Diejenigen unter den Synkretisten, die eher an den Maya-Anteilen ihres Glaubens hingen, sprachen schnell noch ein Gebet an Yum Cimih, den Gott der Unterwelt, bevor sie ihre Tüte losließen. Jesus war diese Art von Umweltverschmutzung offensichtlich egal, denn darüber stand nichts in der Bibel.

Man scherzte allgemein darüber, dass das Methan das Bergwerk demnächst in die Luft sprengen würde, aber Grubengas war tatsächlich – wie in jedem Kohlebergwerk – eine ernst zu nehmende Gefahr, und zwar nicht wegen der paar Scheißbeutel im Schachtsumpf. Hier unten durften nicht einmal die normalen Taschenlampen benutzt werden, sondern nur Leuchtelemente und Lampen, die ohne Elektrizität auskamen.

Gegessen wurde kalt. Der Kohlenstaub färbte alles schwarz, aber das spielte bei dem schummerigen Licht keine große Rolle. Schlimmer war, dass er sich mit der Zeit auch auf die Lunge legte.

Enrique langweilte sich bald. Er war nicht daran gewöhnt, einfach herumzusitzen und abzuwarten. Aber er sah auch ein, dass er vorerst nichts daran ändern konnte. Solange sie nicht entdeckt wurden, war er hier unten relativ sicher. Aber was würde nach dem Bergwerk kommen? Das nächste Kloster? Ein alter Bauernhof? Die Kanalisation einer größeren Stadt? Wie lange konnten sie das durchhalten? Als er den Lehrer darauf ansprach, antwortete der: »Wir sind einfach auf der Flucht, so wie der Hase vor den Hunden flieht. Fällt dir etwas Besseres ein? Vielleicht denkst du als Guerillero an irgendwelchen Heldenunsinn. Zum Beispiel daran, gerade jetzt in den Angriff überzugehen oder so. Nadz Caan überrennen mit ein paar Mistgabeln in der Hand.«

»Nein«, sagte Enrique, »nichts dergleichen. Ich wollte nur eine Perspektive. Etwas, woran wir arbeiten können. Von Angriff war nicht die Rede.«

»Ich hab nichts, woran wir arbeiten können«, sagte der Lehrer. »Von unserem Überleben abgesehen.«

Enrique litt auch darunter, dass er mit der Kultur der Synkretisten nicht viel anfangen konnte. Seit er den Lehrer in so nüchterner Weise über seine Kunstreligion hatte reden hören, nahm er sie nicht mehr ernst. Die Faszination, die er damals bei dem Gottesdienst in der Höhle unter der zerstörten Kirche verspürt hatte, war verflogen. Er sah die Leute auf ihren Schlafsäcken knien und hörte, wie sie ihre Gebete murmelten, die Kreuze in den Händen, und war peinlich berührt. Was hast du erwartet?, fragte er sich selbst. Einen echten Messias? Einen Retter wie aus dem Gebetbuch? Er musste zugeben, dass er genau das erwartet hatte, wenigstens ein bisschen, und dass er von dem Lehrer *enttäuscht* war. Immer dasselbe, dachte er. Wenn es hart auf hart kommt, rennen die Linken zum Altar.

Einmal, er kam gerade von der Plastiktüten-Entsorgung zurück und hatte deswegen eine der raren Taschenlampen dabei, begegnete er einer Frau, die der Figur nach die Namenlose hätte sein können, mit der er im Kloster geschlafen hatte. Sie wartete offenbar mit ihrem eigenen Beutel in der Hand darauf, dass er die Taschenlampe zurückbrachte. Er leuchtete ihr voll ins Gesicht und erkannte trotz der Kohlenschmiere, dass sie es nicht war.

»He, was soll das?«, fauchte die Frau.

»Entschuldigung«, sagte er. »Ich wollte dich nicht erschrecken.«

»Dann tu's auch nicht«, gab sie zurück, nahm ihm die Taschenlampe aus der Hand und ließ ihn stehen. Enrique gestand sich ein, dass er wohl doch ein Romantiker war. Er hoffte, dass die Namenlose weder den Maya noch der FPLE in die Hände fiel. Er hoffte es wirklich.

Der Schlaf im Stollen war schwierig. Das Zeitgefühl und vor allem das Gefühl für die Tag- und Nachtphasen gingen schnell verloren, Blicke zur

Uhr halfen da wenig. Man wusste nicht, wann man sich hinlegen sollte: Zur eigentlichen Nachtzeit war man nicht müde, tagsüber war man nicht voll wach. Enrique sorgte sich bald um seine Gesundheit. Das war nun schon die zweite Dunkelphase innerhalb kurzer Zeit. Schadete das den Augen? Wie lange konnte es ein menschlicher Körper ohne Sonne überhaupt aushalten? Mit Schrecken stellte er sich einen Aufenthalt von Wochen und Monaten in dem Stollen vor! Er und die anderen würden als bleiche und rachitische Mehlwürmer an die Oberfläche zurückkriechen, unfähig, sich wieder an die dortigen Bedingungen zu gewöhnen, und nur zu gern bereit, für immer in dem Bergwerk zu verschwinden – die Ersten einer neuen Art von Höhlenmenschen. Das hätte ihm gerade noch gefehlt: Nach Jahrzehnten des Kampfes gegen die Maya in einer Welt zu landen, die deren Vorstellungen von der Unterwelt nachempfunden schien!

Wenn er schlief, dann nur für ein oder zwei Stunden, und seine Träume waren heftig, realistisch und ausnahmslos unerfreulich.

Er erhielt vom Lehrer die Erlaubnis, in anderen Stollen Nachforschungen anzustellen. Ein paar Ebenen höher machte er mit seinen Begleitern eine erschreckende Entdeckung: In einer Pausenhütte, die in eine Nische des Stollens hineingebaut worden war, lagen zwei Skelette, noch mit den Resten von Bergmanns-Overalls, schimmelbedeckten Helmen und völlig korrodierten Lampen. Auf dem Tisch, an dem die beiden gesessen hatten, standen sogar noch zwei Essnäpfe, in denen bräunliche Essensreste klebten, und zwei Becher. Überall waren Gerätschaften verstreut, die man zu Lebzeiten der beiden skelettierten Bergleute wohl für den Bergbau gebraucht hatte; Enrique waren sie unbekannt.

Den Gipfel der Absurdität stellte für ihn aber ein kleiner Schaukasten dar, der ebenfalls in der Pausenhütte untergebracht war. Etwa so groß wie ein kleines Aquarium, enthielt er Fossilien, Abdrücke von Pflanzen und Tieren, die die toten Bergleute und ihre Kollegen bei ihrer Arbeit gefunden hatten, und im Gegensatz zu den beiden Menschen waren die liebevoll angeordneten Kohlebrocken und ihr Behältnis in tadellosem Zustand. Nicht eine Scheibe des Schaukastens war auch nur angeknackst. Die Fossilien waren staubfrei. Enrique wurde schwindelig bei diesem Anblick. Mit tödlicher Gewissheit senkte sich die Überzeugung auf ihn herab, dass er demnächst sterben würde, und zwar in diesem Bergwerk: begraben unter Millionen Tonnen von Gestein, ein Fossil für die Archäologen der Zukunft. Im Grunde hätte er sich gleich neben die Skelette legen können, es machte keinen Unterschied.

Seine Begleiter diskutierten, ob sie die Toten begraben sollten. Schließlich entschieden sie sich dagegen.

7. Juli 2136

13.6.5.6.2 3 Ik′ 5 Yaxkin Nachtgott 5

Nach vier Tagen Stollen war alles vorbei.

Der Lehrer feierte einen Gottesdienst und Enrique nahm teil, weil er den Gesängen und Gebeten ohnehin nicht entkommen konnte. Es war nicht ganz einfach für ihn, ruhig zu bleiben, zumal der Lehrer selbst nicht an das glaubte, was er sagte. Dazu beschränkte sich hier unten der Gottesdienst mangels Requisiten auf eine Art Pantomime, in der dem Lehrer nicht vorhandener Schnaps gereicht wurde, damit er ihn über die Lippen eines nicht vorhandenen Götterstandbilds schütten konnte. Er tupfte seine Finger in eine nicht vorhandene Schale und benetzte die Stirnen der Gläubigen mit nicht vorhandenem Wasser.

Enrique hätte gerne gelesen, um sich die Zeit zu vertreiben, aber er hatte weder Buch noch geeignetes Licht. Wieder einmal wanderten seine Gedanken zu dem angenehmsten Ereignis der letzten Wochen, Monate, vielleicht sogar Jahre: dem Abend mit der Namenlosen.

Eine dumpfe Explosion riss ihn aus seinen Träumereien. Am Schachteingang tanzte der Widerschein eines Feuers, das hunderte Meter weiter unten zu brennen schien. Grubengas, dachte er. Was immer dort unten brannte, es konnte bei falscher Luftzusammensetzung das ganze Bergwerk sprengen.

Die Gemeinde schwieg, der Lehrer auch. Enrique stand von seinem ungemütlichen Platz auf und spähte in Richtung des Stolleneingangs, wo nichts anderes zu entdecken war als die unheimlichen Flammen aus der Tiefe. Er kannte sich mit der Dynamik von Bergwerksunglücken nicht aus, aber wenn die Grubengas-Explosion bis jetzt nicht gekommen war, dann würde sie wohl auch nicht mehr stattfinden. Was immer den Feuerschein verursacht hatte, blieb möglicherweise für ihn und die Synkretisten ohne Bedeutung.

Dann aber setzte ein seltsames Kratzen und Knirschen ein, nicht sehr laut, aber durchdringend, so dass Enrique nach einigen Sekunden glaubte, es käme aus seinen eigenen Knochen. Ein paar der Synkretisten fingen an, in der verschreckten Stille zu flüstern und zu tuscheln. Die Lichter der Taschenlampen schwangen hin und her. Unruhig griffen die Bewaffneten nach ihren

Gewehren und sahen zur Decke des Stollens auf, als könnten sie dort den Feind entdecken.

Enrique fing an zu begreifen. Irgendjemand hatte den Schacht frei gemacht, indem er den Förderkorb von den Seilen losgeschnitten hatte. Und wer immer dieser Jemand war, sein Abstieg durch den Schacht verursachte ein Kratzen und Knirschen, das einem die Zehennägel aufrollen konnte.

»Sie kommen«, schrie jemand.

War er *selbst* das gewesen? Es schien so. Sein Mund stand noch offen, als er sich schon umgedreht hatte und in die Tiefe des Schachts hineinlief.

Nach kurzer Zeit hatte ihn jemand mit einer starken Taschenlampe beinahe eingeholt – zum Glück, denn in den immer schwächer erleuchteten Streckenabschnitten des Stollens hätte er sich sonst kaum orientieren können.

»Enrique«, schrie sein Verfolger, »wo willst du hin?«

Es war der Lehrer. Enrique antwortete ihm nicht, rannte nur weiter. Hinter sich hörte er das Getrappel von vielen Füßen, das immer stärker wurde, und außerdem das Kratzen und Knirschen. Er drehte sich um und sah, dass die anderen ihm nicht mehr hinterherliefen, sondern sich offenbar dem Kampf mit wem auch immer stellten. Er hörte Schüsse, ab und zu sogar stärkere Eruptionen, vielleicht von Handgranaten. Lichtreflexe und undefinierbare Geräusche. Er bemerkte seinen Brotbeutel und sein übriges Gepäck, in dem irgendwo eine Taschenlampe stecken musste. Nun hatte er Licht, aber nach vielleicht zweihundert Metern war Schluss: Er konnte gerade noch verhindern, dass er mit voller Wucht auf das Ende des Stollens prallte, der in ein T-förmiges Endstück mündete. Zuerst glaubte er, rechts oder links könne es weitergehen, aber ein kurzer Schwenk mit der Lampe überzeugte ihn davon, dass er festsaß. In einem Raum mit kilometerdicken Wänden. Die Hände an dem kühlen Gebröckel des Kohleflözes blieb er schwer atmend stehend und gab auf. Das hier war eine Falle, aus der er nicht entkommen würde. Er war am Ende dieses Stollens und seines Lebens.

Das Geschrei, die Schüsse, die Eruptionen kamen immer näher. Die Eindringlinge trieben die Synkretisten vor sich her, direkt auf ihn zu. Es hörte sich an wie eine Party von Betrunkenen, die in einem Tunnel ihre Sylvesterknaller abbrannte. Er zog seine Pistole und überlegte gehetzt, was jetzt noch wichtig war. Die N-Waffe, dachte er. Rausholen und irgendwo hinwerfen? Vielleicht hatten sich die Bibel und das Gebetbuch in zwei Kohlebrocken verwandelt, die er gut getarnt hier zurücklassen konnte?

Weiter vorne im Stollen tobte das Kampfgetümmel. Nach den Geräuschen zu urteilen, leisteten die Synkretisten erbitterten Widerstand. Er tastete in seiner Tasche herum und fühlte die Bücher dort, wo er sie hingesteckt hatte. Sie waren sehr warm, um nicht zu sagen heiß, und erhitzen sich in Windeseile so sehr, dass er sie loslassen musste. Bitte, bitte nicht, dachte er. Bitte nicht explodieren. Aber seine Bitte blieb unerhört. Sein Brotbeutel platzte mit einem Schlag auf, der ihn einen ganzen Meter zur Seite warf. Im Licht seiner Taschenlampe sah er sich plötzlich von einem funkelnden Staub umgeben, der ihn in farbigen Schlieren umkreiste. Noch bevor er Zeit hatte, über die Erscheinung nachzudenken, bevor er sie überhaupt richtig wahrgenommen hatte, schossen die Schlieren auf seine Nase zu wie Zigarettenrauch auf die Düse eines Staubsaugers und stießen mit einer eigenartig scharfen, aber nicht wirklich unangenehmen Kühle in seine Lunge hinab, als habe er ein Spray eingeatmet. Enrique war viel zu konfus, um zu reagieren. Er stand nur da, Pistole und Taschenlampe in der Hand, und wartete immer noch auf den großen Knall. Stattdessen blendete eine Lampe auf, und Schritte kamen auf ihn zu. Er hob seine Pistole und hielt sie in das Licht.

»Ich bin's«, sagte der Lehrer und senkte seine Lampe. Auch er hielt eine Waffe in der Hand. Er war bleich und ruhig wie ein Geist. Das Getümmel kam näher.

»Es sind die Maya«, sagte er mit heiserer Stimme. »Sie haben was Neues mitgebracht.«

»Was?«, fragte Enrique. Er verstand nicht.

»Wirst du gleich sehen. Vergiss deine Gedächtnisbombe nicht. Alle Wege führen nach Rom.« Er schob sich den Lauf seiner Pistole in den Mund und drückte ab. Sein halber Kopf verschwand und dann sackte er zusammen. Auf dem Boden zuckte sein Körper noch ein wenig, und reflexartig schoss Enrique auf den Kadaver. Wie vom Knall seiner eigenen Waffe aufgeschreckt, fummelte er das Amulett aus seinem Ausschnitt heraus, zerriss die Goldkette und legte es auf die Zunge.

Es war bleiern still. Ein klagender Schrei und ein Schlag, dann wieder Stille. Beinahe irr vor Angst und Konfusion in der Enge umhertänzelnd, konnte er seine eigenen Schritte im Geröll knirschen hören – ein Boxer in Panik. Da draußen war etwas. Er konnte deutlich hören, wie es näher kam.

Als das Wesen die Kammer betrat, traute er zuerst seinen Augen nicht. Es war etwas größer als ein Mensch, hatte einen Chitinpanzer und bewegte sich auf eine Übelkeit erregend *insektoide* Weise. Enrique musste unwillkürlich schlucken und verschluckte dabei die Gedächtnisbombe. Jetzt sprach das Wesen zu ihm: »Widerstand ist zwecklos.«

Dann schlug es ihn nieder, bevor er hätte antworten können.

Er war so leicht, dass er glaubte, demnächst würden ganze Körperteile von ihm wegschweben wie alte Spinnweben, die der Wind vor sich hertrieb. Er wurde auf Händen getragen. Sein Gleichgewichtsorgan und seine Augen sagten ihm, dass er mit dem Gesicht nach oben transportiert wurde, und zwar durch einen Tunnel oder Gang, dessen unbehauene, rohe Wände schwarz waren. Er fürchtete sich ein wenig vor diesem Schwarz, hatte aber großes Vertrauen in seine Träger. Er hätte nicht sagen können, wie er sich fühlte. Er wusste überhaupt nicht sehr viel. Eben hatte er noch vor einem Schaukasten des *Museums der Mutterkulturen,* dem alten Prado, in Nadz Caan gestanden. Er erinnerte sich, unter falschem Namen dorthin gereist zu sein, um etwas abzuholen. Was genau, war ihm nicht gesagt worden. Und jetzt wurde er auf diese erstaunlich leichte und flüssige Art durch einen dunklen Tunnel getragen.

War er tot? Das konnte nicht gut sein, denn er hatte Kopfweh. Er hatte noch nie von einem Nahtoderlebnis gehört, bei dem von Kopfschmerz berichtet worden war. Sein Kopfweh war erschreckend stark, aber nur wenn er sich entschied, es wahrzunehmen. Wenn nicht, war es so gut wie nicht vorhanden.

Alles war in ein seltsames Zwielicht der Unbestimmtheit getaucht. Waren die Wände des Tunnels nicht vielmehr weiß oder von einer ganz anderen Farbe? War er nicht vielleicht nur noch ein Torso? Vielleicht nur noch ein Kopf, der auf Händen getragen wurde, zu welchem Zweck auch immer – ein Pauahtun, einer dieser steinernen Köpfe, die an den Ecken mancher Tempel die vier Bacabes symbolisierten, die die vier Weltecken trugen. Das ließ ihn an eine Situation in seiner Jugend denken, in der er sich ähnlich gefühlt hatte wie jetzt: seine Initiation. Sie hatten ihn damals berauscht mit einem Gift aus der Haut der Agakröte, und *Balche* war ihm über einen Einlauf verabreicht worden. Er war in diesem luftigen, unbestimmten, ab und an von heftigen Gefühlen durchschossenen Zustand vor das Volk getreten und hatte sich zum ersten Mal mit einem Rochenstachel den Penis perforiert. Er hatte das Blut quillen und die Tropfen fallen sehen. Andere standen um ihn herum, ähnlich berauscht und irre, und taten mit ihren Geschlechtsorganen das Gleiche. Die Götter hatte er nicht gesehen, vor allem nicht den Dynastiegründer von Uaxactún, Ahau Ahtohil – bei diesem ersten Mal nicht und bei allen anderen Malen nicht.

Ich hätte ein Prinz sein können, dachte Enrique, während er weiter durch den Gang getragen wurde. Ich war ein Prinz. Aber es ist schlecht, ein Prinz zu sein, wenn man nicht an den König glaubt. Er musste an seinen Vater, den mickrigen König von Uaxactún denken, der in der Hierarchie der spanischen Maya-Könige überhaupt keine Rolle gespielt und sich in seinem

Stadtstaat dafür umso mehr produziert hatte. Auch an seine Mutter dachte er, obwohl er es lieber nicht getan hätte. Bigott, machtgierig und zu jeder Intrige bereit, hatte sie alle Hände voll damit zu tun gehabt, ihre Stellung als Favoritin seines Vaters zu behaupten. Ihrer Meinung nach hätte Enrique den Thron seines Vaters erben sollen. Die fürstliche Verwandtschaft, genauso machthungrig, war anderer Meinung gewesen, und all die Querelen und Provinzpossen hatten Enrique mehr und mehr angeekelt. Schließlich war ihm nur noch die Flucht geblieben.

Halt!, dachte er. Halt! Möglicherweise wurde er nicht zu einer zweiten Initiation geschleppt, denn er erinnerte sich an eine weitere Gelegenheit, bei der er sich so furchtbar leicht und der Auflösung nah gefühlt hatte – nach der Einnahme seiner ersten Gedächtnisbombe. Nach einer Aktion gegen einen kleinen Polizeiposten hatte sein Offizier ihm und den anderen die Gedächtnisbomben verordnet, weil er Angst hatte, im Fall einer Verhaftung könnten sie plaudern. Enrique war nicht sehr glücklich über die Vorstellung, ein zweites Mal eine Gedächtnisbombe eingenommen zu haben. In der FPLE galten drei Gedächtnisbomben innerhalb von zehn Jahren als absolutes Maximum, und etwa genau so lange war Enrique jetzt Mitglied. Bei den Genossen hielt sich hartnäckig das Gerücht, dass schon eine davon Gehirntumore hervorrufen konnte. Dass sie in seltenen Fällen zu schweren Gedächtnis- und Bewusstseinsstörungen führten, die nie wieder korrigiert werden konnten, war kein Gerücht, sondern eine Tatsache.

Enrique kam zu der Überzeugung, dass er tatsächlich unter den Folgen einer Gedächtnisbombe litt und dass er gerade in einen geistigen Krüppel verwandelt wurde. Vor Angst fing er an zu weinen. Gleich darauf musste er lachen, denn er fühlte sich wieder so leicht. Seine Träger bewegten sich jetzt nicht mehr in der Horizontalen, sondern in der Vertikalen. Er fragte sich ernsthaft, ob er auf dem Rücken der Weltenschildkröte lag, von der die Priester in seiner Kindheit manchmal gesprochen hatten. Nach oben wurde er getragen, was immer dort auch auf ihn warten mochte. Dabei kratzte und knirschte es neben seinem Kopf ganz furchtbar. Diese Geräusche ließen sich mit seiner Vorstellung von der Fortbewegungstechnik der Weltenschildkröte absolut nicht in Übereinstimmung bringen, und so verwarf er diese Idee wieder.

Das Licht wurde langsam heller, schließlich so hell, dass er die Augen zukneifen musste. Es kratzte und knirschte, kratzte und knirschte. Als er die Augen vorsichtig öffnete, sah er, wie er Stück für Stück in den Himmel hinaufgeschoben wurde, von einer unsichtbaren Hand. Dann trug man ihn eine kurze Wendeltreppe hinunter. Das merkte er am Schritt seines Trägers und am Rotieren des Himmels. Sehr hoch oben am Himmel war eine Wolke zu sehen. Dann hörte er eine Stimme! Eine echte, menschliche Stimme! Er freute sich so sehr, denn die ganze Zeit hatte er nicht gewusst, ob ein Mensch ihn trug. Jetzt schien es ihm beinahe gewiss. »Keine anderen Überlebenden.« Bei was auch immer.

Ein einziges Bild sprang auf aus dem Protein-Mus, in das seine Erinnerung seit Nadz Caan verwandelt worden war, und dieses eine Bild reichte aus, um ihm den kalten Schweiß auf die Stirn zu treiben: ein Wesen – halb Mensch, halb Insekt –, das seine Hand, vielleicht auch seine Klaue nach ihm ausstreckte, zweifellos um ihn zu töten. Diese Szene spielte sich in einer dunklen Kammer ab, nur erleuchtet von seiner eigenen Taschenlampe und eigenartigen Leuchtelementen im Körperpanzer des Angreifers. Er hatte eine Waffe in der Hand, aber er wusste nicht, wie sie gebrauchen. Das Wesen bewegte sich auch viel zu schnell. Eine Leiche lag auf dem Boden, praktisch unmittelbar vor seinen Füßen! Er war sich sicher: Das Biest hatte zuerst den Mann am Boden getötet und wollte jetzt auch ihn umbringen. Es war schuld daran, dass es keine Überlebenden gab! Außer ihm, denn er war gerettet worden. Von den Menschen, die ihn zuerst durch den dunklen Gang und dann ans Licht getragen hatten. Sofort war er sehr gerührt. Sein Herz floss über vor Dankbarkeit und er wollte diese Dankbarkeit kundtun.

»Danke«, sagte er zu seinem unsichtbaren Träger. »Danke, ich danke dir, wer immer du bist!«

Es kam keine Antwort, und er brauchte keine. Immer noch bewegungslos wurde er in ein Zimmer gebracht. Es war voller Gerätschaften, die wie medizinische Apparate wirkten. Weil seine gestörte Wahrnehmung die Gegenstände permanent von ihrem konvexen in ihr konkaves Erscheinungsbild und zurück springen ließ, wirkte alles sehr wirr auf ihn. Zwei durchlöcherte Teigfladen schoben sich in sein Blickfeld. Mühsam identifizierte er sie als Gesichter. Sie sprachen mit ihm. Oder vielleicht über ihn. Was sie sagten, machte ihm vom ersten Wort an Angst.

»Ist er wach?«, fragte der eine Fladen.

»Schwer zu sagen. Die Apparate sagen, er sei hellwach, aber wenn man sich die mangelnden Reflexe anschaut, dann wirkt er eher wie tot. Seltsam.«

Der eine Teigfladen wandte sich ab, während sich der andere noch tiefer zu ihm herabsenkte. Plötzlich ein scharfer Knall. Enrique fragte sich eine ganze Weile, woher das Geräusch gekommen war, bis ihm aufgrund des Schmerzes in seinem Gesicht klar wurde, dass er geohrfeigt worden war. Was ging hier vor? Seine Gefühle drangen nur langsam zu ihm durch.

»Wer bist du, Scheißkerl?«, fragte ihn der Teigfladen.

Enrique hörte ein dumpfes Dröhnen, das sich schnell zu einem sehr hohen Singen hochschraubte. Eine Turbine vielleicht. Ganz in seiner Nähe.

»Ich weiß, wer du bist. Du bist ein mieser FPLE-Terrorist, der als Verbindungsmann zu diesen Synkretisten gedient hat.«

Noch ein Schlag ins Gesicht. Jetzt schmerzte es schon mehr, auch psychisch. Was hatte dieser Mann gegen ihn? Er hatte ihn doch vorher gerettet? Enrique fing unvermittelt an zu weinen. Er fühlte sich wie ein Waschlappen. Die Gedächtnisbombe machte ihn mal eisenhart, dann wachsweich.

»Auch noch hier rumheulen. Na warte, dir werden wir helfen. Dem Synkretistenpack haben wir es ordentlich besorgt, die fangen da unten schon an zu schimmeln. Und du gehst auch den Bach runter, glaub's mir. Aber vorher wirst du *befragt*, und zwar gründlich. Wer bist du?«

Er wollte dem Mann sagen, dass er gar nicht mehr zur FPLE gehörte, aber es kam nur Gelalle heraus. Was war los? Eben hatte er sich bei seinem unbekannten Träger noch bedanken können – oder hatte er sich das nur eingebildet? Es war so schwer, den Überblick zu behalten, wenn die äußere Welt aus Konfetti bestand oder kleinen Pixelhaufen, die nur ungenügend miteinander verbunden waren. Die Belohnung für seine Anstrengung war eine weitere Ohrfeige.

»Mach's Maul auf, du Simulant! Du tust doch nur so! Ich will wissen, wer du bist! Name, Geburtsdatum, Einheit!« Anscheinend schüttelte ihn der Mann jetzt, denn der Pixelhaufen vor Enriques Augen geriet völlig durcheinander.

»Edler Herr«, sagte eine zweite Stimme von irgendwo außerhalb seines Blickfelds.

Der Schläger ließ ihn los. Ein edler Herr war er also. Dafür benahm er sich erstaunlich unedel. In diesem Augenblick erkannte Enrique das singende Geräusch: Er lag in einem Lastschrauber der Maya. Und ein edler Herr, ein Ahau also, gab ihm aus unerfindlichen Gründen andauernd Ohrfeigen. Oder vielleicht mit gutem Grund, denn er war ein führendes Mitglied der FPLE, die gegen die Maya Krieg führte. Enrique musste an die Pipeline denken. Sie haben mich, dachte er.

»Was ist?«, fragte der edle Herr.

»Ich glaube, es hat keinen Sinn, den Gefangenen jetzt zu verhören.«

»Warum nicht?«

»Ich habe den Computer nach seinen Symptomen befragt. Er glaubt, dass der Gefangene vor kurzer Zeit eine so genannte Gedächtnisbombe eingenommen hat. Eine Gedächtnisbombe ist ein Präparat, das …«

»Ich weiß, was das ist, Uinalführer!«, schrie der edle Herr.

»Verzeihung, Ahau Tepepul.«

»Na phantastisch«, sagte der Ahau zu Enrique. »Eine Gedächtnisbombe.

Aber vielleicht kratzt eine *Befragung* doch noch was aus deinen zermatschten Gehirnwindungen raus, du Hundehaufen!«

Enrique spürte schon wieder Tränen in sich aufsteigen. Er wusste jetzt, wer ihn »gerettet« hatte: Ahau Tepepul. Diesen Namen kannte er nur zu gut. Der Herr der Jaguarjungen. Der Chef des militärischen Geheimdienstes von Nanotikal. Nur Pastrana selbst in die Hände zu fallen wäre vielleicht schlimmer gewesen – aber auch nur vielleicht, denn die FPLE verfügte nicht über die gefürchtete *Befragungs*-Technik. Tepepul würde ihn ausquetschen wie eine Zitrone. Von ihm würden nicht mehr als ein paar trockene Fasern übrig bleiben. Er wäre jetzt gerne tapfer gewesen. Aber er musste wieder weinen.

8. Juli 2136

13.6.5.6.3 4 Akbal 6 Yaxkin Nachtgott 6

Er sah wirklich schlecht aus. Yaqui wusste, dass er selbst keine Schönheit war, und gleich nach der Befragung mochte er noch übler dran gewesen sein, aber der Neue sah wirklich aus wie der Tod: aufgedunsen-bläuliche Haut, geschwollene Augenlider, ein magerer und schmutziger Körper, als sei es ihm schon vor der Verhaftung nicht besonders gut gegangen.

Wie er ihn da so liegen sah, kam Yaqui auf einen Vergleich, der ihn sofort außerordentlich anekelte: Der Mann sah aus wie eine große, weiße Made in Menschenkleidern. Bei dem Gedanken, der Kerl könnte plötzlich Stummelfüße ausbilden und über den Boden davonkriechen, musste er sich beinahe übergeben. Er hatte in kurzer Zeit einiges über seine Kultur dazugelernt, was ihn für zoomorphe Verwandlungen von einstmals menschlichen Wesen sensibilisiert hatte. Wacah Chan hatte ihm bereitwillig über die Experimente Auskunft gegeben, die zur Schaffung der *Insektoiden* geführt hatten, und die Bilder von den fehlgeschlagenen Versuchen, deren Überbleibsel teils am Stück und teils zerkleinert in Gläsern aufbewahrt wurden, hatten Yaqui tatsächlich erbrechen lassen. Menschliche Augen über einem Spinnenmaul. Kreuzungen zwischen Händen und Klauen. Viergelenkige Menschenbeine. Ein Schreckenskabinett, wie es sich die paranoidesten Kritiker der Biotechnologie nicht hätten ausdenken können.

Noch aus zwei anderen Gründen hatten ihn diese Bilder bedrückt: Da sie nicht für die Öffentlichkeit bestimmt waren, würde Yaqui mit ihnen sterben müssen. Dass er sie zu sehen bekommen hatte, war Beweis genug für die absolute Gewissheit Wacah Chans, dass er Yaqui nicht mehr lange würde leben lassen. Wacah Chan erlaubte sich außerdem die Freiheit, das Gesicht von Federica zu tragen, wann immer er mit Yaqui sprach. Als Yaqui ihn fragte, warum er das tat, antwortete er: »Ich bin ein kleiner Sadist, weißt du.«

Yaqui ging langsam zu der Ruhebank hinüber, auf der der Neuankömmling lag, und hockte sich neben ihn. Sie hatten ihm nicht gesagt, wer er war. Vielleicht gehörte es zum Sadismus-Programm dazu, ihm einige Informationen frei Haus zu liefern und andere vorzuenthalten.

Der Mann schlief unruhig, seine Augenlider zuckten. Er schlief schon ziemlich lange. Aus einem Mundwinkel rann ihm ein wenig Speichel. Sein Gesicht war merkwürdig, fand Yaqui. Als sei es einmal künstlich verändert worden und gehe jetzt, unter dem Druck der Ereignisse, nach und nach aus dem Leim. Was darunter zum Vorschein kam, konnte Yaqui nicht leicht deuten, aber wenn ihn nicht alles täuschte, hatte der Fremde früher einmal indianischer ausgesehen.

»Du fragst dich, wer er ist?«

Yaqui musste sich eine Weile in der Zelle umsehen, bevor er Federicas Gesicht an der Decke fand. Er hatte immer noch keine wirksame Strategie, um mit dem Sadismus Wacah Chans umzugehen. Er war versucht, einfach so zu tun, als spreche er wirklich mit Federica. Es wäre Wacah Chan ein Leichtes gewesen, ein akzeptables Charaktermodell von ihr zu entwerfen und sie im Rahmen dieses Modells scheinautonom in seinen Schaltkreisen »leben« zu lassen wie ein Tier in einem nanotronischen Käfig. In Wirklichkeit sprach er jedoch nicht mit einer Marionette Wacah Chans, sondern nur mit einer Maske. Daran musste er sich immer wieder erinnern.

»Natürlich frage ich mich, wer er ist.«

»Was gibst du mir, wenn ich es dir sage?«, neckte der Rechner. Das war arg. Ein Lieblingssatz von Federica.

»Du hast doch alles«, gab Yaqui zur Antwort – dasselbe, was er Federica zur Antwort gegeben hätte. Die Isolation und Wacah Chans feinsinniger Sadismus zeigten Wirkung. Seine Wachsamkeit ließ nach, seine Wahrnehmung ließ nach, sein Denken ließ nach. Wenn das so weiterging, würde er dem Rechner demnächst Geschichten aus seiner Kindheit erzählen und mit dem Abbild Federicas Liebe machen. Aber es würde nicht lange so weitergehen. In zwei Tagen war ohnehin Schluss.

Mit perverser Perfektion wurde ihm suggeriert, seine ehemalige Geliebte sei in konservierter Form noch am Leben, wenn auch körperlos. Und wenn Wacah Chan ihren Charakter wirklich simulieren konnte, stimmte es dann nicht auch? Sollte er sich nicht vielleicht den kleinen Luxus gönnen, die Suggestion für bare Münze zu nehmen?

Nein, dachte er, nein. Nicht so.

»Machst du ein Fenster auf?«, bat er Wacah Chan stattdessen.

Der Rechner öffnete nicht eines, sondern viele verschiedene kleine. Durch die schießschartengroßen Öffnungen drang ein wenig Außenwelt: Licht, das allerdings gegen die indirekte, cremefarbene Beleuchtung in der Zelle nicht richtig ankam, und Geräusche. Man hörte vor allem das Gegacker, Geflöte und Gepfeife der königlichen Vogelzucht, die ganz nah war, und von weiter weg die ewigen Brüllaffen. Es dauerte vielleicht zwanzig Sekunden, dann schloss Wacah Chan die Fenster wieder. Er hatte offensichtlich nur kurz vorführen wollen, dass die Außenwelt noch genauso schön und geordnet war wie vor Yaquis Festnahme, um ihm zu zeigen, was er im Begriff war, für immer zu verlieren. Das alberne Spiel einer gefühllosen Maschine.

Aber vielleicht täuschen sie sich, dachte Yaqui. Vielleicht kommen sie mit dem Krieg, den sie planen, nicht so billig davon. Vielleicht hat Nadz Caan sogar gegen ihre Insektenkrieger etwas aufzubieten. Das war durchaus möglich, denn man konnte mit Sicherheit davon ausgehen, dass Ah Chacaw von Nadz Caan auch einige Trümpfe im Ärmel hatte; vielleicht wusste Chan Balum sogar davon und wollte ihm nur zuvorkommen. Wenn die beiden Hauptkontrahenten in dem kommenden Krieg etwa gleich stark waren, dann würde es für Spanien und die Kultur der Neo-Maya schlimm werden. Die meisten Menschen konnten sich die Grausamkeit eines Krieges mit N-Waffen noch immer nicht vorstellen. Yaqui war nicht sicher, ob auch nur zehn Prozent der jetzigen Bevölkerung eine ernsthafte Auseinandersetzung zwischen Tikal und Nadz Caan überleben würden.

Und danach? Wer würde aus dem Machtkampf, der auf die Enthauptung der Städte-Hierarchie in Maya-Spanien unweigerlich folgen würde, als Sieger hervorgehen? Eine Adelsfronde aus den rauchenden Überresten der Städte? Ein kleinerer Ahau, der sich aus allem herausgehalten hatte, um sich nachher als Retter des Volkes zu präsentieren? Die katholische Kirche? Diese neuartigen Synkretistengruppen, die in letzter Zeit von sich reden machten? Alles Spekulationen. Aber eins war gewiss: Er würde sterben. Und der Fremde, der da vor ihm lag, auch.

Yaqui sah dem Mann ins Gesicht. Er öffnete plötzlich seine Augen. Sie waren erstaunlich grün, und als er sie auf Yaqui richtete, begann er zu brüllen. Er schnellte auf, wie von einer Sprungfeder getrieben, und stieß Yaqui dabei zu Boden, aus vollem Hals schreiend. Yaqui rollte sich gerade rechtzeitig zur Seite, um nicht von den Füßen des Fremden getroffen zu werden, der auf ihn hatte herunterspringen wollen. Yaqui kam auf die Beine und bemerkte, dass der Fremde im Stehen kein Gegner für ihn war: Der Mann zitterte und bebte und hatte offensichtlich aus reiner Panik angegriffen.

»Ruhig«, sagte Yaqui, »ruhig. Ich will dir nichts Böses. Wir sind beide Gefangene. Wir sitzen in einem Boot.«

Der Mann versuchte halbherzig noch einen zweiten Angriff, dann klappte er zusammen und sank hart auf seine Ruhekoje. Wenn sie nicht dagewesen wäre, wäre er einfach hingefallen. Er umklammerte seine Beine und versteckte den Kopf zwischen den Knien.

Yaqui setzte sich neben ihn und wartete einfach ab. Vielleicht würde der Fremde später zur Vernunft kommen.

In der Nacht wurde Yaqui von zahllosen kleinen Fingern geweckt, die über sein Gesicht spazierten. Er sah gerade noch, wie sich das Gebilde wieder in die Wand zurückzog. Am ehesten war es mit einem kleinen Besen vergleichbar, dessen Borsten sich wie Spinnenbeine bewegten. Die Zelle war erleuchtet und er dachte: Lass mich schlafen. Als er sich schon wieder umdrehen wollte, bemerkte er, dass der Fremde nicht mehr auf seiner Ruhebank lag. Neugierig geworden, blickte er sich in der Zelle um.

Der Mann stand nackt da, mit der Brust zur Wand. Zwei Frauenbeine umklammerten sein Gesäß, und er bewegte sich rhythmisch vor und zurück. Er keuchte. Yaqui setzte sich auf, und noch während er verwirrt das Schauspiel betrachtete, wuchsen an vielen Stellen aus der Zellenwand weitere Paare von Frauenbeinen heraus, die alle auseinander klafften und ein erregtes weibliches Geschlecht freigaben. In dem kleinen Raum begann es überwältigend nach Sex zu riechen. Er hatte den Unterleib erkannt. Ein Dutzend untere Hälften Federicas waren aus dem Formstein gewachsen und luden ihn ein.

»Komm«, sagte Federicas Stimme verführerisch, »komm zu mir, Yaqui.«

Der Tonfall war falsch. Auf diese süßlich-unterwürfige Art hatte Federica nie gesprochen, aber es wirkte trotzdem. Yaqui bekam gegen seinen Willen eine Erektion. Der Mann an der Wand keuchte laut auf und ergoss sich stoßend in den künstlichen Schoß. Yaqui kniff die Augen zu und steckte sich die Zeigefinger so fest in die Ohren, wie es nur ging. Sie wollen mich verrückt machen, dachte er. Ich soll dem Volk als zuckendes, irres Bündel vorgeführt werden, dem eigentlich gar nichts Besseres passieren kann, als zur Ehre der Götter und des kommenden Krieges geopfert zu werden. Sich die Ohren zuzuhalten nützte aber rein gar nichts. Wacah Chan ließ den Schall nach Belieben durch Yaquis Knochen laufen, und in seinem Schädel erklang immer wieder: »Komm, Yaqui! Komm zu mir!« Stundenlang.

Yaqui betete zu allen Göttern, es möge endlich aufhören.

9. Juli 2136

13.6.5.6.4 5 Kann 7 Yaxkin Nachtgott 7

Am anderen Morgen kamen die Bilder der Nacht nur langsam zurück, wirkten darum aber um so grässlicher. Er war als Erster wach und bat Wacah Chan, ihm eine Waschecke zur Verfügung zu stellen. In gewisser Weise war es ein Abenteuer, von einer perversen Maschine abhängig zu sein – als Bittsteller konnte man damit rechnen, immer wieder überrascht zu werden. Yaqui wusste nicht, woher er die Leichtigkeit nahm, aber er erwischte sich tatsächlich bei dem Gedanken, dass die letzten beiden Tage seines Lebens wenigstens nicht langweilig sein würden. Grotesk. Wahrscheinlich spielte der Hormonhaushalt seines Gehirns verrückt. Oder Wacah Chan hatte ihm heimlich etwas gespritzt, damit er die Welt rosig sah.

Die Waschecke, komplett mit Waschtisch, Spiegel, Waschlappen, Seife entfaltete sich vor seinen Augen. Wacah Chan erlaubte sich fast keine Späße mit ihm, nur ganz zum Schluss verformte er sein halbwegs frisches Gesicht im Spiegel zu dem eines *Insektoiden.* Yaqui sprang instinktiv zurück, und Wacah Chan lachte leise über ihn, mit Federicas Stimme. Könnte ich mich daran je gewöhnen? Er dachte mit Schaudern an andere Gefangene, die manchmal viel länger in Zellen wie dieser gehalten wurden, nur um dann doch geopfert zu werden. Er dachte an die Kabarett-Aufführungen in den Konzentrationslagern der Nazis. Nun gut, es gab bedeutende Unterschiede: Er durfte sich waschen, er bekam genug zu essen, und bis jetzt war er nicht körperlich misshandelt worden.

Ganz im Gegensatz zu dem Fremden, der immer noch aussah, als hätte man ihn den Insektenkriegern zum Spielen überlassen. Yaqui hatte ihn die ganze Zeit über im Auge behalten, damit er einem eventuellen Angriff zuvorkommen konnte. Eigentlich hatte er eine Strategie für das nächste Aufwachen des Fremden entwerfen wollen, aber der Gedanke an die letzte Nacht hatte diese Idee zunichte gemacht. Vergiss es, dachte Yaqui. Der ist so verdreht, der fickt Formstein. Als der Mann sich jetzt auf seiner Ruheliege umdrehte und schließlich stöhnend aufrichtete, ging Yaqui trotzdem in Verteidigungsstellung. Er hielt sich außerhalb seiner Reichweite. Der Mann ächzte wie der knotige und vertrocknete Ast an einem alten Baum, den man zu stark verbiegt. Er setzte sich auf und verbarg das Gesicht in seinen Händen. »Wie spät ist es?«, fragte er.

Yaqui war verblüfft. Das klang weit besser als das tierische Gebrüll von gestern. Konnte es sein, dass der Kerl wieder zur Vernunft gekommen war?

»Ich weiß es nicht genau. Es dürfte um die Mittagszeit sein. Es gibt sicher bald zu essen.«

Der Mann blickte auf. Die schiefe Grimasse, die er aufsetzte, sollte wohl ein Lächeln sein. »Essen? Was ist das? Ich fühle mich, als hätte ich seit Jahren nichts gegessen.«

Vernünftig, dachte Yaqui. Klingt vollkommen vernünftig. Er wagte einen Schritt auf den Fremden zu.

»Sag mal«, sprach der Mann weiter, »bevor wir jetzt die Vorstellungsrunde starten und in wilde Solidarisierungen angesichts unseres gemeinsamen Schicksals ausbrechen – es klingt vielleicht ein bisschen seltsam, aber … war letzte Nacht eine Frau hier?«

Yaqui überlegte, ob er den Mann anlügen sollte, aber er brachte es nicht übers Herz. »Nein. Diese Mauern bestehen aus Formstein. Der Zentralrechner der Stadt …«

»Ich weiß, was Formstein ist. Hatten wir zu Hause auch. Wenn auch nicht so schick wie hier.« Dann dämmerte ihm, was Yaqui ihm eigentlich hatte erklären wollen.

»Das ist hier ja noch schlimmer, als ich dachte«, sagte er und grinste plötzlich über die ganze Breite seines Gesichts. »Aber ich bin gut gekommen. Meine Eier tun weh.«

Yaqui grinste zurück. »Der Rechner hat dein Sperma sicher längst analysiert. Vielleicht hat es ihm ja so gut gefallen, dass er ein ganzes Dutzend von dir macht.«

Sie lachten. Als es wieder still wurde, sagte der Fremde: »Du könntest ein Ahau sein. So siehst du jedenfalls aus.«

»Ich bin ein Ahau«, gab Yaqui trocken zurück. »Oder jedenfalls bin ich es gewesen. Ahau Yaqui, bis vor kurzem oberster Zensor von Nanotikal.«

Der Fremde war offensichtlich überrascht. »Ahau Yaqui?« Nach einer Pause fuhr er fort: »Die Beschreibung stimmt. Aber wenn du hier bist, dann ist das hier kein Gefängnis, oder du bist kein Gefangener.«

Yaqui schnaubte. »Das hier ist das größte *Fledermaushaus* Tikals. Ich bin so sicher ein Gefangener wie du. Und in zwei Tagen wird man uns beiden bei einem großen Staatsopfer das Herz herausreißen. Ob du es glaubst oder nicht.«

»Interessant«, sagte der Fremde. »Ahau Tepepul habe ich ja schon kennen gelernt. Hat eine sagenhafte Vorhand für Ohrfeigen. Euch beide hätten wir früher gerne mal in den Arsch getreten. Gestatten, Guerrero, Exekutivrat der FPLE.«

Er streckte die Hand aus und Yaqui ergriff sie, zögerlich. Guerreros Haut war erstaunlich warm. Fast fühlte sie sich an, als fiebere er ein wenig.

»Dann ist also auch wahr, was man sich von dir erzählt? Dass du früher ein Maya warst?«

»Ja«, antwortete Guerrero schlicht. »Und warum bist du hier?«

»Tikal bereitet einen Krieg gegen Nadz Caan vor, und ich habe das zu früh ausgeplaudert. Der päpstliche Nuntius hat Chan Balum einen gefälschten Maya-Codex angedreht. Chan Balum hält diesen Codex für ein Zeichen. Seiner Meinung nach ist die Zeit gekommen, Nadz Caan die Zähne zu zeigen. Zur Feier der Kriegserklärung werden wir beide abgeschlachtet. Übermorgen. So sieht unsere Zukunft aus, wenn ich mich nicht irre.«

Der Mann, der sich Guerrero nannte, lachte. Yaqui stimmte nicht mit ein, weil er keinen Grund dazu sah. »Entschuldigung, aber ich finde das köstlich. In Ungnade gefallen. Der gefürchtete Zensor ist in Ungnade gefallen, und ich, einer seiner geschworenen Feinde, sterbe zusammen mit ihm. Das ist wirklich Ironie vom Feinsten. Vorausgesetzt, das stimmt alles, was du mir da erzählst.«

Guerrero sah ihn an. »Aber eigentlich ist es egal, ob du nur hier bist, um mich auszuhorchen. Hauptsache, ich bin nicht allein. Erzählen kann ich dir sowieso nichts. Ich muss kurz vor meiner Verhaftung eine Gedächtnisbombe geschluckt haben. Das Letzte, woran ich mich klar erinnere, ist so ein Insektenbiest, von dem ich geträumt habe.«

Yaqui nickte. Sollte er Guerrero über die *Insektoiden* aufklären? Er redete als Leiche mit einer Leiche. Die Erinnerung an seine Verhaftung strengte ihn an. Er ließ es bleiben.

»Übrigens«, sagte Guerrero, »einer fehlt noch. Tepepul hat mir in die Fresse geschlagen, du springst angeblich mit mir über die Klinge, aber was macht eigentlich Ahau Iztayub, der Dritte im Bunde beim schrecklichen Trio von Tikal?«

Yaqui versetzte es einen Stich, mit einer menschlichen Pestbeule wie Iztayub in einem Atemzug genannt zu werden, aber bevor er das Guerrero erklären konnte, öffnete sich eine Tür in der Wand, und Iztayub selbst kam herein. Er hatte einen *Insektoiden* mitgebracht. Yaqui hatte sich mittlerweile ein wenig an die Biester gewöhnt, aber Guerrero stand beim Anblick des Wesens wie vom Donner gerührt.

»Scheiße«, sagte er.

»Was denn, Iztayub«, sagte Yaqui fröhlich. »Bringst du das Essen jetzt schon persönlich? Kleiner Karriereknick, würde ich sagen.«

Iztayub grinste dreckig.

»Dir wird das Spotten schon vergehen. Und unser Freund hier isst heute beim Ahau.«

Der *Insektoide* nahm den immer noch völlig perplexen Guerrero am Arm und zog ihn durch die Tür hinaus. Iztayub folgte ihm. Schon fast draußen sagte er über die Schulter: »Übrigens, das wird nichts mit einem gemütlichen Herzausreißen. Ihr beide sterbt beim Ballspiel.«

Der Formstein schloss sich hinter ihm. Yaqui setzte sich stöhnend auf seine Ruheliege.

Enrique fühlte sich sehr eigenartig. Er mochte nicht nach rechts sehen – schon die Klaue, die seinen Oberarm umfasste, hätte er liebend gern aus seiner Welt verdrängt. Er ließ sich zu einem Gefährt bringen, in das sie zu dritt kaum hineinpassten. Auf dem Weg zum königlichen Palast konnte er beobachten, dass der *Insektoide* auch bei den Maya von Tikal Erstaunen hervorrief. Diese Wesen waren also dem Volk offiziell noch nicht vorgestellt worden. Er wusste nicht, ob er es als eine Ehre begreifen sollte, wenn die Geheimhaltung um die neue Wunderwaffe seinetwegen gelüftet wurde. Denn das waren sie offenbar, diese Insektenkrieger: die neue Wunderwaffe für den kommenden Krieg gegen Nadz Caan. Dass man sich nicht einmal scheute, den in Tikal anwesenden Spionen Hinweise auf diese neue Waffe zu geben, zeigte, dass der Krieg beschlossene Sache war.

Enrique entschied sich, Yaqui zu vertrauen. Er hatte im Untergrund nach der Devise gelebt, dass manche Dinge einfach zu absurd waren, um nicht wahr zu sein, und er war gut damit gefahren. Was der ehemalige Zensor ihm erzählt hatte, fiel genau in diese Kategorie, und die physische Anwesenheit der Chimäre im Sitz neben ihm war ein Beweis, wie er ihn sich deutlicher nicht wünschen konnte.

Ahau Iztayub, das konnte Enrique auf einen Blick sehen, war ein berufsmäßiger Sadist; er hatte von diesen Leuten zu viele getroffen, als dass er sie nicht sofort erkannt hätte. Pedro fiel ihm ein und der Kerkermeister seines eigenen Vaters damals in Uaxactún, der vom gleichen Kaliber gewesen war. Er erkannte es an dem dreckigen Grinsen, an der Aufgeregtheit des fetten Schweins auf der Fahrt zu Chan Balum – an der ganzen Aura der Vorfreude, die diese Kreatur umgab, weil ein großes Staatsopfer bevorstand. Ströme von Blut, Ströme von Blut. Das *Fledermaushaus* würde leer sein in drei Tagen, aber wenn es Kriegsgefangene aus Nadz Caan gab, war auch diesem Mangel bald wieder abgeholfen. Was hatte er beim Verlassen der Zelle zu Yaqui gesagt: »Ihr beide sterbt beim Ballspiel?« Na dann. Diese Form der Opferung war womöglich die demütigendste und schmerzvollste Todesart, die sich denken ließ. Zu einem menschlichen Ball zusammengeknotet, wurde der Verurteilte die Steintreppen hinuntergerollt, um dann von den Mannschaften umhergestoßen zu werden, bis er nur noch aus blutigem Brei bestand. Es passte perfekt: Solche Opfer wurden oft vor Beginn eines Feldzugs veranstaltet. Sie waren gut für die Besänftigung der Totengötter, die nach der Vorstellung der Maya vor allem unter den Ballspielplätzen ihr Unwesen trieben. Iztayub hatte dieses grausame Ritual mit echter Genugtuung angekündigt, ganz wie es seinem Wesen und seinem Beruf entsprach. Eine reizende Gesellschaft, in deren Hände er hier gefallen war, das musste er schon sagen. Fast so reizend wie das Verräterpack im Exekutivkomitee, das sich wahrscheinlich die Hände gerieben hätte, wenn es ihn jetzt hätte sehen können.

Die Eingänge des Königspalastes wurden nur von normalen *Rabensoldaten* bewacht, aber im Audienzsaal standen zwei *Insektoide* neben dem Thron. Man glaubte offenbar wirklich, Enrique habe noch irgendeinen Trick im Ärmel und könne dem König und seinem Staat gefährlich werden. Obwohl er geistig klar war, erstaunlich klar im Vergleich zu den letzten Tagen, fühlte er sich körperlich so matt, dass er nicht einmal einer Maus hätte gefährlich werden können. Mit Entsetzen bemerkte er, dass Chan Balum einen Jaguar im Genick kraulte, der nicht angekettet war. Ein zweiter lag – ebenfalls ohne Kette – zur Rechten des Throns. Zu Enriques Verblüffung waren drei katholische Geistliche anwesend, die mit dem Ahau auf gutem Fuß zu stehen schienen, denn sie hielten sich in seiner Nähe auf und machten keinen nervösen Eindruck. Enrique begriff: Das musste der päpstliche Nuntius sein, von dem Yaqui gesprochen hatte. Auf den ersten Blick fiel ihm die Ähnlichkeit zwischen Ahau Iztayub und dem Nuntius auf.

Eine Weile herrschte Stille. Staub tanzte in den breiten Lichtbahnen, die durch die trapezförmigen Fenster in den Audienzsaal fielen. Als Enrique sich nicht vor dem Thron verbeugte, wurde er von einem *Insektoiden* mit der Kraft einer Metallstanze zu Boden gedrückt. Mühsam rappelte er sich wieder auf und versuchte den Rest seiner Frechheit zusammenzukratzen.

»Das wirkt nicht wie ein Gala-Diner, Euer Exzellenz. Jetzt bin ich schon einmal bei einem König eingeladen, aber ich sehe nichts zu essen. Schade.«

Chan Balum verzog nicht einmal seine Lippen. »Essen bekommst du, wenn du mir meine Fragen beantwortet hast.«

»Ahau Chan Balum«, sagte Enrique, »wie Ihnen und Ihren Henkersknechten nicht entgangen sein dürfte –«

»Schweig!«, donnerte Chan Balum.

Die Lippen des päpstlichen Nuntius umspielte ein Grinsen der Genugtuung. Da hatte doch jemand die Untergebenen des Ahaus von Tikal als

Henkersknechte bezeichnet, ein Attribut, das die Maya-Geschichtsschreibung gerne den spanischen Konquistadoren des 16. Jahrhunderts anheftete.

»Ich will nichts mehr von Gedächtnisbomben und ähnlichem Unsinn hören. Was hattest du bei den Synkretisten verloren, und was ist dir in Nadz Caan übergeben worden? Antworte!«

Erstaunlich, wie die Stimme dieses körperlich recht kleinen Mannes den ganzen Raum erfüllte. Und das Schreien schien ihn gar nicht anzustrengen. Ahau Chan Balum war Enrique immer als gleichzeitig grausamer und rational denkender Despot beschrieben worden. Im Moment war weder von Grausamkeit noch von Vernunft etwas zu erkennen. Nur von eiskalter Wut.

»Darüber wissen Sie mehr als ich. Ich weiß nicht einmal, *ob* mir in Nadz Caan überhaupt etwas übergeben worden ist. Die Gedächtnisbombe hat alles bis zu meiner Festnahme ausradiert, dafür war sie gedacht. Ich –«

»Du bist ein Spion und ein Saboteur, geschickt von dieser Schlangenbrut aus Nadz Caan!« Der König schrie noch lauter als vorher. »Und wir werden dich mit den anderen Spionen und Saboteuren aus Nadz Caan opfern, die wir neulich enttarnt haben. Aber vorher wirst du mir noch sagen, was genau *deine* Mission war. Wer hat dich geschickt? Was hattest du vor?«

Der Schalldruck war gewaltig. Irgendein technischer Kniff verstärkte die Stimme Chan Balums, dessen war sich Enrique sicher. So laut konnte niemand mit seiner natürlichen Stimme schreien. Er schwieg. Er hatte alles gesagt. Wenn die Spezialisten nicht in der Lage waren, Chan Balum zu erklären, was es mit Gedächtnisbomben auf sich hatte, dann würde er es erst recht nicht können.

»Beiß ihn«, sagte der Ahau zu dem Jaguar, den er eben noch gekrault hatte.

Die Katze stand auf und schlich geduckt auf Enrique zu, als würde sie sich an ein Beutetier anpirschen. Enrique wollte fliehen, aber der *Insektoide* hielt ihn eisern fest. Jetzt knurrte der Jaguar leise. Die Eiseskälte der Angst fuhr Enrique in alle Knochen und er begann zu schreien: »Ich weiß nichts! Die Gedächtnisbombe! Wirklich nicht.« Er hörte sich schreien, und ein unbeteiligter, kühler Beobachter in seinem eigenen Schädel fand, es höre sich an wie ein Schwein vor der Schlachtung.

»Beiß ihn!«, rief der König noch einmal, und der Jaguar sprang ihn an. Der Schmerz war unbeschreiblich. Es gab keinen Schock, keine gütige Ohnmacht, nichts, nur ihn selbst und sein rechtes Bein zwischen den Kiefern dieses wilden Tiers. Enrique schrie und wand sich in dem Griff des *Insektoiden*, er übergab sich vor Angst und Schmerz, aber es nützte nichts. Es war, als hätte man ihn lebendig in einen Schraubstock eingespannt und presse sein

Bein in einem anderen, mit dicken, spitzen Stahlnägeln bewehrten Schraubstock zusammen.

»Du verreckst«, sagte der kühle Beobachter in seinem Schädel. »Jetzt ist es so weit.«

Das Letzte, was er wahrnahm, bevor er wirklich in Ohnmacht fiel, war das lausige, miserable Knacken und Krachen, mit dem die Knochen seines rechten Unterschenkels unter dem Druck der Jaguarkiefer brachen.

10. Juli 2136

13.6.5.6.5 6 Chikchan 8 Yaxkin Nachtgott 8

Dutzende braun-schwarzer Spinnen liefen auf seinen Beinen, die unsichtbar fixiert waren, umher. Mit einem Ruck richtete er seinen Oberkörper auf und versuchte, die Spinnen mit der rechten Hand wegzujagen. Sie schienen aber an der Haut zu kleben. Während einige wenige tatsächlich von seinen Beinen herunterfielen, ließen die anderen sich nicht so leicht vertreiben. Sie wichen nur ein wenig aus, kehrten aber an den seidenen Fäden, die sie an seiner Haut befestigt hatten, zu ihrem ursprünglichen Platz zurück. Sie beißen mich! Sie werden mich beißen! Es war aber noch viel schlimmer: Bei genauerem Hinsehen bemerkte er nämlich, dass die Spinnen große Wunden auf seinen Beinen mit ihren Körpern bedeckten. Manche saßen zu dritt oder zu viert in einem rot geränderten Krater. In der Mitte eines solchen Kraters war ein weißes Stück Knochen zu sehen, und selbst der sah aus, als sei er mit einem Eispickel bearbeitet worden.

Enrique fragte sich, warum er nicht vor Schmerz und Ekel schrie, aber das war im Moment genauso schwer zu beantworten wie die Frage, warum sich seine Beine nicht bewegen ließen. Meine Beine sind kaputt! Und Spinnen legen ihre Eier hinein! Ein Traum, dachte er, das ist alles ein Traum. Doch selbst im Traum hätte er liebend gerne ein Instrument zur Hand gehabt, um die Spinnen zu verscheuchen oder zu töten: einen Fächer, eine Zeitung, eine Fackel, eine Lötlampe, egal, egal, nur weg, nur weg mit dieser wuselnden, geschäftigen, nervösen Spinnenbrut. Aber er hatte nur seine Hände. Verzweifelt sah er sich um. Die Zelle! Er war wieder in der Zelle. Der Mann, der sich Ahau Yaqui nannte, saß ihm gegenüber auf seiner Ruhebank und sah ihn aus traurigen Augen an.

»Hilf mir«, sagte Enrique zu Yaqui, »hilf mir die Spinnen verjagen! Sie legen Eier in meine Wunden!«

Yaqui stand auf und kam herüber. Er setzte sich neben Enrique, und die Spinnen, die nicht unmittelbar mit der Eiablage beschäftigt waren, wichen ihm geschickt aus.

»Nein, Enrique. Enrique ist doch dein richtiger Name, oder? Du hast ihn im Traum gesagt.«

Enrique wurde misstrauisch. »Bist du hier, um mich auszuspionieren? Ich vertraue dir, weißt du. Da darfst du mich nicht ausspionieren.«

Der Ahau lächelte dünn.

»Ich wünschte, ich wäre hier, um dich auszuspionieren. Das war bis vor ein paar Tagen mein Beruf. Aber ich bin nicht dein Feind, und die Spinnen legen keine Eier in deine Wunden. Wir sind beide Gefangene hier, wie ich dir schon hundert Mal erklärt habe. Aber du scheinst stark unter Drogen zu stehen. Die Spinnen sind dazu da, deine Wunden zu heilen. Du bist heute Mittag mit furchtbaren Bisswunden hierher zurückgebracht worden, und weil sie nicht wollten, dass du ihnen auf der Stelle wegstirbst, haben sie die Spinnen auf dich losgelassen. Das sind keine Tiere, sondern Biomaten, die deine Knochen, deine Muskeln und deine Haut heilen. Sie machen das mit ihrer Seide.«

»Ist das wahr?«

»Ja«, sagte Yaqui. »Ihre Seide heilt deine Wunden. Schlaf jetzt.«

Und er drückte ihm sanft gegen die Brust, damit er sich wieder hinlegte. Enrique dachte über Widerstand nach, gehorchte dann aber willig.

11. Juli 2136

13.6.5.6.6 7 Kimi 9 Yaxkin Nachtgott 8

Ahau Yaqui schwitzte und zitterte. Es sah aus, als habe er Schüttelfrost. Enrique versuchte schon seit Stunden, ihn zu beruhigen, aber es gelang ihm nicht. Hätte er nicht selbst so schrecklich die Hosen voll gehabt, hätte er die Situation zum Lachen gefunden: Ein Maya, ein veritabler Ahau noch dazu, saß vor ihm und konnte seine Todesangst nicht kontrollieren. Enrique konnte diese Angst auch in sich ganz leicht mobilisieren, wenn er an die Bisse des Jaguars vom Tag vorher dachte, auch ihm trat der Schweiß auf die Stirn, wenn er sich nur an das geduckte Anschleichen des Tiers erinnerte. Aber das lag in der Vergangenheit. Schlimmer konnte es kaum kommen.

Er hatte seinen Tod im Grunde schon hinter sich. Aber die Spinnen hatten gute Arbeit mit seinen Beinen geleistet. Die Stellen, an denen der blanke Knochen herausgeschaut hatte, waren wieder unter einem Geflecht von Pseudohaut verborgen, in der sich offenbar schon Blutgefäße zu bilden begannen. Wenn man die Fingerspitzen auf diese papierdünne Schicht legte, konnte man den Puls spüren, und als er einmal zu fest drückte, sickerte Blut durch wie durch einen undichten Verband.

Yaqui war in einem beschissenen Zustand. Er zitterte und bibberte, saß da und hielt sich selbst umschlungen. Er wiegte sich hin und her, vor und zurück, aber das schien ihm keinen wirklichen Trost zu bringen. Er faselte andauernd von einem Traum mit silbernen Reitern, und obwohl Enrique ihn ermuntern wollte, ihm den Traum ganz zu erzählen, schüttelte er nur einige Male den Kopf und gab keine richtige Antwort. Enrique bat Wacah Chan um eine Waschgelegenheit, und nach ein paar Sekunden wuchs sie gleich neben ihm aus dem Boden. Er nahm den Lappen, der auf dem Rand des einfachen Zubers lag, tauchte ihn in das frische Wasser und ging damit zu Yaqui. Als er sich hinkniete, um ihm die schweißnasse Stirn abzuwischen, saß plötzlich noch jemand neben ihm. Er ließ vor Schreck beinahe den Lappen fallen. Die schwarzhaarige, lächelnde Frau war über eine Nabelschnur mit der Wand verbunden. Enrique mutmaßte, dass es sich hierbei um ein Abbild Federicas handelte, der ehemaligen Geliebten Yaquis, von der er so oft im Traum redete. Vorsichtig, immer mit einem Auge auf die Erscheinung, wischte er Yaqui die Stirn ab.

»Gut machst du das«, sagte die Kreatur, »sei lieb zu meinem Yaqui.«

Sie lachte. Dann alterte sie rasend schnell, sank zusammen, verlor Zähne und Haare, verweste vor seinen Augen innerhalb von Sekunden, bis nur noch ein Haufen verblichener Knochen übrig blieb, die auf dem Boden um einen Schädel herumlagen. Sogar sie zerfielen zu Staub, der vom Boden der Zelle resorbiert wurde. Der erdig-saure Verwesungsgeruch blieb jedoch zurück und stach Enrique in die Nase.

»Kümmere dich nicht darum«, sagte Yaqui, der zwar noch schwitzte, aber aufgehört hatte, sich selbst zu wiegen. »Danke für den Lappen.«

Weil es ihre letzte Nacht war, saßen sie die ganze Zeit wach, wie zwei Eulen, umzingelt von einer Rattenarmee.

12. Juli 2136

13.6.5.6.7 8 Manik 10 Yaxkin Nachtgott 1

Am Morgen des Opfertags regnete es in der Zelle Rosen. Yaqui wachte von einem Geflimmer auf seinem Gesicht auf und fragte sich, welche Infamie Wacah Chan jetzt schon wieder ausgeheckt hatte. Er lag auf dem Rücken, und als er die Augen öffnete, sah er rote Konfetti auf sich herabfallen. Er wischte die Flocken von seinem Gesicht und merkte dabei, dass sie ganz weich waren und die ganze Zelle nach Rosen roch, und da begriff Yaqui, was es hier regnete.

Enrique schlief noch, und Yaqui ließ ihn. Er bat um Wasser zum Waschen, aber seine Bitte wurde ihm nicht erfüllt. Yaqui verstand. Für das Opfer brauchte er nicht frisch zu sein. Es war noch demütigender, ungewaschen auf die Stufen des Ballspielplatzes zu treten. Die Rosenblätter, die jetzt so dicht wie rotes Schneegestöber von der Decke fielen, waren ein Abschiedsgruß.

Und sie waren natürlich bitterer Spott, denn sie spielten auf die Sage von Ixbalanqué und Hunahpu an. Den Zwillingen war einst eine unmögliche Aufgabe gestellt worden. Sie hatten die Totengötter beim Ballspiel gewinnen lassen. Nachdem sie in ein kahles Obsidianverlies gesperrt worden waren, hatten die Götter sich von ihnen Blumen als Preis ausbedungen, wohl wissend, dass die Zwillinge in ihrem Gefängnis nirgendwo an Blumen herankommen konnten. Aber Ixbalanqué und Hunahpu hatten die *Blattschneiderameisen* um Hilfe gebeten, die die verlangten Blumen aus den Gärten der Totengötter selbst stahlen und den Zwillingen in das Obsidianverlies brachten. So hatten sie die Götter überlistet.

Wenn Wacah Chan so weitermachte, würde er sie beide in Rosenblättern ersticken. Der Boden der Zelle war bereits fingerdick mit dem duftenden Schnee bedeckt.

»Wach auf, Enrique«, sagte Yaqui, aber Enrique stöhnte nur. »Wach auf, es ist Morgen. Es ist so weit.«

»Lass mich schlafen, du Blödmann«, sagte Enrique, »ich hab dir die ganze Nacht die Hand gehalten.«

Als er den ungewöhnlichen Niederschlag und den durchdringenden

Rosengeruch in der Zelle bemerkte, zog er sich hoch. Dabei atmete er ein Blatt ein und musste ausspucken. Er hustete und würgte. »Sag mal, was ist hier eigentlich los?«

»Siehst du das nicht, du Händchenhalter?«, sagte Yaqui. »Es regnet Rosen. Nur für uns zwei.«

Enrique hob eine Hand voll Rosenblätter vom Boden auf und ließ sie durch seine Finger rieseln.

»Verrückt«, sagte er. »Das ist verrückt.«

Es regnete Rosen bis hoch zu ihren Waden. Dann hörte es auf, und die Blätter begannen sofort zu welken. Eine halbe Stunde später war nichts mehr von ihnen übrig.

Sie warteten darauf, von ein paar *Raben* abgeholt und zum Ballspielplatz gebracht zu werden, aber nichts dergleichen geschah. Als Yaqui gerade nachfragen wollte, was los war, änderte sich das Licht in der Zelle schlagartig und die beiden fanden sich in einem schummrig erleuchteten, freskengeschmückten Raum.

Yaquis Herz schlug schnell. Er erkannte diese Fresken – er hatte sie selbst gemalt. Dies war das Adyton des größten Tempels von Tikal. Er konnte jemand atmen hören. Plötzlich kippte das Bild nach unten, und er sah an einem geschmückten männlichen Körper hinab: Umhang, Zeremonial-Brustgehänge, jadeverzierte Kniebänder. Das Geschlecht des Mannes lag frei. Es war perforiert worden, offensichtlich mit einer Jadelanzette, die er noch in der Hand trug. Durch das Loch hatte der Mann drei Papierstreifen gezogen, die schon so mit seinem Blut voll gesogen waren, dass sie es nicht mehr aufnehmen konnten. Dicke Tropfen fielen auf den steinernen Boden und auf seine Füße, die in Sandalen aus Jaguarfell steckten. Sie sahen seltsam aus, aber Yaqui hätte nicht mehr nachzählen müssen, um zu wissen warum: Jeder dieser Füße, schon über und über von Blut befleckt, hatte sechs Zehen. »Chan Balum«, sagte Yaqui. Enrique nickte stumm. Kein Zweifel: Was sie hier sahen, wurde direkt aus dem Kopf des Königs übertragen, in Echtzeit.

Das Bild kippte wieder nach oben, und der König setzte sich in Bewegung. Da war eine Tür in der Wand, und er lief darauf zu. Im Vorbeigehen erkannte Yaqui das Fresco, das Pacal zeigte, den Vater Chan Balums, wie er aus dem aufgerissenen Maul der Visionsschlange auftauchte, um zu Chan Balum zu sprechen. Der König hatte ihn damals sehr für die lebendige Darstellung gelobt. Auch der Text, den Yaqui um die Figuren des Freskos herumarrangiert hatte, war ihm noch in Erinnerung: Im Grunde ging es um die Legitimation Chan Balums als wahrer Nachfolger von Pacal nach dem Tod Ox Ha Tes.

Im Vorraum des Adytons traf Chan Balum auf einige hochgestellte Ahaus des Reiches: Tepepul, Iztayub, Tamazúl und Wac-Chanil-Ahau, die Hauptfrau des Königs, waren unter ihnen. Yaqui schnaubte trocken, als er auch Xpurpuek in der Gruppe entdeckte. Sein Nachfolger stand also schon fest und sollte wohl im Zuge des Staatsopfers dem Volk vorgestellt werden. Normalerweise hätte er selbst jetzt dort gestanden, stattdessen musste er mit einer Live-Übertragung außergewöhnlicher Qualität Vorlieb nehmen.

Die Ahaus bluteten aus Ohren und Zungen. Überall war Blut. Die Männer waren von verschiedenen Giften berauscht: *Balche, Aga, Pulque, Kakulja-Kox.* Ihre Blicke waren glasig. Auch Chan Balum war berauscht. Er ging auf eine sehr helle Tür am fernen Ende des Vorraums zu und schwankte dabei ein wenig. Die Ahaus folgten ihm, wie man an ihren gedämpften Schritten in Chan Balums Rücken hören konnte. Draußen blendete den König das helle Tageslicht. Seine drogenumnebelten Sinne täuschten ihm Visionsschlangen vor, die himmelhoch in der heißen Luft tanzten. Die Opferschalen standen links und rechts von ihm bereit, genau wie die beiden Priester. Der Platz vor der Pyramide, der größte in ganz Tikal, war voller Menschen, und als die Zuschauer bemerkten, dass der König nach seiner Zwiesprache mit den Göttern aus dem Tempel herausgetreten war, war der Jubel unbeschreiblich.

Yaqui wusste, dass die Menschen stundenlang auf diesen Augenblick gewartet, sich inzwischen selbst berauscht und selbst von ihrem Blut geopfert hatten, an manchen Stellen dort unten würde man jetzt durch Blutpfützen gehen. Als der König erschien, war alles auf den Beinen und brüllte sich die Seele aus dem Leib. Der König sah von oben auf sein Volk hinab. Trompeten verkündeten seine Anwesenheit, aber sie hatten Mühe, sich gegen das Geschrei der Menschen durchzusetzen. Der König begann langsam auf der Stelle zu tanzen. Das Bild in Yaquis und Enriques Zelle schwankte hin und her und drehte sich, dass einem übel werden konnte. Sie schlossen die Augen, damit ihnen nicht schwindelig wurde. Als sie sie wieder öffneten, hatte sich die Szenerie beruhigt, jedenfalls auf der Terrasse des Königs. Er zog die Papierstreifen aus seinem Penis und übergab sie mit denen der anderen Ahaus den Opferpriestern, die sie zusammen mit viel Kopalharz und Kautschuk in die großen Opferschalen warfen. Rauch stieg auf, dicker, schwarzer, wirbelnder Rauch. Die Visionsschlangen schwangen sich, für alle sichtbar, in den Himmel, und das Volk am Fuß der Pyramide tobte. Dann ließ der Lärm seltsamerweise nach. Die Arme der Menge sanken herab, die Schreie wurden immer leiser und wichen einem erstaunten Gemurmel, das der König, auf seiner Terrasse schwankend, kaum noch hörte. Von der Basis der Pyramide, hinter den Absperrungen, die von den *Rabensoldaten* gegen das Drängen des Mobs gehalten wurden, kam etwas die Stufen der Pyramide hochgekrochen, maschinell, insektenähnlich, grünlich.

Erst waren es nur wenige *Insektoiden*, die die Treppen hinaufstrebten, dann immer mehr, und sie sahen beim Klettern überhaupt nicht menschlich aus – eher wie ein Gemisch aus Baumwanzen und Gottesanbeterinnen in leicht übermenschlicher Größe. Mehr und mehr kamen hervor, bis sie eine ganze Seite der Pyramide bedeckten, dicht an dicht, von den untersten bis zu den obersten Rängen. Die Köpfe der ersten *Insektoiden*-Reihe befanden sich genau auf der Höhe von Chan Balums Sandalen, so dass es von unten aussehen musste, als stehe er auf ihren Schultern. Der König blickte über einen ganzen Teppich von *Insektoiden* hinweg, der bis zur Basis der Pyramide reichte. Als auch der letzte Platz auf den Treppen der Pyramiden besetzt war, hoben sie alle wie ein Mann die Köpfe und schrien die untergehende Sonne an. Es klang nicht nach schreienden Menschen, sondern wie tausend gebündelte Sirenen. Dann war alles stumm. Die *Insektoiden* hatten die Menschen auf dem Platz, den Rest von Tikal, die ganze Welt niedergeschrien. Nicht einmal Vogelgezwitscher war noch zu hören, ja sogar die Brüllaffen im nahen Urwald hielten die Luft an. Yaqui und Enrique konnten den König atmen hören.

»Volk von Tikal!«, sagte er, und der Schall drang in die fernste Ecke der Stadt. »Heute ist ein großer Tag. Es haben sich Dinge ereignet, die uns, die Maya von Tikal, zum Handeln zwingen. Lange schon hat unser südlicher Rivale, Ah Chacaw von Nadz Caan, nach Mitteln und Wegen gesucht, uns zu vernichten. Es ist in ganz Maya-Iberien kein Geheimnis, dass die Eifersucht von Ah Chacaw ihn zu immer frecheren Provokationen gegen Tikal antreibt, und wie sich herausgestellt hat, schreckt er auch nicht mehr vor dem Mittel der hinterhältigen Sabotage zurück. Der Unfall im Tempel der *Blattschneiderameisen*, der uns an den Rand einer Katastrophe gebracht hat, ist untersucht worden, und wir wissen jetzt: Es war kein Unfall, sondern ein von langer Hand vorbereiteter Anschlag aus Nadz Caan!«

Das Volk am Fuß der Pyramide schnaubte und stöhnte auf wie ein Tier aus tausend Leibern, das unsanft aus dem Schlaf geweckt wurde.

»Wir haben den Saboteur enttarnt, und unter der *Befragung* hat er seinen perfiden Plan, den er mit gewissenloser Grausamkeit ausgeführt hat, eingestanden. Er wird noch heute in Xibalbà den Totengöttern gegenübertreten.«

Das Volk jubelte.

»Aber das kann nicht alles sein. Das Maß ist voll. Um den ständigen Provokationen Ah Chacaws, seinen eifersüchtigen Intrigen und seiner unaufhörlichen Hetze gegen unsere ehrlichen Absichten endgültig einen Riegel vorzuschieben, habe ich beschlossen, ihm den Krieg zu erklären.«

Ein Aufseufzen ging durch die Menge, gefolgt von riesigem Beifall.

»Jawohl!«, brüllte Chan Balum in das Gebrüll der Masse hinein. »Wir müssen Krieg gegen Nadz Caan führen, weil wir friedliebend sind, aber nicht feige. Wer uns lange genug reizt und unsere Wut provoziert, wird sie zu spüren bekommen, ob er gewappnet ist oder nicht. Die Zeit der Geduld ist zu Ende! Wir werden uns nicht in unserer Heimatstadt mit dem Tod bedrohen lassen, nur weil ein fremder Despot das so will! Krieg gegen Nadz Caan und seine heimtückischen Verbrechen! Krieg gegen die Unverschämtheit Ah Chacaws und gegen seine Versuche, Tikal zu unterjochen! Krieg!«

Der Jubel war ungeheuerlich. Es klang, als habe das Volk nur auf einen Knalleffekt wie diesen gewartet. Der gelangweilte Stillstand, der seit Jahrzehnten die Stadt regierte, würde ein Ende haben. Ein neues Spiel begann. Yaqui seufzte. Er bezweifelte, dass die Masse am Fuß der Pyramide die Regeln dieses Spiels begriffen hatte. Ein echter Nano-Krieg war eine Weltneuheit, und abgesehen von Laborsimulationen hatte noch niemand die Auswirkungen eines solchen Krieges beobachten können. 90% der Schreihälse dort unten, die ihrem unbesiegbaren König zujubelten, würden in einer Woche tot sein, wenn kein Wunder passierte. Es würde nicht spaßig werden. Nicht halb so spaßig wie diese Orgie der Unvernunft, die heute Nacht noch verraucht sein würde.

Der König wollte mit seiner Rede fortfahren, aber er musste zweimal ansetzen, um den Lärm zu übertönen. »Die Götter«, brüllte er, »die Götter sind mit uns. Nicht nur dass die Venus, unser alter Kriegsstern, in einer günstigen Position steht …«

Yaqui fasste sich an die Stirn. Mit der Stellung der Venus hatten schon die klassischen Maya-Könige vor 1800 Jahren ihre Kriege begründet. Und ausgerechnet heute Nacht würde die Venus lotrecht über der Tempelpyramide zu sehen sein, auf deren Spitze Chan Balum jetzt das Volk aufhetzte. Wie penibel das alles geplant war.

»… Außer dem Spion und Saboteur aus Nadz Caan haben wir zwei weitere Feinde unseres Volkes dingfest machen können.«

Vernichtet sie!, konnte man vom Fuß der Pyramide hören.

»Es betrübt und schmerzt mich immer noch, dass es einem Verräter jahrzehntelang gelungen ist, mein Vertrauen zu missbrauchen. Ich spreche von Ahau Yaqui, dem Oberhaupt unserer Zensurbehörde, der es in unserer Schicksalsstunde vorgezogen hat, verleumderische Gerüchte in Umlauf zu setzen, statt mit all seiner Arbeitskraft dem Wohle Tikals dienlich zu sein. Perfiderweise hat er seine Lügen mit Hilfe eines Notfallsystems verbreitet, das seiner Pflege und Obhut anvertraut war. Und wir haben Beweise, dass er es im Auftrag Nadz Caans getan hat!«

Ein Aufschrei ging durch die Menge. Aus dem trägen, im Schlaf aufgeschreckten Tier war ein rasender Bulle geworden, mit Stichen und roten Tüchern bis aufs Blut gereizt.

»Aber das ist noch nicht alles! Nicht nur Ahau Yaqui ist als ein Agent des Feindes entlarvt worden, das Schicksal hat uns auch einen Kopf der Terroristen in die Hände gespielt, die seit Jahren mit ihren feigen Anschlägen das Rückgrat unseres Staates und der ganzen mayanischen Gesellschaft zu treffen versuchen: Guerrero ist in unserer Gewalt!«

Jubel aus den Niederungen.

»Erinnert ihr euch an den Anschlag auf die Wasserpipeline vor einem Monat, dem ein ganzes Dorf und alle seine Bewohner zum Opfer gefallen sind? Den Plan zu diesem abscheulichen Verbrechen hat Guerrero ausgeheckt! Die *Befragung* hat es erwiesen! Und es sollte mich nicht wundern, wenn auch er und seine so genannte FPLE im Dienste Ah Chacaws stünden.«

Vernichten!, hallte es hysterisch von unten herauf. Tötet sie!

»Aber die Gerechtigkeit siegt – manchmal langsam, wie bei Ahau Yaqui, manchmal schnell, wie bei Guerrero, der in einem Moment schon einen Massenmord plant und im nächsten bereits erwischt wird. Beide werden noch heute beim Ballspiel sterben. Und die Gerechtigkeit wird den eigentlichen Drahtzieher all dieser Ungeheuerlichkeiten genauso treffen! Ah Chacaw soll zu spüren bekommen, was es heißt, uns zu bedrohen! Lange haben wir seine Infamie mit Geduld hingenommen, aber wir waren nicht so töricht, darauf zu vertrauen, dass Nadz Caan eines Tages von selbst Ruhe gibt. Nein, wir haben uns angesichts der ständigen Nadelstiche Ah Chacaws und seiner Handlanger schweren Herzens entschlossen, eine Streitmacht aufzubauen, die ihm die Stirn bieten kann.«

Lastendes Schweigen. Es rauschte der Mantel der Geschichte.

»Die Soldaten, die ihr hier seht«, der König machte eine ausladende Geste über die Köpfe der *Insektoiden* hinweg, »sind Teil dieser Streitmacht. Sie verwendet neue Panzerungen, neue Waffen, neue Strategien.«

Sie sind keine Menschen, das solltest du vielleicht auch noch erwähnen, dachte Yaqui.

»Ihre Entschlossenheit ist unerbittlich, ihre Kräfte furchtbar, ihr Kampfesmut endlos. Mit ihrer Hilfe werden wir jeden Feind vernichten, der uns herausfordert. Verteidigen wir unsere Freiheit! Treten wir Anmaßung, Frechheit und Ehrlosigkeit, die sich gegen uns gewandt haben, in den Staub!«

Die Masse schrie, und die *Insektoiden* schrien mit. Es war ein tierisches Gebrüll, ein ohrenbetäubender, orgiastischer Schrei der Begeisterung, unterlegt von dem technoiden Sirenengeheul der Insektenkrieger.

»Die Zeit ist reif! Das Schicksal meint es gut mit uns, mit den Maya von Tikal. Dieser Tag steht unter einem günstigen Stern, und einige unserer bittersten Feinde sind bereits in unserer Gewalt. Darüber hinaus hat sich der neue Maya-Codex, der auf uns gekommen ist, als echtes Dokument unserer Vorfahren erwiesen! Die katholische Kirche, die einst unsere Kultur hat vernichten wollen, hat uns den Codex überlassen, und wir sind nun in der Lage, das Wissen über unsere Wurzeln zu erweitern. Es ist kein Zufall, dass dieser Codex nach Tikal gekommen ist und nicht nach Nadz Caan, Bonampak oder Tulan Zuiva. Es ist ein Zeichen, dass die Götter uns auserwählt haben, um die Kultur der Maya, die sie uns geschenkt haben, durch die Geschichte weiterzutragen. Wir sind die legitimen Erben des klassischen Mayatums! Auf uns ruht die Last der Geschichte, dieses Erbe zu erhalten! Nur die Kleingläubigen zweifeln daran, und nur Verräter wie Ah Chacaw wollen uns daran hindern, diesen Auftrag auszuführen! Unsere Feinde sagen: Niemand soll in der Hierarchie der Maya-Städte in Spanien eine herausragende Rolle spielen. Niemand soll sich vordrängen. Dabei haben sie nur ein Ziel: Sie wollen selbst die Macht an sich reißen. Sie reden von Frieden und planen den Krieg. Sie schicken diplomatische Delegationen und begehen gleichzeitig die scheußlichsten Verbrechen. Sie grüßen uns wie Freunde, hecken aber hinter unserem Rücken Sabotage und Mord aus. Ich sage: Schluss damit! Ich sage: Für Tikal – gegen die Niedertracht!«

Die Begeisterungsstürme kannten jetzt keine Grenzen mehr. Der König sonnte sich im Jubel seines Volks und seiner unbesiegbaren Soldaten. Yaqui und Enrique hielten sich die Ohren zu. Möglicherweise verstärkte Wacah Chan das Geräusch noch, um sich mit seinen beiden Gefangenen einen Spaß zu machen. Enrique zog sich in die hinterste Ecke der Zelle zurück, mit fest auf die Ohren gepressten Händen, aber nirgendwo war es leiser.

Noch einmal schürten die Priester die Opferfeuer, und dicke schwarze Rauchwolken stiegen zum Himmel. Gedankenfetzen wirbelten durch Yaquis Hirn. Ich werde sterben, dachte er. Dann wurde es schlagartig still.

Der Himmel über Tikal, die Rauchwolken, die *Insektoiden* und die rasende Masse am Fuß der Pyramide verschwanden. Es wurde hell in der Zelle, und die Wände präsentierten sich in einförmigem Sandgrau. Beide nahmen die Hände von ihren pfeifenden Ohren.

Jetzt kommen sie, dachte Yaqui.

Ein paar Minuten lang stand er da, jeden Muskel seines Körpers angespannt, ohne dass irgendetwas geschah. Enrique sagte: »Schonzeit verlängert. Der Schiedsrichter ist besoffen, deswegen heute Abend kein Ballspiel.«

Er setzte sich auf seine Ruhebank und bemerkte gleich, dass etwas nicht stimmte. Die Bank, die sich eigentlich wie Stein anfühlen sollte, war viel zu weich.

»Nanu«, sagte er. »Annehmlichkeiten ganz zum Schluss?«

Yaqui runzelte die Stirn und setzte sich ebenfalls. Er federte ein bisschen auf der Steinbank auf und ab, als sei sie eine Matratze, seufzte dann und sagte: »Diese Maschine entwickelt Humor …«

Er meinte damit offenbar Wacah Chan.

»Komiker!«, rief Enrique zur Decke. »Was ist? Keine Rosen mehr? Und Valencia spielt heute Abend gegen Madrid, ich würde gern die Übertragung sehen!«

Keine Antwort. Ob er anderweitig beschäftigt war? Auf ein Schwätzchen hatte er sich bisher noch meistens eingelassen. Aber jetzt, nach diesem gnadenlosen Lärmchaos, war alles so furchtbar still. Yaqui sagte: »Das mit der Pipeline …«

Enrique fühlte Ärger in sich aufsteigen. Sie hatten vielleicht noch eine Stunde oder zwei zu leben, und dieser Kerl wollte mit ihm plötzlich über Ethik diskutieren.

»Was soll damit sein? Komm mir jetzt bloß nicht mit dem Scheiß. Ich kann keine Moralpredigt brauchen.«

Yaqui wirkte nicht verletzt, sondern eher ermüdet. »Na denn. Ich habe nach einem Gesprächsthema gesucht.«

»Dann lass dir ein besseres einfallen«, gab Enrique zurück. Er wusste, dass er wie ein pubertärer Macho klang und musste sich eingestehen, dass es nur die Nervosität war, die ihn so aggressiv machte.

Yaqui antwortete ihm nicht. Sie saßen eine halbe Stunde in einer sich mehr und mehr verdichtenden Stille, Enrique kaute an seinen Nägeln. Eine weitere halbe Stunde später überlegte er sich gerade, ob er auf Yaqui losgehen sollte, um diese entsetzliche Geräuschlosigkeit zu durchbrechen, als ihm an einer Querwand der Zelle etwas Seltsames auffiel. Zunächst sah es nur so aus, als sei eine Stelle in der Mauer weich geworden. Der Formstein wurde dort flüssig und lief wie geschmolzene Butter an der Wand hinunter. Dann öffnete sich ein regelrechtes Loch, das sich widerstrebend, wie eine Wunde in lebendiger Haut, vergrößerte. Die biotischen Ränder der Wunde fluktuierten in obszönen Bewegungen vor und zurück, als wolle sich das Loch wieder schließen, würde aber von einer höheren Gewalt auseinander gestemmt.

Enrique und Yaqui betrachteten das Schauspiel verblüfft, und beide vergaßen sogar, ihre Fäuste zu ballen. Wenn das die Eskorte zum Ballspielpatz war, dann betrieb sie einen ziemlichen Aufwand, um die Zelle zu betreten. Als das Loch gerade groß genug war, einen Menschen durchzulassen, stieg statt der erwarteten *Rabensoldaten* eine relativ kleine Frau hindurch. Sie trug keine Uniform, machte diesen Mangel durch drei Gewehre jedoch mehr als wett. Eines trug sie auf dem Rücken, die beiden anderen hielt sie in der Hand.

»Ixmucané«, sagte Yaqui entgeistert.

»Du hast es erfasst«, antwortete die Frau. Sie hielt Yaqui und Enrique die zwei Gewehre an den Läufen entgegen. »Kommt ihr jetzt mit, oder habt ihr hier noch was vor?«

Wir brechen aus!, dachte Enrique völlig verblüfft, während sie schon durch die spärlich beleuchteten Gänge hasteten. Das ganze Gebäude schien in einem Krampf befangen zu sein: Manchmal bewegte sich der Boden leicht auf und ab, was das Laufen erschwerte, dann wieder huschten seltsame Farbreflexe und Strukturen an den Wänden entlang.

Ganz besonders unangenehm empfand Enrique die Treppen. Sie veränderten sich fortwährend, die Stufen waren unterschiedlich hoch, und es konnte vorkommen, dass eine von ihnen plötzlich beschloss, eine kleine Mauer zu sein, die die drei Flüchtenden überklettern oder überspringen mussten. Ein Geisterhaus, dachte Enrique verblüfft. Fehlen bloß noch die Zerrspiegel. Die Frau wollte wohl über die Treppen ins Erdgeschoß des *Fledermaushauses* gelangen und rannte auf den problemlosen Strecken, was das Zeug hielt, ihr Gewehr schussbereit in den Händen. Anscheinend war sie gut durchtrainiert. Enrique kam gehörig ins Schwitzen. Er hatte keine Ahnung, wo sie waren oder wo sie hinliefen, aber ihm blieb keine Wahl – er wollte hier raus, und die Frau schien zu wissen, wie. Plötzlich wurde der Lauf der Flüchtenden jäh gestoppt, allerdings nicht von einer bizarren innenarchitektonischen Veränderung, sondern von zwei *Insektoiden,* die ihnen den Weg versperrten.

Die *Insektoiden* bewegten sich nicht. Die drei starrten sie an. Erst nach einigen Sekunden begriff Enrique, was hier merkwürdig war: Sie lebten noch. Hätten die *Insektoiden* sie töten wollen, wäre das längst geschehen. Die flackernden Reflexe an den Wänden tauchten die Szenerie in ein gespenstisches Licht.

»Gehen wir«, sagte die Frau, zögerte aber selbst noch.

Enrique hätte sich gern den Schweiß von der Stirn gewischt, berührte aber stattdessen die Frau am Arm. Wie hatte Yaqui sie genannt? Ixmucané?

»Nicht. Sie machen uns fertig.«

»Schiss? Wir werden erwartet. Wir müssen hier durch. Sie werden von Wacah Chan gesteuert. Oder jedenfalls das, was an ihnen gesteuert werden kann. Und der hat im Moment andere Sorgen. Gehen wir.«

Sie lief los, auf die starr dastehenden Wesen zu. Sie musste über die

Füße der beiden hinüberspringen, und Enrique hätte schwören können, dass einer der beiden *Insektoiden* seinen Kopf bewegte, als sie es tat. Aber es geschah weiter nichts. Ixmucané winkte mit ihrem Gewehr, und Enrique nahm Anlauf. Yaqui kam als Letzter, auch er hatte keine Schwierigkeiten, an den Insektenkriegern vorbeizukommen. Fünfzig Meter weiter endete der Gang abrupt an einer Mauer. Man konnte von dort die beiden *Insektoiden* gut sehen, selbst in dem flackernden Licht. »Wie wollen wir hier rauskommen?« fragte Enrique, aber statt einer Antwort nahm Ixmucané ein stabförmiges Gerät aus ihrer Tasche und setzte es mit dem freien Ende an der Wand auf. Dort, wo die Spitze den Formstein berührte, begann er zu leuchten, erst dunkel-, dann hellrot, dann orange und schließlich weiß. Aus dem Schaft des stabförmigen Geräts sprossen feine Luftwurzeln, strebten auf die Wand zu und bohrten sich in den weich gewordenen Formstein hinein.

»Was ist das?«, fragte Enrique fasziniert.

»Ein Schlüssel«, antwortete Ixmucané knapp.

Jetzt liefen Strahlen von dem leuchtenden Kontaktpunkt des Schlüssels aus. Das Lichtgeflecht wuchs schnell an, verbreitete sich und erleuchtete schließlich die ganze Wand wie ein Bündel Feuerzungen.

»Komm schon«, murmelte Ixmucané.

»Seht mal«, stammelte Yaqui.

Ixmucané war zu sehr mit ihrem Schüssel beschäftigt, um zu reagieren. Aber Enrique schrak auf, und ihm gefror das Blut in den Adern. Einer der beiden *Insektoiden*, eben noch reglos, hatte sich in Bewegung gesetzt und kam schwerfällig taumelnd auf die drei Ausbrecher zu. Seine Arme flegelten mit einer unglaublichen Geschwindigkeit durch die Luft, ziellos zwar, aber nicht völlig unkontrolliert, und wenn er auch nicht geradeaus ging und ab und zu Pausen nötig hatte, so war seine Richtung doch eindeutig. Er glich einem sturzbetrunkenen Kneipengast, der Ärger suchte.

»Ixmucané«, sagte Enrique, »*jetzt* hab ich Schiss.«

Sie wandte sich um, erkannte mit einem Blick die Lage und legte ihr Gewehr an. Die Waffe hustete trocken, und ein bläuliches Mündungsfeuer flammte auf. »Augen zu«, schrie sie und Enrique gehorchte instinktiv. Trotzdem war der Lichtblitz so hell, dass er die Blutgefäße in seinen Augenlidern sehen konnte.

Als er sie wieder öffnete, hatte der *Insektoide* keinen Kopf mehr. Offenbar brauchte er den im Moment nicht, denn er bewegte sich immer noch auf die Gruppe zu. »Schießt doch!«, schrie Ixmucané, und Yaqui und Enrique erwachten endlich aus ihrer Erstarrung. Enrique kannte die Machart der Waffe noch aus Uaxactún. Die Form hatte sich ein wenig geändert, aber die grundsätzlichen Funktionen waren die gleichen. Er zielte und drückte ab.

Das Gewehr verschoss *Glühwürmchen,* bösartige Miniaturgranaten, die mit fünf Zentimeter Stahl fertig wurden. Eigentlich hätte ein halbes Magazin reichen müssen, aber der *Insektoide* wurde nur gebremst, nicht aufgehalten. Möglicherweise hätte er eine Atempause eingelegt, wenn er noch klar hätte denken können. Aber sein Kopf war verschwunden und er tat einfach das, was er am besten konnte: angreifen.

Der Lärm war höllisch. Die explodierenden *Glühwürmchen* tanzten mit den Lichtreflexen an Decke und Wänden um die Wette. Endlich, das zweite Magazin war gerade leer, schrie Ixmucané: »Abhauen!« Ein schmaler Spalt mit zuckenden Rändern klaffte in der Wand, gerade groß genug für einen Menschen. Ixmucané war schon draußen. Enrique unterdrückte seinen Fluchtimpuls und schrie: »Du zuerst!« Yaqui klemmte sein Gewehr unter den Arm und verschwand durch das Loch. Als Enrique ihm folgte, war der angreifende *Insektoiden*-Schrotthaufen noch zehn Meter von der Wand entfernt. Draußen drehte Enrique sich noch einmal um und sah den Verfolger mit seinen beschädigten Armen planlos durch das Loch hindurchgreifen. Er wollte noch einmal auf ihn schießen, aber Ixmucané zog ihn weg. »Komm jetzt.« Er sah gerade noch, wie das Loch in der Wand sich schloss. Die Arme des *Insektoiden* wurden mit einem dumpf knirschenden Geräusch abgeklemmt und fielen zu Boden.

Die Flüchtlinge liefen auf den Rand des künstlichen Urwalds zu.

Ixmucané hatte den Ort ihres Ausbruchs aus dem *Fledermaushaus* klug gewählt. Da die Außenmauer des Gefängnisses hier ohnehin einen Teil der Stadtmauer bildete, war der Weg zum Wald kurz, und sie konnten sofort im Unterholz in Deckung gehen. Allerdings gab es ein entscheidendes Problem: Der Waldgürtel mochte an dieser Stelle vielleicht nur ein par Kilometer breit sein, aber selbst dafür waren Yaqui und Enrique nicht ausgerüstet. Ihre Schuhe und ihre Kleider waren für diesen Ausflug nicht geeignet. Der Urwald mochte künstlich sein, aber er war mit großer Sorgfalt angelegt worden. Die Schlangen, Riesenameisen und Jaguare darin waren nicht künstlich.

Für einen Regenwald war es hier erstaunlich kühl. Enrique kombinierte, dass das Umwelt-Kontrollsystem gelähmt sein musste, genau wie die *Insektoiden.* Über den Stadtmauern sah er einen orangefarbenen Widerschein irrlichtern. Offensichtlich brannte es in der Stadt. Kleine Programmänderung, dachte Enrique. Statt Krieg gegen Nadz Caan gibt's jetzt nur Bürgerkrieg in Tikal. Er rekapitulierte die letzte halbe Stunde. Erst jetzt fiel ihm auf, wie ruhig Yaqui die ganze Zeit gewirkt hatte.

»Woher kennt ihr beiden euch eigentlich?«, fragte er flüsternd.

»Ich hatte Ixmucané im Verdacht, eine Verschwörung zu planen«, gab Yaqui genauso leise zurück. »Zum Glück hatte ich Recht.«

»Pst!«, zischte Ixmucané. »Später!«

Kurz darauf hörten sie Schritte. Enrique, der schon immer gute Ohren gehabt hatte, schloss auf eine Gruppe von vier bis fünf Mann, die sich sehr vorsichtig am Waldrand entlangbewegte, um Deckung im Schatten der ersten Bäume und Sträucher bemüht. Na dann, dachte Enrique und hob sein Gewehr. Ixmucané schüttelte abwehrend die Hand. Plötzlich stand ein Mann in Enriques Sichtfeld, wie aus dem Boden geschossen. Er konnte höchstens fünf Meter entfernt sein. Im Zwielicht war das schlecht zu erkennen, aber er schien eine Uniform zu tragen. Enriques Herz hämmerte, als wollte es aus dem Brustkorb herausspringen, und er musste sich zusammenreißen, um nicht zu schießen oder zu fliehen. Dann sagte der Mann: »Vucub Caquix ist tot.«

Ixmucané richtete sich auf. Der Mann schob die Zweige beiseite, die ihn noch von der Gruppe trennten, und umarmte sie.

Das Treffen war kurz. Der Fremde und seine Leute gehörten zu einer rebellischen *Raben*-Einheit, die mit dem Untergrund Tikals in Verbindung gestanden hatte. Sie waren gekommen, um die beiden Ausbrecher mit den Ressourcen auszustatten, die sie für ihre weitere Flucht benötigten. Yaqui und Enrique wurden mit robusten Anzügen und Schuhen ausgestattet, wie sie die *Raben* selbst auch trugen; sie passten tadellos. Je ein Rucksack mit Ausrüstung, weitere Waffen, automatische Macheten und Proviant kamen dazu. Nach einer halben Stunde verschwanden die Soldaten und kehrten zu ihrer Revolution zurück.

Ixmucané begann, sich einen Weg durch das Gestrüpp zu bahnen, tiefer in den Wald hinein. Yaqui und Enrique folgten ihr. Es war anstrengend, ob künstlicher Dschungel oder nicht. Ihre Schneidwerkzeuge konnten zwar nicht mit den primitiven Hackmessern verglichen werden, die früher bei Vorstößen in den Urwald üblich gewesen waren, aber es war trotzdem beschwerlich, sich durch das Unterholz hindurchzukämpfen. Sie kamen nur langsam voran und mussten oft Pausen einlegen. Selbst in den Anzügen, die ihnen die *Raben* mitgebracht hatten, begannen sie zu schwitzen. Es war stockdunkel, und nur mit Restlichtverstärkern konnten sie klar sehen. Ihre starken Lampen wollten sie nicht einsetzen, sie wussten nicht, wer außer ihnen in dieser Nacht noch im Wald umherspazierte, und wenn sie schon einen Lärm wie zehn Wildschweine veranstalteten, wollten sie nicht auch noch durch Licht auf sich aufmerksam machen. Immer einer von ihnen musste den Weg absichern und konnte daher beim Unkrautjäten nicht mithelfen. Es war nur gut, dass sie Funkverbindung hatten.

Die Stille des Waldes war unheimlich. Enrique vermutete, dass auch das mit dem versagenden Umwelt-Kontrollsystem zu tun hatte. Die Tiere hatten schnell gemerkt, dass etwas Ungewöhnliches vorging, und sich verkrochen. Er hoffte trotzdem inständig, dass der Anzug, in dem er steckte, auch den Angriff einer Raubkatze überstehen würde. Es gab hier nicht nur Jaguare, sondern auch Ozelots, die in ausgewachsenem Zustand ziemlich unangenehm werden konnten. Er verbot sich, an sein Erlebnis mit dem Jaguar Chan Balums zu denken.

Nach den ersten zwei Stunden angestrengten Lianen- und Buschrasierens begriff Enrique, dass sie die Nacht wohl im Wald verbringen würden. Sie ruhten sich in einer Mulde zwischen zwei gigantischen Bäumen aus und lehnten sich erschöpft an die Stämme. Enrique stellte Ixmucané ein paar Fragen. Vor allem wollte er wissen, wie die Rebellion von ihr und ihren Freunden organisiert worden war, welche Ziele sie verfolgten, wie sie in den Besitz ihrer Waffen gekommen waren und so weiter. Über die Organisation gab Ixmucané wenig preis. Sie merkte nur ironisch an, dass selbst Yaqui ihr Treiben nicht durchschaut hatte, auch wenn sie sich alle gehörig erschrocken hatten, als er an jenem Abend bei der Maskenpyramide aufgetaucht war. Wacah Chan sei genauso ahnungslos gewesen, weil es innerhalb des Adels zwei Widerstandsfraktionen gab, eine konservative, die nur die Absicht verfolgte, das althergebrachte Königtum durch einen Adelsrat zu ersetzen, und eine radikale, die mit den Rebellen um Ixmucané sympathisierte. Während der Aufstandsvorbereitungen hatten die beiden Fraktionen ein taktisches Abkommen geschlossen, von dem Wacah Chan, der sich im Bund mit den Konservativen wähnte, nichts gewusst hatte. Ixmucané vermutete, dass Don Rodriguez auf Betreiben Wacah Chans auf den Plan getreten war. Ihrer Meinung nach wollte sich der Rechner für ein post-mayanisches Spanien einen starken Verbündeten schaffen. Es sei Wacah Chans ultimatives Ziel gewesen, König aller spanischen Maya zu werden, und als Zwischenschritt habe er dazu im Bündnis mit Don Rodriguez die Destabilisierung Tikals betrieben. Nach einer Machtergreifung des konservativen Adelsrats habe er seine adligen Konkurrenten ausschalten, mit einem siegreichen Krieg gegen Nadz Caan seinen Herrschaftsanspruch demonstrieren und ihn im Bündnis mit den Katholiken auch durchsetzen wollen.

Die genaue Rolle von Don Rodriguez in dieser Kabale war Ixmucané jedoch nicht klar. Auch den Zweck seiner Bohrerei am Ort des Uitz-Kaan-Projekts kannte sie nicht. Chan Balums Motive für den Schwindel um den gefälschten Codex waren nach Ixmucanés Meinung noch die durchsichtigsten gewesen: Er wollte durch einen Krieg gegen Nadz Caan einfach seinen Rückhalt im Volk stärken und seine Position an der Spitze der Macht-

Hierarchie Tikals bekräftigen. In gewisser Weise hatten laut Ixmucané also Wacah Chan und Chan Balum ganz ähnliche Ziele, und sie hatten versucht, sich bei der Verfolgung dieser Ziele gegenseitig zu übertölpeln. Sie und ihre Rebellengruppe wollten die Maya-Kultur gleichzeitig erhalten und demokratisieren.

»Die Maya in Spanien müssen sich entwickeln«, sagte sie. »Dieses Kolonialherrenverhalten hat uns nichts weiter gebracht als viele Feinde, und wie man jetzt sieht, können wir sie nicht ewig unterdrücken, vor allem wenn sie so schlau wie Don Rodriguez sind. Dass es Leute wie euch beide gibt, ist doch der beste Beweis dafür, dass bei uns Maya etwas nicht stimmt.«

»Ich bin kein Rebell«, warf Yaqui ein. »Ich konnte nur die Lügen von Chan Balum nicht mehr ertragen.«

»Ach ja?«, entgegnete Ixmucané. »Ich habe die Lügen auch nicht mehr ertragen.« Sie klopfte nervös mit einem kleinen Ast gegen ihren Oberschenkel. »Auf uns wartet eine Riesenaufgabe. Wir müssen vorwärts, indem wir das Königtum und den Adel abschaffen. Und wir müssen zurück, indem wir die technologische Tyrannei Wacah Chans und der *Blattschneider* abschaffen. Manche von uns sind für die Rückkehr zum Mutterland, aber ich weiß nicht, ob wir nicht auch für Spanien nützlich sein könnten. Einige halten das für Reform-Kolonialismus. Aber wenn wir uns einfach zurückziehen, überlassen wir das Feld Don Rodriguez und seiner Bande, und das will ich nicht. Genau diese Typen haben uns vor sechshundert Jahren in Yucatán abgeschlachtet, und dass sie den Spaniern je gut getan haben, möchte ich bezweifeln. Und außerdem: Wo sollten wir denn hin? Die Maya-Bauern im Mutterland haben schon jetzt genug Sorgen. Mir scheint es sinnvoller, unsere Technologie zu nutzen, um uns hier besser selbst zu versorgen und ihr Leben zu verbessern. Wenn wir einfach einpacken und dorthin zurückkehren würden wie die Vettern, die im Ausland auf die Nase gefallen sind, würde das nichts ändern, im Gegenteil: Bestenfalls würden wir ein noch brutaleres Ausbeuter-Regime errichten als zur klassischen Maya-Zeit. Und wie lange würde es dauern, bis am Horizont die ersten Konquistadoren auftauchen? Könnten wir uns gegen sie wehren, wenn wir alle in Yucatán auf einem Haufen säßen? Nein, wir müssen hier anfangen. Der Fisch stinkt vom Kopf her. Der feudalistische Schwachsinn muss ein Ende haben. Die Ausbeutung des Mutterlands, unserer eigenen Bauern *und* der Spanier muss abgeschafft werden. Wir müssen hier klar Schiff machen, indem wir unsere Macht und unsere Technologie klug gebrauchen. Dann wird das Leben für alle besser. Wir müssen die Menschen überzeugen. Darauf kommt es an.«

»Große Worte, Ixmucané«, sagte Yaqui. »Aber wie soll das funktionieren? Eure Fraktion hat noch nicht einmal die Macht in Tikal, und wenn ihr sie hättet, würden alle anderen Maya-Königtümer Spaniens sofort über euch herfallen. Das Königtum abschaffen? Und den Adel dazu? Genauso gut könntet ihr mit den Göttern über die Schwerkraft diskutieren.«

»Ich weiß, Yaqui, ich weiß. Aber warum hast du mit den Göttern über die Schwerkraft diskutiert? Warum hast du das Spiel nicht mehr mitgespielt?«

»Diese Frage habe ich schon beantwortet.«

»Stimmt. Aber wann hätten wir losschlagen sollen, wenn nicht jetzt? Wenn Chan Balum seinen Krieg bekommen und ihn vielleicht sogar gewonnen hätte, wäre seine Herrschaft für die nächsten zehn Jahre unantastbar gewesen, mindestens. Selbst wenn wir nur diesen Krieg verhindern, bin ich schon zufrieden.«

»In Nadz Caan stehen die Bataillone schon bereit«, sagte Yaqui. »Es sollte mich sehr wundern, wenn Ah Chacaw nicht in den nächsten Stunden angreift. Und bis dahin hat Chan Balum eure Rebellion wahrscheinlich schon niedergeschlagen. Und selbst wenn nicht – der Krieg findet in jedem Fall statt. Mit dem einzigen Unterschied, dass Ah Chacaw jetzt viel größere Chancen hat, ihn zu gewinnen.«

»Chan Balum ist tot«, sagte Ixmucané.

»Was?«, fragten Yaqui und Enrique gleichzeitig.

»Ah Chacaw auch. ›Vucub Caquix ist tot‹, erinnert ihr euch? Die beiden waren zwei unserer Hauptsorgen und wir sind mit ihnen fertig geworden. Vielleicht gelingt uns der Rest auch noch.«

Eine Weile war es still.

»Habt ihr mit der FPLE in Verbindung gestanden?«, fragte Enrique.

»Ja. Aber wir wollen es allein schaffen. Wir brauchen eine Erneuerung von innen, nicht von außen. Den Synkretisten haben wir nie getraut. Und deiner FPLE schon gar nicht. Wie sich herausgestellt hat, war das richtig.«

Enrique gab es einen gewaltigen Stich. Ixmucané legte ihren Finger in die tiefste Wunde, die ihm die Haft geschlagen hatte: Er war im Auftrag des Exekutivkomitees nach Nadz Caan gefahren und von den Maya aus einem Bergwerk voller toter Synkretisten herausgeholt worden. Er konnte sich noch immer an nichts erinnern. Aber jetzt war nicht die Zeit für persönliche Probleme. Ihm brannte etwas anderes auf der Seele. »Was du sagst, gefällt mir. Wie wird man bei euch Mitglied? Ich will mit euch kämpfen.«

Falls Ixmucané lächelte, dann war es durch das Visier ihres Helms nicht zu sehen.

»Siehst du, wir hatten uns gedacht, dass du so etwas sagen würdest. Aber obwohl wir dir speziell nicht misstrauen, haben wir ein Problem mit der FPLE. Wir hören, dass sie dich suchen. Aber sie suchen nicht nur dich, sondern etwas, was du hast. Es hört sich an, als sei dieses Etwas höchst problematisch. Du kannst es nicht mehr haben, sonst hätten die *Fledermaus*-Leute es dir abgenommen, und davon wüsste ich. Aber die FPLE ist scharf darauf, unheimlich scharf. Es sieht so aus, als hättest du mit deinen Genossen ein massives Problem, und ehrlich gesagt, wir wollen dieses Problem nicht. Der einzige gute Rat, den ich dir geben kann, ist, deine Genossen zu meiden. Wenigstens eine Zeit lang. «

Sie kratzte mit dem Ästchen über den Boden, mit dem sie sich die ganze Zeit auf den Oberschenkel geschlagen hatte. Unbewusst zog sie einen Kreis im Laub vor ihren Füßen.

»Wir wussten, dass du nicht auf unserer Seite kämpfen würdest, Yaqui. Und von dir, Enrique, ahnten wir das Gegenteil. Ihr könnt euch sicher vorstellen, dass wir euch aus dem Weg haben wollen.«

»Warum bringt ihr uns dann nicht einfach um?«, fragte Yaqui.

»Weil wir keine billigen Mörder sind. Und weil ich niemanden umbringe, dem ich dankbar bin.«

»Und wohin sollen wir gehen?«, fragte Yaqui.

»Ihr geht ins Mutterland. Wenn ihr übermorgen in Tulum ankommt, liegt ein leerer Kaffeefrachter im Hafen, der euch nach Yucatán mitnimmt.«

Tulum war der Maya-Name für Coruña, einer Hafenstadt im Nordwesten Spaniens.

»Wenn sich hier die Verhältnisse geklärt haben, könnt ihr vielleicht zurückkommen. Aber vorerst ist es besser, ihr verduftet, zu eurer und zu unserer Sicherheit.«

Enrique wollte protestieren. »Ich will nicht ins Mutterland gehen!«, wollte er sagen. »Ich bin Spanier!« Aber in der einen Sekunde, in der ihm die Absurdität des letzten Satzes bewusst wurde, richtete sich Ixmucané auf und sagte flüsternd: »Tarnmodus.«

Enrique konnte Farbe und Textur des Dschungels regelrecht über seine Arme und den restlichen Körper fließen sehen, bis er völlig mit der Umgebung verschmolzen war. Das Gewehr in seinen Armen wurde zu einem weiteren Ast des Baumes, an dem er lehnte. Auch Yaqui und Ixmucané verwandelten sich in Teile des Urwalds: Sie verschwanden vor Enriques Augen.

»Besuch«, flüsterte Ixmucané, und erst jetzt hörte Enrique das Geräusch auch: ein leises Knacken und Krachen. Die Akustik des Waldes machte es schwer, genau zu hören, aus welcher Richtung das Geräusch kam, das Visier seines Helms bot ihm automatisch an, die Quelle grafisch darzustellen und zu verfolgen. Auf dem Visier erschienen drei blaue Quadrate, von denen eines pulsierte, und ein roter Punkt. Die blauen Quadrate standen still, der rote Punkt bewegte sich. Die Entfernung zwischen Punkt und Quadraten wurde in Metern angegeben; die tatsächliche Route des roten Punkts in einer durchgehenden, die vermutete in einer roten punktierten Linie.

Enrique zuckte in seinem Anzug zusammen, als er sah, dass die punktierte Linie *zwischen* den blauen Quadraten hindurchführte. Scheiße, Scheiße, Scheiße, dachte er. Ausgerechnet hier lang. »Nerven behalten«, flüsterte Ixmucané über Funk, und Enrique konnte nur hoffen, dass der rote Punkt sie nicht hören konnte. Noch dreißig Meter. Der rote Punkt teilte sich in fünf verschiedene rote Punkte, die wie an einer Perlschnur aufgereiht hintereinander herzogen. Die Route blieb unverändert. Fünfzehn Meter, zehn, fünf, und Sichtkontakt. Enrique sah den ersten der Typen durch das Unterholz brechen; er trug eine schwarze, nicht getarnte Uniform, war bewaffnet, und er sah genau in Enriques Richtung.

Er sieht mich, dachte Enrique, er sieht mich.

Der Fremde lief auf ihn zu, und nach und nach kamen auch die vier anderen hervorgestolpert. Anscheinend bewegte sich die Gruppe genauso mühsam durch den Wald wie Enrique und seine Begleiter. Weil sein Anzug ihren Funkverkehr empfangen konnte, hörte er sie sogar atmen. Der Anführer vermied nur knapp einen Zusammenstoß mit Enrique, setzte über eine dicke Wurzel am Boden und lief weiter. Enrique hielt weiter die Luft an, als seine vier Kollegen, alle wie er in Schwarz und bewaffnet, auf Armlänge an ihm vorbeiliefen. Zwei von ihnen schleppten eine schwere, längliche Kiste. Er wollte gerade durchatmen, als jemand sagte: »Hauptmann! Die Mulde zwischen den beiden Bäumen da wäre ein guter Rastplatz.«

Es gab eine kleine Pause, in der Enrique am liebsten gestorben wäre.

»Nein«, sagte eine andere Stimme. »Wir haben keine Zeit. Don Rodriguez verlässt sich auf uns, und wir wissen nicht, wie lange die loyalen Truppen den *Blattschneidertempel* noch halten können.«

»Mit Verlaub, Hauptmann, wenn wir völlig erschöpft sind, werden wir Don Rodriguez kaum etwas nützen.«

»Das lass meine Sorge sein. Wir gehen weiter.«

Enrique machte vor Dankbarkeit die Augen zu, als die Männer aus dem Blickfeld verschwanden. Er versuchte, nicht zu laut zu atmen. Minuten später fragte er:

»Beantwortet mir eine Frage. Wer war das?«

»Die Leibwache des Teufels«, antwortete Yaqui.

Ixmucané warf ein: »Er meint Don Rodriguez. Den Pfuscher, der den falschen Codex angeschleppt hat.«

Sie ließ allen noch ein bisschen Zeit, ihr Adrenalin abzubauen, dann sagte sie: »Kommt jetzt, wir müssen weiter. Einer schneidet, die anderen laufen hinterher und sichern. Bei unserem Glück begegnen wir noch dem Papst persönlich.«

»Ich hasse diesen Urwald.«

Über diesen Ausspruch Yaquis musste Enrique so heftig lachen, dass ihm Ixmucané befahl, still zu sein.

Dem Papst begegneten sie nicht, aber sie scheuchten eine Gruppe von Capybaras aus ihrem Schlafplatz an einem kleinen Fluss auf, den sie überqueren wollten. Die Wasserschweine raschelten das Ufer hinunter, ließen sich ins Wasser gleiten und tauchten unter. Während Ixmucané, Enrique und Yaqui berieten, wie sie über den Fluss kommen sollten, steckte immer wieder das eine oder andere Capybara den Kopf aus dem Wasser, um Luft zu holen. Schließlich entschieden sich die Flüchtlinge, das Gewässer zu durchwaten. Es war tiefer, als gedacht: Sie sanken bis zur Brust ein, Ixmucané noch etwas tiefer, weil sie die Kleinste war; alle mussten ihre Waffen über den Kopf halten. Als sie sich am anderen Ufer aus dem Schlick hochzogen, waren die Anzüge über und über mit großen Blutegeln besetzt. Den Anzügen machten die Blutsauger nichts aus, aber die drei pflückten sie doch ab und warfen sie in den Fluss zurück.

Mitten im Wald stießen sie auf einen kleinen Scherz, den sich die Ökologen und Landschaftsgärtner bei der Konzeption des Kunst-Dschungels geleistet hatten: Unter Schlingpflanzen und Lianen verborgen entdeckten sie ein mächtiges Gesicht aus Stuck, das wie das Überbleibsel einer Maya-Ruine aussah. Es war sicher zwei Meter hoch und vier Meter breit. In Mund- und Augenhöhlen des Kolosses hing Laubwerk hinein. Vielleicht war das Artefakt den Bacabes nachgeahmt, auf denen die mächtigen Tempel der klassischen Maya-Zeit symbolisch geruht hatten, so wie die vier Bacabes in der Maya-Mythologie die ganze Welt auf ihren Schultern trugen. Enrique fand die Ironie der Situation umwerfend: In ihrem Rücken wurde Tikal gerade in eine echte Ruine verwandelt, während die Spezialisten einhundert Jahre früher eine künstliche Ruine angelegt hatten, die dem Wald den letzten Schliff hatte geben sollen.

Sie lehnten sich an die Rückseite des Kopfes, die durch überhängende Pflanzen gut verborgen wurde, und versuchten zu schlafen. Das war nicht einfach. Allen saß noch die Begegnung mit Don Rodriguez' Leibwache im Genick, außerdem wurden nachts die Räuber wach. Einige Male wurde Enrique von raschelnden Geräuschen aufgeschreckt, die er samtig durch die Nacht schleichenden Raubkatzenkörpern zuordnete. Er wusste, dass diese Angst-Phantasien von seinem Erlebnis mit Chan Balums Jaguar herrührten, aber das änderte nichts daran, dass er bei jedem Geräusch aus der Haut hätte fahren können. Mittlerweile kannte er sich besser mit seinem Anzug aus, und obwohl das viel Energie kostete, gönnte er sich die höchste Sicherheitsstufe. Er konnte spüren, wie sich der Anzug versteifte.

Als er schließlich doch einschlief, hatte er einen seltsamen Traum: Ixmucané, größer und schöner als in Wirklichkeit, von einem goldenen Schimmer umgeben, wollte ihn küssen, fand aber keine Stelle seines Körpers, die nicht von dichtem Fell bedeckt war. Enrique wagte nicht, an sich selbst hinunterzusehen. Er wusste ohnehin, was geschehen war: Er war ein Jaguarmann geworden. Als er Ixmucané erklären wollte, dass der Biss von Chan Balums Jaguar ihn verwandelt hatte, fauchte er wie eine Raubkatze, und an ihrem entsetzten Gesicht konnte er sehen, dass sein geöffneter Mund voller scharfer Zähne steckte.

13. Juli 2136

13.6.5.6.8 9 Lamat 11 Yaxkin Nachtgott 2

Sie wachten völlig zerschlagen auf und machten sich über ihr Frühstück her. Beim Durchsuchen der Rucksäcke stellten sie fest, dass die Freunde Ixmucanés sie sogar mit zwei Überlebens-Nano-Zellen für *Rabensoldaten* ausgerüstet hatten. Mit diesen kleinen, wie Thermoskannen aussehenden Geräten konnte man buchstäblich aus Dreck kleinere Mengen nahrhaften, wenn auch ekelhaft schmeckenden Essens synthetisieren, mit etwas Übung auch einfache Geräte und Ausrüstungsgegenstände, bis hin zur Angelschnur oder einfachen Messerklinge. Aber im Augenblick waren sie noch mit echter Nahrung versorgt: kalte Maisfladen, Gänse- und Hühnerfleisch, Bohnen, eingelegter Mais.

Enrique hing während des schweigsamen Frühstücks den Träumen und Ängsten der vergangenen Nacht nach. Zum ersten Mal seit Stunden hatte er keinen Helm auf, und so effektiv die Akustik und die Sensoren des Anzugs auch sein mochten, er war dankbar dafür.

Sie marschierten weiter.

Die Tiere im Wald schienen sich an die veränderten Umstände zu gewöhnen. Man hörte wieder einzelne Schreie von Brüllaffen, und die Gruppe scheuchte mit ihrem Lärm immer wieder Papageien- und andere Vogelschwärme auf. Armes Viehzeug, dachte Enrique. Wenn das Netz der Kontrollstationen nicht bald wieder funktionierte, würden von diesem sorgfältig ergärtnerten ökologischen Wunderwerk in ein paar Wochen nur noch verrottendes Holz und eine Menge Tierleichen übrig sein.

Enrique hatte gehofft, bis zum Waldrand wäre es nicht mehr weit, aber es dauerte Stunden, bis sich die Bäume endlich lichteten, das Unterholz sich auflockerte und die unfreiwilligen Urwaldforscher schließlich verdreckt und müde ins Freie hinausstolperten.

Sie nahmen ihre Helme ab. Es war dunkler als erwartet und als es der Tageszeit angemessen gewesen wäre: Eine gewaltige Rauchwolke verdunkelte die Sonne.

»Ich dachte, Formstein brennt nicht«, sagte Enrique zu den anderen, während sie schweigend in den Himmel hinaufschauten.

»Wo Menschen sind, kann es immer brennen«, antwortete Ixmucané. »Wacah Chan kontrolliert die Stadt im Moment nicht und kann sie deswegen auch nicht löschen.«

»Aber wollen deine Freunde von der Stadt nichts übrig lassen?«, fragte Yaqui.

»Verbrannte Erde war nicht unser Plan«, gab sie zurück. Sie sagte es in einem Tonfall, der keine weitere Diskussion zuließ.

Yaqui war wohl auch gar nicht danach, er setzte sich einfach auf die Erde. Enrique versuchte, sich Yaqui als würdigen und arroganten Maya-Ahau vorzustellen, als einen der *Hauptfeinde* der FPLE, aber es wollte ihm nicht gelingen. Mit wirren, schweißigen Haaren über den müden indianischen Gesichtszügen war Yaqui nur noch ein Flüchtling, wenn auch ein außergewöhnlich gut ausgerüsteter. Man sah ihm jetzt an, dass er über fünfzig sein musste. Enrique nahm sich vor, ihm auf dem Weg nach Tulum eine Menge Fragen zu stellen.

Nach einer kurzen Höflichkeitspause verabschiedete sich Ixmucané. Sie nahm Enrique an den Schultern, sah ihm in die Augen und nickte. Als sie sich auf dieselbe Art von Yaqui verabschieden wollte, weigerte er sich aufzustehen. Sie ging in die Hocke und berührte seine Schulter, aber er streifte ihre Hand ab.

»Geh nur«, sagte er. »Geh zurück zu deinen Freunden. Brennt alles nieder. Dann finden die Spanier wenigstens nichts zum Plündern.«

»Du hast die Rebellion mit ausgelöst«, entgegnete sie, »durch deinen Aufruf, den Codex nicht anzuerkennen. Und sie wollten dich zu einem Ball zusammenbinden und auf dem Spielfeld totschlagen.«

»Vielleicht wäre das noch das Beste gewesen. Was jetzt kommt, wird furchtbar. Dagegen wäre ein Toter auf dem Spielfeld gar nichts.«

Ixmucané stand achselzuckend auf. »Das werden wir sehen.«

Enrique bewunderte sie. Sie klang überhaupt nicht wütend, sondern nahm die Verbitterung Yaquis mit der gleichen Haltung hin, mit der sie alles hinnahm: Ihre Entscheidung war getroffen, und nichts würde sie davon abbringen, ihren Weg zu gehen. Enrique spürte in Ixmucané eine Entschlossenheit, die er nie besessen hatte.

»Du musst wirklich allein weiter?«, fragte er sie.

»Was soll die Frage? Du hast mit Yaqui ein Todesurteil und einen Gefängnisausbruch überlebt. Würdest du *ihn* jetzt allein gehen lassen? Ich kann auf mich aufpassen, vielen Dank. Und wir wären sehr froh, wenn ihr beide gemeinsam und gesund ins Mutterland gelangt. Die *Aquitania* im Hafen von Tulum. Vergesst das nicht.«

Enrique nickte. Er schämte sich ein wenig wegen der Frage, ob er Yaqui allein lassen würde, versuchte es aber nicht zu deutlich zu zeigen. Ixmucané setzte ihren Helm auf, winkte zum Abschied und verschwand mit ein paar zielstrebigen und kraftvollen Schritten im Unterholz. Enrique setzte sich neben Yaqui, der dumpf zu Boden starrte.

Nach einer Weile sagte er zu dem ehemaligen Ahau:

»Komm. Gehen wir.«

17. Juli 2136

13.6.5.6.12 13 Eb 15 Yaxkin Nachtgott 6

Die beiden Bettler waren ein seltsames Gespann. Sie trugen zerschlissene und schmutzige Umhänge, die alles Mögliche verbergen konnten. Auf dem Rücken hatten sie große Rucksäcke, aus denen beidseitig mit Stoff umwickelte Stangen herausragten. Man hätte glauben können, die Stangen gehörten zu einem Zelt. Jeder von ihnen schien einen Fußball in einer Leinentasche an seinen Rucksack gebunden zu haben. Am auffälligsten war aber die Vermummung, hinter der einer der beiden sein Gesicht versteckte. Die schmutzigen Mullbinden, mit denen sein Kopf umwickelt war, gaben nur den Mund frei und die Augen, die zusätzlich hinter einer dunklen Sonnenbrille versteckt waren. Die beiden waren sich nicht einig, das war gleich zu sehen.

»Wo sind wir hier?«, fragte der Vermummte.

»Ich weiß es nicht«, sagte der andere in einem Tonfall, als habe er es in letzter Zeit schon öfter wiederholt. »Ich habe dir schon zehn Mal gesagt, dass die Satelliten-Orientierung ausgefallen ist. Wir müssen auf diesen Hügel hinauf, damit ich die Karte einnorden und nach einem Landschaftsmerkmal suchen kann.«

Sie stiegen auf den Hügel, und der eine machte sein Abrakadabra mit der Karte und dem Kompass. Als er den Punkt einzeichnete, den seine Messungen ergeben hatten, war er für einen Moment still.

»So eine Scheiße. Völlig verlaufen. Wir sind wieder tiefer in Spanien als gestern. Tut mir Leid.«

Der Vermummte fragte: »Warum …?«, brach dann aber ab. Sie hatten sich schon genug nutzlose Diskussionen dieser Art geliefert. Einer von ihnen hatte einen Fehler gemacht, und ihr Leben mochte davon abhängen, dass er korrigiert wurde. Sie blieben eine Weile im kalten Wind auf der Spitze dieses Felsenhügels stehen und ließen sich den Regen um die Nasen treiben.

»Weißt du jetzt, wo es hingeht?«, fragte der Vermummte dann.

»Ja«, sagte der andere grinsend. »Da lang.«

Er zeigte auf den Trampelpfad, der sie zum Gipfel des Hügels geführt hatte.

»Völlig verlaufen« war eine gelinde Untertreibung angesichts der Situation, in der Enrique und Yaqui steckten. Eigentlich hatten sie nach Tulum gewollt, aber sie waren gar nicht erst in die Stadt hineingekommen, vom Hafen ganz zu schweigen. Wie sich herausstellte, war die einzige überregionale Maya-Institution, die in der gegenwärtigen Krise funktionierte, die Händlerkaste, und mit einem gewaltigen finanziellen und logistischen Aufwand erhielt diese Maya-Hanse die Kontrolle über die Hafenstädte aufrecht.

Spanien zerfiel. Die Aufstände in Tikal und Nadz Caan hatten alle ermuntert, denen die Maya noch nie gepasst hatten, und es war sehr schnell zu kleinen und großen Revolten im ganzen Land gekommen. Da die Opposition so uneinig war wie ihre Gegner, kämpften jetzt anscheinend alle gegen alle. Traditionalisten bekämpften die Rebellen in den Städten; die FPLE war in mehrere konkurrierende Teile zerbrochen, die sich auch gegenseitig massakrierten; die Synkretisten kämpften, wie es ihrer ideologischen Gespaltenheit entsprach, an wechselnden Fronten und in wechselnden Bündnissen, und die Katholiken warteten hauptsächlich auf den Tag, an dem sich der Pulverdampf verzogen hatte, um einzusammeln, was übrig war.

Die Händlerkaste würde ihre eigenen Probleme bekommen, denn es gab Hinweise, dass das Mutterland die spanische Krise nutzen wollte, um sich unabhängig zu machen. Überall nahmen die Ahaus kleinerer Städte die Gelegenheit wahr, alte Rechnungen mit ihren Nachbarn zu begleichen, und Lokalmatadore gründeten mit einer Hand voll Schlägern kurzlebige Königreiche. Man hörte vom Einsatz kruder und weniger kruder Nano-Waffen, die Auswirkungen schienen aber lokal begrenzt, auch wenn jeweils von Tausenden Toten die Rede war. Flüchtlingsströme wälzten sich über die iberische Halbinsel. Eine Schusswaffe war in vielen Gegenden eine Lebensversicherung. Kurz, Spanien befand sich auf dem besten Weg in eine chaotische Warlord-Gesellschaft, und wer den längsten Atem hatte, würde am Ende die fetteste Beute einsacken. Klar war, dass die größte Auseinandersetzung noch bevorstand. Wahrscheinlich würde der Kampf um den Hauptpreis zwischen den Katholiken und der Maya-Händlerkaste ausgefochten werden.

Schon jetzt war die Lage alles andere als gemütlich, auch für Yaqui und Enrique. Zwar waren sie in jeder Hinsicht besser für ein Überleben in unruhigen Zeiten ausgerüstet als der durchschnittliche Flüchtling, aber die Sitten waren in kürzester Zeit sehr rau geworden, was die beiden schon vor Tulum hatten erfahren müssen. Bei einer Schlägerei mit maya-feindlichen Privatmilizionären war Yaqui verletzt worden, und nur der Geduld Enriques und Yaquis war es zu verdanken, dass es nicht zu einem Blutbad gekommen war. Yaquis Verletzung hatte einen Verband erfordert, und seitdem trug er eine falsche Rundum-Vermummung, die er in unbeobachteten Augenblicken leicht abstreifen konnte.

Also war aus der Abreise nach Mexiko nichts geworden. Enrique hatte kurz mit der Idee gespielt, sich einem Teil der FPLE anzuschließen, der ihm ideologisch behagte, aber Ixmucanés eindringliche Warnung klang ihm noch im Ohr, und die Erinnerung an das ungute Gefühl in der Magengegend bei seiner Reise nach Nadz Caan gab dieser Warnung zusätzliches Gewicht. Irgendetwas war oberfaul gewesen an dieser Mission, und an ihrem Ende war er von Maya gefangen worden. Es gab im Grunde nur eine einzige Alternative: Flucht über die Pyrenäen nach Frankreich und von dort aus weiter in Länder, die wenigstens eine Atempause versprachen. Aber das war leichter gesagt als getan. Die Franzosen hatten ihre Pyrenäengrenze dichtgemacht, und zwar mit Unterstützung der französischen Maya-Enklaven, die befürchteten, dass mit den Flüchtlingen das Chaos zu ihnen überschwappen würde. An den offiziellen Pässen stauten sich die Flüchtlingstrecks kilometerlang, ohne dass irgendjemand wusste, wie diese Leute versorgt werden sollten oder was mit ihnen weiter geschehen würde. Schon jetzt kam es in der aufgeheizten Atmosphäre der Flüchtlingslager zu gewalttätigen Ausschreitungen, Kämpfe um Nahrung und Wasser waren beinah an der Tagesordnung. Alle wesentlichen Kriegsparteien hatten die Camps infiltriert; es gab Gerüchte, die von kursierenden schwarzen Listen sprachen, und es hatte bereits politische Morde an prominenteren Flüchtlingen gegeben. Ironischerweise war Ahau Tepepul bei dem Versuch, inkognito nach Tulum zu gelangen, von einem Milizionär der Maya-Hanse erschossen worden. All das war der Grund dafür, dass Yaqui und Enrique in diesem unwegsamen Gelände herumstolperten, abseits der großen Trecks und aller bekannten Routen.

Sie liefen den Hügel hinab. Die Steine waren vom Regen glitschig, und sie mussten aufpassen. Die Anzüge waren ein Segen: Yaqui und Enrique konnten bei furchtbarstem Wetter im Freien schlafen und blieben trotzdem trocken und warm. So wie die Dinge lagen, war es wichtig, nicht allzu viel mit anderen in Kontakt zu kommen, und mit ihrer Ausrüstung waren sie fast autark. Zum tausendsten Mal dankte Enrique Ixmucané und ihren Freunden, die sie so gut ausgestattet hatten.

Die Nano-Überlebensboxen hatten sie schon ausprobiert. Sie produzierten kleine fettige Würfel von undefinierbarer Farbe, die in einer ebenso undefinierbaren Soße schwammen; das Zeug sah aus wie zerbröselter Weichgummi und schmeckte wie gewürzte Vaseline. Aber wenn man bedachte, dass die Nano-Boxen so etwas aus zwei Hand voll Dreck herstellen konnten, war der Standpunkt des Gourmets relativ luxuriös. Enrique wollte sich nicht einmal vorstellen, wie es sich derzeit anfühlen mochte, unbewaffnet, mittel-

und schutzlos in Spanien unterwegs zu sein – zusammen mit Tausenden anderen, die genauso blank in der Welt dastanden. Die Hölle auf Erden.

Aber auch für ihn und Yaqui gab es keinen Grund zum Übermut. Sie waren nur zu zweit, und ihre Ressourcen reichten nicht ewig. Deswegen bewegten sie sich vorsichtig. Der Weg führte in ein tief eingeschnittenes Tal, an dessen Sohle ein Bach entlangplätscherte. Der aufsteigende Pfad wand sich zusammen mit dem sprudelnden Wasser zwischen den Felshängen durch, und sie kamen trotz des regnerischen Wetters und ihrer Anzüge ins Schwitzen. Als sie um einen haushohen Gesteinsblock bogen, stellten sie zu ihrer Überraschung fest, dass vor ihnen ein Dorf lag: fünfzig oder hundert Häuser, mit rauchenden Schornsteinen, von Nebel und Nässe verhangen. Sie zogen sich wieder hinter den Felsen zurück.

»Ist nicht auf der Karte eingezeichnet«, sagte Enrique ein wenig kläglich.

»Was aber nichts daran ändert, dass es *existiert*«, antwortete Yaqui, hörbar darum bemüht, seine schlechte Laune nicht allzu sehr zu zeigen.

»Was machen wir jetzt? Dran vorbeiklettern wird mühsam.«

»Wir nehmen ein Seitental.«

»Leichter gesagt als getan. Und kostet uns eine Woche, Minimum. Der Weg zu dem alten Pass, den wir nehmen sollten, führt nun mal hier durch.«

Diesmal sah Yaqui selbst nach, vergrößerte und verkleinerte auf dem elektronischen Kartentablett die Gegend, in der sie sich befanden, und kam zu demselben Ergebnis: Sie mussten hier entlang. Er gab Enrique die Karte zurück, die sich von selbst wieder zusammenfaltete, und sagte: »In diesem Fall würde ich auf Frechheit setzen.«

Er streifte seinen Bettlerumhang und seine falschen Mullbinden ab, wickelte sein Gewehr aus, setzte seinen Helm auf, behängte sich mit allerlei Ausrüstungsgegenständen und sah schließlich aus wie ein zu allem entschlossener Freischärler. Enrique musste lachen, aber Yaqui drängte ihn zur Eile. Sie marschierten als Zwei-Mann-Armee in das Dorf ein und versuchten dabei möglichst böse und gefährlich zu wirken.

Das Dorf lag still und bedrohlich da. Ein hölzerner Fensterladen klapperte, ein Hund bellte und wurde zischend zur Ruhe gerufen. Kein Mensch war zu sehen, aber für die Sensoren der Anzüge waren die Häuser voller roter Punkte – jeder einzelne, so stellte sich Enrique vor, ein atmender und schwitzender Mensch, der hoffte, dass das Unglück in Gestalt dieser beiden Marodeure an ihm vorbeiziehen würde.

Enrique und Yaqui liefen betont langsam, um nur ja ihre Angst nicht zu zeigen. Was für ein idiotisches Spiel, dachte Enrique.

Als sie das Dorf hinter sich gelassen hatten, wollten sie sich gerade zu ihrer Schlauheit und Kaltblütigkeit gratulieren, da stieg in ihrem Rücken eine Signalrakete auf. Dazu hörten sie auf einem Funkkanal, den ihre Anzüge aufschnappten, hektisches Gefiepe und Gezische. Das konnte alles Mögliche sein, aber da die Anzüge die Quelle dieser Übertragungen im Dorf lokalisierten, wurde den beiden sofort klar, dass der Funkverkehr mit ihnen zu tun hatte.

Sie fingen an zu rennen. Ohne ein Wort war beiden klar, dass sie vielleicht noch zehn Minuten Zeit hatten, ein gutes Versteck zu finden – eines, das aus der Luft nicht leicht auszumachen war. Normalerweise hätten sie die Tarnfunktion ihrer Ausrüstung benutzt, um sich zu verbergen, aber die Anzüge selbst hatten ihnen mehrfach nachdrücklich davon abgeraten, wenn sie mit fortgeschrittener elektronischer Überwachung rechneten: Sie waren im Tarnmodus für bestimmte neuere Sensoren so sichtbar wie die Sonne am helllichten Tag.

Yaqui und Enrique rannten um ihr Leben. Ein Königreich für eine Höhle, dachte Enrique. Kaum hatten sie sich unter einem größeren Felsvorsprung zusammengerollt und die Anzüge völlig deaktiviert, da hörten sie das Geräusch. Irgendjemand bei den Grenztruppen der französischen Maya musste sehr schnell geschaltet und einen Lastschrauber umdirigiert haben, der bereits in der Luft war, ansonsten wäre ihnen mehr Zeit geblieben. Enrique umklammerte sein Gewehr, als wolle er es erwürgen. Er wusste, dass es im Ernstfall nichts nützen würde, aber es war wie als Kind: Wenn man im dunklen Versteck wenigstens noch einen Stock bei sich hatte, war es schon besser.

Das Geräusch der Rotoren füllte den Talkessel von einem Ende zum anderen, und Enrique horchte mit geschlossenen Augen auf das Surren der Maschine, die mal weitere, mal engere Kreise über ihnen zog. Es roch nach Tierkot in ihrem Versteck. Er fühlte sich beinah bereit hervorzukriechen, die Hände zu heben und zu sagen: Macht euch keinen Stress, Leute. War doch alles nur Spaß.

Die Rotoren dröhnten. Enrique bewegte unwillkürlich seinen rechten Fuß, berührte Yaqui, der ein paar Zentimeter auswich. Jetzt, dachte Enrique, jetzt kommt er direkt über uns herunter. Er spürte eine seltsame Leichtigkeit, eine innere Wärme, fast eine Art Erleichterung. Es war vorbei, und das unglaubliche Chaos der letzten Wochen würde zu einem gediegenen Finale kommen, hier, in einer feuchten Pyrenäen-Felsnische voller Ziegenscheiße. Zuerst fiel ihm niemand ein, zu dem er beten konnte, dann kam ihm allerdings Itzamnà in den Sinn. Der war so gut wie jeder andere, also betete er zu ihm. Enrique wusste sich dabei in guter Gesellschaft. Der ehemalige Zensor, der hier neben ihm in der Ziegenscheiße lag, würde die gleiche Adresse für seine Stoßgebete wählen.

Als sie von den Schwingungen der Rotoren beinahe schon physisch durchgerüttelt wurden, drehte der Lastschrauber ab. Zuerst verschob sich der Fokus des Lärms, wurde leiser, dann ein abrupter Schnitt, als die Maschine das Tal hinter sich ließ, der Schall von den umliegenden Bergkämmen abgefangen wurde und nur noch in den Nachbartälern widerhallen konnte. Enrique lauschte, lauschte und lauschte, aber irgendwann war gar nichts mehr zu hören.

»Sind sie weg?«, fragte er schließlich, immer noch sehr leise.

»Ich glaube schon«, antwortete Yaqui.

18. Juli 2136

13.6.5.6.13 1 Ben 16 Yaxkin Nachtgott 7

Unglaubliches Glück haben wir bisher gehabt, dachte Yaqui. Unverschämt geradezu. Der Ausbruch aus dem *Fledermaushaus,* die Flucht durch den Urwald, die Schlägereien und das Dorf, das ihnen den Hubschrauber auf den Hals gehetzt hatte. All das hatten sie überlebt, mit mehr Glück als Verstand. Und jetzt hatte das Glück sie verlassen.

Man brauchte kein Arzt zu sein, um festzustellen, dass Enrique krank war. Sein Anzug maß seine Temperatur, seinen Puls und seinen Blutdruck und befand alles für normal. Auch das kleine Medkit, das Yaqui ihm anlegte, konnte nichts Ungewöhnliches finden, nicht einmal in Enriques Blut. Demnach hätte Enrique gesund sein müssen, aber er war es nicht. Er war offensichtlich schwer krank. Er ging komisch, seine Haut hatte eine komische Farbe und er redete komische Sachen. Manchmal erkannte er Yaqui nicht, nannte ihn »Lehrer« und forderte ihn auf, seine Mullbinden abzunehmen, damit er ihm endlich ins Gesicht sehen könne. Yaqui erschrak, als ihm bewusst wurde, dass Enrique jetzt zu dem Bettler geworden war, den er mit seinem zerschlissenen Umhang vorher nur unvollkommen dargestellt hatte.

Yaqui nahm die Karte an sich, und als Enrique einmal unvermittelt seine Pistole herausriss und in den Himmel schoss, bat Yaqui ihn, auch die Waffe herzugeben. Enrique gehorchte wie ein Kind. Yaqui beobachtete dabei jede seiner Bewegungen und hielt seine eigene Hand in Gürtelnähe. Er nahm sich vor, Enrique bei der nächsten Rast auch noch um sein Gewehr zu erleichtern, das wieder mit Lumpen umwickelt aus dem Rucksack herausragte.

Yaqui wusste nicht genau, wo sie waren, aber er ging davon aus, dass sie sich auf französischem Territorium befanden. Die Satelliten-Ortung war immer noch tot, sonst hätten sie im Handumdrehen ihren Standpunkt auf einen halben Meter genau bestimmen können. Nach Lage der Dinge war Yaqui auf seine eigenen Orientierungskünste zurückgeworfen, und die waren rudimentär.

Immerhin ging es abwärts. Waren sie vorher tagelang nur aufgestiegen, um den alten, nicht mehr benutzten Pass zu finden, so stiegen sie jetzt seit zwei Tagen auf gewundenen Trampelpfaden wieder zur Ebene hinab. Die

Besiedelung des Landes wurde dichter, was ein Problem war, denn Yaqui wollte so wenig Aufsehen wie möglich erregen. Er glaubte nicht daran, dass die französischen Dörfler gemütlicher waren als die spanischen mit ihren Signalraketen. Ein Irrer, der vor sich hin murmelte, und ein Verletzter mit bandagiertem Gesicht konnten es sich eigentlich nicht leisten, so ungeniert hier herumzulaufen. Andererseits: Seine Mullbinden und Enriques gelbe Haut hielten potentielle Störenfriede möglicherweise auf Abstand. Von denen herbeigerufene Ordnungshüter würden sich davon allerdings nicht beeindrucken lassen.

Sie machten eine kurze Pause und setzten sich auf zwei Steine am Wegesrand. Als Yaqui fragte: »Wie geht es dir?«, gab Enrique zur Antwort: »Ich brenne.« Yaqui legte ihm die Hand auf die Stirn, aber die Temperatur schien normal. »Meinst du, du kannst noch ein wenig laufen?«

»Geht schon«, sagte Enrique, aber selbst im Sitzen atmete er schwer.

Die Situation wurde brenzlig. Sie mussten jetzt schon kleinere Städte umgehen, und bei Enriques Zustand würden sie auf diese Weise nicht weit kommen. Yaqui fand einen windschiefen Heuschober, der unbenutzt aussah, und schleppte den kraftlosen Enrique dorthin. Er brach die Tür mit einem Tritt auf. Das Licht in der Bude war spärlich, aber es reichte aus, um zu sehen, dass sie sich eine ungemütliche Bleibe ausgesucht hatten: Gerümpel, nicht mehr benutzte landwirtschaftliche Geräte und ein Haufen verfaultes Heu – das war das Angebot, das der Schuppen ihnen machte.

Yaqui schaffte das entsetzlich stinkende Heu nach draußen und war dabei so vorsichtig wie nur möglich, damit sie keinen Besuch von ein paar Bauern mit Schrotflinten bekamen. Enrique war mittlerweile so schwach, dass er nicht mehr aufrecht sitzen konnte. Yaqui rollte eine sich selbst aufblasende Matratze auf dem Boden aus und legte ihn darauf. Er stöhnte leise. Sein Anzug und das Medkit an seinem Hals sagten immer noch, er sei gesund, aber Yaqui gab nichts mehr auf diese Behauptung. Er war sich sicher, dass Enrique nicht mehr lange leben würde, wenn kein Wunder geschah. Es blieb ihm nichts anderes übrig, als bei Enrique zu sitzen und auf dieses Wunder zu warten.

Yaqui wusste nicht, wie die Orte aussahen, an denen üblicherweise Wunder geschahen, aber dieser hier sah nicht danach aus. Er blickte sich genauer in dem Heuschober um: die Hälfte eines Pflugs, Wagenräder, Dreschflegel. Ein halbes Landwirtschaftsmuseum. Die Geräte waren so antik, dass viele der metallenen Teile durch den Rost ineinander verkrustet waren. Der Himmel schaute durch fingerbreite Spalten im Dach herein. Wenn es anfing zu regnen, würden sie Schwierigkeiten haben, einen Platz zu finden, auf den es nicht von oben herabtropfte.

Yaqui machte sich nüchtern Gedanken darüber, was er mit Enriques Leiche anfangen sollte, wenn es so weit war. Ihm fiel nichts Gescheites ein. Er würde die Leiche fleddern und sich auf und davon machen, nachdem er Enrique hier in dem Heuschober, neben dem kaputten Pflug und den Wagenrädern, begraben hätte. So weit sind wir also schon, dachte er.

Der Abend brach herein und der Himmel war so klar, dass er die Sterne durch die Spalten zwischen den Scheunenbrettern blinken sehen konnte. An Enriques Hals blinkte die Anzeige des Medkits, das darauf beharrte, ihm fehle nichts. Als Yaqui dieses Leuchten als Gefahrenquelle erkannte – jemand könnte das grüne Licht von außen sehen – zog er das Medkit ab, schaltete es aus und steckte es in seinen Rucksack. Die Energie dieser Dinger war begrenzt, und er mochte sie nicht sinnlos verschwenden.

Enrique war in eine Art Koma gefallen. Er schlief nicht, aber er war auch nicht wach, jedenfalls nicht ansprechbar. Wenn Yaqui ihn mit der Taschenlampe kurz anleuchtete, flatterten seine Augenlider, das war die einzige Reaktion, die er provozieren konnte.

In einer Ecke des Heuschobers raschelte es ab und zu, als seien ein paar Ratten mit ihren wichtigen Rattenpflichten befasst. Wann immer Yaqui dort hinleuchtete, hörte das Rascheln kurz auf, um sofort nach dem Abschalten der Taschenlampe wieder einzusetzen. Wie hungrig konnten Ratten werden? Er und Enrique waren geschützt. Auch die Rucksäcke ließen sich versiegeln, so dass sie selbst mit schwerem Gerät nicht zu öffnen waren. Die Gewehre konnten notfalls auf Handtellergröße zusammengefaltet werden und ragten dann nicht seitlich heraus. Nein, sie waren geschützt, und wenn sie es darauf anlegten, konnten sie hier in dieser Scheune wochenlang ausharren. Aber Yaqui glaubte, dass diese Nacht die Entscheidung über Enriques Leben bringen würde und dass er selbst diese Scheune morgen verlassen würde, allein.

Als Yaqui Enrique ein weiteres Mal anleuchtete, bemerkte er, dass aus seiner Nase eine Flüssigkeit rann, die neben seinem Gesicht schon eine kleine Pfütze gebildet hatte. Sie war zu dunkel für Blut, und als der Lichtstrahl der Taschenlampe darüber hinhuschte, glänzte und schillerte sie eigenartig. Aber was sollte es anderes sein als Blut? Ein noch klareres Zeichen dafür, dass es mit seinem Freund zu Ende ging.

Mit seinem Freund? Seltsam, als »Freund« hatte Yaqui Enrique in den letzten Tagen sicher nicht wahrgenommen – sie waren einfach zu unterschiedlich, um Freunde zu sein –, aber ihm wäre kein besseres Wort eingefallen. Seltsam. Eben hatte er noch darüber nachgedacht, was er mit Enriques Hinterlassenschaften anstellen sollte, jetzt nannte er ihn einen Freund.

Yaqui versuchte, sich von diesen peinlichen Gedanken abzulenken, indem er nach einem Taschentuch tastete, um das Blut aufzuwischen. Er kramte in seinem Rucksack und fand eine Packung Papiertaschentücher. Er zögerte. Sollte er Enrique vielleicht die Nase verbinden, um einen Blutverlust zu verhindern? Yaqui setzte seinen Helm auf und beriet sich kurz mit seinem Anzug. Als letzte Auskunft erhielt er den guten Rat, sich bei fortgesetztem Nasenbluten mit einem Truppenarzt in Verbindung zu setzen. Ein Truppenarzt. Wo bekam er hier einen Arzt her, geschweige denn einen Maya-Truppenarzt mit entsprechender Ausbildung und Ausrüstung?

Am Rande seines Bewusstseins tauchte die Idee auf, nach Enriques Tod zu den französischen Maya zu gehen. Zwar hatten die sie vor ein paar Tagen noch gejagt wie Vieh, aber sie waren immerhin Maya, und er als Ahau sollte von ihnen doch respektiert werden, nicht wahr? Natürlich nicht. Die französischen Maya hatten alle Hände voll damit zu tun, ihre eigenen Stadtstaaten aus dem Chaos ihrer spanischen Brüder herauszuhalten; sie würden sich einen Teufel um ihn scheren, selbst wenn er der auferstandene Pacal der Große gewesen wäre. Bestenfalls würde man ihn als lästigen Bittsteller betrachten, schlimmstenfalls als Spion. Und mit seinem vermummten Gesicht, nur auf sich gestellt, würde er es gar nicht bis zu den Enklaven der Maya schaffen. Irgendwelche aufgebrachten Dorfbewohner oder Milizionäre würden ihn vorher aufgreifen und höchstwahrscheinlich kurzen Prozess machen.

Yaqui wandte sich wieder Enrique zu, um das Blut aufzuwischen, aber es war nichts mehr davon zu sehen. Er leuchtete lange, um ganz sicher zu gehen, aber die Umgebung von Enriques Gesicht, eben noch mit der dunklen Flüssigkeit besudelt, war sauber. Es gab nichts zu wischen. Verwirrt schaltete Yaqui die Taschenlampe ab. Was war das? Wo war das Blut? Es konnte doch nicht einfach so verschwunden sein!

Er leuchtete sicherheitshalber noch einmal hin, aber es war nichts zu sehen außer Enriques bleichem Hals, der aus dem schwarzen Kragen seines *Rabenanzugs* herausragte. Aus reiner Verwirrung, in einer Art Übersprungshandlung, legte Yaqui seine Hand auf Enriques Stirn, die normal warm war. Enrique fieberte nicht, aber darum ging es ja auch gar nicht. Wo war das Blut hin? Yaqui schaltete die Lampe wieder ab, er musste nachdenken. Hatte er sich vorhin getäuscht? War er schon so müde, dass er sich dunkle Flecken einbildete? Sicher, taufrisch war er nicht, aber Halluzinationen waren noch längst kein Thema. Also war der Fleck eben da gewesen. Also musste das Zeug irgendwo geblieben sein. Aber wo?

Yaquis kreisende Gedanken wurden von einem fauchenden Geräusch unterbrochen, das mit großer Geschwindigkeit näher kam und das er schließlich erkannte: *Skorpione*, die unbemannten Erdkampf-Flugzeuge der neuesten Generation, die bei einer Flughöhe von 30 Metern Mach 5 erreichen konnten. Voll gepackt mit smarten Waffen waren diese Drohnen bissige, bösartige und tödliche Angriffswerkzeuge gegen Bodentruppen aller Art. Oder, dachte Yaqui schaudernd, gegen Flüchtlingstrecks. Auf jeden Fall wollte jemand von Frankreich aus in einen Konflikt auf spanischem Boden eingreifen und hatte es dabei sehr eilig. Die *Skorpione* jagten mit ohrenbetäubendem Pfeifen über den Heuschober hinweg. Für einen Augenblick fürchtete Yaqui, der Schuppen würde dem Gedröhn der Triebwerke nicht standhalten, aber es löste sich nur ein wenig Staub von den Dachbrettern und kitzelte Yaqui in der Nase. Kaum waren die Flugzeuge nicht mehr zu hören, begann wieder das Geraschel in der Rattenecke.

Yaqui musste niesen. Das Problem mit dem verschwundenen Fleck war immer noch nicht gelöst, aber er legte sich eine Erklärung zurecht: Wahrscheinlich hatte Enrique eben doch Nasenbluten gehabt und es war ihm über die glatte Matratze in den Kragen gelaufen oder etwas dergleichen. Yaqui hatte ein bisschen Angst davor, aber er ließ die Lampe ein drittes Mal aufleuchten, um noch einmal nachzusehen. Alles wie gehabt, flatternde Augenlider, kein Fieber, kein Blut. Na bitte. Yaqui beschloss, sitzen zu bleiben und auf keinen Fall einzuschlafen. Dann nickte er ein.

19. Juli 2136

13.6.5.6.14 2 Ix 17 Yaxkin Nachtgott 8

Er hatte die ganze Nacht durchgeschlafen. Weder die Ratten noch irgendjemand sonst hatte ihnen in der Nacht Probleme gemacht, und das Sonnenlicht eines jungen Tages fiel in schmalen Bahnen durch die Lücken zwischen den Holzbrettern in den Schuppen. Noch größer aber war Yaquis Überraschung, als Enrique sich aufsetzte und fragte: »Gibt's endlich Frühstück?«

»Enrique!«, sagte Yaqui entgeistert. »Wie geht es dir?«

»Mordsschädel«, sagte Enrique und massierte sich die Schläfen. Er hustete trocken. »Lunge brennt. Haben wir was Komisches geraucht?«

Yaqui lachte. »Nicht, dass ich wüsste.«

»Wo sind wir eigentlich?«

»In einem total heruntergekommenen Holzschuppen kurz hinter der Grenze, auf französischem Gebiet. Glaube ich. Dir ging's gestern so schlecht, ich dachte du stirbst.«

»Sterben?«, lachte Enrique trocken. »Ich und sterben? Hunger hab ich, das ist alles. Und was gegen Kopfschmerzen könnte ich auch gebrauchen.« Er stand auf und wankte auf seinen Rucksack zu.

Ganz der Alte, dachte Yaqui. Wenn man ihn so sah, konnte man meinen, er sei nie krank gewesen. Trotzdem hatte Yaqui ein eigenartiges Gefühl. In dem Moment, als Enrique den kleinen Medikamentenkasten aus seinem Rucksack zog, sah Yaqui das Brot zum ersten Mal. Es waren zwei Stücke, jedes etwa faustgroß, und sie lagen unauffällig neben Enriques Matratze. Yaqui hätte sie gar nicht beachtet, wenn er nicht genau gewusst hätte, dass sie in den Heuschober kein Brot mitgebracht hatten. Das, was sie noch auf der spanischen Seite in einer offen gelassenen Berghütte gefunden hatten, war ihnen vor zwei Tagen ausgegangen. Und es war außerdem Weißbrot gewesen, dieses hier war sehr dunkel, beinahe schwarz.

»Enrique«, sagte er mit einem luftigen Gefühl in der Magengrube.

»Ja?« Enrique war immer noch mit dem Medikamentenkasten beschäftigt.

»Wo kommt das Brot her?«

»Welches Brot?«

»Na das da, neben deiner Matratze.«

Enrique sah hinüber. »Ja, Brot. Frühstück!« Er setzte die Medikamentenbox auf seinem Rucksack ab und hob das ersehnte Essen auf.

»Hoppla«, sagte er überrascht und starrte das Brot in seinen Händen verständnislos an. »Ist das schwer!« Er streckte Yaqui die beiden Stücke entgegen. »Viel schwerer, als –«

Brot, wollte er wahrscheinlich sagen, aber er kam nicht dazu. Ein dritter Mann stand mitten in der Scheune. Ein Mann in grauem Overall, mit kurzen grau melierten Haaren, ebenmäßigen Zügen und männlich breiten Schultern.

»Bitte«, sagte der Mann, als Yaqui nach seiner Pistole griff, »sparen Sie sich die Mühe. Ich bin nur eine Projektion.«

»Wie kommen Sie hierher? Was wollen Sie?«, fragte Yaqui den Fremden und zielte weiter auf ihn.

Der Mann im grauen Overall seufzte. »Aber so senken Sie doch die Pistole! Ich bin eine Projektion, kein wirklicher Mensch. Ich bin ein Avatar.«

»*Wessen* Avatar?«, fragte Yaqui.

Der Fremde zeigte auf das Brot in Enriques Händen, der mit offenem Mund dastand und völlig verwirrt schien. »Ich bin der Avatar der Waffe.« Er klatschte dreimal in die Hände und sagte: »Dschinn.«

Da stöhnte Enrique auf, ließ die Brotstücke fallen und setzte sich hart auf den Boden.

Yaqui schoss. Der Fremde verschwand, löste sich einfach in Luft auf, und Staub tanzte über dem faustgroßen Loch, das Yaqui in die Scheunenwand geschossen hatte. Enrique saß mit nach hinten gekipptem Kopf und rollenden Augäpfeln an der Wand, sein Körper wurde von Krämpfen geschüttelt. Die beiden Brotstücke lagen neben seinen Händen. Ich bin ein Idiot, dachte Yaqui. Der Fremde hat gesagt, dass er nur eine Projektion ist. Aber was war mit Enrique?

»Was ist hier los?«, fragte Yaqui probehalber. »Wer sind Sie?«

»Das klingt schon vernünftiger«, sagte eine körperlose Stimme, die von überall und nirgends kam. »Hören Sie bitte auf zu schießen, Yaqui.«

»Woher kennen Sie meinen Namen? Was ist mit Enrique?«

»Das will ich Ihnen gerade erklären. Aber stecken Sie erst die Pistole weg, Sie locken sonst noch irgendwelche Vorwitznasen an, und dann bekommen wir wirklich Probleme.«

Yaqui senkte seine Waffe, legte sie aber nicht aus der Hand. Enrique zuckte unkontrolliert.

»Wie schon gesagt, ich bin der Avatar der Waffe. Das *Brot* ist kein Brot, genauso wenig wie das *Blut* letzte Nacht Blut war.«

»Was ist es dann?«

»Es ist eine intelligente N-Waffe.«

Yaqui versuchte, diese Information in sein Bewusstsein dringen zu lassen. Intelligente N-Waffen dieser Größe waren eine Idee, eine Phantasie. Er hatte in Tikal davon gehört, wohl auch vermutet, dass die *Blattschneider* daran forschten, aber ein Erfolg schien Jahrzehnte in der Zukunft zu liegen. Andererseits hatte er auch so etwas wie die *Insektoiden* für unmöglich gehalten, warum sollte es also nicht doch irgendjemandem in Tikal oder sonst wo gelungen sein, N-Waffen im Handtaschenformat zu bauen?

»Tun wir für den Augenblick einmal so, als wäre das wahr«, sagte Yaqui. »Wo kommt diese Waffe her? Wer hat sie gebaut? Wie kommt sie hierher? Und warum ist sie hier?«

»Vier Fragen auf einmal. Also der Reihe nach: Gebaut wurde die Waffe von einem geheimen Labor in der Umgebung von Rom. Sie ist immer noch ein Prototyp, und schon seine Erstellung hat den Auftraggeber enorme Summen gekostet.«

»Der da wäre?«

»Der Papst.«

»Der Papst?«

»Der Papst. Der Heilige Stuhl hat seit Jahrzehnten in aller Stille intensiv Nano-Forschung betrieben, weil er die Vorherrschaft der Maya in Europa nicht länger hinnehmen wollte, und diese Waffe ist eins der Ergebnisse.

Wie sie hierher kommt? Das ist eine lange Geschichte. Die Details kann Ihnen Enrique erzählen, nachdem ich sein Gedächtnis wiederhergestellt habe. Furchtbares Zeug, diese Gedächtnisbomben. Der Regenerationsprozess wird noch etwa 32 Minuten dauern. Machen Sie sich keine Sorgen um ihn. Ich habe alles gut durchgerechnet, sein Gedächtnis wird sogar ein bisschen besser sein als vorher.

Was die Waffe hier macht? Kurz gesagt, die katholische Kirche hatte mit der FPLE oder einem Teil der Bewegung ein strategisches Bündnis geschlossen. Sie hielt die Zeit für gekommen, die Waffe einzusetzen, und die FPLE sollte ihr dabei helfen. Der Papst wollte die Waffe von der Frente nach Tikal zum Uitz-Kaan-Projekt bringen lassen, um durch einen terroristischen Anschlag nie geahnter Größenordnung die Stadt zu erschüttern, wenn nicht sogar zu vernichten. Im Austausch dafür wurde der FPLE – für den Fall einer erfolgreichen politischen Revolution in Spanien – ein großer Teil der Macht zugesagt, jetzt und für alle Zeit.

Es gab nur ein Problem: Der populärste Kommandant der Frente, Guerrero, wusste von dem Bündnis einiger seiner Genossen mit den Katholiken nichts, und er hätte ihm nie zugestimmt. Noch viel weniger hätte er der Idee zugestimmt, die FPLE die Dreckarbeit für den Papst machen zu lassen. Also musste er weg. Der Plan war so genial wie einfach: Guerrero sollte zugleich Mitausführender und Opfer der Operation werden. Über weite Strecken war *er* der Kurier für einen Teil der Waffe – den Sprengkopf, wenn man so will –, und nach erfolgter Ablieferung sollte er von seinem Genossen Pedro, der den Zünder transportierte, umgebracht werden. Aber Guerrero roch den Braten, brachte seinerseits Pedro um, nahm beide Teile der N-Waffe mit und schlug sich zu den Synkretisten durch, einer religiös-politischen Untergrundbewegung, die er von einer vorherigen Begegnung schon kannte. Ironischerweise war der Anführer der Synkretisten, genannt ›der Lehrer‹, ein entflohener Mitarbeiter des römischen N-Waffen-Projekts, und er erkannte die Bedeutung von Enriques Mitbringsel sofort.«

Yaqui konnte nur noch den Kopf schütteln. Ganze Mobiliare seines inneren Haushalts wurden vor seinen Augen verschoben und bekamen durch das, was die körperlose Stimme ihm da erzählte, zum ersten Mal überhaupt einen Sinn. Der Lehrer. So hatte Enrique ihn gestern genannt. Yaqui hatte es für eine Jugenderinnerung gehalten, die aufgrund seiner Krankheit in Enrique aufgestiegen war.

»Unglücklicherweise war der Aufenthalt bei den Synkretisten nicht von langer Dauer. Die Gruppe wurde von den *Raben* und einem Spezialtrupp der *Insektoiden* entdeckt und massakriert. Der einzige Überlebende war Enrique – abgesehen von der Waffe und mir. Wie gesagt, Enrique wird Ihnen nachher alles en détail erzählen. Ich möchte nur noch kurz erwähnen, dass ich *in* Enriques Körper der Entdeckung entging. Zwar wurde er kurz nach seiner Ankunft in Tikal sehr genau durchleuchtet, aber da ich eine quasibiotische Struktur annahm und mich wie eine zusätzliche Schicht um seine Knochen legte, wurde ich übersehen. Alle Analyseverfahren der Maya hielten mich für körpereigenes Protein. Der Aufenthalt in Enriques Körper forderte faszinierende Aufgaben von mir. Zum einen musste ich dauerhaft verhindern, entdeckt zu werden, zum anderen musste ich die geistige Gesundheit Enriques erhalten, was bei dem Irrsinn, den ihr beide zu ertragen hattet, gar nicht leicht war. Außerdem war die Erstellung des Gedächtnis-Implantats, das gerade in Enriques Schädel eingesetzt wird, sehr aufwendig.«

»Gedächtnis-Implantat?«

»Ja. Selbstverständlich habe ich alles aufgezeichnet, was ich zusammen mit Enrique in der Zeit erlebte, die später die Gedächtnisbombe auslöschen sollte. Aber aus *meiner* Perspektive. Daraus ein Kontinuum zu machen, das Enrique anstelle seiner fehlenden Erinnerungen eingesetzt werden kann, war eine sehr anspruchsvolle Rechenaufgabe. Während eurer gemeinsamen Zeit im *Fledermaushaus* musste ich manchmal Wacah Chan zu Hilfe nehmen, um sie lösen zu können.«

»Du hast mit Wacah Chan zusammengearbeitet?«, fragte Yaqui verständnislos. Ihm war das alles schon längst viel zu bunt.

»Nicht mit seinem Wissen. Und nur zu meinen Zwecken. Ich musste ihm ein bisschen Rechenzeit stehlen, um an dem Gedächtnis-Implantat zu arbeiten. Dabei stieß ich auf eine recht tüchtig ausgeführte Virenattacke der Gruppe um Ixmucané, und ich nahm mir die Freiheit, die Programme, die sie eingeschleust hatte, ein wenig zu perfektionieren. Wacah Chan wäre ihnen sonst womöglich noch vor dem Tag des Staatsopfers auf die Spur gekommen, und das konnte ich nicht zulassen.«

»Warum nicht?«

»Weil ich nicht wollte, dass Enrique geopfert wird. Ich hätte nur schwer aus seinem toten Körper fliehen können, wenn er verbrannt oder von Wacah Chan aufgelöst worden wäre. Ich bin zäh, aber nicht unzerstörbar. Also wurde ich für kurze Zeit zu einem Verbündeten der Rebellen.«

Yaqui betrachtete die Pistole in seinem Schoß. Er war von einem tief greifenden Gefühl der Machtlosigkeit durchdrungen. Er wollte das alles gern begreifen, doch es fiel ihm schon schwer, es nur zu glauben.

»Natürlich«, fuhr die körperlose Stimme des Avatars fort, »habe ich auch Enriques Selbstheilung nach der Begegnung mit dem Jaguar ein wenig beschleunigt. Aber das nur nebenbei. Interessanter war wieder die Frage, wie ich euch außer Landes bringen konnte.«

»Wie du ... Sie ...«, setzte Yaqui an.

»Ja. Direkte Verhaltenssteuerung bei höheren Säugetieren ist eine knifflige Angelegenheit, und ich konnte nicht einfach Enriques Geist übernehmen und ihn nach meiner Pfeife tanzen lassen.«

»Wie beruhigend.«

»So etwas würde ich auch nie tun. Es widerspricht meinen moralischen Prinzipien. Andererseits konnte es mir nicht recht sein, dass ihr nach Mexiko verschwindet. Denn dort will ich nicht hin. Also musste ich mich anstrengen, um euch in Europa zu halten, und außer der Flucht nach Frankreich gab es da keine wirklichen Alternativen. Wie gesagt, die Totalmanipulation Enriques schied aus, und so versuchte ich es mit Hormonen und Neurotransmittern. Manche Informationen ließ ich durch Adrenalin interessanter erscheinen, andere weniger, manche Alternativen machte ich mit Serotonin ein wenig rosiger, andere färbte ich ein wenig dunkler, und voilà, es funktionierte. Wir konnten Spanien hinter uns lassen, und gestern Abend war die Zeit gekommen, die Waffe aus Enriques Körper zu extrahieren.«

»Die Flüssigkeit, die gestern Nacht aus Enriques Nase kam, wurde von der Waffe abgesondert?«

»Sie *ist* die Waffe. Oder jedenfalls ein Teil von ihr.«

»Und wo«, fragte Yaqui etwas träge, »ist dieser *Teil der Waffe* hinverschwunden, nachdem ich ihn entdeckt hatte?«

»Tja, als Sie ihn entdeckt hatten ...«, sagte die Stimme. Sie klang, als würde das dazugehörige Gesicht, das nicht zu sehen war, schmunzeln. »Sehen Sie, Yaqui, das ist eine Sache, die mich in der Auseinandersetzung mit Menschen sehr erstaunt. Mit Ihrer Taschenlampe haben Sie mich gestern Abend kalt erwischt. Sie haben sie gerade in einem Moment aufblitzen lassen, in dem ich sehr beschäftigt war. Der Extraktionsprozess war anstrengend, und Sie haben mich bei der Arbeit überrascht. Mir blieb nichts anderes übrig, als ein Teil der Matratze zu werden, um Ihre Neugier nicht noch mehr zu reizen. Ich war sehr froh, als Sie dann schließlich einschliefen, das können Sie mir glauben.«

»Und als die Waffe schließlich komplett extrahiert war, haben Sie sie in zwei Stücke Brot verwandelt.«

»Nein. Ein Teil der Waffe ist noch in Enrique drin, um das Erinnerungs-Implantat sauber zu installieren. Aber ich weiß schon, was Sie meinen. Ja, das Brot ist mein Substrat.«

Yaqui und der Avatar schwiegen eine Weile. Enrique gab unartikulierte Laute von sich.

»Aber warum?«, fragte Yaqui schließlich. »Wozu der ganze Aufwand? Sie könnten Enrique und mich ohne weiteres töten, sich in einen Vogel verwandeln und nach Tikal fliegen.«

»Nein. Es gibt zwei Dinge, die ich nicht kann, und das aus gutem Grund. Erstens kann ich mich nicht autonom über längere Strecken fortbewegen. Zweitens kann ich mich nicht allein zünden. Selbst wenn ich es könnte, wäre es witzlos. Tikal ist für mich nicht mehr von Interesse. Nicht weil es sich selbst zerfleischt. Sondern weil ich vom Lehrer auf ein neues Ziel umprogrammiert worden bin. Im Bergwerk, kurz bevor er sich erschossen hat. Und zur Erfüllung meines neuen Auftrags brauche ich eure Hilfe. Ihr müsst mich an meinen neuen Bestimmungsort bringen, und Enrique muss mich zünden.«

»Umprogrammiert?«, fragte Yaqui.

»Ja. – Ah, ich sehe, die Rekonstruktion ist abgeschlossen. Gleich wird Enrique wieder im Vollbesitz seines Gedächtnisses sein. Reboot.«

Ein dreimaliges Händeklatschen erklang. Der Avatar sagte: »Kleiner Scherz von mir.«

Enrique zuckte nicht mehr. Er hatte die Augen geschlossen und rieb sich die Schläfen. Er war totenbleich. Dann schlug er die Augen auf, sah Yaqui jedoch nicht an. »Der Avatar«, sagte er heiser, »hat mir ein paar unglaubliche Sachen erzählt.«

»Mir auch«, antwortete Yaqui.

Sie saßen da und rauchten. Enrique hatte ganz unten in seinem Rucksack eine Packung gewöhnlicher spanischer Zigaretten gefunden. Enrique war gar kein Raucher, er paffte nur aus Verwirrung und Nervosität, und Yaqui rauchte, obwohl ihm die Zigaretten nicht schmeckten: Als Maya-Ahau war er weitaus stärkeren Tabak gewöhnt, der normalerweise auch nur in kultischem Zusammenhang geraucht wurde, aber der Rauch, der sich über ihren Köpfen kräuselte, beruhigte auch ihn. Der Avatar hatte sich schon seit Stunden nicht mehr bemerkbar gemacht, weder optisch noch akustisch. Es schien ganz so, als wolle er die beiden mit ihren Gedanken und Gesprächen allein lassen, und er tat das so perfekt, dass man glauben konnte, er wäre gar nicht mehr da. Aber natürlich war er da und zeichnete alles auf.

Enriques Kopf fühlte sich an wie ein Bahnhof, auf dem die Weichen andauernd falsch gestellt wurden. Außerdem wurden viel zu lange Züge mit viel zu schwerer Ladung auf viel zu wenigen Gleisen hin und her rangiert, mehrere dieser Züge waren schon miteinander kollidiert, und hysterische Männchen in blauen Anzügen versuchten, die verkeilten Stahlteile voneinander zu lösen ... Er kannte jetzt den wirklichen Grund für Ixmucanés Rat, die FPLE zu meiden. Wie Recht sie gehabt hatte! ... Da war etwas mit einer Frau gewesen, an das er sich die ganze Zeit nicht hatte erinnern können ... Das Ungesicht des *Insektoiden* in diesem furchtbaren Bergwerk ... Seit seiner Gefangennahme hatte er die N-Waffe in seinem Körper getragen – so recht glauben konnte er es zwar immer noch nicht, aber die Indizien waren eindeutig. Die Waffe hatte dafür gesorgt, dass ihnen eine Flucht über die Pyrenäen als die attraktivste Lösung erschienen war. Er hoffte bloß, dass der Avatar nicht doch noch einen Teil der Waffe in seinem Körper zurückgelassen hatte. Allein wenn er daran dachte, musste er sich die Unterarme kratzen. Am allerfinstersten aber fühlte sich die Information an, dass seine Erinnerungen an die Zeit, die die Gedächtnisbombe ausgelöscht hatte, ein Konstrukt waren. Ein wahres Konstrukt, das der Avatar teilweise sogar mit Wacah Chans Hilfe errechnet hatte.

Nein, nein. Lieber an etwas anderes denken. Lieber ein wenig weiterrauchen und die Zeit verstreichen lassen. Yaqui schien es nicht viel besser zu gehen. Der ehemalige Ahau hatte tiefschwarze Ringe unter den Augen. Dass man sie in seiner dunklen Haut überhaupt sah, war an sich schon ein Alarmzeichen. Rauch einatmen, Rauch ausatmen. Asche abschnippen. Dasitzen und nichts tun, das war in diesem Moment Enriques ganz persönliche Idee vom Paradies. Aber sie konnten nicht ewig nur herumsitzen und rauchen. Sie mussten sich entscheiden. Am besten heute noch.

Die Frage lautete: Sollten sie der Waffe helfen, ihre neue Mission zu erfüllen, oder nicht? Möglicherweise würde die Waffe überhaupt keine negative

Entscheidung zulassen. Zumindest war sie wohl davon überzeugt, dass er und Yaqui ihr helfen würden, sonst wäre sie in seinem Körper geblieben und hätte versucht, sie beide dorthin zu manipulieren, wo sie sie haben wollte. Aber die Waffe hatte entschieden, dass der Zeitpunkt gekommen war, ihn und Yaqui zur »freiwilligen« Unterstützung zu bewegen. Da sie sich nicht selbst zünden konnte, hätte sie das irgendwann ohnehin tun müssen, und sie hatte es genau hier in dieser verrotteten Scheune getan. Hervorragend.

»Wir würden gar nicht hinkommen«, sagte Yaqui, und Enrique wusste sofort, was er meinte.

»Oh«, sagte er, »darauf würde ich nicht wetten. Es klingt unwahrscheinlich, aber ich habe seit heute Morgen Informationen ... Informationen über das Ziel, Lagepläne, Wachablösungen und all das, ziemlich komplett. Und der Plan, den die Waffe mir vorschlägt, ist gut. Erinnert mich an unseren alten Plan, den Königspalast in Nadz Caan zu sprengen. Könnte von mir sein.«

Yaqui schnaubte. »Aber es geht nicht um den Königspalast von Nadz Caan. Überleg doch mal: Wenn wir das machen, was der Lehrer diesem Monstrum im Bergwerk eingehaucht hat, dann haben die Maya-Händler gewonnen! Sie hätten in ganz Spanien keinen ernst zu nehmenden Gegner mehr und würden das Land von den Küsten her aufrollen wie eine Fußmatte. Im Übrigen kann ich daran nichts Schlimmes finden, vielleicht käme ich sogar wieder in Amt und Ehren« – er lachte trocken –, »und das auch noch als der Befreier. Aber du? Du hast ein halbes Leben lang gegen uns gekämpft! Warum willst du den Händlern helfen, indem du ihre Gegner vernichtest?«

»Du bist ein bisschen optimistisch, was die Sache der Händler angeht, mein Lieber. Hast du nicht gehört, dass nicht nur Spanien in Aufruhr ist, sondern auch ganz Mexiko? Was wollen die Händler denn machen, wenn sie mit nichts mehr handeln können? In der Nano-Technologie waren sie nie stark, und es ist ihnen ja auch nie um Imitate gegangen, sondern um echte Jade, echten Kakao, echte Quetzalfedern. Und wer weiß, wem die Nano-Labore zufallen? Das eine Bein der Unterdrückung in Europa ist im Moment so gut wie lahm. Wir hacken jetzt das andere ab. Dann sehen wir weiter. Frische Luft in den Keller. Aufatmen, rauskriechen, neu anfangen. Es besser machen als vorher.«

»Anarchisten!«, schnaubte Yaqui verächtlich. »Immer die gleichen Illusionen! Es gibt keinen Neuanfang! Wir Menschen müssen einfach mit dem zurechtkommen, was da ist, basta. Und wenn ich zwischen mehreren Sachen wählen kann, was ohnehin schon Luxus ist, dann nehme ich mir das, was mir am besten passt!«

»Eben«, sagte Enrique grinsend. »Und weil du Maya bist, wirst du jede Chance ergreifen, den Deinen zurück an die Macht zu verhelfen, selbst wenn die Wahrscheinlichkeit, wie ich dir eben demonstriert habe, relativ gering ist. Es ist die einzige Chance, und du kannst sie nur nutzen, indem du der Waffe hilfst. Du hast es in der Hand. Du kannst Geschichte machen.«

Yaqui schnaubte noch einmal, aber es klang ziemlich hilflos. Enrique wusste genau, dass er Recht hatte, und Yaqui wusste das auch. Der Rauch kräuselte sich über ihren Köpfen. Es wurde langsam Abend, die immer flacher einfallenden Strahlenbündel warfen immer längere Schatten auf die verstaubten Ackergeräte, auf ihn und Yaqui. Sie mussten sich entscheiden.

»He du, Avatar? Wenn wir nicht mitmachen – kriechst du dann in unsere Körper und steuerst uns per Hormonkontrolle?«

Der Avatar blieb stumm. Enrique hatte nicht ernsthaft mit einer Antwort gerechnet, er hatte nur ein wenig provozieren wollen. Yaqui rollte die Augen und schüttelte den Kopf. Manchmal hasste Enrique ihn. Er war im Grunde ein Abbild all dessen, was er in Uaxactún zurückgelassen hatte. Aber seit der gemeinsamen Zeit im *Fledermaushaus* hatten sie zu viel zusammen durchgemacht. Selbst wenn sie sich gegenseitig nur angeödet hätten, wäre wegen der unruhigen Zeiten, in die sie geraten waren, ein Zweckbündnis sinnvoll gewesen. Nein, sie waren aufeinander angewiesen. Vielleicht würden sie sogar noch eine ganze Weile aufeinander angewiesen sein.

Irgendwann gegen acht Uhr, als Enrique gerade ein gemeinsames Abendessen aus den Nano-Boxen vorschlagen wollte, sagte Yaqui: »Also gut. Also gut.«

Enrique hatte solche abrupten Meinungsänderungen schon oft erlebt, vor allem während seiner ersten Zeit in der FPLE, wenn er seine Leute von einer völlig hirnrissigen und sehr gefährlichen Aktion hatte überzeugen wollen. Wenn er es recht bedachte, war ihm im Augenblick ganz ähnlich zu Mute. Er fühlte sich über das ganze Gesicht grinsen.

»Ich wusste doch, dass die Vernunft dich überzeugt.«

Yaqui lächelte schief.

»So machen wir es«, sagte Enrique. »Wir essen, wir schlafen. Und morgen brechen wir nach Rom auf und bringen dem Papst zurück, was ihm gehört.«

SF Social Fantasies

Herausgegeben von Else Laudan und Hannes Riffel

Myra Çakan: *Downtown Blues*
SF - Social Fantasies 2065. 264 Seiten. ISBN 3-88619-965-7

Myra Çakan: *When The Music's Over*
SF - Social Fantasies 2045. 272 Seiten. ISBN 3-88619-945-2

Myra Çakan: *Begegnung in der High Sierra*
Luke Harrison - Weltraumabenteurer (1)
SF - Nachtbrenner 3002. 192 Seiten. ISBN 3-88619-982-7

Myra Çakan: *Zwischenfall an einem regnerischen Nachmittag*
Luke Harrison - Weltraumabenteurer (2)
SF - Nachtbrenner 3008; 180 Seiten. ISBN 3-88619-988-6

Sarah Dreher: *Gefangene der Zeit*
Stoner McTavish 4
SF - Social Fantasies 2055. 352 Seiten. ISBN 3-88619-955-X

Sarah Dreher: *Der Rat der Schamanin*
Stoner McTavish 7
SF - Social Fantasies 2047. 272 Seiten. ISBN 3-88619-947-9

Katherine V. Forrest: *Töchter der Morgenröte*
SF - Social Fantasies 2057. 256 Seiten. ISBN 3-88619-957-6

Marcus Hammerschmitt: *Der Opal*
SF - Social Fantasies 2060. 256 Seiten. ISBN 3-88619-960-6

Marcus Hammerschmitt: *Der Zensor*
SF - Social Fantasies 2070. 224 Seiten. ISBN 3-88619-970-3

Hartwig Hilgenstein: *Digitale Tänzer*
SF - Social Fantasies 2034. 272 Seiten. ISBN 3-88619-934-7

Ursula K. LeGuin: *Planet der Habenichtse*
SF - Social Fantasies 2043. 352 Seiten. ISBN 3-88619-943-6

Ursula K. LeGuin: *Das Wort für Welt ist Wald*
Social Fantasies 2027. 144 Seiten. ISBN 3-88619-927-4

Anne McCaffrey: *Die Wiedergeborene*
SF - Nachtbrenner 3005. 240 Seiten. ISBN 3-88619-985-1

Maureen F. McHugh: *ABC Zhang*
SF - Social Fantasies 2053. 352 Seiten. ISBN 3-88619-953-3

Argument Verlag · Hamburg · Berlin

SF SOCIAL FANTASIES

Herausgegeben von Else Laudan und Hannes Riffel

Maurilia Meehan: *Furie hinter den Spiegeln*
SF - Social Fantasies 2039. 256 Seiten. ISBN 3-88619-939-8

Florian Nelle: *Kalter Frühling*
SF - Social Fantasies 2032. 224 Seiten. ISBN 3-88619-932-0

Ulrike Nolte: *Jägerwelten*
SF - Social Fantasies 2052. 312 Seiten. ISBN 3-88619-952-5

Marge Piercy: *Er, Sie und Es*
SF - Social Fantasies 2036. 512 Seiten. ISBN 3-88619-936-3

Marge Piercy: *Frau am Abgrund der Zeit*
SF - Social Fantasies 2015. 448 Seiten. ISBN 3-88619-915-0

Joanna Russ: *Eine Weile entfernt*
SF - Social Fantasies 2059. 220 Seiten. ISBN 3-88619-959-2

Bruce Sterling: *Schismatrix*
SF - Social Fantasies 2058. 480 Seiten. ISBN 3-88619-958-4

John Shirley: *Eclipse – Sonnenfinsternis*
SF - Social Fantasies 2066. 408 Seiten. ISBN 3-88619-966-5

John Shirley: *Es werde Licht*
SF - Social Fantasies 2046. 336 Seiten. ISBN 3-88619-946-0

John Shirley: *Stadt geht los*
SF - Social Fantasies 2054. 224 Seiten. ISBN 3-88619-954-1

Sean Stewart: *Die Nachtwache*
SF - Social Fantasies 2044. 352 Seiten. ISBN 3-88619-944-4

Sean Stewart: *Der schwarze Dolch*
SF - Nachtbrenner 3010. 256 Seiten. ISBN 3-88619-990-8

Theodore Sturgeon: *Die Ersten ihrer Art*
SF - Social Fantasies 2064. 256 Seiten. ISBN 3-88619-964-9

Argument Verlag · Hamburg · Berlin

SF SOCIAL FANTASIES

Herausgegeben von Else Laudan und Hannes Riffel

Marcus Hammerschmitt

Der Opal

SF - Social Fantasies 2060
256 Seiten; ISBN 3-88619-960-6

Sie ist eine Auftragskillerin im Weltall und ihr Raumschiff ist in sie verliebt! Die galaktische Söldnerin Latil – abgebrüht, viel sagend tätowiert, vom Leben hart geprüft und eigentlich nur geringfügig psychotisch – ist daran gewöhnt, immer auf dem Sprung zu sein. Der aktuelle Auftrag strapaziert allerdings ihre jähzornige Ader: Nicht nur, dass ihr geborgtes Schiff pubertiert und eine adoleszente Schwäche für Latil entwickelt. Der »Opal«, Lebensraum ihrer Auftraggeber, ist ein Kosmos für sich, undurchschaubar und von einer Spezies bevölkert, die an Selbstüberzeugtheit kaum zu überbieten ist …

Argument Verlag · Hamburg · Berlin